中国沿海典型省份城市体系演化过程分析——以山东为例

王茂军　著

北京市优秀人才培养资助专项
国家自然科学基金重点项目　资助出版

科　学　出　版　社

北　京

内 容 简 介

本书以山东省为例，结合国内外研究进展，从过程研究的角度，分别复原了乾隆中期以来山东省城市体系的位序规模、城市职能、城市体系空间结构变动过程。提出了基于中心地职能、工业职能、中枢管理职能、门户职能的城市体系演化过程的基本分析框架，建立了周期性特征明显的中国沿海典型省份城市体系的演化过程模型。

本书可供从事城市研究、城市规划和管理的工作者以及高等院校地理学、历史学和社会学的师生阅读参考。

图书在版编目（CIP）数据

中国沿海典型省份城市体系演化过程分析：以山东为例/王茂军 著. —北京：科学出版社，2009
 ISBN 978-7-03-023251-9

Ⅰ. 中…　Ⅱ. 王…　Ⅲ. 沿海-城市史-研究-中国　Ⅳ. K928.5

中国版本图书馆 CIP 数据核字（2008）第 166235 号

责任编辑：朱海燕　赵　峰/责任校对：鲁　素
责任印制：钱玉芬/封面设计：耕者设计工作室

科 学 出 版 社 出版

北京东黄城根北街 16 号
邮政编码：100717
http://www.sciencep.com

源海印刷有限责任公司 印刷

科学出版社发行　各地新华书店经销

*

2009 年 1 月第 一 版　　开本：787×1092 1/16
2009 年 1 月第一次印刷　　印张：16 1/2
印数：1—2 000　　　　　字数：371 000

定价：59.00 元
（如有印装质量问题，我社负责调换〈环伟〉）

前　　言

　　城市体系是城市地理学的重要研究内容，虽然国内外学者进行了长时间的深入研究，但也是一个常为常新的研究对象。相对于国外大量的城市体系动态演化过程而言，我国的研究相对薄弱，尤其是缺乏较为细腻的实证研究及与国外的对比研究。

　　国外对沿海地区城市体系的演化研究较为深入，从不同的视角提出了若干模型，比如 Taaffe-Morrill-Gould 模型、Vance 模型、Bird 模型、寺谷亮司模型。这些模型或者侧重于沿海与内地的关系，或者侧重于沿海地区各城市之间的关系。但是，单纯任何一个方面的解释都不足以完整地描述沿海地区的城市体系动态演化过程。在沿海城市体系的形成动力方面，这些模型中强调城市体系的形成过程完全是单一的外生、殖民化过程，是外生条件支配下的必然产物。

　　事实上，中国沿海地区城市体系发展的历史背景与国外已有研究的背景明显不同，突出表现在：中国沿海地区发展历史悠久，在殖民化过程以前，存在一个相当长的内生演化过程；外国力量界入以后，经历了殖民化过程；新中国成立以后，又经历了对外开放。在上述过程中，海疆的周期性封启可能会对沿海地区城市体系的发展产生明显的影响，尤其是中心城市优势的周期性互换、城市化重点地区的周期性变更、主要城市发展主导营力的演替方面均可能有明显的变动。显然，对上述问题进行讨论是一个饶有兴趣的话题。

　　城市职能的复合化过程是一个历史性的趋势。城市主导职能的成长、组合、变更是推动城市成长乃至城市体系演化的重要动力。不同的主导城市职能与城市的成长性、城市规模有着密切联系。立足于不同的主导职能与城市成长性之间的关系，分析城市体系的动态演化过程无疑是一个较好的研究视角。

　　本书试图从城市职能的角度，遵循从理论到实证再到理论的逻辑框架，复原、解析沿海地区城市体系的动态演化过程，提供基于中国实例的沿海地区城市体系演化新模型，丰富和发展沿海地区城市体系演化过程研究的相关理论。首先，全面深入地解析了国外已有的沿海城市体系演化模型，讨论各模型提出的区域背景和主要特征；然后，展开中国沿海典型省份——山东省城市体系演化过程的实证研究。其包括了城市体系发展、城市职能体系和城市体系结构的时空过程研究；最后，建立中国沿海典型省份——山东省的城市体系演化模型，并与国外已有的沿海地区城市体系演化模型进行对比分析。

　　本书试图在以下两个方面进行尝试：第一，通过多源数据，多种分析方法系统集成，引入历史的、过程的观点，完成以省域为空间尺度的城市体系演化过程的分析；第二，从城市职能是一个时空复合的概念出发，引入基于中心地职能、门户概念、集聚-规模经济的 Bird 三理论模型作为城市发展的解释框架，拆分城市职能为中心地职能、工业职能、中枢管理职能、门户职能，建立各种职能演化过程及其与城市体系成长之间的关系，搭建沿海地区城市体系演化过程研究分析架构。

　　审视过去，是为了更好地展望未来，没有对过去的研究和理解，就不能有效地规划未来，社会环境、物质环境、自然环境，均适于此，概莫能外。现今，城市已经成为区域发展的主宰，城市体系已经构成了区域发展的框架，城市体系的优化整合已经成为福利共享、社会和谐的有效调整工具。通过审视历史，正确地复原、理解城市体系的过去、现在，是预测未来的必备基础。从这一视角来看，作者希望这一项研究能够为中国沿海地区的城市体系规划提供一定的参考。

　　非常幸运的是有许多老师关心我和我的研究工作，没有他们的帮助和支持，本书的完成将会更加困难，甚至是不可能的。本书的主体是我提交给北京大学的博士学位论文。首先向我的博士生导师周一星教授致以深深的谢意。正是周老师对论文的悉心指导、建设性的批评和一贯的鼓励，消减了我内心的惶恐，顺利完成了论文的写作。我的硕士生导师——大连海事大学的栾维新教授给予我的最早、最长、最重要的学术训练是这项研究得以完成的重要保障。两位导师求真求实的治学态度、稳健踏实的研究作风、孜孜不倦的进取精神已经对我的研究产生了影响，并将继续产生影响。

　　我还要特别感谢柴彦威教授让我共享了他的所有日文文献和激情，韩光辉教授提供给我的理论灵感、分析方法论的指导，曹广忠副教授的热情支持和批评性建议；感谢中国科学院地理科学与资源研究所的张文忠研究员对研究纲要的建设性意见，北京师范大学的朱华晟副教授对最早研究计划的修改补充；神户大学的山崎健教授、广岛女学院大学的木本浩一副教授在日本帮我收集了部分相关文献。没有他们的工作，本书有关民国时期的研究将大为逊色。

　　同样重要的是中国人民大学的李东泉副教授、郑国博士、秦波博士和中国城市规划设计研究院的赵群毅博士、王新峰规划师给予了研究工作很大的帮助，首都师范大学的硕士研究生高宜程和霍婷婷完成了书稿的文字校对工作，在此一并致谢。

　　受个人学识和阅历所限，书中难免存在疏漏甚至错误，恳请同行批评指正。

王茂军

2007 年 8 月

于回龙观·田园风光雅苑

目　　录

第一章 导 论

第一节 国内外城市体系研究动态评述

一、国内外城市体系研究评述

1. 国外城市体系研究的发展过程

城市体系研究建立在一般系统论基础之上，肇始于城市地理学引入系统论之后。城市规模分布、城市职能分类、中心地理论、城市间的结合关系、城市分布的历史地理研究、区域体系研究均在第二次世界大战以前已经有了相当多的积累，克里斯泰勒、廖什、Auerbach、杰斐逊的研究即为其中的经典。虽然这些研究均含有系统论思想，但城市体系研究的真正肇端却始于 20 世纪 60 年代。Berry 与 Garrison 最早援用一般系统论进行城市体系研究，在对廖什业绩的评价，即 "Transportation routes serving the system of cities" 一文中首次提出了城市体系概念（Berry and Garrison，1958）。但在 20 世纪 60 年代 Berry 的学术论文中，中心地体系和城市体系并没有严密、清晰的区别。城市体系更为缜密的科学概念则出现在 1960 年以后的 Berry 和 Tmonpson 的研究中（森川洋，1979）。Berry 考察了经济发展与城市规模分布之间的相互关系，将城市规模分布、城市成长理论、城市职能分析等与城市体系密切相关的研究汇编成 *Geographic Perspectives on Urban Systems* 一书结集出版（Berry and Horton，1970），开创了城市体系研究的新纪元。

20 世纪 70 年代以后，加拿大的城市地理学者 Bourne（1975）和 Simmons（1978）将城市体系研究系统化，集各家学说，出版了 *Systems of Cities* 一书。书中系统阐述了城市的定义、城市体系的研究框架，详细分析了城市体系的历史发展过程，城市的规模、差异、分布，城市间关系的区域背景，城市体系的成长模式及其过程，并将城市体系研究同政策研究联系起来，将城市体系研究推向了新的发展阶段。

1976 年国际地理联合会（IGU）成立的国土聚落系统研究委员会[①]将美国、加拿大、英国、法国、德国、瑞典等欧美国家，苏联、波兰等社会主义国家以及印度、巴西等发展中国家城市地理学者的国家城市体系研究成果汇编成册，结集出版（Bourne et al.，1984），可以看作是全球城市体系研究成果的一次集中展示。

20 世纪 70 年代中期以来，城市体系的研究热潮由美国、英国、加拿大等欧美国家转移到日本（表 1.1、表 1.2）、韩国以及发展中国家，欧美城市体系的研究逐渐消沉下来。1980～1991 年 "Urban geography" 城市体系主题的论文占 2.8%，仅高于民族研

---

① 国土聚落系统研究委员会的名称历经数次变化，1992 年改为城市体系研究委员会。

表 1.1　1945～2000 年日本城市地理学论文数（北川建次，2004）

		项目	1945～1950	1951～1960	1961～1970	1971～1980	1981～1990	1991～2000
城市地理学论文	点的分析	城市比较 城市分类 城市意象	2	5	6	3	1	3
		城市化 城市成长	1	4	4	1	1	4
		都市圈	2	10	20	11	9	5
		中心地体系 中心地		6	11	11	11	4
		城市体系		1	1	10	27	23
		城市职能		4	13	19	21	26
		居住地住宅					4	2
		小计（a）	5	30	55	55	74	67
	面的分析	城市志 城市景观 城市形态	1	1			1	1
		城市化 城市成长		2	11	13	8	3
		城市内部结构、CBD 等	1	17	26	37	33	37
		城市职能	1	3	4	20	19	22
		居住地住宅		1	4	14	22	18
		小计（b）	3	24	45	84	83	81
		展望论文（c）		6	12	13	19	17
		不能分类（d）			2	4	5	3
		合计 (a＋b＋c＋d)	8	60	114	156	181	168
人口地理论文			2	24	19	16	22	29
交通、流通地理学论文			2	20	10	20	29	23

究，但出现了一些新的趋向，突出表现在两个方面：第一，20 世纪 80 年代后半期以来，社会学等其他学科领域也出现了基于城市体系框架的研究（Christopher，1991）；第二，随着经济全球化的发展，城市体系由国家城市体系（national urban system）、区域城市体系（regional urban system）、日常（生活圈）城市体系（daily urban system）三个层次（Bourne，1975；高桥伸夫等，1997）扩展到含国际城市体系（international urban system）在内的四个层次（松原宏，1998），并且城市体系研究的重点由国家城市体系转向国际城市体系，全球化与地方联系（Thrift，1994；Sassen，1991；Shachar，1994；Amin and Thrift，1994）、城市间相互作用联系的新途径（Moulacrt and Shachar，1995；Batten，1995；Rimmer，1995，1996；Smith and Timberlake，1995）、全球重建和新国际劳动地域分工影响（Hopkins and Wallerstein，1986；Porter，1990；Dicken，1992；Timberlake，1985；Smith and Timberlake，1995；Meyer，1986；Knox and Taylor，1995；朴倧玄，1995）成为城市体系研究的新热点。此外，国家城市体系的国际比较研究也渐趋重要（松原宏，1998）。

表 1.2 1980~2000 年城市地理英文论文分布情况

项目	1980~1985	1986~1990	1991~1995	1996~2000
城市实体空间/%	16	14	24	22
城市社会地理/%	47	29	26	21
区域城市体系与城市带研究/%	9	10	7	7
城镇化/%	11	16	5	7
新领域与新方法研究/%	5	7	9	21
城市职能和产业研究/%	5	6	14	5
城市规划研究/%	5	4	3	4
其他 单个城市研究/%	2	2	4	
城市交通问题研究/%	0	3	7	
其他研究/%	0	0	1	
合计文章数/篇	57	68	96	164

资料来源：许学强、周素红（2003），有修改。

日本的城市体系研究深受欧美影响，20 世纪 70 年代后期在中心地理论实证研究的基础上逐渐兴起，侧重于城市规模结构、城市职能分类、城市职能等级、空间相互作用、结节地域划分等研究内容。20 世纪 80 年代以后，大量学术专著问世。1982 年出版了数位城市地理学家研究成果的汇编《日本の都市システム——地理学的研究》（田边健一，1982），1985 年出版了《世界の都市システム》（山口岳志，1985）。此后，Glickman（1979）、森川洋（1990a，1998）、阿部和俊（1991，1996，2001）、西原純（1991）、石丸哲史（2000）、寺谷亮司（2002）等城市体系研究的上乘之作相继出版，展示了日本城市体系研究的科学水平。

2. 国内城市体系研究的发展过程

我国的城市体系研究肇始于严重敏，她于 1964 年在《地理译丛》杂志上发表了克里斯泰勒"城市的系统"的译作，首次将中心地理论介绍到中国。但由于"文革"等原因，这一理论并没有引起国内学术界的关注。改革开放以后，随着西方城市体系理论的及时引入、社会经济统计资料的日益丰富，城市体系研究的土壤日益丰厚。

我国城市体系研究的触媒与国外有着明显的不同。国外城市体系的研究多是在中心地理论广泛深入研究以后逐步发展起来的，我国的城市体系研究则同城市体系规划实践密切联系在一起。为充分发挥中心城市的作用，1983 年我国推行了"市带县"、"整县改市"的行政体制改革。在此背景下，1984 年中国城市规划条例提出"直辖市和市的总体规划应当把行政区域作为统一的整体，合理部署城市体系"，1989 年《中华人民共和国城市规划法》明确提出"全国和各省、自治区、直辖市都要分别编制城市体系规划，用以指导城市规划的编制"，"设城市和县城的总体规划应当包括市或县的行政区域的城市体系规划"。此后，不同层次的城市体系规划在全国范围内展开，规划实践促进了我国城市体系研究的迅速展开，掀起了城市体系研究的高潮，并一直持续至今（表 1.3、表 1.4）。

表 1.3　1980～2000 年城市地理相关中文论文分布情况

类别		1980～1985	1986～1990	1991～1995	1996～2000
城市实体空间/%		10	30	25	23
城市社会地理/%					
区域城市体系与城市带研究/%		18	29	21	18
城镇化/%		11	10	11	16
新领域与新方法研究/%		2	6	9	6
城市职能和产业研究/%		16	6	9	6
城市规划研究/%		33	5	6	4
其他	单个城市研究/%	8	9	4	3
	城市交通问题研究/%	2	4	2	6
	其他研究/%	0	2	6	2
合计文章数/篇		61	145	185	423

资料来源：许学强、周素红（2003），有修改。

表 1.4　1982～2000 年我国区域城市体系与城市带研究的论文分布表（单位：%）

类别	1982～1985	1986～1990	1991～1995	1996～2000
城市实体空间	10	30	25	23
城市体系的实证和理论研究	3	33	25	35
城市带和城市群研究	1	1	8	14
都市区与都市连绵区研究			1	9
区域城市发展研究	6	6	5	16

资料来源：许学强、周素红（2003），有修改。

　　20 世纪 90 年代以来，出版了我国第一部城市体系研究专著《中国城市体系——历史·现状·展望》（顾朝林，1992），该书被誉为"国内近 10 年研究与实践里程碑式的总结"（张京祥，2000）。此后在相继出版的《城市地理学》（周一星，1995）、《现代城市地理学》（许学强、朱剑如，1988）、《城市地理学》（许学强等，2001）中也有对城市体系的论述。

二、国内外城市体系动态演化研究的文献回顾

1. 国外相关文献回顾

　　城市体系是由节点（即城市，node）和城市间联系（link）组成的整体。前者包括城市规模、城市职能、城市区位等，后者包括联系强度、联系方向等。最初城市体系研究主要侧重于城市群体空间秩序的静态解释方面，经典研究如克里斯泰勒的中心地理论等。此后，研究重点转移到城市间的联系分析方面，诸多研究者采用人流、物流、信息流、资金流等指标分析一个国家或者地区内部城市之间的交互联系，进而解析城市体系

的空间结构。目前，大量的城市体系研究向空间过程研究转变，将节点、联系有机结合起来，分析二者的动态关系（村山祐司，1994），不仅分析体系内部的联系（节点对联系的影响、联系变化对节点的影响），也分析体系与外部环境的联系，对发展进程中的城市体系进行动态演变的系统考察。

城市体系的发展过程研究，以往多以中心地理论研究为核心和主体，但中心地体系研究仅仅是城市体系研究的一个重要组成部分。除了中心地职能以外，城市间联系的广域城市职能越来越重要。城市中心地职能和广域特殊职能空间模式的系统考察对于全面理解区域、城市、城市体系的演化越来越重要。目前，城市体系动态研究依据的理论已经由中心地理论向多元化方向发展，基于城市职能的分析已经成为一个较为重要的分支领域。在此背景下，城市体系的动态研究继续向两个方向拓展其广度和深度，一是侧重于城市体系动态演化模型的构筑；二是进行大量的实证分析，尤其是密切关注产业革命的新影响以及城市体系的最新变动趋势。

城市现象的空间研究不能仅仅满足于现象的描述，必须了解导致这种现象发生的原因。随着城市体系研究的日渐深入，解析城市体系的动态演化过程已经成为一个十分重要的研究课题（森川洋，1990b）。为了说明从过去到现在的变化过程，需要抛弃仅局限于历史上某一时点的消极时间运用方法，引入富有说服力的时间概念。其中，历史观点在城市体系的动态演化过程研究中的重要性日渐突现。所谓历史的观点，即记述现象的时间推移，解析变化的原因，考察变化的过程。基于此，城市体系研究要求不能仅仅局限于过去某一时点的截面分析，而要求在一定的时间跨度内从变化入手进行解析。美国高度重视历史观点的重要性（高桥重雄，1992），历史的观点、过程的观点不仅是美国城市地理学也是整个地理学的发展方向之一。

历史观点引入城市体系研究是在20世纪80年代以后，主要侧重于城市体系的形成与发展、城市体系中各城市相对位序的变动、城市成长的空间差异等方面。Burghardt（1979）将中心地理论应用于城市发展的过程研究，强调中心地理论具有一定的适用时间界限，认为城市间距离、经济因素等的影响主要集中在城市体系成形后的发展过程中。Winters（1981）、Church与Bell（1988）分析了中世纪西非中心地系统的形成与贸易的关系，考察了公元前埃及聚落分布的决定因素。Monkkonen（1988）从质疑美国为何缺乏巴黎、伦敦那样的首位城市出发，跟踪研究了美国1780～1980年城市体系的演变过程。这些研究的目的各不相同，多属于历史地理学的研究范畴，但不能忽视它们对城市体系研究的贡献。

毫无疑问，现代城市体系变化研究对于过程的理解更为重要。Kirn（1987）分析了1958～1977年美国服务业分行业门类的布局变化，发现服务业向低等级城市扩散。ÓhUallachain与Reid（1991）分析了1976～1986年的大城市地区服务业化的扩展，发现扩展循城市等级结构扩散，扩展速度因城市规模而异。Wheeler与Brown（1985）分规模级讨论了1960～1980年企业总部的南迁状况。Zelinsky（1991）基于全球的视角，从时空关系角度分析了友好城市间的空间结合关系，清晰勾勒出了这种西欧盛行现象在世界上的扩散过程以及友好城市选择过程中的规律性。另外，城市体系中规模分布变化的研究也得到了部分学者的关注（Eaton and Eckstein，1997；Osada，1997；Guérin-pace，1995）。

历史的、过程的研究在日本也受到相当大的重视。研究视点由关注银行（吉津直樹，1978；阿部和俊，1981；山崎健，1984）、电灯公司（杉浦芳夫，1978）、邮政（山根拓，1987；神原哲郎，1995）等中心设施的时空展布过程向城市规模分布变动与预测（高阪宏行，1978；山崎健，1986）、中心体系动态演化过程（河野敬一，1990；桥本雄一，1992）、城市体系结构变动（森川洋，1991；森川洋、大古友男，1996，ABE，2004）、城市体系动态仿真模拟（吉本刚典，1993）、城市职能演变（森川洋，1997）等转变。寺谷亮司（2002）从城市体系的形成过程、城市体系结构和城市职能变动的角度系统考察了北海道城市体系的动态演变过程，构筑了新开发地区城市体系的动态演化模型。

20 世纪 80 年代伊始，韩国侧重于殖民地时代的城市体系研究。1990 年以后，同类研究急剧增加。洪淳完（1983）对殖民地时代韩国主要城市的发展进行了初步总结。朱京植（1994）分析了京釜线对沿线城市成长、国土结构变动的影响。孙祯睦（1996）认为主要城市的人口变动趋向与当时朝鲜总督府的殖民地政策、各城市的经济状况密切相关。北田晃司则从中枢管理职能的角度关注殖民地时代的城市体系研究，将中枢管理职能分为经济中枢管理职能和行政中枢管理职能，分析了不同年份朝鲜殖民地中枢管理职能的布局变动（北田，1996），在对主要铁路线的列车运行车次、主要城市的旅客收入分析的基础上，指出殖民地时代的朝鲜城市体系受日本殖民地政策的左右（北田，1999），并将殖民地时代的中国台湾城市体系演变过程与朝鲜进行了有效的对比（北田，2004）。

另外，城市体系的动态研究，国外还有城市体系动态演化模型的研究。相关内容在第三节中详细介绍。

2. 国内研究进展

王力（1991）、董蓬勃等（2003）分别对 20 世纪 80、90 年代我国城市体系研究的特点和趋向进行了阶段性总结。部分城市地理学展望的文章中也涉及了城市体系的部分内容（沈道齐、崔功豪，1990；阎小培等，1994；阎小培，1994；顾朝林、徐海贤，1999；许学强、周素红，2003）。下文仅对城市体系动态的研究现状进行简单的梳理。

对近 20 年来我国城市体系研究进行全面回顾，首先面临的是城市体系研究领域界定问题。国际上城市体系研究的真正肇端始自于 20 世纪 60 年代，但具有系统论思想的城市规模分布、城市职能分类、中心地理论、城市间的结合关系、城市分布的历史地理研究、地域体系研究等均先于城市体系研究，并在第二次世界大战以前已经有了相当多的积累。城市体系概念的提出并没有创造出一个新的研究领域①，城市体系研究在一定程度上是新瓶装旧酒（森川洋，1997；日野正辉，1981）。这一见解更为符合我国城市体系研究的现实。日本 20 世纪 70 年代后期开始城市体系研究时已经有 20 多年的中心

---

① 因为一个新的研究领域需要一个新的研究目标和新的研究手段的支持。毫无疑问，城镇体系仅仅是做到了前者，对后者仅仅是过去利用方法的一个整合而已。

地理论研究基础，"对于地理学中的城市体系研究而言，城市体系的联系结构及其城市
体系发展过程的研究非常重要"（森川洋，1998）。而中心地理论最早介绍给国内是在
1964 年，此后受"文革"影响，研究并没有进一步展开。直至改革开放以后，城市体
系的思想才开始传入国内，并由于城市规划工作的要求，全国范围内开展了城市体系规
划实践。显然，我国中心地研究和城市体系研究几乎是同时展开的。按照城市体系的研
究领域进行全面回顾和展望，无疑具有十分重要的意义。

城市体系的动态研究包括节点、联系以及二者之间有机组合的动态变化三个方面。
我国城市体系的动态研究主要集中在城市规模变动方面。城市职能的研究将大量的精力
倾注于某时点的截面城市职能分类研究（孙盘寿，1984；孙盘寿、杨廷秀，1985；周一
星、布雷德肖，1988；张文奎等，1990；田文祝、周一星，1991；顾朝林，1992，
1998；周一星、孙则昕，1997；郭文炯、白明英，1999；王言荣、刘洁，2001；周一星
等，2001；凌怡莹、徐建华，2003）。城市体系的结构研究（包括联系结构研究、空间
结构研究）也是高度关注某一时点的截面研究（虞蔚，1988；郭文炯、白明英，1999；
金凤君，2001；周一星、胡智勇，2002；陈田，1987；顾朝林，1991；周一星、张莉，
2003；杜国庆，2003），并没有引入历史的观点、过程的观点。已有的部分城市体系空
间结构演变过程的研究，主要是部分历史学者在关注。

（1）城市规模分布的动态过程研究

城市规模分布研究是我国城市体系研究中分量较重的内容之一。20 世纪 90 年代以
前，我国学者采用 Zipf 的幂函数公式、分级分类统计方法或传统分析方法来分析中国
城市规模、分布类型及其演变（阎小培，1994）。90 年代以后，城市规模分布的分形研
究逐渐引起学者的注意。归纳起来，我国城市规模分布研究大致包括四个部分，即城市
规模分布规律研究、省区城市规模分布类型的划分、城市规模分布型的动态演变、城市
规模结构的变动。其中，后二者与城市体系的动态研究密切相关。

国外普遍认为区域或者国家城市人口的规模分布从首位分布开始，经过渡类型向位
序规模分布类型演变，国内也有学者对中国城市规模分布的变动趋势持有同样的观点。
顾朝林（1992）根据地域城市体系等级规模分布与地域城市化水平的相对应规律，参照
我国各省区城市等级规模系列和城市首位度的区域差异特征，将城市规模分布类型划分
为城市化前期、大城市发展时期、小城市发展时期、中等城市发展时期、均衡发展时期
五种类型。这一划分方案里面隐含了首位分布——位序-规模分布的演变过程①。陈彦
光、刘继生等认为"理论上，城市规模分布的不仅是一种结构，在某种意义上也是一种
过程……"（刘继生、陈彦光，1999a，b），城市位序规模分布是城市体系等级结构内在
和谐性的体现及地理系统自组织演化的自然趋向，城市位序规模是城市等级体系演化到
一定阶段"突现"出来的一种分形性质，这种属性一旦"突现"，将变得非常稳定
（陈彦光、刘继生，2001）。仵宗卿等（2000）考虑了城市体系的总体规模大小——结构

---

① 顾朝林（1992）并没有说明其所依据的城市体系等级规模分布与城市化水平的对应规律是何规律。贝利
（1960），周一星、杨齐（1986）的研究已经表明城市规模分布与城市化水平之间没有必然的联系。

容量，将"均衡度"和"结构容量"结合起来，将帕雷托公式转换为"一个描述城市体系发生、发展、成熟、衰退全过程的模型"、"集首位分布和位序-规模分布于一体的一般性模式"，通过二者的动态变化及其组合，全面展示了城市体系的九种演化状态，并结合"八五"期间我国城市规模分布变动的实际，指出按照大城市发育—小城市发育—（在新的基础上）大城市发育—（在新的基础上）小城市发育的城市体系一般发展规律，其演化过程状态依次为华中区、东南沿海区、东北区、华北区、西南区和西北区。

国内部分学者对上述过程是否具有普遍意义持怀疑态度。周一星（1984）指出，城市规模等级体系的发展有阶段性，不同地区的城市体系和不同的城市处在不同的发展阶段，应有不同的对策；"同是首位分布有可能有不同的层次，同是位序-规模分布也有不同的层次"（周一星，1986），并从认识中国不同省区城市规模等级体系的类型和特点出发，根据首位城市规模、首位比和不平衡指数之间的组合关系，提炼出了中国省区城市规模等级体系的六阶段演变模式，进而总结出更具有一般意义的城市规模分布演变理论，大胆批判了国内外公认的城市规模分布由首位型向位序-规模型过渡的观点，提出城市规模分布的演变是一种类似螺旋形前进或波浪式发展的过程。其中，区域中高位次城市的发展和高位次城市带动区域中低位次城市发展的作用，可能同时存在但交替发生作用，具体表现为从低级首位型发展到低级均衡型，再向中级首位型发展，然后是中级均衡型，又到高级首位型，然后是高级均衡型……如此循环往复。这一理论模式更符合事物发展的一般规律，实践意义在于，在城市体系规模结构规划中，不能照搬从不均衡到均衡，从均衡到更均衡的规划套路（周一星，1995）。

新中国成立以来，各时期不同规模等级的城市人口增长速度各不相同，城市规模结构出现了不同的特点。已有文献中不乏城市规模等级结构变动的研究，其中，部分研究关注新中国成立以来城市人口规模变化的研究，较早的有严重敏、宁越敏（1981）、孙盘寿（1984）、Yeh 和 Xu（1989）、Yeh（1995）、周一星、曹广忠（1998）；部分研究以改革开放以来为研究时段，如 Chen（1991）、Xu 等（1995）、孙明洁（2000）；有的研究以省区为空间单元，如周一星、杨齐（1986），或者以沿海为重点地区，如胡序威（1993）、Yao（1995）。应该强调指出的是，这些研究中有相当一部分是围绕着城市发展方针的讨论而展开的，认为政策因素在城市规模等级结构变动过程中发挥了极其重要的作用，而鲜有将城市规模等级的变动与城市职能有机结合起来的相关研究。

（2）城市体系空间分布格局变动研究

贝利将克里斯泰勒以后的中心地研究归结为三个方面，即中心地等级结构研究、中心地与腹地的关系研究、中心地相互间的距离及其分布模式。我国城市体系研究给予城市的空间分布格局以很大的关心。

沈汝生（1936）为我国涉足城市空间分布格局的第一人，虽然当时并没有城市体系概念。此后，城市分布的空间不均衡性遂成为研究关注的焦点。许学强等（1983）指出，虽然 1949～1978 年城市和城市人口分布重心略向西及西北做范围极小的移动，但城市分布型没有明显改变，第三次人口普查资料的分析亦是如此（许学强等，1986）。阎小培等（1996）发现，1978～1994 年城市空间分布不均衡进一步加剧，偏集东部的特征依然十分显著，并形成了一些城市密集区，1996 年设市城市空间分布的研究也证明了这一点（顾朝林等，1998）。阎小培、林漳平（2004）发现，国家目标、战略和政策作用及其效果积累、城市发展动力机制和地理区位条件的差异是导致 20 世纪 90 年代以来中国城市发展空间差异的主要原因，表现在城市发展水平东西空间差异增大，东部沿海地区城市发展重心南移；城市发展速度东部沿海地区高于中西部地区，东部地区南部大于北部。施坚雅（1977）在 1970 年对中国封建社会晚期城市体系研究的基础上，通过解析 1990 年中国城市体系的空间结构发现，虽然 100 多年来经济发展阶段、交通技术等发生了翻天覆地的变化，但 1843 年的城市体系空间结构依然没有发生明显的改变。

除了上述这些集中于国家尺度的城镇空间分布格局分析以外，还有部分学者讨论了城镇体系的空间演化过程和演化机制。薛东前、姚士谋（2000）将我国城市系统的演进进程归纳为萌芽与形成、低级均衡和合理不均衡三个阶段，并展望未来为扩散均衡阶段和有序网络化阶段，包括中心城市网络体系的形成、城市职能的综合化和专门化，以及城市集聚区的形成和相对均衡分布等。强调演化的动力机制在于人类活动、产业及其空间实体的相互作用，其核心要素是行政等级城市网络、经济发展和市场联系与交通设施。刘继生、陈彦光从分形的视角出发，认为城市体系空间结构的演化过程表现为由简单分形到多分形，从分形测定集中区向疏散区演化，受自然系统的制约（刘继生、陈彦光，2003），导致这一过程的动力学根源之一就是城市异速生长机制（陈彦光，1995；刘继生、陈彦光，1995）。由于城市体系的异速增长可能因环境条件或者自身演化问题而发生退化，因此城市体系时空关联的分维图式具有空间分异特征和时段阶变性质（刘继生、陈彦光，2000b）。

从分析方法来看，我国学者 20 世纪 80 年代主要采用方格法、城市密度图、柯尔摩哥洛夫-史密尔诺夫公式和罗伦兹曲线等。90 年代以后，分形技术、GIS、RS 技术在城市空间分布方面得到了应用（刘继生、陈彦光，1999a，b，2000；王心源等，2001a；王心源等，2001b；赵萍、冯学智，2003；邓文胜等，2003）。

城市体系演化过程和机制可能在不同的空间尺度有不同的表现，而演化规律的探讨应该是在大量实证研究基础上的总结、升华。显然，从研究现状来看，我国城市体系的演化研究依然相当薄弱，已有研究偏重于全国城市规模分布、城市体系空间结构的演变，直至目前优秀的区域城镇体系演化研究成果依然相对较少。我国亟需展开不同空间尺度，包括国家城市体系、区域城市体系等的大量实证研究。

（3）历史城市体系的空间演化研究

20 世纪 90 年代以后，中国近代城市史研究逐渐成为国外学者关注的焦点之一。从研究对象而言，主要集中于单个城市的历史研究，国外大都集中在北京、上海、成都、广州、天津、长春、济南、汉口，其中，上海研究支配了欧美的中国城市史研究。从研究的时段来看，基本上集中于 1853～1949 年的半封建半殖民地时期。这一历史时期的中国城市近代史的研究也逐渐成为国内学者关注的焦点之一，研究对象也相差不大，主要集中在上海（戴鞍钢，1998；张仲礼，1990）、青岛（宋连威，1998；李东泉，2004①；任银睦，1998②）、天津（罗澍伟，1993a，1993b）、武汉（皮明麻，1993）、重庆（隗瀛涛，1991）等城市，并已经扩展到近代不同类型城市的综合研究（隗瀛涛，1998）和区域城市的历史变迁研究方面，如山东（王守中、郭大松，2001）。

　　这些研究大多由历史学家完成，属于历史地理的范畴。但研究成果为理解城市的现在和未来提供了一把钥匙。与此相比较，我国城市体系的历史研究依然较为薄弱，尤其是城市体系空间结构演化的历史研究更是寥若晨星。其中，20世纪80年代以前以美国学者施坚雅的研究工作最值得称道，90年代以来的代表研究，主要有顾朝林（1992）、20世纪华北城市近代化研究等。施坚雅和20世纪华北城市近代化的研究代表了封闭与开放两种背景下、全国和"大区"两种空间尺度的城市体系空间结构演化范式。

　　施坚雅（1977）在对中国城市史和以城市为中心的区域经济史的系统研究中，结合中国封建社会晚期城市化的历史，应用并发展了克里斯泰勒的中心地理论，创立了独具一格的施坚雅模式，"在对中国城市及其相互连接的城市网络的认识方面，没有任何学者能比施坚雅对我们的影响更大了"（周锡瑞，2002）。其理论主要集中在《中华帝国晚期的城市》（1977）、《中国历史的结构》（1985）、《19世纪四川人口：从未加核准的数据中得出的教训》（1988）等论著中，内容主要包括宏观区域学说、核心-边缘理论、等级-规模理论、区域发展周期四个方面。其中，前三者与城市体系密切相关，涉及区域的整体性、区域内部的差异性和区域城市体系的一体性，对我国城市体系的研究颇有启迪。

　　宏观区域学说。施坚雅在其力作《19世纪中国的地区城市化》中，开宗明义地提出"在前现代时期谈什么全中国城市化的比例，几乎是毫无意义的；问题应该按照地区来重新考虑"，"中华帝国晚期的城市，并不构成一个单独的一体化的城市体系，而是构成好几个地区体系，地区之间只有脆弱的联系"。"在一个机械化运输没有得到发展的农业社会里，要完成这样一个规模的统一的城市体系简直是不可能的"。他依据自然地理、交通运输、商业贸易联系等标准③划分的中国九个几乎自给自足且跨越省界的"巨区"，以及中国城市体系的区域观点，时至今日仍未失去现实意义④。周一星等（2003）、杜国庆（2003）的研究工作再次证明了这一点。

　　核心-边缘理论。该模式导源于克里斯泰勒的中心地理论。施坚雅修正了中心地理论中的三个假设条件：①无限延伸的平原和无特征的地形被一种地形变化的观念所代

----

　　① 李东泉，2004，青岛城市规划与城市发展研究（1897～1937），北京大学博士学位论文。
　　② 任银睦，青岛城市现代化研究（1898～1922），南京大学博士学位论文。
　　③ 具体的区域划分中，提出了四条标准：第一，水系及其周围的山岭是划定区域的天然界标；第二，区域内城市的贸易量为重要依据；第三，一些关键性的经济数据亦可以作为辅助性指标，其中，人口密度最有意义；第四，一些高级中心地功能所能覆盖的最大范围的腹地也可以视为区域。四条标准中第一条为主，其余为副。虽然施坚雅在划定九个地区时重点强调自然地理因素，但是毫无疑问，这一工作对于中国城市体系的研究具有开创性的意义。
　　④ 我国大量的区域城市体系研究多以行政区为研究范围考察城市体系的等级结构、规模分布以及职能结构等等，考察了区域中的某一小地域单元，得出的所谓正确结论往往失之偏颇，并不能有效地指导实践。譬如有研究以上海市的行政地域范围作为其城市体系的空间范围，得出了上海市规模-分布不合理的结论。

替，核心区地形平坦，土质肥沃，边缘地带土质贫瘠，地势起伏；②区域内各地需求量相同的假设被商品和服务需求量因地而异的观念所代替，越向边缘地带，居民对市场的依赖程度越低；③区域内交通条件完全相同的假设被运输成本差异所代替。从而建立了其核心-边缘模式，指出就区域经济体系等级结构中较低等级的中心地的布局而言，克氏理论最符合核心区而非边缘地带。

位序-规模分布。施坚雅利用 Zipf 图像分析了中国 19 世纪中叶的城市规模分布，发现"当一个城市异乎寻常大的时候，它们那种过分的集中，十有八九可以说是由于相对地进行了大量地区对外贸易"。另一方面，"对等级规模分布进行比较分析所提供的最重要线索，同形形色色地区体系的相对结合有关"，即 Zipf 图像中直线的斜率测度了区域城市一体化的程度。主要城市的平顶式、层叠式分布表示区域城市具有强烈的区域化趋向。斜率趋向于 1 表示城市体系的一体化程度较强，较少地区化残余。

施坚雅的宏观区域学说立足于长江上游区域的系统考察，而 19 世纪中叶的中国，无论是城市史还是中国区域经济史，最具有典型意义的是沿海地区。两个区域的明显不同在于近代变迁因素的强力影响。施坚雅"对若干近代因素（如口岸贸易、产业改进、近代交通设施等）的影响和意义采取了漠然视之的态度，这就妨碍了他对近代以后历史变迁过程做出有远见的判断"，"他所勾勒出的地区结构和城市空间系统仍为特定发展阶段的历史图式"（庄维民，2002），"施坚雅的巢状六边形模式似乎更适合于内陆盆地和本地的销售业"（周锡瑞，2002），并不适合于描述开放背景下沿海地区城市体系空间结构的动态演变。

围绕施坚雅研究的不足，国内外学者进行了深入的讨论。近年来较为典型的研究是日本天津地区史学会、天津社会科学院历史研究所和南开大学联合进行的国际合作研究计划——"20 世纪华北城市近代化研究"。该计划以研究相对薄弱的华北各城市为研究对象，对政治、经济、文化、宗教等领域进行了深入的探讨，揭示了华北地区城市近代化的历史特点和地位作用，其中不乏历史城市体系的研究。部分成果集中刊载在《城市史》第 21 特辑上。

其中，关文斌（2002）呼应了施坚雅的区域观点，指出"我在开始定义一个地区时，既不照搬西方经验，也没有使用人口、行政或者政治职能作为标准，并舍弃了区域同一性规律，而是根据'城市之间的相互联系'，强调该城市群的功能联系和系统性特征"。但同样对施坚雅的巢状六边形提出了尖锐的批评，认为可以用"点与点之间的树状模式"描绘华北长途贸易网络，该贸易网络中"较低一级的中心地，由于经济或水陆交通的限制，只能与一个而不是两个或者三个高一级中心地进行买和卖。由于缺乏空间上的竞争，即使不会出现对市场的垄断控制，也会形成被少数卖方左右的价格构成"。庄维民（2002）强调要从开埠通商后市场经济和产业经济的变迁中寻找华北地区城市系统空间结构的变迁机制，"市场和产业变迁作为一种动力机制，将促使地区交流在空间上跨越地文界限和传统运输技术上的屏障，推动商品、资本、技术和人力资源沿着新的方向汇聚于沿海、新交通线和开埠城市周围"，逐渐形成了"边缘核心化"的趋势。由于缺乏相对发达的水运系统，近代铁路和轮船的出现对华北城市网络结构产生了远较江南城市系统更为巨大的影响。刘海岩（2002）通过历史文献分析，剖析了近代华北交通演变与区域城市体系空间结构重构之间的交互关系，指出"铁路沿线城市的崛起，与远离铁路沿线城市的衰落成为 20 世纪初华北区域城市化的典型现象"，"城市的兴衰不再取决于其在行政系统中的地位，而要看其在区域交通网络中的地位"，"区域城市结构在这一动态过程中改组和重构"。

显然，上述学者注意到国门开放对城市体系演化产生了深远的影响，沿海近代城市体系空间结构的动态演化过程与施坚雅模式截然不同。但也另有学者认为近代外国因素对中国的影响仅仅限于沿海，薛凤旋（2003）认为"自 19 世纪中叶起，列强的影响使一些殖民地城市模式在中国有一定的发展，和外向型城市化在条约港、列强租借地及割让地上出现……在某一程度来说，中国在 1850~1949 年间出现了二元化的城市发展。然而，对于整个中国来说，其城市发展的主体，仍是在传统的封建阶段"，Murphey（1974）也认为通商口岸对于中国内陆既无积极影响又无消极影响，因为其经济贸易更多的是口岸间互为联系而不是与其腹地的联系。两种不同的看法显然是由于所观察对象的空间尺度差异造成的。事实上沿海地区城市体系的动态演化既与全国不同，也与华北这样的"巨区"尺度不同，而是在一个尺度相宜的空间上表现出了相应的演变特征。

城市体系的空间演化过程和机制可能在不同的空间尺度有不同的表现，而演化规律的探讨应该是在大量实证研究基础上的总结、提炼。因此，城市体系空间的演化研究亟需要不同空间尺度实证的支持与印证。如果以施坚雅模式作为全国尺度、华北"巨区"作为大区尺度来看的话，那么极其有必要选择较其更为小的沿海某一省作为空间尺度解析沿海地区城市体系空间结构的演化过程。显然，这一方面的工作依然相当薄弱。

第二节　沿海地区城市体系动态演化模型评述

城市体系动态演化模型研究国外已有大量积累，主要有 Taaffe-Morrill-Gould 模型（1963）、Vance 模型（1970）、Bird 模型（1977）、寺谷亮司模型（2002）。

一、Taaffe 模型

Taaffe-Morrill 和 Gould（1963）以加纳等为例，考察了发展中国家交通网络的形成过程，解析了沿海城市体系的动态演化模型，将城市体系的动态演化分为六个阶段（图 1.1）。

阶段 A：欧洲人来访之前，中部非洲的海岸散布有若干小的自然港湾。这些小的自然群落腹地有限，除了偶尔出现渔船与商船贸易外，彼此之间联系相当薄弱，与内陆间的交通联系尚不发达。

阶段 B：随着欧洲殖民的开始，内陆矿产资源得以开发，为便于资源的输出，沿海与内陆铺设了交通线路。作为资源输出港（P_1，P_2）袭夺了周边港湾的功能，获得优先发展机遇，港湾城市间出现了差异式增长，并同内陆开发中心（I_1，I_2）之间建立了运输联系通道。

阶段 C：沿着干线通道形成了许多中继城市，并由此铺设了交通支线。

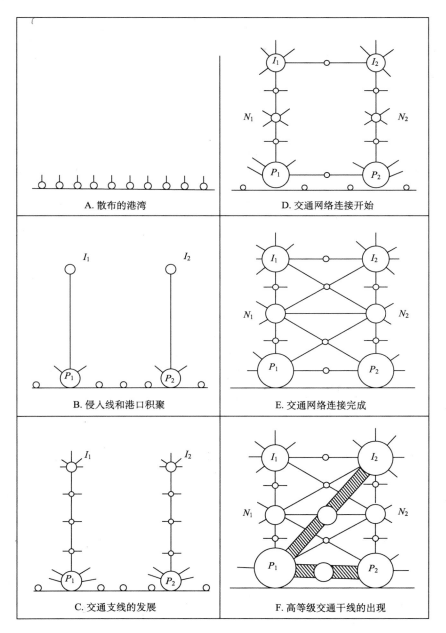

图 1.1 Taaffe-Morrill-Gould 模型

资料来源：Taaffe-Morrill and Gould，1963

阶段 D：内陆中心（I_1，I_2）和港湾城市（P_1，P_2）通过交通干线连接起来。交通沿线的城市（N_1，N_2）因区位、自然条件等的不同，出现差异式增长。

阶段 E：主要城市（I_1，I_2；P_1，P_2；N_1，N_2）通过交通干线连接起来，交通网络日益复杂化。

阶段 F：两个港口城市（P_1，P_2）之间，港口城市与内陆首都（P_1，I_2）通过高等级的交通干道连接起来，交通网络趋于成熟化。

该模型的过程大致可以归结为：中小港湾城市的散布—侵入线的形成导致据点式港湾城市和内陆中心城市的形成—主要城市之间的相互连接—高等级城市之间的高规格干线的沟通—城市体系的形成。Slack 在 Taaffe 模型六阶段的基础上，又提出了第七个阶段，即冗余节点服务的下降。

Taaffe 模型的研究起点虽然是海港城市，但其关心的重点是其后随着内陆交通网络和内陆城市的形成而导致的城市等级结构问题，对海上空间组织、内陆交通网络成长后港口之间的相互关系并没有进一步的深究。海港城市发展同内陆交通网络的扩展完善相比，仅仅是次一级的问题。

在模型发展的六个阶段，就港口城市与内陆中心城市而言，海岸港口城市规模始终最大。伴随着内陆的开发，内陆中心规模逐渐扩大，二者间的过渡地带发育了较为低级的城市。在第六阶段，P_1 成为区域发展的龙头，虽然与 P_1 相联系的几个城市均有所发展，但已经沦为其附属。

二、Rimmer 模型

Rimmer 受 Taaffe 等的启发，建立了在内陆交通网络、内陆聚落变化背景下的海港城市体系的演化过程描述性模型。该模型以海港城市的消长仅仅取决于海港功能的变化为出发点，将海港城市间的演化过程分为五个阶段，分析了多个海港城市之间的相互消长过程，即海港城市的分布及其等级结构的变动过程（图 1.2）。

第一阶段，腹地范围、服务范围很小的自然港口散布在海岸带，规模几乎处于同一水平。除了不定期贸易船只来访、当地小船的往来外，海港城市之间几乎没有联系。

第二阶段，侵入线和港口争夺时期（penetration lines and port priacy）。随着伸入内陆干线的出现，与该线相连的若干港口（P_1、P_2、P_3）袭夺了没有同干线相连的其他小港口的服务，出现了贸易的集中发展，部分港口城市规模增大。

第三阶段，相互结合和集中时期（interconnection and concentration）。内陆干线上出现交通支线，海港与内陆的联系进一步加强。先前的三个海港城市 P_1、P_2、P_3 通过支线连接起来，并向居于中心位置的唯一海港城市（P_2）集中，P_2 的发展速度加快，规模增大。P_1、P_3 因 P_2 袭夺的原因，发展迟滞，逐渐回落到原先的水平。

第四阶段，中心化阶段（centralization）。随着与内陆中心城市之间交通网络的完善，海港城市 P_2 逐渐发展成为大港口城市。

第五阶段，专门化阶段。Rimmer 利用该模型分析了新西兰海港城市的形成、成长和衰退过程，表明四个阶段具有较强的适用性。为使之更加符合澳大利亚的实际情况，Rimmer 对模型进行了修改（Rimmer，1967），增加了第五个发展阶段。先前的模型中仅仅考虑 P_2 寡头式的独占扩张增长，修正模型中增加了与 P_2 没有直接联系的重要港湾 P_4。并且考虑随着交通网络的进一步扩张，腹地经济活动的增强，P_2 的吞吐能力不足，港口发展出现离心化的倾向，模型中，P_{2b}、P_{2c} 提供专门化服务，而原先的 P_2

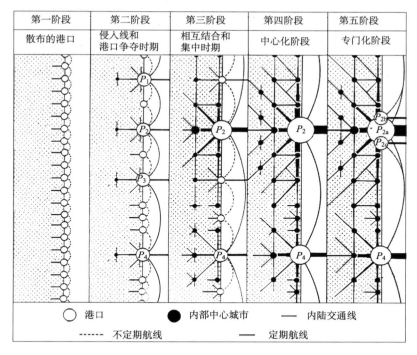

图 1.2　Rimmer 模型

资料来源：野泽秀樹，1978

（现在的 P_{2a}）则集中于普通货物服务。

　　应当指出的是，Rimmer 模型仅仅关注单一的海港职能，并没有考虑与之相关的其他城市职能，认为海港职能决定了海港城市之间的相互消长关系。显然这一观点值得商榷。Hoyle（1972）在其 Cityport 成长模型中提出港市（port-town）的职能演化是一个复合化的过程，由单一海港职能向行政职能、工业职能、文教职能等多种职能发展。可惜的是该模型关注的对象仅仅是单一殖民地时期的港口城市，并没有系统考察区域城市体系间的关系。

　　另外，Rimmer 模型仅仅关注港口城市之间的变动关系，并没有考虑港口城市发展与腹地城市成长之间的相互关系。事实上二者是有机联系在一起的。

三、Vance 模 型

　　Vance 模型（Vance，1970）考察的是 16 世纪以来新大陆和欧洲的城市体系如何通过相互作用得以发展的过程，提出了新大陆城市体系外生发展的观点，并得到了部分学者的赞同。该模型与中心地理论有着明显的不同。前者强调外生变化，认为与区域外的交易促进了中心地的形成发展。后者强调内向型发展，认为中心地的成长是周边地区消费者需求增长的结果。

Vance 模型可以较好地解释殖民地城市体系的形成过程。图 1.3 对比分析了北美和欧洲城市体系的不同形成过程，可以分为五个阶段。

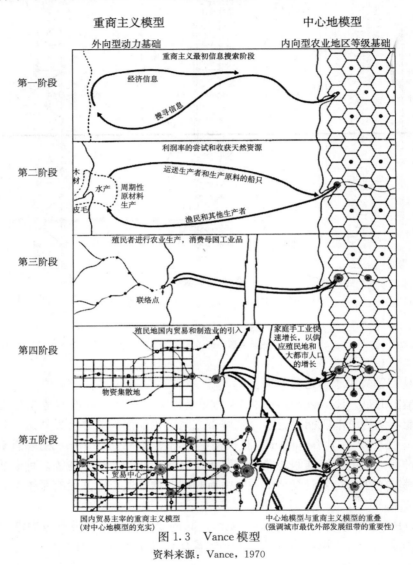

图 1.3　Vance 模型

资料来源：Vance，1970

第一阶段，为重商主义时代初期的区域情报和交易物品的信息搜寻时期。欧洲探险家不定期地在新大陆沿岸地带收集有益的经济信息并带回国内。

第二阶段，在获得丰富经济信息的条件下，欧洲商人着眼于新大陆丰富的天然物产资源，将能够获得高利润的水产、木材、毛皮贩运回国，在带来巨额商业利润的同时，带动了欧洲海港城市的繁荣。

第三阶段，欧洲的殖民者蜂拥而至，大量移民新大陆，在河流的汇合处、河口地区形成聚落，海港城市得以建设。殖民者在当地进行农产品生产，消费母国的工业品，促进了新大陆和欧洲的物资交流。其中，新大陆农产品抵达的欧洲海港城市继续保持了繁荣，其附近的中小城市担负了向新大陆提供工业物资的职能。

第四阶段，新大陆以海港城市为起点向内陆铺设铁路，农产品、矿产品摆脱了旧有交通运输方式的制约，在新的交通方式下进行大规模长距离的贩运。在新大陆内部，大量的物资集散地（depot of staple collection）迅速发展起来，城市的空间分布为树枝状[1]。显然，在开拓经济背景下，这些内陆城市并不是基于自身发展的土壤自然而然成长起来的，而是在殖民前的对外贸易通道附近基于长距离交易职能发展起来的。新大陆人口的增加衍生出大量的工业品需求，由此，欧洲大陆形成了大量的工业城市为其提供服务。

第五阶段，随着新大陆铁路网络的日趋成熟，农产品、矿产品向欧洲出口成为新大陆区域经济的主体。新大陆海港城市和集散中心集聚初级产品的集散输出和欧洲工业制品的批发等职能，逐渐成长为拥有广域腹地的门户城市。随着新大陆农村地区的进一步开发，在高级中心地之下遵循中心地理论的基本原理，低级中心地逐步填充。这种发展过程，得到了 Simmons 的支持。

根据 Vance 模型，向新大陆输出大量工业品的需求，刺激了欧洲大陆制造业的发展。通过不平等的贸易，聚敛了大量的财富，增加了就业机会。从业人员大量向输出港附近的集聚促进了零售商业等的发展。显然这一过程是在欧洲大陆自身的政治、经济的需求下自然成长而来的，没有受到外部强而有力的干扰。对于域外经济的依存性不高，消费职能高于生产职能的欧洲大陆，其城市体系可以用中心地理论得以很好的诠释。

对于新大陆而言，城市体系及其空间网络的产生、演化并不是国内政治、经济等自然发展的产物，而受到域外欧洲经济的强烈影响，在外力的支配下演化而成。新大陆经济发展水平较低，外向型特征鲜明，批发业的发展优于零售商业的发展，城市的集散批发功能要强于零售功能。内陆物资集散或者对外港口城市往往成长为大城市，大量城市集中在铁路沿线，成树枝状，并非中心地理论中的六边形市场结构。显然，其城市体系的空间网络骨架是基于门户职能发展起来的。

新大陆城市体系的演变过程中重商主义模型占支配地位。但在第五个阶段，随着农村地区的开发，低级中心地的填充遵循了中心地模型的基本规律。显然，Vance 也承认新大陆的城市体系演变最终要进入内部交易阶段。也就是说，对于新大陆的城市体系而言，最终是内外营力共同作用的结果。从一定程度上讲，Vance 过分强调了前四个阶段，而淡化了第五个阶段。虽然模型中第五个阶段的时间较短，但对城市体系的演化而言，意义重大。此后，想必应该紧跟有若干个阶段。

Vance 模型以高等级中心城市的考察为中心，重视批发业和外生力量的影响，这与克里斯泰勒、施坚雅关注低等级城市有所不同，且对城市体系的演化机制认识不同。前者认为高级中心地的形成要先于低级中心地的形成，高级中心地形成以后，其市场区逐渐被细分而形成低级中心地，按照 Skinner（1964，1965）的观点，这种过程为传统过程（traditional change）——稠密化过程，显然 Vance 模型并没有深入考虑近代化过程（modern change）——竞合淘汰过程，这一过程强调高级中心地的市场区是低级中心地

---

[1] Johnson（1970）也发现沿海城市与内陆城镇之间为树枝状结构（dendritic pattern），接近沿海城市的城镇规模较大，随着向内陆的推进，逐渐转换为低级中心地。

市场区的集合，城市体系的演化由低级中心地向高级中心地演化。

四、Bird 模型

Bird（1977）模型着眼于门户职能和中心地职能的不同，注意到了门户城市的动态演化，分析了区域发展中的门户与中心地的不同关系，将殖民地城市体系的演化过程划分为三个阶段（图 1.4）。

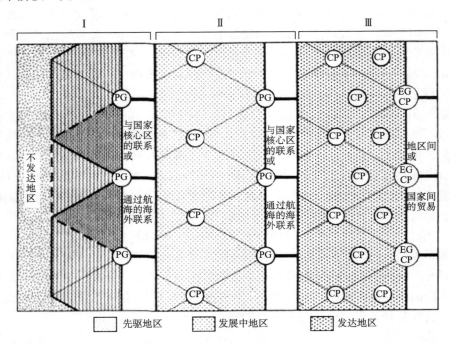

图 1.4　Bird 模型

PG：先驱门户（pioneer gateway，inland or seaport）；原材料与宗主国的制造业产品的交换；很少或者没有制造业；CP：中心地（central place）；在先前的拓荒服务区或者港口腹地中生成；非基本服务业，为 PG 集散货物；EGCP：交易门户和中心地（exchange gateway and central place），由之前的先驱门户发展而成；基本行业通过集聚和规模经济吸引其他行业，发展迅速

第一阶段，广大内陆地区尚处于不发达状态（underdeveloped），沿海地区由于与宗主国联系较为便捷，最早成为殖民者的拓荒前缘，在若干与宗主国联系便捷的港口形成了先驱门户（pioneer gateway，PG），这些 PG 通过海运同海外联系，很少或者没有制造业，主要是用于殖民地原材料的集散和宗主国制造业产品的交换。这一阶段，各 PG 形成了该阶段特有的相互交错的半六边形服务区域或者腹地。

第二阶段，随着殖民进程的推进，整个区域处于发展中状态（developing）。先前的拓荒服务区或者港口腹地中生成大量的中心地（central place，CP），这些 CP 为 PG 集散原材料，从中获取制造业产品，同时 CP 衍生出非基本服务行业。期间 PG 依然通过海运同海外联系。

第三阶段，殖民化过程基本上已经完成，区域内陆为大量中心地所填充，门户则从先前的 PG 向交易门户和中心地（exchange gateway and central place，EGCP）方向演变，基本行业发展迅速，并通过集聚和规模经济吸引其他行业，最终演化成为兼具商业、流通职能和中心地职能的城市，并加强了同地区之间、国际间的贸易联系。

显然，Bird 模型提及的城市体系动态演化过程一方面是一个从沿海向内陆逐步推进的过程，这一过程在 Johnston 商业资本主义模型描述的北美城市体系演化过程中得到了充分的印证（Johnston，1982）；另一方面是一个门户城市逐渐发展，由单一的门户职能向多职能发展，并且渐而拥有中心地职能的高级化过程。从这个层面上来看，Bird 模型和 Vance 模型一样，最终将要重新纳入克氏的完美模型之中，形成明显的等级结构。Burghardt 在其著名的经典论文"A Hypothesis about Gateway Cities"提出的门户城市发展假定中也认为，"经过长时间以后，将会演化成经典的中心地分布和等级性。"

Bird 模型充分注意到了门户城市的演化过程，并详细地刻画了这一过程，为进一步考察沿海地区的城市体系演变提供了一个新的研究视角。但遗憾的是，这一模型由于过于强调"门户职能—中心地职能—门户＋中心地职能"的演化过程，在一定程度上忽视了以下方面：第一，门户城市的产生并不唯一，其未来的发展过程同样也是彼此之间的竞争过程。毫无疑问，Bird 并没有考虑在此后的演化过程中，门户城市之间的竞争关系。第二，随着殖民化过程的内陆推进，殖民开拓前缘形成了新的殖民先驱门户（pioneer gateway），衍生出大量内陆中心地，先前的殖民先锋门户逐渐演化成普通的中心地。在此后的发展过程中，这些中心地之间也是彼此激烈竞争的。Bird 模型没有考虑到内陆中心地或者内陆门户之间的竞争演化关系。第三，在上述过程中，内陆门户城市与海港门户城市的竞争也是激烈的，二者之间的此消彼长的动态演化关系自然亦需要加以考察。

五、寺谷亮司模型

寺谷亮司通过北海道和非洲城市体系的演化过程的对比研究，建立了开拓地城市体系的发展模型（图 1.5）。模型分为三个阶段，即形成期（海港城市卓越时代）、发展期（内陆开发期）和重构期（首都卓越期）。

第一阶段，农产品和矿产品等出口产品的产地和门户职能的海港城市之间修建有铁路，沿线地区逐步得到开发。该时期城市体系的典型特点是同时拥有火车站和海港的门户城市发展为首位城市，城市分布和经济发展的重心均在沿海地区。区域内的交通工具以铁路和船舶最为重要。

第二阶段，伴随着铁路网络的延伸，区域开发活动向内陆推进，铁路沿线及其铁路终点往往成长为内陆门户城市。内陆首都迅速发展，规模迅速膨胀，与海港门户城市相抗衡，二者共同组成了双核结构。与此同时，内陆经济势力增强。这一阶段，铁路的作用非常重要。

第三阶段，未开发地区消失，新开发地区的特性逐步淡化，内陆首都以及首都圈的地位举足轻重，内陆地区渐成中心。区域内城市间的联系和地区间的联系空前活跃。区

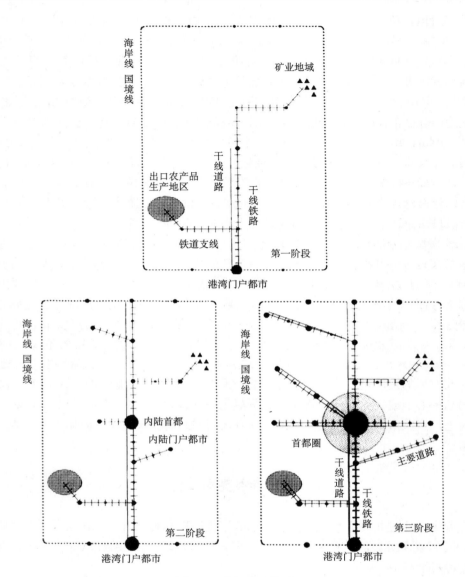

图 1.5　寺谷亮司模型

资料来源：寺谷亮司，2002

域内的交通除了铁路外，公路的重要性逐步增加。

　　寺谷亮司模型的特点有两个：第一，不承认海港门户城市相对于内陆中心城市的优势恒定，认为门户城市和内陆中心城市之间的优势可以相互转化。随着经济开发重点地区的逐步向内陆推移，内陆中心城市发展逐步超过沿海港口城市。发生这种变化的动力是中枢管理职能（包括经济中枢管理职能和行政中枢管理职能）作用的充分发挥。第二，开拓前锋的存在以及交通手段的变更既是城市的成长、衰退，城市体系的形成、发展等的决定要素也是变动要素。

第三节　研究设计

一、研究意识

从国内外城市体系的动态研究可以看出，历史的、过程的研究已经成为城市体系研究的重要领域。那么，国外学者提出的上述若干个城市体系的动态演化模型是否能够很好的用来描述我国沿海地区的城市体系演化呢？

第二节简要评述了 Taaffe-Morrill-Gould 模型、Rmmer 模型、Vance 模型、Bird 模型、寺谷亮司模型（2002）。这五个模型，大致可以分属两类：第一类关注的焦点是沿海和内地的关系；第二类关注的焦点是沿海地区各港口城市之间的关系。事实上，单纯任何一个方面的解释都不是非常完整的，只有将二者有机的结合，才能够较为系统地描述沿海地区的城市体系动态演化过程。

这些模型有以下几个方面的共同点：

1）学者们均十分强调海运和铁路等交通方式、与宗主国（或者经济核心区）的密切经济联系、广域范围的批发活动等外生活动的重要性。认为这些因素在沿海地区城市体系动态演化过程中起到了十分重要的作用。

2）研究对象发展历史较短，在外部营力入殖之前，地区处于未开发状态。外部营力入殖后，区域城市体系的形成过程完全是外生的、殖民化的过程，并不是内部社会经济自然发展的产物，而是在外生权力支配下的必然产物。也就是说，在这些模型中，其实外力的表现是创造了城市体系。由于外力影响的空间扩散过程，区域城市体系的形成过程是城镇在空间上由沿海向内陆渐次展布、逐步推进的过程。

3）学者们关注的重点是殖民化过程对城市体系演化过程的影响。对于这种影响，主要侧重于从中心地职能、门户职能方面的解释。当然，寺谷亮司模型还注意到了中枢管理职能所发挥的重要的作用。

4）研究地区自开埠后，始终保持对外开放状态。在城市体系的动态演化过程中，并没有发生周期性区域的开启、封闭现象。因此，学者们并没有考虑到国门封启与否对城市体系演化所产生的重要影响。

考虑到中国的政治体制、经济体制特点，加上已经渐成周期性的门户开放因素，中国沿海地区的城市体系演化过程及其内在机制无疑与国外会有着明显的不同。展开这一方面的深入研究，对于全面认识我国沿海地区城市体系的演化系谱、特点，指导今后城镇化的发展，无疑具有十分重要的理论意义和实践意义。

中国沿海地区城市体系演化过程中的许多特点，是上述模型中难以解释的。这些特点主要有以下几个方面。

1）城市体系演化过程的多阶段性。中国沿海地区发展历史悠久，在殖民化过程以前，存在一个相当长的内生演化过程，内部营力起到了至关重要的作用。外国力量入殖以后，经历了殖民化过程，外部营力日渐发挥重要作用。新中国成立以后，我国又走进了富有中国特色的工业化进程，外部营力对于沿海地区城市体系演化的影响，也发生了有规律性的变化。仅仅用殖民化过程来解释这一演化过程，显然是断章取义，以偏概全，丧失其历史完整性的做法。

2）影响城市体系动态演化的城市职能的多样性。城市职能是影响城市发展的主导动力，城市职能结构会影响城市体系的演化过程。城市职能是一个时间的概念，在其演化过程中，城市主导职能会发生有规律的更替，不同城市的职能组合结构会产生变化，从而影响城市的发展，不同城市间的差异性发展自然促进城市体系的动态演化。显然，城市体系动态演化的系统考察，自然要全面分析各种城市职能及其城市职能结构演化的影响。仅仅关注于殖民化过程中的中心地职能和门户职能的影响，并不深入讨论殖民化过程以后在工业化和现代化过程中发挥重要作用的制造业职能、中枢管理职能的影响，对于一个正处于快速工业化进程的区域而言，是明显不够的。

3）海疆的周期性封启的影响。从中国历史发展来看，国家海疆的封启似乎纳入了一个令人回味的周期之中。这一国家的重大决策对不同历史时期、不同空间尺度的区域城市体系产生了程度各异的影响。这种影响在沿海地区城市体系演化过程中有什么样的表现呢？显然这是富有中国特色的一个问题，也是一个饶有兴趣的议题。

4）海港门户城市和内陆中心城市优势转换问题。上述模型提出了两种截然相反的观点，一种是优势恒定，一种是优势转换。中国沿海地区的情况如何呢？如果发生了转换，导致这种转换的原因是什么呢？显然，这也是一个非常值得进一步深入探讨的议题。

基于对上述思考，本研究试图从城市职能、城市间联系等视角分析以山东为代表的中国沿海地区城市体系的形成、发展过程。事实上将一个沿海省份的所有城市作为一个整体、一个系统进行历史变动分析的研究，在国内还相当少。

其实，对上面这些问题的回答，从另外一个侧面反映了这项研究在沿海地区城市体系动态演化过程理论建设中的重要意义，即通过对个案城市体系动态演化过程的复原，提供一个富有中国特色的沿海城市体系演化模式新个案，丰富城市体系动态演化的理论。

这项研究的实践意义可以引用吉迪斯·S. 格兰尼的话进行概括，"……我已经确信，没有对过去的研究和理解，就不能有效地规划未来，社会环境、物质环境、自然环境，均适于此，概莫能外"。确实，审视过去，是为了更好地展望未来。现今，城市已经成为区域发展的主宰，城市体系已经构成了区域发展的骨架，城市体系的优化整合，已经成为促进福利共享、社会和谐的有效调整工具。通过历史的审视，正确地复原、理解城市体系的过去、现在，是预测未来的必备基础。从这一视角来看，这一项研究可以为中国沿海地区的城市体系规划、发展提供一定的科学依据。

二、理论框架

城市的差异性成长实际上是城市职能规模以及不同城市职能类型共同作用的必然结果。本研究试图从城市职能的角度对沿海地区城市体系的动态演化过程进行解析。在展开正式论证之前，有必要将统领全文的理论基础进行初步梳理。

1. 城市职能空间范围的讨论

Gradmann 指出："城市的主要职能（chief profession）是充当周围农村的中心地和地方交通与外部世界的中介者，这个职能通过市场体现出来，城市可以理解为市场所在地（marktorte）。"这一定义兼顾了城市对内（腹地内）和对外（外部世界）两种职能组分，是对外职能和对内职能的统一体。

很明显，Gradmann 考虑的是那些较小的城镇。克里斯泰勒对此进行了拓展，"这里所涉及的，不只是人们首先想到的那些较小的集镇，这些集镇毋庸置疑本来就是周围农村地区独一无二的中心；这里所涉及的，同时还有那些较大的城市。而且不仅仅是就其直接邻近的地区而言，还联系到由许多较小的区域组成的一个体系，这些区域虽然都有各自相距很近的中心，然而，从整体上看其更高一级的中心离他们较远，是那些用来满足农村和较小城镇需求的较大城市。这些需求不能从较小的城镇得到满足。"在引用 Gradmann 的原话标度城市概念和聚落地理至关重要的具体标志以后，克里斯泰勒这样扩展和概括了 Gradmann 的观点："城市的主要职能（或者主要标志）是充当区域的中心。"毫无疑问，经过上述的一般化处理，城市职能（这里指的是中心地职能）已经由城市对其周边农村地区服务扩展到了为周边城市和乡村地区服务了，由强调城乡关系向城市间关系转化，从而为城市体系研究做好了铺垫。从这个层面上来讲，克里斯泰勒提出的城市职能（中心地职能）实际上是对其腹地范围提供的职能服务。

但是，有学者认为克里斯泰勒将 Gradmann 城镇职能中拥有的第二层含义，即门户职能的思想抛弃了，虽然在一定程度上促进了 Gradmann 的观点一般化，但在外延上缩减了城市职能（Bird，1973）。森川洋也认为在城市主要职能的问题上，Bird 的批评是正确的。如果在克氏中心地职能的基础上重新补充 Gradmann 城市职能的第二层次含义，那么，从城市服务的地区空间范围来看，可以有图 1.6。

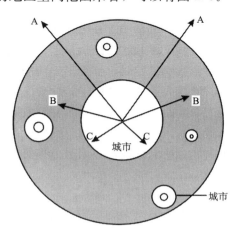

A 广域职能　B 区域职能　C 地方职能

图 1.6　城市职能的空间尺度

资料来源：寺谷亮司，2002，有修改

　　显然，城市提供的服务因其到达范围而各异，可分为广域、区域和地方三种。地方服务到达范围的上限是城市自身，仅仅为城市内居民提供服务；区域服务的到达范围与城市的影响范围几乎一致。从克氏的相对中心性定义来看，中心地职能属于区域职能（森川洋，1980）。广域职能则是城市提供的服务超过了城市的影响范围，为城市主要影响范围以外的地区服务，内容较为广泛，主要包括了门户职能、制造业职能等。

　　图1.6将城市对腹地内的服务和对腹地外的服务有机结合起来，融合了Gradmann和克里斯泰勒的观点，弥补了克氏经典理论中的往往为别人所诟病的封闭城市体系假设。并且，图1.6与城市经济基础理论中城市经济活动的基本部分和非基本部分较好地对应起来。上述三种空间范围的城市服务可以很好地找到各自的位置。其中，地方服务属于城市经济活动的非基本部分，根据城市职能的定义，这并不属于城市职能。而地区服务和广域服务属于城市经济活动的基本部分，是城市职能在不同空间尺度上的表现，也是导致城市差异性发展，进而影响城市体系动态演化的动力源泉。

　　显然，城市职能是两个空间尺度职能的统一体，不过由于城市的生成基础（尤其是区位）、区域社会发展阶段（前工业化社会、工业化社会、后工业化社会）以及城市规模因素等原因，广域职能与区域职能在这统一体中的地位并不等同。比如，前工业化社会的农业发达地区，城市是地区的产物，加上交通运输条件的制约，同区域外其他城市之间的联系相对薄弱，系统的封闭性较强。这时，城乡之间关系更为重要，区域职能在城市发展中发挥了相对主导的作用。随着工业化和现代化的推进，交通运输网络系统的优化，通信技术的发展，区域内部、区域之间的通达性日益提高，先前区域之间相对薄弱的联系日渐增强，体系的封闭性日益被打破。在这一过程中，城市作为经济发展的驱动机同区域发展密切联系在一起，由先前城乡关系中的附着从属地位转化为主导地位，广域城市职能在城市发展中的作用更加重要。

　　上文的分析表明，城市广域职能和区域职能的划分是以城市的服务空间是否超过城市影响范围为界定标准的。其中，为城市影响范围内部的城市和乡村提供服务是区域职能，为其外部的城市和乡村服务是广域职能。众所周知，在一个研究区域内，城市影响范围有大小不同的等级，针对不同尺度的城市影响范围，区域职能和广域职能之间可以相互转化。当考察的是高级城市影响范围时，那么，先前次一级城市广域职能的一部分就会转化为区域职能，反之，则由先前的区域职能转化为广域职能。因此，在研究广域职能和区域职能对城市发展的影响时，事先需要对研究对象厘定清楚，选择同等级的城市作为考察的对象，以便所考察的两种空间尺度城市职能具备可比性，防止将事实上属于不同尺度的职能进行简单类比。换句话说，应该努力将研究的城市体系界定清楚。

2. 中心地职能局限性

　　上文分析中的区域职能就是克氏理论中的"中心地职能"。目前，国外对中心地职能的研究较为充分。在克氏理论中，中心地职能是按照中心地所提供的中心服务或者中心商品来界定的，"属于这些中心服务的，首先包括交易——几乎完全是中心指向的（不包括小商贩的沿街叫卖）；其次是银行业、许多手工业（如修理部）、国家当局、文化和精神服务事业（教堂、学校、剧院等）、职业和企业组织、运输业和卫生事业等等"。这也就是说，中心地职能包括了批发、零售、服务等经济职能，行政、司法、教育、文化（宗教）、保健医疗等职能以及制造业的一部分。在这些职能当中，零售和服务业能够较好地反映中心性的短期变动，相关资料易于获取，因此，在实际的中心地职能调查中得到了大量应用，这在美国和日本表现较为突出。

中心地理论建立在中心地职能分析基础之上的，重点关注以中小城市为中心的城乡关系以及城市影响范围中上位城市与下位城市之间的等级关系和连接关系，对于大城市发展以及开放体系中下位城市与上位城市之间的关系解释无能为力（森川洋，1997）。由于克氏所考察的时代为前工业化时代，所考察的地区为传统的农业地区，因此，他所建立的城市等级系统理论完全忽略了高层次的中心。

时过境迁，现在世界上绝大多数国家已经脱离或者正在脱离传统的农业社会，进入工业化社会，部分国家已经迈入后工业化社会，整个社会发展的背景同克氏时代相比发生了翻天覆地的变化。在过去的一段时间里，城市人口爆炸式增长，城市的规模急剧扩张，世界上已经出现了城市人口500万以上、腹地人口2000万以上的全球城市和城市人口100万~500万、腹地人口1000万的亚全球城市。2000年中国城市人口100万以上的大城市也有55座（周一星、于海波，2004a，b）。显然，克氏系统已经不再适合描述今天任何地方的城市等级系统了，至少应在先前的等级中补充二、三个层次，形成一个六、七个层级的等级系统（Hall，2002）（表1.5）。

表1.5 克里斯泰勒中心地系统（据 Hall，2002）

种类	市场区域半径/km	城镇人口/人	市场区域人口/人
M（市集）	4.0	1 000	3 500
A（镇集）	6.9	2 000	11 000
K（县城）	12.0	4 000	35 000
B（市辖区）	20.7	10 000	100 000
G（区府）	36.0	30 000	350 000
P（省府）	62.1	100 000	1 000 000
L（州府）	108.0	500 000	3 500 000

随着时间的流逝，成长起来的大城市已经不像克氏时代那样，仅仅是中心商品和服务的供给中心，而是越来越承担起日益增多的职能，比如，国家或者区域的权力中心，国家或者区域的贸易中心，大区域的物资集散地，银行保险和相关金融服务的中心，各种医疗、法律、高等教育等高级专业活动的中心，信息中心等。另外，虽然在后工业化社会的国家，制造业已经不再是城市发展的主要动力，但在快速工业化的国家和地区，工业发展正在蓬蓬勃勃展开，成为城市发展的主要动力。这些职能可以大致分为三类：中枢管理职能（management function）、门户职能（gateway function）、工业职能。显然，城市的这些职能很难认为全部属于城市的中心地职能。

第一，中枢管理职能研究是否可以归结于中心地研究，不同学者有不同的看法。阿部（1993）等基本上持否定态度，森川洋（1998）在肯定政府机关等高级行政职能可以算作中心地高级职能的同时，也认为中枢管理职能并不可以全部归结为中心地职能。第二，在前工业化时代，工业（主要是手工业）产品流动，受当时交通运输条件的限制，其空间结构主要体现为与周边地区之间的关系，这一部分职能可以视为中心地职能。在工业化进程中，涌现出许多专门化矿业、制造业城市，这些城市的经济活动超过了城市的影响范围，很难用中心地职能来说明。第三，门户职能与中心地职能之间有着明显的区别，显然不能够纳入中心地职能的框架之中。

因此，中心地理论中的中心地职能仅仅能够解释城市的发展、城市体系演化的一部分，要系统、完整地解析这一演化过程，必须有另外一种较为合适的理论框架。图 1.6 表达的思想是很好的，但是在具体的实践工作中仅仅依靠图 1.6 并不能有效地解决问题，这是因为该图对广域职能的把握存在若干棘手的问题。因为其中涉及城市影响范围的科学界定方法问题。是按照中心地所拥有的相对中心性吗？基于这一出发点的方法如重力模型、Huff 概率模型等在实践中得到了大量应用，但事实上该类方法确定区域职能和广域职能的界限并不科学。因为按照克氏的理论，无论是高级补充区域还是低级补充区域，均与中心地实现了功能上的一体化，二者不可隔离。显然，这里存在一个循环引用的问题。

3. 一个适宜的演绎框架

上文已经指出，克里斯泰勒的中心地理论建立在中心地职能之上，强调城市体系的封闭性，忽视了外部环境对城市体系演变的影响，并且不能够对所有的城市生成、发展及其职能给予全面的解释，比如对制造业城市（尤其是矿业城市）、海港城市等就无能为力。在这部分内容里，将梳理一种基于中心地职能、门户概念和集聚-规模经济的演绎框架。

其实，克里斯泰勒并非没有注意到港口和门户的存在，在其经典理论中，他将与中心地相对的分散聚落分为两类：面状居民点、点状居民点。其中，点状居民点包括采矿点和港口，港口等点状居民点往往同时还为中心地，采矿居民点和疗养浴场也可以算是小范围的中心地。但是即便如此，点状分散地同中心地还是有严格的区分。克里斯泰勒认为港口自然为中心地，实际上并非如此，港口是在外部刺激下产生，并且当其同外部世界相联系这种功能持续下去时才能发展成为中心地。可能是为了使他的理论模型更为完美，克里斯泰勒蓄意看轻"特大的腹地"交换，将海港城市视作特例。因此，在克里斯泰勒原创性工作以后的大量中心地文献中，已经难觅港口、门户的踪影。

就在克里斯泰勒发表他成名专著的同年，McKenzie 出版了 *The Metropolitan Community* 一书，其中在论述美国拓荒前沿推进的历史过程中附带提及了门户概念，当然，这并不是 McKenzie 强调的重点。1939 年 Lösch 提出了 transport points、gateway point 的概念。Harris-Ullman 按照城市的空间布局形式将城市分为三种类型，提出有名的城市类型三分法，即中心地、交通城市和特殊职能城市（specialized functional settlement），强调在城市生成契机、空间布局形式、城市经济特点等方面，交通城市、特殊职能城市与中心地属于完全不同的城市类型。Ullman 具体讨论了美国南部的"港口门户（port gateway）"，指出门户城市包括多数的铁路、海运航线的枢纽。

20 世纪 60 年代以后，理论学家日益认识到外部刺激对殖民地城市产生、发展的重要性，发现海港在殖民地等级系统中占有十分重要的地位，并强调认为海港不是中心地理论中的例外（Taffe，1963；Murphey，1964；Rose，1966）。1970 年 Vance 的重商业主义模型问世，提出了一种与克氏理论内生机制完全不同的区域城市体系动态演化演绎模型，强调了开放系统下外生力量的重要性，这一观点同样得到了 Johnston（1982）的支持。1971 年 Burghardt 发表了著名的论文"A hypothesis about gateway cities"，详细讨论了 gateway 的定义，剖析了中心地和门户的不同，分析了 gateway city 的职业结构特点，并提出了 gateway city 演化假说，指出，①门户和中心地的明显区别在于城市服务区（city's service area）的形状不同。中心地服务区域可以是圆形的或者六角形、正方形的，中心地位于其中心；门户城市的服务区为扇形，一般情况下沿着一个方向远离国家的中心区域，这个国家的中心区域或者是经济中心或者是行政中心；"如果海疆开放的话，海洋航线将变得十分重要，并且同国内核心区的联系将转向海外市场"。②门户城市倾向于在不同类型的区域交界地带生成，以长距离贸易联系为主；中心地位于相对生产同类商品的区域内部，以当地贸易联系为主。③加拿大温妮波湖（Winnipeg）、卡尔加里（Calgary）、埃德蒙顿（Edmonton）1911 年的数据表明，制造业比重低、交通运输业和批发业比重高是门户城市职业结构的重要特点。

学者们已经充分认识到中心地理论需要门户概念的补充（表 1.6）。另外，还意识到要全面地解释城市产生、发展，有必要划分三种城市产生和发展的理论类型（three theory-types），即中心地理论、门户概念和集聚/规模经济。其中，后者为工业区位论中的集聚理论，工业职能往往会扭曲完美得中心地模型。

表 1.6　中心地、门户、区域综合研究：部分重要案例（据 Bird，1980）

关键词	类别	重要文献
central place	P	Christaller（1933）
gateway	P	McKenzie（1933），Ullman and Harris（1945）
central place and /or gateway elaboration	S	both，Ullman and Harris（1945） central place，Haggett（1965） gateway，Burhardt（1971）
exogenous movement	P	economic emphasis，North（1955） geographical emphasis，Whebell（1969）；Vance（1970）
regions as both closed and open systems	S	Stabler（1968）；post-North（1955）
	S	various，post-Vance（1962）

注：P：pioneer；S：synthetic approach。

Bird（1973）的突出性贡献在于总结前人工作的基础上，利用中心性概念将这三种理论类型有机地统一起来，给出了一个分析城市发展、城市体系演化的理论框架。虽然，森川洋认为观光职能、卧城职能等很难在其所提及的三个理论类型中找到合适的位置，对中心地理论难以解释行政和政府所在地职能表示质疑（图 1.7），但 Bird 毕竟提供了一个较为适宜的分析框架。他充分探讨了中心性（centrality）的概念，认为中心地理论、门户概念、集聚-规模经济的中心性概念在性质上并不完全相同，其中，中心地理论为内生性中心性（endogenous centrality），门户概念为外生性中心性（exoge-nous centrality），集聚-规模经济为内在的中心性（internal centrality）。但显然均可以用中心性来统领所有的城市，以解释其产生和职能。

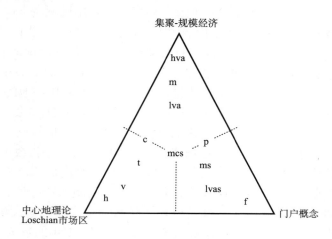

图 1.7　聚落区位和功能的三种理论类型

资料来源：Bird, 1973

h. 部落（hamlets）；v. 村庄（village）；t. 贸易镇（market town）；c. 有一些制造业的区域中心（a regional cen-tre with some manufacturing）；f. 渡口（ferry port）；lvas. 低附加值制造业海港（low value-added manufacturing seaport）；ms. 制造业海港（a manufacturing seaport）；p. 有多种类型制造业的海港（the seaport had a wide range of manufacturing types）；hva. 有高附加值工业的殖民地（settlements with high value-added industries）；m. 有多种类型制造业的内陆城市（inland cities with a wide range of manufacturing types）；lva. 低附加值工业（low value-added industries）；mcs. 大都市海港（metropolitan capital city seaport）。

　　图 1.7 中，三角形的顶点是各理论解释能力最强的聚落类型，随着远离各顶点，各理论的解释能力相应减弱。其中，中心地理论对农业高度发达地区的 hamlets、village、market town 的解释能力最强，若聚落（c）中有制造业的存在，仅仅用中心地理论进行解释就力不从心，必须要有集聚/规模经济的参与。渡口（ferry port）和低附加值制造业的港口城市（lvas）是 gateway 的说明领域。高附加价值工业聚落（hva）、内陆工业城市（m）适用于集聚规模经济原理解释。大都市港湾（metropolitan capital city seaport，mcs）距离三角形顶点等距离，只有三种理论结合在一起才能进行很好的解释。

　　1983 年 Bird 再次对三种理论模型之间的关系进行了充分地表述（表 1.7），涉及产生原因、活动空间、有效说明地区、结果等。同时首次明确给出了 gateway 职能的定义，即所谓 gateway function 就是城市将其影响范围（homeland）与国内其他地区，以及通过交通机构同国际地区间结合在一起的职能。

表 1.7 中心地与门户的比较

	中心地	门户
最初提倡者	W. Christaller（1933 年）	R. D. MeKenzie（1933 年）
成立契机	商品、服务供给地点的最少化	交通、物资的中转
发生原因	内生的	外生的
活动空间	城市影响范围内的区域封闭体系	城市影响范围外的区域开放体系
有效说明地区	农业中心地区、内生发展的旧世界	殖民地、工业地区、外生发展的新世界
附加功能		集聚/规模经济
结果		大都市或者大都市圈

资料来源：寺谷亮司，2002，17。

城市是多种职能的综合体，哪些职能适用于上述各理论呢？Forstall 和 Jones（1970）考察了世界上的大都市，并尝试对最大的都市区进行了职能分类。在初步评价中，识别出了七种不同的职能类型，均可以通过上述三种理论类型中的某一种进行解释（表 1.8）。这样，就可以建立不同城市职能类型与三种理论类型之间的对应关系了。

表 1.8 Forstall 和 Jones 的都市区职能类型与 Bird 的三种理论类型的对应关系

都市区职能类型	三种理论类型
区域服务功能	中心地理论
港口功能	门户概念
制造业	
行政管理职能	
政府所在地	集聚-规模经济
特殊服务功能	
原始的采矿基地	

注：根据 Bird（1973）115 页内容整理。

Bird 的三种理论模型是在充分讨论了区域门户——海港城市的前提下提出来的。但是，门户职能突出的城市并不仅仅限于国内港口城市，同时还包括内陆的交通运输城市、批发业城市等等，Burghardt 的论文中就谈到了内陆门户城市的动态演变过程。另外，Bird（1973）对门户的分类也充分说明了这一点（图 1.8）。

另外，Bird 的三理论类型，最基本的出发点是对所有城镇的区位和职能给予充分的静态解释。实际上无论城市最初的生成的契机是什么（农村居民点、港口抑或工矿地？），最初的主导职能是什么（中心地职能、门户职能还是矿业职能？），随着城市的进一步健康发展，城市的职能逐步由单一向复合化方向发展（显然这一过程是有事实依据的），只不过不同城市的职能结构有所不同，主导职能有所差异，从而影响到城市，进而影响到城市体系的动态演化。对于所有的大城市，显然均同时需要这三种理论进行解释。

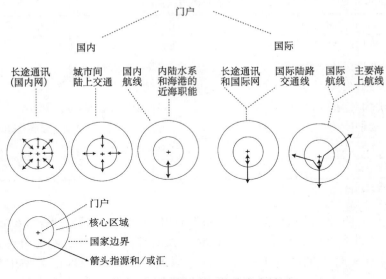

图 1.8　Bird 的门户职能分类全景图

资料来源：Bird，1973

在本节中，用了较多的篇幅讨论了基于空间服务范围的城市职能划分、Bird 三理论类型发展脉络，逐步认识到仅仅用中心地理论中的中心地职能不能够很好地解释城市的成长和城市体系的演化，而需要同时运用多种职能才能够有效地解决这一问题。无疑，Bird 的三理论模型作为一种演绎、描述的模型，提供了一个较好的分析逻辑框架。当然，这一模型也并没有能够将所有的居民点都能够纳入其解释框架之中，但作为一个逻辑框架，对于一定规模以上的城市还是具有较强的解释能力。基于这些考虑，本研究并不是谋求将中心地理论和门户有机结合起来，构建另外一种城市体系的空间结构模式，而是试图以该理论为逻辑框架，从各种理论所能解释的各种职能出发，探讨不同职能与城市体系时空间演变之间的相互关系。也就是说试图从城市职能角度回答中国沿海地区城市体系演化与国外有着什么样的不同过程和动力机制。

三、研究地区与研究时段

1. 研究地区

城市体系动态过程的研究成功与否，与所选择的研究地区密切相关。这也就是说，城市体系动态演化研究时，要慎重选择研究对象。这个对象，不仅仅要考虑到其空间尺度的问题，同时还要考虑到其空间区位、时间尺度等因素。简单而言，就是说要选取城市体系发生了明显变化、有较为丰富资料可分析的地区作为研究对象。

山东省自清朝中叶以来，社会背景发生了很大的变化，历经了农业社会、工业社会，期间又夹杂有殖民化、改革开放的影响，城市发展的动力机制发生了很大的变化。在此背景下，城市规模兴衰迭起，城市主导职能更迭，城市间联系日趋复杂化，城市体系发生了明显的变化。另外，清朝中期以来，各种史书、方志资料、统计资料非常丰富，为分析上述变化提供了便利的条件。对照西川（1952）提出的适合动态地理学研究的区域类型，显然，山东是一个很好的研究对象。

2. 研究时段

研究时段为乾隆中叶至 2000 年，包括农业社会和工业社会两个大的阶段。在分析过程中，根据研究目的，分为乾隆中叶、民国初期、新中国成立以后 3 个时段。乾隆中叶属于农业社会时期、民国时期属于农业社会向工业社会的过渡时期，新中国成立以后属于工业社会时期，又分为改革开放前和改革开放以后两个时段。在上述各历史时期内，城市的主导职能发生了明显的变化。另外，受数据资料的限制，选用各时点数据来代表各时段内的具体特征。时点的选择根据研究目的、内容等选取。

四、研究内容与研究方法

1. 研究内容

本研究所采用的逻辑框架是从理论—实证—理论，力争在分析过程中将理论分析与实证研究有机结合起来，用理论分析统领实证分析，并在实证分析的基础上上升至理论总结。

研究内容的安排基本上按照城市体系的主体研究内容"特性"、"职能"、"相互作用"进行组织，包括城市规模等级分析、城市职能变动分析、城市体系结构分析三大主题。

该研究共分为 10 章，图 1.9 为章节安排。

第一章在全面梳理国内外相关的城市体系动态过程研究的基础上，厘定本研究试图解决的主要科学问题，确定本研究在城市体系过程研究中的相位。同时介绍研究视角、理论基础、分析方法以及研究内容及逻辑框架。

第二章是研究主体的开始。在这一章里，首先对城市人口规模多源数据进行了可信度评价，然后利用历史文献法、个案分析法以及数理统计等方法，勾勒乾隆中期以来山东省城市体系规模等级以及空间格局的动态演化过程，解析不同历史时期的变化特点。为后文从城市职能角度解释这种过程、特点提供了分析的对象。

第三章基于城市职能作为时间和空间概念的理念，全面梳理了乾隆时期以来山东省城镇职能日趋复合化的变动过程，为后文的具体城市职能的动态演化过程分析做了初步铺垫。

第四章至第七章具体探讨了山东省中心地职能、工业职能、中枢管理职能、门户职能的动态演化过程。

第四章从中心性概念的讨论开始，对中心地职能的测度方法、历史时期中心城市及其城市体系的复原方法进行较为深入的探讨。并利用所建立的方法全面复原 20 世纪 30 年代以来山东省中心地体系的动态演化过程，揭示其中隐含的规律性。

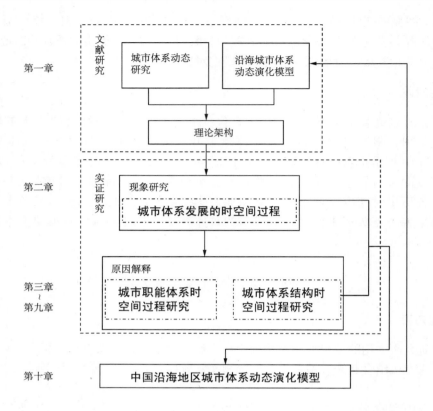

图 1.9　研究结构框架图

　　第五章着眼于民国以来山东省城市职能中工业职能的变动分析。首先分析山东省民国以来"新工业"发展的空间格局变动过程，然后从城市工业职能的规模、强度等多个方面分析了 1982～2000 年城市体系中工业职能的变动特点。

　　第六章是对城市体系中中枢管理职能的分析。该章首先分析中枢管理职能概念，全面界定其内涵，然后对国外中枢管理职能研究现状进行客观评述。在此基础上确定本章中枢管理职能研究的方法，并深入分析了 1982～2000 年山东省城市体系中枢管理职能的变动过程。

　　第七章是对城市职能中门户职能的变动分析。本章首先是对门户职能概念的辨析、研究方法、及其研究框架的厘定。在此基础上，从 Flow、Hinterland、职能单位等多个视角全面剖析了山东省城市海外门户职能的动态演化过程。

　　第八章是对第三～七章的一个初步的概括和总结。在这一章里，利用城市经济基础理论，从城市职能的视角给山东城市体系的等级结构变动、城市的成长提供一个新的解释。

　　第二～八章仅是从城市体系中节点的分析。第九章则从城市间联系的角度进行探讨，分析山东省城市体系结构的时空间演化过程。

　　第十章是分析结果的归纳和总结，在这一章里，对山东省城市体系动态演化过程、特点进行初步的归纳与总结，建立中国沿海地区城市体系动态演化过程模型，并就这一模型同国外已有的模型进行了对比分析。

2. 研究方法

城市体系演化过程和城市体系结构变动的研究，主要有两种范式，第一是基于计量方法的演绎范式，第二是遵循特殊到一般逻辑的归纳范式。由于历史过程的不可逆性，本研究主要采用第二种范式。

具体采用如下研究方法。

1）历史分析方法。城市体系动态演化过程体现在城市的发展历史之中。历史的过程受到社会发展内在规律的支配，但历史的过程的分析并不仅仅局限于对城镇发展过程的简单描述，而是对隐含其中的规律性的探讨，是一种理论的归纳、历史内在逻辑的揭示。因此，在分析过程中，本研究将城镇发展的过程复原、历史背景探悉、演化动力机制分析有机联系起来，试图完成对沿海地区城市体系时空间演化过程的系统性理解。

2）系统分析方法。城市体系是一个系统，即包括节点，也包括联系，其分析不可偏废一方。在分析过程中，采用系统分析的方法，不仅关注节点、联系，对二者结合的整体效应也进行充分分析。另外，本研究还利用个案分析与数理模型分析相结合，将局部研究与整体分析紧密结合起来。

3）比较分析方法。本研究关注的焦点是处于不同环境条件下的同一现象（城市体系发展）的比较考察。在具体分析过程中，不仅有城市体系时空间结构的对比，还包括国内外研究的对比分析。

五、研究主要创新点

本研究的创新之处主要表现在以下三个方面。

1）通过大量的多源历史数据，多种分析方法系统集成，引入历史的、过程的观点，通过历史的脉络来理解山东省城市体系的演化过程；考察了国家范畴下的相对独立的城市体系与全球范畴下的非独立的城市体系随时间的转换，及其在不同城市、不同区域上的不同响应。完成了以山东为个案的省域空间尺度的城市体系演化过程分析，填补了国家尺度、"巨区"尺度和省尺度链条中的薄弱环节。

2）本研究从城市职能的视角出发，拆分城市职能为中心地职能、工业职能、门户职能和中枢管理职能，系统解析各种职能的演化过程，分析了各职能及其增长与城市规模分布/城市体系成长之间的定量关系。这在国内外算是一项较为深入的系统研究。这一新的研究视角，也为进一步分析国内其他沿海省份城市体系演化过程提供了一个较好的分析架构。

3）本研究在系统分析基础上，总结出了山东城市体系演化过程的典型特点。在与国外已有研究模型对比分析的基础上，提炼出了山东省城市体系演化过程模型。这一模型的提出，进一步丰富、深化了城市体系过程研究的理论。证明了中国沿海地区城市体系演化过程与国外的不同点，这种不同点主要城市各职能对城市成长的差异性贡献造成的。而城市职能的差异，在很大程度与中国特殊的门户开放政策、计划经济因素等密切相关。这一观点对于进一步考察中国其他沿海省份城市体系的演化过程，无疑具有十分重要的参考意义。

第二章 山东省城市规模分布的时空演变

本章的研究目的主要是考察乾隆中期以来山东省城市位序-规模分布的时间演化过程和空间格局转换。在分析过程中着眼于各城市的地理位置、人口规模、历史特征等视角。

城市规模分布研究适宜于不同空间尺度的城市体系，不同空间尺度的城市体系可能具有不同的规模分布类型。国内外一般是考察城市规模和位序之间是否符合位序-规模分布，并分析其背后隐含的政治、社会、经济、地理、历史等各种因素。恰如许多研究所证明的那样，城市的位序-规模分布类型具有相当大的稳定性，即便是期间城市发展的背景发生了明显变化（Madden，1956；Eaton and Eckstein，1997；Osada，1997；Guérin-Pace，1995），但是城市位序-规模分布类型的稳定不能够代表其组成元素——城市位序变动的稳定性，Madden（1956）的研究早就明确指出了这一点。这些变动的城市则往往反映了它们的个性特征。

正如许多研究者所指出的，位序-规模分布模型的不足之处就在于空间思考的缺乏。事实上城市空间分布格局不同的城市体系同样会具有类似的位序-规模分布曲线（Sheppard，1982）。为了更为翔实地分析明清以来山东城市体系的规模分布变动特点，本章将位序-规模分布变动过程研究和城市发展空间格局变动过程研究有机结合起来。

第一节 数据信度评估及对象确定

各历史时期的城市规模数据均有多种标度。因此，在正式展开分析之前，有必要对所有来源数据进行可信度分析，以确定本研究所使用的源数据。

一、城市规模标度指标的选取

城市是城市体系的组成元素，城市规模、城市样本数量的界定，是进行城市体系等级规模结构研究的先决条件。城市规模主要有人口规模和用地规模两种表达方式。如果城市用地面积和城市人口数据之间有着较为密切的正向联系，那么在标度城市规模方面二者就可以相互替代。至于选用哪一个指标，则取决于其历史延续性。在实际研究过程中，人口规模指标最为常用，但后者也有一定的尝试（谈明洪等，2003；赵萍等，2003；邓文胜等，2003；寺谷亮司，2002）。

作者收集到了不同历史时期可以标度山东城市规模的相关指标，既有用地指标，又有人口指标，如清朝中期各治所的城周数据、同期各市镇的人口规模估计数据等。研究发现，城市用地规模与城市人口规模之间并没有相对稳定的相关性，清时期各治所城周与人口规模之间的关系就是典型例证。表2.1系作者从120卷本《山东通志·城池》中摘抄的部分治所城周数据。可以看出，各治所城周虽然差异明显，但往往体现的是治所官府行政级别的高低，反映了城市与权力之间的关系，比如，济南府城周 12 里 48 丈，除历城外，所辖 14 州县的平均城周 6 余里。济宁直隶州城周 9 里 30 步，而所属金乡、嘉祥、鱼台三县县城平均城周 6 余里。城周大小与城市人口规模并没有直接联系。比如，兖州府城、济南府城、临清州城周分别为 14 里 200 步、12 里 48 丈、9 里 100 步，但乾隆年间三城人口规模分别为约万人、39 534 人、15 万～20 万[①]。

另外，城周也并不是城镇用地的合理标度指标，其时有城内田和城外市现象。城外市的例子如潍县，"市街区分为本城、四关……，本城内 700 户左右为商家，其他悉为官绅住宅……，东关住民均为商贾，商铺栉比……"。再如，胶州城城周仅四里，城内居民仅 200 余户，崇祯年间已有士民数千家俱庐城外，清代胶州城关面积已达原州城的 10 倍[②]。城内田的例证更是数不胜数，如，济宁城"直至 1910 年城内 6855 户居民中，仍有粮户 1160 人，共有耕地 167 公顷 35 亩多"[③]。因此，章生道对 19 世纪末和 20 世纪初期中国若干省会、府城和县城面积进行的实证研究中没有说明城市面积与人口之间的关系，曹树基[④]（2003）亦强调"根据城墙长度已无法对城市人口进行任何有价值的推测"。

即使现在，由于各地自然用地条件以及其他影响因素的存在，城市用地也很难作为城市规模的合理度量指标。因此，下文分析采用人口规模指标。其中，以人口指标作为城市规模的标度指标，同样存在有这样或者那样的问题。由于城市的无标度性，城市的人口界定标准多样，致使同一区域内城市数量多寡不一，城市间规模往往缺乏可比性。但即便如此，尽最大努力保持不同时间段的城市概念之间的可比性、城市样本的前后一致性，对于城市体系的动态演化过程分析而言十分重要。

表 2.1　山东省各治所城周数

城池	城周	城池	城周	城池	城周	城池	城周
历城	12 里 48 丈	莱芜	4 里	阳谷	9 里	东昌府	7 里 109 步
章丘	6 里	东平州	24 里	寿张	5 里	堂邑	6 里
邹平	4 里	东阿	8 里	济宁州	9 里 30 步	博平	3 里
淄川	7 里	平阴	3 里	金乡	6 里	清平	6 里
长山	4 里	武定府	12 里	嘉祥	4 里	莘县	5 里
新城	5 里	青城	3 里	鱼台	7 里	冠县	4 里
齐河	4 里	阳信	6 里 12 步	沂州府	9 里	馆陶	4 里
齐东	5 里	海丰	3 里	郯城	5 里 80 步	恩县	5 里
济阳	4 里	乐陵	3 里	费县	4 里	高唐	9 里
禹城	9 里	利津	7 里	莒州	5 里 80 步	临清州	9 里 100 步

---

① 济南、兖州城市人口数目系许檀根据《乾隆·历城县志》卷三，里社、乾隆《济宁直隶州志》卷二，里社整理而得，临清城市人口系许檀估算。

② 道光，《胶州志》卷二十二，《明官师志》卷一，关厢建置开方图。

③ 潘守廉修，《济宁直隶州续志》卷四，食货，民国十六年刊。

④ 曹树基. 2003. 清代北方城市人口研究——兼与施坚雅商榷. 中国经济史论坛于 2003 年 8 月 24 日 11：50 发布

续表

城池	城周	城池	城周	城池	城周	城池	城周
临邑	6 里	沾化	7 里	蒙阴	2 里半	武城	4 里
长清	4 里 30 步	蒲台	3 里	沂水	1 里有奇	夏津	7 里
陵县	8 里	兖州府	14 里 200 步	日照	2 里	邱县	8 里
德州	11 里 180 步	曲阜	7 里	曹州府	12 里	青州府	13 里有奇
德平	3 里	宁阳	4 里 50 步	单县	4 里 186 步	博山	518 丈
平原	5 里	邹县	4 里 50 步	成武	430 丈 7 尺	临淄	6 里
泰安府	7 里 60 步	泗水	3 里 100 步	巨野	9 里	博兴	3 里
肥城	6 里 100 步	藤县	5 里	郓城	3 里 90 步	高苑	5 里 30 步
新泰	6 里	峄县	4 里	曹县	9 里	乐安	5 里
汶上	12 里	范县	2149 丈	定陶	9 里	寿光	3 里 310 步
莱阳	6	观城	9 里	濮州	7 里	昌乐	4 里
福山	3 里	宁海州	9 里	荣成	6 里 168 步	昌邑	5 里
栖霞	3 里	文登	7 里	莱州府	9 里有奇	胶州	4 里
招远	2 里有奇	威海卫	6 里有奇	平度州	5 里有奇	即墨	4 里
临朐	3 里	海阳	8 里	潍县	9 里有奇	黄县	6 里
安丘	3 里	诸城	9 里 30 步	登州府	9 里		

注：1 里＝500m，1 丈＝3.33m，1 步＝250m。

二、乾隆中期人口数据信度评估

在漫长的封建社会里，我国没有城市建制，各治所均缺乏详实的人口统计，城市规模只能在浩瀚的史志资料中寻觅、甄别，这一历史时期的城市人口规模只能是估计数据。部分学者在这一方面倾注了大量心血。施坚雅（1977）、许檀（1998）和曹树基（2003）对乾隆中叶山东城市人口规模的估计十分重要，其中，曹树基（2003）是在施坚雅（2000）、许檀（1998）基础上的进一步修正、完善和提高。

施坚雅（1977）对清晚期的各大区城市化水平、城市等级位序分布的空间差异进行了全面、深入、富有开创性的探讨。其中，最基础的工作就是确定研究对象及其人口规模。在其论著中，施坚雅较为全面地交代了这一工作①，在确定城市的经济层次时采用

---

① 施坚雅在论著中在涉及这一问题时做了如下的交代，"为了分析 1893 年中国的城市，我建立了有 2500 多张卡片组成的综合性资料汇编，目的是要能包括每一座城市和市镇，这些城市和市镇（1）作为县一级或更高一级治所的所在地，或者在 1893～1953 这 60 年间任何曾经被称之为城市的；（2）在这同一 60 年间的任何时候，在中心地区经济层级中取得了地方或者更高一级城市才有的那一类中心经济职能；（3）在清皇朝最后二十年人口达到 4000 以上，（4）在 1953 年人口达到 50 000 以上"。……"对于本汇编里的市镇，表明其中心职能的人口统计和其他资料，是广泛地、系统地以多种多样地来源收集起来的"。……"对东亚同文会编纂的综合性地方志里所描述的 800 多个城镇，逐个记录了 1915 年前后的人口估计表。为了搜集表明特定城市的规模和职能的资料，查阅了 200 多部十九世纪和二十世纪初期的府和县的地方志"……（《中华帝国晚期的城市》，施坚雅主编，叶光庭等译，北京：中华书局，2000，254。）

了城市人口规模指标，并对城市人口规模等级标定方法做了详细的论述。在 1843 年华北大区的城市中心地的等级-规模分布图中，出现了济宁、临清、东昌府、潍县、青州府的人口规模等级。

曹树基尽管总体上肯定施坚雅的观点，但对其城市聚落的确定、城市人口规模估计所依赖的资料表示质疑，"这一考虑周全的城市人口估测方法应当是无懈可击的，只是至今，无缘获读他有关所有城镇人口的考证，也不了解这数千个城镇的名称及资料由来。这就是说，在各种资料中，并不清楚究竟哪些聚落被他定为城市，又有哪些不认为是城市"。其理由是施坚雅从未将"2500 张资料卡片的综合材料档案"公布于众，"当他的统计与其他学者的统计不一致时，很难做出清楚的判别"。

许檀（1998）与施坚雅（1977）以全国城市为研究对象不同，专注于一省范围的城市历史研究，对明清时期的山东省城市人口规模估计有深入的分析。许檀首先将山东城市分为"大城市"、"一般府、州、县城"、"较大的商业城镇"和"中小商业城镇"四类，然后在各类城市中分别寻找有详细方志记载的个案，以个别推及整体，分别估算其人口规模。这一方法是"可信的、实用的"（曹树基，2003）。

曹树基（2003）继续延用许檀（1998）的实证方法，对每一个县至少查找两种及以上的地方志，主要利用其中记载，重建了清朝中期山东省的各城市人口规模等级。但他与许檀（1998）有两点不同之处。

第一，曹树基（2003）城市分类不同。他"将一般的府治、县治城市分为不同的两类……，根据不同地区的实际情况将市镇分为不同的级别……"，分别估算了"政治与商业中心城市"、"府、州治所城市"、"县治城市"、"大市镇"、"中市镇"、"小市镇"的城镇人口规模，"然后根据人口数，将不同的市镇与不同的府、县治城市并成一类，从而构建完整和统一的区域城市人口的等级模式"。"严格地说，城市人口等级模式的建立，是为了有效地进行城市人口的估算，而不是其他"。

第二，曹树基（2003）的城市规模估计均有统一的时点。为了与同时期的人口总数进行比较，他将乾隆四十一年（1776 年）作为讨论的相对统一的标准时点。

基于上述分析，乾隆中期的城市人口估计数据主要来源于曹树基（2003）的资料，不足的从许檀（1998）、施坚雅（1977）的资料补充。前二者中部分城镇人口规模差异过分悬殊的则查阅地方志重新校核。

三、民国初期数据的可信度评估

这一时期最为重要的、也是许多研究广为应用的城市人口估计主要有二：第一，东亚同文会编纂的《中国省别全志·山东省》中城市人口估计；第二，中华续行委办会的城市人口估计。就山东而言，这两个城市人口估计数据相差颇为悬殊，十分有必要分别对其精度、可信度进行讨论。

1.《中国省别全志·山东省》城市人口数据

《中国省别全志》是中国各省区的全面性调查报告，系 1898 年成立的东亚同文会所编纂。该会接受日本政府的巨额资助，配合日本的侵华政策，对中国各省区分别作详尽的调查，所作报告均直接送参谋总部、外务省与农商省等，其资料丰富详实，涉及概述（各地沿革、面积、人口、气候、民俗、政治、军事概况以及对外关系等）、城市（含商埠、主要城市、县城等）、贸易、交通、农业、商业等，颇具参考价值，是迄今为止研究中国近代社会、经济等问题的重要宝藏。

东亚同文会干事长小川平吉、东亚同文书院院长根津一撰在《中国省别全志》的绪言对调查概况给予了简单介绍，据此，可以分析该调查数据的详实程度如何。上海东亚同文书院系 1901 年日本在上海开办的学校，该校学生大多为日本人，均从日本各府县选拔而来。从 1907 年起该校每年都要举行中国内陆大旅行活动，将每年临近毕业的约百名学生分为数十个班组，利用大约 4 个月的时间到各省进行调查，调查内容包括都会、地理、交通、金融、工业、农业等，前后用人近千名，资金约二十万两白银，最终形成了二十余万页的调查报告。在调查报告基础上，东亚同文书院经营母体东亚同文会于 1917 年出版了《中国省别全志》。

《中国省别全志·山东卷》系 1907 年至 1915 年上海东亚同文书院 5～13 期学生的实地调查报告的浓缩本，调查报告中记载有山东绝大多数县城及其以上城市人口的估计数，部分较为重要的交通运输市镇也有所估计，但没有详细论述城市人口的调查方法，只能从行文论述中体会一二。在编写体例中，本书将商埠独列一编，包括济南府城、周村镇、潍县城、芝罘、龙口港、威海卫、青岛（胶州湾）7 章。与其他县城比较而言，商埠编内容更为详实。但就本书所关注的城市人口规模，调查报告详略各异。

通读全书，再也没有发现哪个城市的人口估计能比烟台更为详实了。调查者首先列举了 1908 年、1909 年当地税关和 1910 年政府的人口调查数据、1916 年芝罘日本领事馆的人口调查数据。对前两个数据，尤其是政府的人口调查方法给予了较为客观的评价，强调了二者均为城市人口规模的偏小估计。其次，根据实际调研情况，分别约定制丝工厂的平均工人数、商店平均职员数、家庭平均规模，汇总得出城市人口大约 11 万以上；最后，以 11 万人为基数，又添加上 1 万余人的苦力和 3000 余人的船夫，从而给出了烟台市的城市人口数约 12 万人。毫无疑问，烟台市城市人口的估计方法是较为科学的，人口数的估计也是较为合理的，获得了其他来源数据的支持。

就其他商埠城市而言，济南仅仅列举了 1914 年、1915 年中国政府的人口调查数和 1917 年日本领事馆的调查数据，青岛也只是列举出了日德战争前（1910 年）及日本占领后（1913 年）市街区人口数而已。而周村镇、龙口、威海卫仅有人口数，潍县则仅有户数而已，皆无数据出处，是否为调查者的自我估计，难以知晓。

该调查报告对其他府城、县城的人口估计方法似乎相对统一，即首先询问当地警署或者居民，然后根据调查者对城市繁华与否的判断给出估计数据。比如德州，"本地人口据当地土人（劝学所官吏）所言，有户 5000 余，人口 3 万许，根据实际观察，与上述数据相差不大"[①]；曲阜县城，"据土人所言，当地户数 1500，人口 7000，根据实际

---

① 东亚同文会. 1917. 中国省别全志·第四卷·山东省，229。

观察，户数大约 800，人口大约 4000"①。再如泰安府城，"当地虽为府城，规模不大。据土人所言，人口 6 万抑或 8 万，根据观察，户数 4000，人口 20 000"②。

上述城市人口估计数据的可信度如何呢？可以从以下几个例子进行分析。

同治《即墨县志》详细记载了该县县城、城关及各乡的户口数字，县城与关厢人口合计约 2078 户，人口 10 223 人。《中国省别全志》中"城内人口约 4500，户数约 1000 户，城外人口约 1500，户数约 300，合计人口约 6000，户数约 1300 户③"。仅 40 年时间里，即墨人口不增反减，减少 700 余户，4000 余人，近乎为同治年间的 50%，降幅之大，令人难以置信。

另有泰安府城，清代乾隆年间，仅西关之外居民就达"数千家"，全城合计当数可观，约 2 万～3 万人。而《中国省别全志》估计为 2 万人，但时间已过近半个世纪。这一估计可能有失偏差。

当然，也有城镇人口规模的估计较为准确。比如，兖州府城滋阳县治，1872～1882年约有居民 12 000～15 000 人④，《中国省别全志》估计为 2 万人，如果按照大约 3‰ 的人口增长率追溯，这一数据的准确度相对较高。

从上述分析来看，虽然《中国省别全志·山东卷》给出了大约 40 余个城镇的人口估计数据，对于研究近代山东的城镇发展有着十分重要的价值，但就其估计精度而言，县城城市人口规模可能与实际偏差较大，而府城人口也很难说精度有多高。利用这一数据分析山东省城市体系的变动，难以让人信服。

2. 中华续行委办会的城市人口估计

(1)《中华归主》资料的可信度分析

20 世纪 20 年代的另外一个较为全面的数据是《中华归主》一书中附录七所记载的全国城市人口数。1913 年中国各基督教会召开全国会议，决定召开一次全国性的传教情况调查，并委派中华续行委办会（China Continuation Committee）具体承担。"调查工作大致从 1918 年延续到 1922 年"。调查报告英文版出版后不久，原英文版的译者全绍武于 1922 年以《基督教在中国之势力》为题，出版了中文版。国内在 1985 年以《中华归主》为题再版该书，由中国社会科学院世界宗教研究所翻译。

这份资料的可信性可以从资料来源、调查方法、工作态度、相关资料佐证四个方面解析。

1）资料来源。该调查资料来源多，绪言对第三～八章的主要资料来源给予了详细的说明，现如实抄录如下，或许有些繁琐，但其中可见这一资料的可信度。

---

① 东亚同文会. 1917. 中国省别全志·第四卷·山东省，297。
② 东亚同文会. 1917. 中国省别全志·第四卷·山东省，251。
③ 东亚同文会. 1917. 中国省别全志·第四卷·山东省，384。
④ 日本东洋文库藏有《山东滋阳县户册》，时间约在 1872 年至 1882 年。该户册登记了滋阳县 17 条街巷居民的家庭人口、职业状况，共计 688 户，2845 人。该户册系残本，山根幸夫估计，所登记居民约为全城的 1/5～1/4。按这一比例推算，滋阳县城人口约 12 000～15 000 人。

"第一，1918 年秋，本调查委员会向全国各宣教会会长或干事发出了调查地图与统计表格，在填写这些表格之前，与各地通讯员进行了大量的通讯联系，付出了辛勤劳动。全部调查工作是由一百五十多位通讯员提供的，其中只有两、三处回报资料不够完善。参加调查工作的各宣教会团体都给提供了充分的合作及信任。

第二，中华续行委办会 1920 年以前每年出版的《中国基督教差会指南》（*Directory of Protestant Missions in China*），由统计部干事主任鲍引登牧师主编。

第三，各差会干事每年向中华续行委办会送交的年度统计报告。本调查部所发询问表格中没有填写的项目，都根据中华续行委办会统计干事部的最新统计加以填补。

第四，各差会向其本部所作的工作报告及宣教地内地教会出版物。

第五，政府关于行政区划、政府教育、国内税收、工商业、邮政事业等方面的官方出版物。

第六，各界权威人士所写的有关中国情况的书刊杂志，如夏之时（Richard）的《中华坤舆祥志》（*Comprehensive Geography of Chinese Empire*），海恩波（Marshall Broomball）的《大清国》（*The Chinese Empire*），1910 年《民族评论》（*The National Review Annual*，1910）中的各省概况，季理斐（Rev. Donald MacGillivray D. D.）的《中国教会百年史》（*A Century of Missions in China*），库寿龄（Samuel Couling）的《中国百科全书》（*Encyclopaedia Sinica*），远东地舆建设会（Far Eastern Geographical Establishment）编辑的《中国之新地舆及商城合志》（*The New Atlas and Commercial Gazetteer of China*），《1919 年中国邮政地图》（*The Postal Atlas of China*，1919），商务印书馆出版的《1917 年中华民国新区域图》（*The New Atlas of China*，1917）（第三版），《1917 年中华民国新区域图》（*The Political Divisions of China*，1917）（第四版），《中国教育指南及年鉴》（*The Educational Directory and Year Book China*），1896 年出版的《中国差会须知》（*The China Mission Handbook*），《1921～1922 年中国年鉴》（*The China Year book*，1921～1922），1920 年安立德（Julean Arnold）编印的《中国商业须知》（*The Commercial Handbook of China*），《远东评论》（*The Far Eastern Review*），白挨底（Playfair）编写的《中国之城镇》（*The Cities and Towns of China*）等等。

2）调查方法。从调查方法来看，"第九～十四章的资料是通过调查委员会或那些愿意协助调查委员会的个人就某个或某些专题研究而发出的特别询问表而获得的。这些询问表中有一些是根据大量的通讯录寄发的，这几乎是对善意和耐心的一种考验……。这些询问表调查的专题有：语言区域、…、城市人口、工资、差会经济状况等。这些询问表格不仅寄发给在中国的传教士和外国人，而且也寄发给了国内外的一些政府官员、领事机关人员、商务代办等。有些专题，如中学、师范学校等的资料和统计数据都经过仔细的调查研究，其中一些资料和数据则是几个单位在专职人员的指导下共同协作的成果。"

3）工作态度。中华续行委办会的调查工作相当严谨，仅从地图绘制中就可见一斑。"本书中共有地图三百二十幅，各式图表一百二十五幅，都是本调查部办公室的同仁们精心准备的。每幅草图都经过了严格的科学审定，再由一位外国绘图专家根据草图精确仔细地绘成地图。……本书中的地图都是用波尼（Bonne）投影比例统一精心绘制的。

两个外国人、一名有经验的绘图专家和五名中国制图人员在两个多月的时间内又用简单的圆锥投影法把各省地图进行了复制。"

这种严谨的工作态度在人口统计方面也体现得淋漓尽致。"为了研究官方各县人口统计数的可靠性，本调查委员会曾给各省每个差会至少一名代表寄去了一份表格，要求他们对太高或太低的统计数加以说明，如果可能的话，并提出可以接受的比较准确的数字。这种要求得到了比较满意的回答——虽然通讯员回报的各县人口统计数据以做出准确判断的不算太多。"

4）相关资料佐证。基于以上调查方法和认真严谨的工作态度，中华续行委办会的调查的精度是令人赞许的，并从其他相关资料得到了佐证。"北京邮政总局友好地给寄来了他们的统计数字（在中华续行委办会调查的同时，中华邮政局也在各省邮政局的协助下进行了人口统计工作），很高兴地看到中华续行委办会的统计数与邮局的统计数多半都很近"。"中国警方与军方都曾对一些县、城做过调查。这些调查证明一半以上的通讯员所做的县区人口调查是毫无疑问地保证与实际情况相接近"。"几年前，几位传教士在几名中国人的协助下对华东两个选教区内他们所在的县进行了非常详细的全面调查。结果，1919 年本调查委员会从官方得到的这几个县的人口数字与传教士所得的数字相比，每一项中几千个统计数相差都不超过几十"。

通过上述分析，已经能够对该调查报告的可信性做出判断了。

（2）《中华归主》附录七中的城市人口数据

侯扬方先生在其专著《中国人口史·第六卷（1910～1953）》中详细记述了原附录七的内容和资料来源说明，并提供了 10 万人以下的城市名单。《中华归主》的附录七是当时中国的城市人口估计，并附有详细的资料来源说明。这份说明中详细介绍了这份城市人口统计数值的资料来源，及对这份数据的客观评价，抄录如下：

"下表是根据寄在全国各差会总堂宣教师的调查表而得出的一般城市人口估计。把用这种办法得到的估计数与以前发表的海关统计报告，各种指南手册、地理书、地图册、各大公司的城市人口统计、各差会本部报告、各地警务长官报告等进行了审慎的对比后，并做了一些修改。因此，下列数在准确性与完全性方面与当地居民的估计以及所有可能得到的已经发表的有关参考资料十分相近。另一方面，本调查委员会完全了解到这份统计资料绝对不是完美的，很多估计数可能与实际情况远不相符。对中国城市人口估计或收集有关人口资料有实践经验的人都会理解本调查委员会的困难，调查委员会只强调这份统计是这方面的最好的资料，此外，不愿提出任何权利要求。除非在政府监督下精心、科学地完成一项人口调查统计外，是不可能达到准确、完全地，不仅对个别的城市或省份是如此，对全国也是如此"。

此外，在《中华归主》的第一章第三节对城市人口也有简要的说明，同样强调了数据的来源和处理方式，"城市人口的估计数字来源于许多方面，其中有海关报告、指南书籍、地理书籍、差会出版物以及向各宣教师驻在地的某些精心挑选的传教士发出的特别询问卡，要求他们填写所在城市的人口数字。当然，用这种方法收集到的人口估计数字很不一致，委员会则从中挑选最保守的和一般公认的数字。警察局最近曾仔细地调查过几个大城市的人口数，但调查过的城市太少，不能妄加评论，不过他们的统计数字都比一般公认的数字小。"

侯扬方（2001）对中华续行委办会的中国城市人口估计给予了很高的评价，指出"这一统计的确是有关 20 世纪上半期中国城市人口统计的最全面，可能也是最好的统计之一"，"中华续行委办会的估计最为全面，可能也最接近事实"。并把这一人口统计的详细程度作为评价其他估计优劣的标准之一，认为莫里斯·厄尔曼对 1900～1958 年的中国城市人口统计"是一个在详细程度上勘与中华续行委办会相媲美的估计"。

表 2.2 是作者根据侯扬方（2001）提供的附录七中 10 万人以上的城市和 10 万人以下的城市整理而成的 1918 年山东省各城市人口数。

表 2.2　中华续行委办会估计的民国初期山东城市人口规模

城市	人口数/人	城市	人口数/人	城市	人口数/人
济南	300 000	青州府	50 000	费县	30 000
青岛	90 000	汶上	50 000	金乡	30 000
济宁	200 000	嘉祥	40 000	博山	30 000
烟台	100 000	泰安府	40 000	平度	30 000
沂州府	100 000	德州	40 000	石岛	30 000
潍县	100 000	滕县	40 000	寿张	30 000
黄县	80 000	兖州	38 000	东昌府	30 000
莱州	80 000	诸城	35 000	东平	30 000
周村	75 000	郯城	35 000	成武	25 000
登州府	60 000	定陶	35 000	沂水	25 000
胶州	50 000	曹州	35 000	即墨	25 000
临清州	50 000				

资料来源：中华续行委办会，中华归主，中国社会科学出版社，1986。

令人不安的是，表 2.2 中整理的山东城市个数与《中华归主》31 页的表二中记载的城市个数并不一致。后者明确记载山东居民 10 万以上者有城市 3 个，居民 5 万～9.9 万者有城市 11 个，居民 2 万～4.9 万者有城市 21 个，1 万人左右的城镇及乡村居民所占全省人口之百分比为 90%。而表 2.2 中 5 万～9.9 万者仅有城市 9 个，尚缺 2 个城市，不知何故？

在分析过程中，20 世纪 20 年代的城市人口数据采用《中华归主》，其原因除上述的可信度以外，还有时间上的可比性问题。《中国省别全志》调查时间为 1907～1915 年，持续近乎 10 年之久。期间，许多城市已经发生了十分显著的变化。比如济南，1906 年约有 10 万人[①]，1917 年达到 27.5 万人，增加了 17.5 万人，翻了一倍多。虽然《中华归主》调查时间持续至 1922 年，历时五年，但"第三章到第五章的

---

① 据东亚同文会编《宣统三年中国年鉴》，明治四十五年出版。

资料主要是根据本调查委员会从 1918 年冬到 1919 年春专门收集到的统计数据和地理数据编写的"。因此，比较而言，不同城镇的人口数据基本上能够保持在同一时间段内，可比性更强。

四、新中国成立以来的城市人口数据信度评估

1. 分析数据的选取

　　新中国成立以来，山东省最早的城市人口估计数据为《山东分局关于山东大中小城市人口数目及布置召开各代表会情况报告》中的数据。1949 年 9 月为配合召开各界代表大会，山东分局向中央局提供的《山东分局关于山东大中小城市人口数目及布置召开各代表会情况报告》中附有 3 万人以上城市名单。这份资料分较大城市（8 座）、中等城市（6 座）、小城市（但商业发达，人口较集中，成为一地经济的或政治的中心，计有 9 座）三类。其中，前两类城市人口均在 3 万人以上。8 个较大城市中包括了现今已经划归江苏省的徐州、新海连（即新浦、海州和连云港）。这份电报提供的数字并不能够很好地标度城市人口规模。比如，青岛市 130 万包括市郊在内，新海连 16 万中包括其所辖的农村人口数，惠民 9000 人不含机关部队的 1 万多人，羊角沟 1.2 万包括不固定人口等。因此，这些资料并不能作为新中国成立以来的基期数据。此后，有统计意义的城市人口数据主要有三种来源，即山东省公安系统的户口登记、山东省第五次人口普查、山东省城市建设年报统计。这些数据各有优缺点，其中，户籍统计数据真实可靠、连续性强，但由于城市中大量农村户籍人口和农村地区大量非农业人口的存在，非农业人口不能直接替代城镇人口。《山东省城市建设年报统计》缺乏通行的划定标准，1973～2001 年的《山东省城市建设年报》中有关城市规模的口径，先后提供有城市人口、城市非农业人口和居住人口等，后二者含义相对清晰，而城市人口则一直没有清晰的定义。尤其是对县城人口而言，有些年份是全县的总人口，有些年份是建成区的人口，有些年份是政府所在建制镇的人口，不一而足，难以辨识。

　　比较而言，人口普查资料最为理想。不过与另外两类数据相比，人口普查数据仅为截面数据，缺乏时间上的连续性。更应该强调指出的是第五次人口普查城镇人口统计口径也各不相同，连续两次之间并不具备较好的衔接性（表 2.3）。因此，在分析过程中，需要尽可能选取统计口径相对一致的年份的普查数据。表 2.3 为我国第五次人口普查的城镇人口统计口径和当时的主导市镇设置模式。

表 2.3　我国第五次人口普查的城镇人口统计口径

	城镇人口统计口径	主导市镇设置模式
第一次人口普查	市镇行政辖区内总人口	切块设市
第二次人口普查	市镇行政辖区内的非农业人口	切块设镇
第三次人口普查	市镇行政辖区内的总人口	

续表

	城镇人口统计口径	主导市镇设置模式
第四次人口普查	市人口指设区的市（系地级市）全部市区人口（不含市辖县人口）和不设区的市（系县级市）的街道人口。镇人口指不设区的市（县级市）所辖镇内的居委会人口和县辖镇内的居委会人口。 设区市的城镇人口指：（1）人口密度在每平方公里 1500 人以上的区辖全部行政区内的总人口；（2）市辖区人口密度不足 1500 人的区政府驻地和区辖其他街道办事处地区，和驻地的城区建设已经延伸到的周边乡镇的全部行政地区的人口。 不设区市的城镇人口指：（1）市人民政府驻地和市辖其他街道办事处地区的人口；（2）驻地的城区建设已经延伸到的乡镇的全部行政地区的人口。	整建制设市镇
第五次人口普查	建制镇的城镇人口指：（1）镇人民政府驻地和镇辖其他居委会地区的人口；（2）镇政府驻地的城区建设已经延伸到的周边村民委员会驻地的村委会的全部地区人口。	

　　1953 年第一次人口普查时，由于当时市镇郊区较小，市镇的行政辖区接近于市镇实体地区范围，以市镇辖区内的总人口作为城镇人口较为合理。

　　1964 年第二次人口普查时，虽然市镇的设置模式没有发生改变。但是 1958 年以来的大跃进和人民公社化的影响，城镇人口的增长超越了农业的承受能力。国家对城镇发展施加了强力影响，主要表现为削减城镇人口和职工[①]、提高市镇设置标准，缩小城市郊区等。以城镇行政辖区内的非农业人口作为城镇人口（并一直沿用至 1982 年）。从而开始了城镇人口与城镇地区间的分离以及城镇人口的偏小估计。

　　1982 年第三次人口普查时，城镇人口的口径与 1964 年的口径不同，继续沿用了国家 1955 年颁布的城乡划分标准，即城镇人口包括设有建制的市和镇的总人口。

　　此后，我国市镇设置模式发生了根本性变化[②]，整建制设市、镇成为主导的市镇设置模式。1982 年口径带来了城镇人口的偏大估计。不得已 1990 年第四次人口普查时对设区的市和不设区的市和镇采用了双重标准。至此，城市规模在市镇之间已经不具备可比性了（周一星、孙樱，1992）。

　　2000 年第五次人口普查采用 1500 人/km² 的人口密度将设区市分为两部分，该临界值以上区（一般是城区和近郊区）的总人口视为城镇人口，临界值以下区（一般指远郊区）只计算真正的城镇部分，在一定程度上克服了第四次人口普查对设区市城镇人口

---

　　① 山东省仅 1961 年就减少城镇人口 70 万，约占 1960 年城镇人口的 11.54%。其中，国家职工 41 万，学生 23 万、社办企事业、城镇闲散人员及职工家属 6 万（山东省档案馆，A001-02-1073，115 页）。

　　② 1983 年 5 月民政部和劳动人事部在向国务院上报的《关于地市机构改革中的几个主要问题的请求报告》中提出了整县改市的内部标准，1984 年国务院批转民政部《关于调整建制镇标准的报告》，放宽了建镇标准，1986 年国务院批转的《民政部关于调整设市标准和市领导县条件的报告》就撤镇设市和撤县设市规定了具体条件。这样，由于整建制改市、镇，将城市由过去的城市型政区改变为以广大农村为主体的区域性政区，部分城市大量市民依然从事农业生产，由城乡分治又回到了城乡合治的老路上，按照行政建制统计的城市人口规模走入了偏大估计。故此，联合国和世界银行等国际机构停止了公布我国 1982 年以后的城镇人口统计资料。

的偏大估计。对不设区的市和建制镇提出了"城区建设自然延伸原则",克服第四次人口普查对不设区市和建制镇的偏小估计。在很大程度上,使得城市城镇人口与城镇地区空间较为一致的结合起来。

对比五次人口普查时的城镇人口统计口径的界定标准,可以发现1953年、1982年和2000年的城镇人口能够代表各时期的城镇规模,在时间上和空间上具有较高的可比性。可以选择1953年、1982年和2000年的人口普查数据为基础数据源。但在具体分析中,以1956年替代1953年的数据。之所以如此是基于以下两个方面的考虑。

第一,因档案存放问题,目前可以查阅的第一次人口普查数据,仅有省档案馆存档的一份非常简略的分县市区普查资料,其中,只有各县、市、区的市镇人口总数,并没有各城市的人口规模数。

第二,1953年第一次大规模的人口普查时,我国并没有统一的设市设镇规定,各地设镇设市的标准宽严不一,有些城市规模不大,但把郊区划得过大,影响了城镇之间人口规模的可比性。1955年颁布了《国务院关于城乡划分标准的规定》,确定城镇人口为市镇辖区内的全部常住人口。当时市和镇郊区较小,城镇人口中包含的非农业人口仅有15%左右,以行政建制统计城镇人口还是较为合理的。1956年山东统计局根据这一规定的要求,对全省城镇人口进行了一次调查统计调整。在表前的说明中,对这次调查调整方法进行了简要介绍,"各市、县统计局(科)是会同有关部门按照国务院规定的城镇标准划分的,并经当地首长同意,我局对各地上报的资料进行审核,对不够城镇条件的,已予以剔除,在各地所报材料的基础上综合全省资料"。由于距离第一次人口普查不足三年,1956年上半年汇总的山东省城镇人口统计表是可信的,城镇之间的可比性较强,可以用来作为数据分析的基础。

2. 相关城市规模数据的校正

（1）校正原则

通过不同时间段的人口数据分析县及以上治所的城镇发展,要求数据在时间上具有可比性,对于一些特殊情况,需要相应处理。

第一,县治迁址的城镇。采用两种处理方式,如果能够找到新址前期的城镇人口,则用前期人口与后期人口进行比较分析;如果新迁址原为乡村,则此治所将不作为考察对象。

第二,撤县设区。为了避免将因行政区划调整而带来的城镇人口增加视为城镇发展的谬误,在考虑初期城镇人口规模时要将原治所城镇人口考虑在内。举例来说,福山县1983年时撤县成为烟台市的一个新区,在考察1982年和2000年烟台市城镇人口的增长状况时,就要将1982年时福山县治所的城镇人口与烟台市的城镇人口合而为一进行分析。

第三,后期为各组团距离较远的多组团式城市,而前期为单组团城市,那么,在分析时,以具有可比的组团为分析对象。

（2）具体城市人口规模的校正

从全国来看，第三次人口普查可信度较高。但这一结论是建立在 1983 年我国设置城镇模式主要是切块设市和切块镇基础之上的。1982 年第三次人口普查时，山东城市设置模式复杂，有切块设市者，有整建制设市者，也有组团式设市者，不一而足。加之部分城市几经废置，城市范围频繁变动，部分城市第三次人口普查市镇人口很难作为城市人口规模的合适度量。如果不加以详细分析，简单进行前后对比，肯定会谬误百出。鉴于此，作者查询了新中国成立后山东省出版的各市市志，梳理了 1982 年部分建制市的沿革变化，以期凸现各市的设置模式，校正失真的城市人口数据。

德州市 1946 年 6 月析德县城关区而置，1950 年 3 月并入德县，次年 3 月复置，以并入德县的原德州市行政区域为其行政区域。故其时德州市为切块设市，在地区范围上与 1956 年可比，第三次人口普查市镇人口数据可以用来表示德州市的城市人口规模。

1948 年 4 月潍县城解放后，于潍城、坊子及二者毗连地区置潍坊特别市，次年 6 月易名潍坊市，1950 年 5 月撤销，并入潍县，同年 11 月复置潍坊市（县级）。1958 年 12 月撤销潍县，并入潍坊市，1961 年 10 月潍县复置。故潍坊市的地区范围在 1982 年、1956 年可比。

济宁市最早设市于 1946 年 1 月底，当时以济宁城及近郊设立县级济宁市（与济宁县同时并存），后多经废立。1965 年 3 月在重置济宁县后，济宁市与 1956 年时相差不大，二者在地区范围上也可比。

淄博市长期以来由张店、淄川、博山等几个分散的城区组成，戴均良（2000）称之为组团式设市模式。这几个组团之间有广阔的农村地区，大量人口仍在从事农业生产。即使到了 1988 年非农业人口也没有超过总人口的一半，仅为 41.07%。竟然有一半以上的人口在从事农业生产！而这期间淄博市的行政区划并没有发生改变。从第三次人口普查的市镇人口数据来看，1953 年、1956 年、1982 年分别为 216 399 人、460 538 人、2 276 422 人，占总人口的 15.03%、24.05%、85.17%。1964～1982 年市镇人口比重增速如此之快，令人瞠目结舌！即便是其中有行政管辖范围发生变动，这一高速度也委实令人吃惊。显然，1982 年市镇人口数据不能作为淄博市的城市人口规模。《淄博市志》载 1985 年时，全市共有城区街道人口 310 489 人，占 11.28%。这一人口数据显然也不能作为淄博市的城市人口规模，因为城市含有一定范围的与城市在功能上紧密联系的农村地区是合理的，也是必须的。用城区街道人口作为城市人口规模明显偏低。《山东省 1982 年城市建设统计年报》记载，同年城市居住人口为 64.3 万人。淄博市的非农业人口近几年则保持在 65 万左右，其中，1980～1983 年分别为 612 542 人、663 134 人、695 446 人，分别占总人口的 23.58%、24.73%、25.61%。综合考虑，淄博市城市人口规模 65 万较为妥当。

枣庄市的设置情况颇似淄博市。该市最早于 1945 年 5 月设立，时辖中心、枣庄、车站、齐村等 4 个镇，为单组团城市。1960 年 1 月撤销峄县并重设枣庄市后，辖齐村、台儿庄、峄城、薛城 4 区。其中，峄城、薛城曾为峄县、临城县治所，各区治所之间距离颇远，此时枣庄已为多组团城市。1976 年 7 月 12 日析齐村区枣庄镇、塔埠 2 处公社及渴口、郭里集、峄城公社的各一部分大队，置枣庄市市中区，该区下辖街道办事处和郊区人民公社各一个，为枣庄市人民政府驻地。因此，第三次人口普查时的市镇人口1 238 257人包括了枣庄市辖区内的全部人口，这一数据用作枣庄市的城市人口规模并不适宜。直至1988年时，枣庄市城市人口中非农业人口才占到20.19%，比例很低！必须对该数据进行合理修正。《山东省1982年城市建设统计年报》载有同年枣庄市的城市人口数和城市居住人口数，分别为20万和21万。其中，后者包括了矿务局的所有住房，居住人口中含有了部分在滕县的矿区人口。据此推测，枣庄市的城市人口大约为20万左右。

1958年6月以泰安县城及其近郊地区设立泰山市，同年12月泰安县撤销，其行政区域并入泰山市，泰山市同时更名为泰安市。1963年3月撤市复县，以原泰安市行政区域为泰安县行政区域。1982年1月再度撤县置市。几经周折，至1982年时，泰安市也已经不是一个城市的概念了，而转化为一个区域概念。第三次人口普查时市镇人口规模为1 269 876人。显然这一数值严重歪曲了事实，并不能用作泰安市的城市规模，必须寻找另外一个适宜的城市人口规模数据。《泰安地区志》记载1983年时，泰安市非农业人口159 036人，《泰安市志》记载1984年泰城城区面积16km²，总人口15.2万人。上述两个年份距第三次人口普查时间1982年不远，以它们的人口数做参考，1982年时泰安市城市人口规模大约在15万左右。

威海市亦为整建制设市。1930年10月1日，中国收回威海卫，国民政府将英国租占区域连同威海卫城划为威海卫行政区，隶于"国民政府行政院"。其中，英国租占区域为"刘公岛并在威海湾之群岛，及威海全湾沿岸以内之十英里地方"，村落有330个。1945年8月16日，威海卫解放，设威海卫市（地专级），1948年3月，改为县级市。1950年5月，威海卫市改为威海县，旋即于次年3月撤销威海县，在同行政辖区内复置威海市（县级）。从始至终，威海市都不是一个城市概念，而是一个区域概念。因此，第三次人口普查的威海市镇人口也不能用来作为威海市的城市人口规模。据《威海市志》记载，1982年第三次人口普查时，市区60 010户，总人口210 415人，其中，城镇人口47 059人。故可以将47 059人作为威海市的城市规模。

另外，在分析中发现第五次人口普查统计的市人口中，由于各地对国家标准的执行宽松程度不一，部分城市将其行政辖区内的所有人口统计为城市人口，而没有参考国家1500人/km²的人口密度标准和镇区自然延伸原则，导致城市人口数据明显偏大，与事实明显不符。作者利用国家统计局公布的山东省乡、镇、街道人口数据，对明显不合常理的城市人口规模进行了复核与适当调整。

3. 城市类型的划分

城市类型的划分首推Harris-Ullman基于城市区位类型的划分。他们认为城市区位有三种布局类型，城市职能则与这三种城市区位类型相对应。第一种类型是中心地型。该类型城市以农业较为发达的地区为腹地，主要职能是为城市周边农村地区提供商业和服务业，在空间上以相同的间隔均衡分布（在不考虑自然条件等限制条件下）。第二种类型以交通、运输职能为主，一般位于两种交通方式的接合部，多呈线形分布，以海港和河港典型代表。第三种类型，则受某种特定的自然资源或者人文资源严重制约，在空间上无序分布。前者多为煤炭、石油、铁矿石、温泉等，发展了资源型城市、旅游城市等，后者多以寺院、古城等历史遗迹为主，发展成旅游城市。

Bird（1977）则提出了另外一种城市区位分类方法：①中心地理论；②门户概念；③集聚-规模经济可以很好地解释城市布局形式。其中，①与 Harris-Ullman（1954）的第一种类型相对应，可以用来解释城市的中心性职能，③与第二种类型相对应，可以用于说明矿业城市等的布局，标度城市的专门化职能，②的外延则比交通城市要广，可以用来标度城市承担的长途贸易职能。

日本学者对北海道城市类型的划分研究也与 Harris-Ullman、Bird 有相通之处（山口惠一郎，1951；山田诚，1978；柏村一郎，1979；寺谷亮司，2002）。其中，山口惠一郎（1951）分为沿岸城市、内陆城市和矿山城市三个类型；山田诚（1978）分为地区中心城市、港口城市、矿业城市三个类型；柏村一郎（1979）分为沿海渔业商业城市、内陆农村中心城市、地方中核城市、矿业城市。寺谷亮司（2002）分为内陆市街区、沿海市街区、矿山市街区、卫星式市街区、其他市街区五种类型。

据作者查阅到的文献资料来看，国内学者对山东城市类型的划分尚未有深入的探讨。本节参考上述学者的研究，将山东省城市划分为港口城市、矿业城市、内陆城市三种类型。城市之间的相对位置、城市的发展历史、城市发展的资源基础均具有相对的稳定性，在相当长的时间内都不会发生明显的变化。因此，这种类型划分能够在相当长的研究时段内保持相对的稳定性，对于城市发展的时间演变研究无疑具有十分重要的意义。

各种城市类型的具体厘定标准如下：

港口城市：明清以来，拥有港湾功能的海港城市和河港城市。前者为近临海岸，拥有海港的城市，后者为距离通航河流的码头不远的城市，以运河沿岸城市最为典型。

矿业城市：明清以来城市因矿而兴，资源开发具有举足轻重地位的城市。

内陆城市：上述两种类型以外的其他城市。

各城市的类型归属是在查阅大量的地方志，调查各城市发展沿革过程的基础上确定的。比较而言，矿业城市和内陆城市比较容易确定，而港口城市的厘定则相对复杂。在河港城市类型的划分中，作者主要参考的志书为东亚同文会编纂发行的《中国省别全志·第四卷·山东省》。该书在第五编"交通及运输机关"第三章详细记录了山东的通航河流并列举了卫河等主要的河运码头名单，其中就有县级及其以上治所。同书在第六章也不厌其烦的列举出了各地间水运通道。举例示之，调查者在论及济宁、鱼台、成武、曹州府间的陆运和水运时，作出了如下的记录，"济宁至曹州，一般是从济宁西行，经嘉祥县沙土集而至。由于连日霪雨，洪水泛滥，此地方为低洼之地，陆行极为不便，遂变更计划，经运河南下，经鱼台、金乡、成武、定陶迂回至曹州[1]。"据此记录可见，当时鱼台等与运河是连为一体的，可以通航。经查阅山东省河流水系图发现，当时确实有河流与运河相通，故将这些城镇作为河港城市看待。不仅运河沿岸是如此，在当时通

---

① 东亚同文会. 1917. 中国省别全志·第四卷·山东省，597。

航的大清河、小清河，其沿岸城镇也按照同一原则处理。这样就可以确定出 1919 年及其以前的河港城市名单。不过随着漕粮废河运兴海运，以及河流泥沙淤积等原因，大小清河、运河等逐渐丧失了运输职能，城市发展则同周边的农村紧密联系在一起，和其他内陆城市已经没有什么分别，故在 1956 年以后的城市类型中不再考虑河港城市这一类型。对于海港城市而言，处理的原则和方法也是一样，对于港湾职能丧失前后的城市，分别做不同类型的归属处理，较为典型的就是胶州。

此外，还有一种情况需要引起注意，就是在研究时间段内，有些县的县治曾经发生过迁址。举例来说，鱼台县治由董家店（今鱼城镇）迁往鱼台镇，荣成县治由成山卫迁往崖头，海阳县治由凤城（大嵩卫）迁往东村镇，东阿县治东阿镇迁往铜城。这样，在不同时间段的对比中，必须针对具体的城市，做出甄别判断，验证其治所是否有过迁址，以增强可比性。值得庆幸的是谭其骧主编的《中国历史图集·清时期》中山东幅同时明确标出了清时期和 1978 年时的县治所在，从而省却了查阅大量志书的烦琐劳动，只要将二者相对照，是否迁址一目了然。自然，当县治迁址后，前后县治的城镇类型归属自然需要作出相应调整，以防止谬误出现。

这样，通过处理，在不同的时段形成了两个分类系统。其一，在 1956 年前河流仍具有航运功能时，城市的基本类型是海港城市、河港城市、矿业城市和内陆城市；第二，在 1956 年后，由于山东境内通航河流甚少，大多数原先的河港城市丧失了其港口职能，故城市类型为海港城市、矿业城市和内陆城市。

4. 分析对象的确定

选择县以上治所为研究对象，究其原因有二：

第一，县级及以上治所相对稳定。乾隆年间，山东共辖有 107 个县城，除去 12 个与府治、直隶州治同城的县城，尚有县城 95 个。其中，即墨等大县有 6 个，其余普通县城有 89 个。1906 年山东有 10 府 3 直隶州，下辖 104 个州、县；1920 年，全省有 4 道 107 县（据闽侯林传甲《大中华山东省地理志》）；1956 年计辖 4 个地级市、5 个县级市、104 县；1982 年共辖 5 个地级市、8 个县级市、104 县；迨至 2000 年，全省共辖 17 个地级市、31 个县级市、61 个县。近乎百年，清代原有治所大多现今仍存并且依然作为治所。县级以下市镇，历经沧桑，颓废湮灭者时而有之。因此，选择县以上各级治所作为研究对象，至少能够保证在不同历史时段研究对象的相对稳定性和可比性。当然，在这百余年里，有些县的治所发生了更改，比如原先临淄县治所、荣成县治所等，但是发生这种变化的城镇相对较少，在分析中经过仔细甄别，就可以避免因治所迁址而带来的不可比性。

第二，资料可得性问题。众所周知，中国各级地方政府素有修史编志之优良传统，地方志素有资治、教化、存史之功效，其中大量的历史资料、数据以资学术研究之用，虽然需要甄别，去伪存真。比较而言，在志书编纂中，往往对治所记载详实，对县以下市镇记载则相对简略。由于这一原因，目前国内对历史时期城市人口甄别工作也大多建立在县治及其以上治所。因此，以县以上治所为对象，一则可以获得有关研究对象的数据，二则不同来源的数据之间可以进行有效的校核，从而提高研究精度。

第二节　不同历史时期的城市规模分布变动

一、城市位序-规模分布曲线的时间变动

城市位序-规模分布变动大致包括两个方面：第一，位序-规模分布曲线的时间变动；第二，高位次城市的位序变动。首先分析城市位序分布曲线的时间变动。

城市位序-规模分布的特征可以通过三个方面体现出来：①城市人口在首位城市中的集中程度，如果一城市体系中，首位城市在城市人口中占据有不适当的比例，就会有这一城市体系的特征（施坚雅，1977）；②城市人口在高规模级城市中的集中程度；③城市间结合完善程度（或称城市体系的成熟程度）。其中，前者可以通过首位度指数来测度，后两者可以通过城市位序-规模分布双对数曲线回归方程的决定系数 R^2 和城市位序的回归系数 q 来考察。

$$\lg P_i = \lg p_1 \cdot q \lg r_i (\text{决定系数 } R^2) \tag{2-1}$$

式中：P_i 为第 i 位的城市规模；p_1 为规模最大城市的人口规模；r_i 为城市 i 降序的位序。

R^2 越大，表明城市体系的一体性越强，反之，则一体性越差。q 为大都市化指数，可以用来估测城市体系中不同规模城市的相对作用大小，数值越大，表明高位次城市集中城市体系人口的比重越大，反之，则高位次城市在城市体系中的相对作用较小。

这样，就可以根据首位度指数 s、R^2、大都市化指数 q，分析各时点城市规模分布的集中与分散、一体化关系变动。

已有研究表明，式（2-1）中 q 的测度，对城市的定义、城市样本的规模大小非常敏感。

越来越多的学者们意识到城市体系的组成要素已经由结节城市（nodal city）向都市区（metropolitan area）、城市场（urban field）转换（Hansen，1977），即愈加强调城市功能地区概念在城市规模分布中的重要作用，认为功能地区概念的城市具有更好的国际、区际可比性。Rosen 与 Resnick（1980）分析了能够满足功能性大都市和行政性城市划分要求的 6 个国家的帕雷托分布参数，发现行政性城市的帕雷托指数及其变动幅度均大于功能性城市，功能性城市的分布比行政性城市更加接近位序-规模律。Krugman（1996）指出，q 越是接近于 1，越是要精心界定都市区。"如果把位序-规模律应用在按照功能性角度界定的城市群中，那么，该法则更好的描述城市规模等级结构的特点"。但是功能性数据相对行政性数据的缺乏，毫无疑问增加了城市体系规模分布研究的难度，降低了结论的精度。

q 的测度与城市样本的规模大小有关。Guérin-Pace（1995）研究了人口规模为 2000～10 000 人的法国居民点的变动情况，发现人口规模的不同标准影响 q 值的大小。如果对人口规模都超过 2000 人的居民点都进行分析，则 1831～1982 年人口的集中化程度是以 50 年为周期不断加强的。如果样本中仅包括 5000 人（或者 10 000 人）的城市，则 4 个以 50 年为周期的时期中没有一个时期表现为人口是向大城市集中的。

G. A. Alperovich（1985）的 1970～1980 年美国大都市统计区的研究也讨论了位序-规模律检验对样本规模的敏感性问题。

城市样本的规模大小往往通过城市人口规模的门槛表现出来（Rosen and Resnick，1980；Guérin-Pace，1995）。为了避免出现上述现象，Rosen 和 Resnick（1980）提出了两种可能的标准，即固定的城市数量或者人口规模门槛，Wheaton 和 Shishado（1981）提出了第三条标准，即一种人口规模，在该人口规模以上的样本占某国家或者地区总人口的固定百分比。不过这一标准招致了部分学者的批评。由于测算的 q 是某一城市系统"大都市化"程度的测度，但是 q 值对样本本身的规模大小是敏感的，因此，这一标准做法可能把系统偏差的影响带入 q 的测算过程及解释之中。本实证研究选择固定的城市数量标准，为前 34 位城市。

首位度指数包括二城市指数（s_2）、四城市指数（s_4）和十一城市指数（s_{11}），

$$s_2 = \frac{p_1}{p_2} \tag{2-2}$$

$$s_4 = \frac{p_1}{p_2 + p_3 + p_4} \tag{2-3}$$

$$s_{11} = \frac{2p_1}{p_2 + p_3 + p_4 + \cdots + p_{11}} \tag{2-4}$$

表 2.4 和表 2.5 为各时点城市体系规模分布的首位度指数和 R^2 及 q 的测度结果。

表 2.4　乾隆中期以来首位度指数变动

项目	乾隆中期	民国初期	1956 年	1982 年	2000 年
二城市指数（s_2）	1.25	1.50	1.07	1.14	1.05
四城市指数（s_4）	0.83	0.75	0.65	0.61	0.49
十一城市指数（s_{11}）	0.51	0.32	0.46	0.36	0.24

表 2.5　各时点前 34 位城市的回归分析结果

时间	斜率 q	截距 $\lg P_1$	决定系数 R^2	样本数
乾隆中期	1.11	12.19	0.963	34
民国初期	0.69	12.57	0.979	34
1956 年	1.17	13.64	0.967	34
1982 年	0.89	14.15	0.971	34
2000 年	0.94	15.35	0.967	34

从各时点前 4 位城市规模分布曲线来看，除了民国初期以外，其余 4 时点均为上凸型（图 2.1），故以四城市指数来分析第一大城市与其他高位次城市之间的关系。

总的来看，第一大城市的集中程度是逐渐下降的。施坚雅（1977）认为如果首位度指数过高，则表明第一大城市不是因为地区服务特别集中，就是因为起到了一种超越它

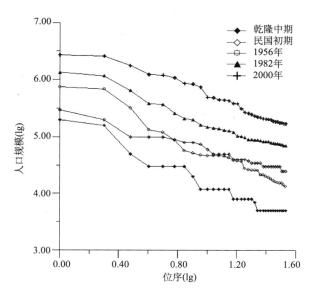

图 2.1　山东各时点位序规模分布曲线变动

腹地的作用。四城市指数的诸时点降低，表明第一大城市在城市体系中超越腹地作用绝对份额或者相对份额的减少。这可以从各时期的对外政策的变更增减得到印证。

　　从一体性来看，5 个时点 R^2 虽然有波折变动，但标度值较高，均在 0.96 以上，这就说明该城市体系为统合型[①]。首位度指数则随着时间的流逝而降低，尤其是有详细统计数据 1956 年以后，四城市指数和十一城市指数表现出了高度的一致性。很自然山东城市规模分布由集中-统合型向分散-统合型方向演化。而分层的城市规模分布，表明了城市体系内部强烈的地区化（施坚雅，1977），是区域化的遗迹。显然，该城市体系规模分布的变化，尤其是新中国成立以来第一大城市和第二大城市的变化，充分印证了地区化的结论。其中，不同历史时期处理沿海和内地关系的策略起到了十分重要的作用，虽然自然地理环境也有一定的贡献份额。

　　表 2.5 中各时点的斜率 q 则表明了高位次城市在城市体系中的相对作用，这种作用反映了同对外贸易的密切联系程度（这种对外贸易既包括与国外贸易也包括与地区间的贸易），"一个地区内可以说由于地区对外贸易引起的城市人口增长不相称地自然增长到

---

　　①　自从 Berry（1961）提出城市体系规模分布的单向动态演变模式以后，位序-规模分布模型多被用于地区间、时间上城市体系规模结构变动的比较。但显然，"首位分布只关注城市体系中第一位城市与其他少数几个高位次城市的规模关系。而位序-规模分布是观察整个城市体系规模的连续性和平均状况。这是两个不同的观察方法，不同的评价指标，是不能够相比的"，并且很难确定"相关系数达到什么水平才能表明模式有效，斜率小到什么程度才为位序-规模分布"（周一星，1995）。因此，不能够简单利用首位度指数和 R^2 进行城市规模分布类型的划分，"把首位分布和位序-规模分布看作两种不同类型的城市规模分布，严格来说是不严密的"，事实还存在有多极型规模分布（杨齐，1985；顾朝林，1992；Johnson，1980）或者施坚雅（2000）所指的"层叠式"分布。不过可以通过首位度指数与 R^2 高低的不同组合对城市规模分布类型进行划分，结果分别为分散-统合型、分散-非统合型、集中-统合型、集中-非统合型。

最高层城市的那种水平（施坚雅，1977）"，"一省进口的长途贩运的商品数量越大，那么大城市居民的比例就越高"。Ades 和 Glacser（1995）的研究也认为关税保护程度以及占 GDP 一定份额的贸易额，分别影响主要城市的规模，"相当于 GDP 一个标准差的贸易额增长，常与主要城市规模扩大 13％有关"。

如表 2.5 所示，期间山东城市体系高位次城市的相对作用经历了强—弱—强—弱—强的演变路径。若以门户开放与封闭与否简单划分的话，那么，这种变化很好地吻合了施坚雅（1977）和 Ades 和 Glacser（1995）的观点。

乾隆中期，运河是联系全国城市的主要纽带，也是全国性物资流通的最为主要的渠道。山东运河地区的临清和济宁是当时最为重要的门户城市，也是山东的首、次位城市，在城市体系中的地位相当重要。以曹树基的估计人口来测算，当时二城市占全省城市人口的 20％～25％。乾隆中期直至清末民初，山东被殖民者叩关而被迫开启国门、开放口岸以后，烟台、青岛、济南等新门户城市得到了较运河沿岸城市为快的发展。这一时期 q 的标度值趋于下降，城市体系的分布趋于分散。民初以后至 1956 年，仍算作国门开启时间，这一历史时期，由于国内工业基础薄弱，绝大部分的生产资料、生活资料悉数依赖国外，土货出口、洋货进口的数量巨大，对外贸易的城市规模效应致使 q 值升至 1.17，高位次城市在城市体系中的作用得到了较为明显的体现。1956 年后大致可以分为非对外开放时期和对外开放时期。1956～1982 年，长时期内青岛为唯一对外开放口岸，期间烟台并有开放与关闭之特殊过程，但可以视为非对外开放时期。后期为 1984～2000 年，以青岛、烟台等开始列入沿海开放城市为契机。这一时期 q 标度值变动趋势非常明显，随着国门的逐步关闭，q 值趋于缩小，由 1.17 减至 0.89，国门的逐步开启后，q 值又在恢复之中，由 0.89 增至 0.94。当然，1956 年后，q 值的变动也与我国城市发展方针的前后变化有着密切的关系。

"帕雷托分布比较准确的描述了许多国家城市规模分布特征，在城市规模分布规律特征的诸多结论之中属于上乘理论"，尽管"准确计算 q 系数的方法是一件十分有意义的研究工作"，尽管测算的 q 是可以解释的变量，但它无法统揽城镇体系中每个城市的特征，而后者确实是解释前者的一个重要方面。因此，"尽管需要逻辑性很强的推理，但更需要那些理论和经验研究能够得到解释的方法"（Cameron，1990）。城市规模分布研究应综合分析究竟哪些要素系统地影响特定城市的规模问题，即体系中的各个城市的特征。

位序-规模分布模型在于对统计规律共性的追求，而掩盖了其中各城市的个性变动。利用式（2-5）计算 1956 年、1982 年和 2000 年的位序相关系数

$$s = \frac{6 \sum d_{i,x,y}^2}{N(N^2 - 1)} \tag{2-5}$$

式中：s 为位序相关系数；d_i 为变量 x、y 的第 i 位的 x_i、y_i 的位序差；N 为组总数。

如果两个变量的顺序完全一致，则 $s=1$，如果序列位序发生了逆转，则 $s=-1$，这两种极端情况以外，s 介于 1 和 -1 之间。s 越趋近于 -1，说明序列稳定性愈差。

研究结果表明，各时点城市位序发生了很大的变化（图 2.2），各时点位序相关系数分别为 0.79（1956～1982）、0.82（1956～2000）、0.98（1982～2000）。

下文针对各时点城市规模分布特点进行分析。在分析过程中，侧重于三个方面：

①高位次城市的位序变动，因为高位次城市往往带有最明显的城市体系特征；②不同规模级城市的差异性增长；③不同类型城市的增长特点。受已有数据的制约，后两方面的研究主要集中在 1956 年以后的时段。

二、乾隆中期的城市规模分布

乾隆时期前 34 位城市的位序规模分布可以参见表 2.6、图 2.2。

表 2.6　乾隆中期前 34 位城市人口规模

城市	城市人口/人	城市	城市人口/人	城市	城市人口/人
临清	200 000	博山	12 000	昌乐	5 000
济宁	160 000	德州	12 000	昌邑	5 000
济南	50 000	黄县	12 000	长清	5 000
东昌府	30 000	即墨	12 000	长山	5 000
青州	30 000	胶州	12 000	朝城	5 000
泰安	30 000	潍县	12 000	成武	5 000
曹州	12 000	东阿	7 000	茌平	5 000
登州	12 000	安丘	5 000	单县	5 000
莱州	12 000	滨州	5 000	德平	5 000
武定州	12 000	博平	5 000	定陶	5 000
兖州	12 000	博兴	5 000	东平州	5 000
沂州	12 000				

该时期临清城市人口的估计数据，不同学者间相差不大。许檀依据临清商业远较济宁为盛的事实，认为临清城市人口应在济宁以上，估计为 15 万～20 万。曹树基认为在明朝末期临清人口可能达到 20 万人，经历了明末清初的战乱之后，临清城市遭到破坏，人口损失惨重。他利用光绪馆陶志卷 6 中《赋役志·户口》中一份馆陶县为申请均盐引之事的申文中提及的"至于临清州两河交汇，五方杂处，在城有十万人户，在册止有一万五千六百余丁"考释出康熙初年临清约有 10 万人口。据此，估计在乾隆中期城市人口约有 20 余万人。

关于济宁的城市人口估计，傅崇兰（1985）和许檀均利用了相同的乾隆五十年（1785 年）的城市户口资料进行估计。其中，傅崇兰给出的是年城内和关厢的城市户口数为 20 958 户，按照每户 5 人计算，是年城市人口为 104 790 人。许檀详细给出了乾隆 50 年济宁城乡的户口统计表格，其中，城内和城外合计为 20 895 户，按照平均每户 5.6 人的规模推算，济宁城居人口 117 012 口。虽然两位学者提供的乾隆 50 年的城市户口总数不相同，推算的户均人口规模也有差异（许檀依据乾隆 42 年的济宁州平均每户 5.6 人的规模推算，实际上这一数值是较高的，济南城市人口中的户均规模尚不足 5 人），但反映的城市人口数相差不大，结果较为可信。袁绍昂修《济宁县志》可为佐证。该县志载，道光年间城内 5617 户，约 25 985 人；四关 16 041 户，约 80 205 人。二者合计为 106 190 人。乾隆五十年至道光年间，济宁交通区位重要性并没有改变，这可以

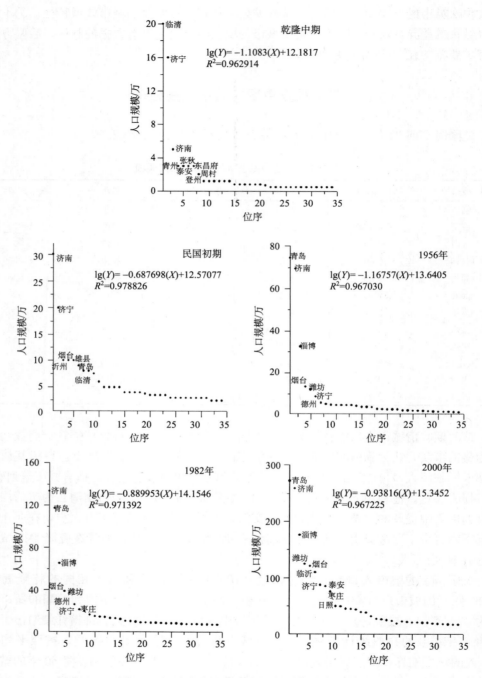

图 2.2　山东省各时点城市位序-规模分布曲线

从一个侧面证明许檀、傅崇兰估计的正确性。

另外，曹树基根据乾隆《济宁直隶州》的记载"其居民之鳞而托者，不下数万家，其商贾之踵接而辐辏者，亦不下数万家"。估计济宁城市人口户数至少在 4 万户以上，其人数可能达到 16 万人。

济南的城市人口数主要是依据乾隆三十八年成书的《历城县志》卷三里社中提供的济南城乡户口数字进行的估算。其中，1771 年济南城内分八约，有 51 条街巷，共计 57 甲 600 牌 6117 户，25 946 口；城外四关及近城村庄共分 14 里，包括 62 街巷，42 村庄和 2 卫屯，分编 68 甲，共 6394 户，23 188 口人。城内外合计 49 134 人。近城部分包括城四门外街巷及近城之村。许檀将称谓中有街、巷者作为城市街巷，其人口归入城市人口，称谓中有庄、沟、营者列为乡村，其人口归入农村人口。这样，估计济南城市人口约在 1 万余户，4 万口上下。曹树基从城市功能地区的概念出发，认为纳入城关的村庄已经属于城市人口的一部分，即为现代城市中的近郊人口。估计济南城市人口在 5 万左右。显然，曹树基的估计更为科学合理。其时，济南城市人口与济宁（1785 年）约 62 874 人相比少了 13 740 人，与临清更不可同日而语。

德州城市人口有多种估计。傅崇兰在其专著《中国运河城市发展史》中认为乾隆 52 年德州城市人口为 66 189 人，含平民户口 10 693 人，军户 55 496 人；王守中、郭大松认为同年德州城厢人口总数估计最多不会超过 2 万人；许檀（1998）估计在乾隆至道光年间人口规模在 2 万～3 万人之间；曹树基则认为乾隆 41 年大约在 12 000 人左右。上述四种估计方案之中，除了傅崇兰的估计外，其他估计按照时间回溯，均相差不大，可以接受。

除上述几个城市外，其他大府治人口约为 3 万，小府治人口约为 1.2 万，小县 0.5 万左右（表 2.6）。

三、民国初期的城市规模分布

同乾隆中叶相比，山东前 34 位城市的位序-规模分布发生很大的变化，尤其是高位次城市成员发生了更迭，主要表现在三个方面。

1. 临清衰退、济宁滞缓增长

清末民初的调查表明，临清仅有居民 6 万余人，与鼎盛时期的 20 万人相比，减少了大约 14 万人左右，由乾隆中期的首位城市下降至第 11 位。一般而言，"贸易正在扩大的商业城市，吸引的客民越多；贸易在缩小的城市，吸引的客民也少。经济中心地位急剧变化，以致在经济层级中升了一级或降了一级的城市，应可以提供极其生动的对比（施坚雅，1977）"。一份明代资料称，大运河上繁荣的港口临清，十九皆徽商，以客民占优势著称。但至民国晚期，城中的本城人在人数上也逐渐占了多数，与施坚雅的论断相对照，可以发现临清的确衰落了。

乾隆中期至 1918 年左右，虽然济宁在城市位序-规模分布上第二位的位次没有发生改变，但是城市的人口规模增长过程较为曲折，速度并不快。1840 年城市人口达到 21 355 户，约 106 775 人，与乾隆中期时的大约 16 万人相比，不升反降，减少了大约 5 万人。此后人口增长扭转了下降的趋势，至清末民初，增至 15 万人。至 1918 年时，城市人口约为 20 万人。在 100 多年里，仅仅增长了大约 4 万人，增速可谓不快。但是同临清相比，城市规模毕竟还在扩大。

2. 济南、潍县位序跃升

与临清、济宁相反，期间，济南城区人口规模迅速扩大，1906 年约有 10 万人，1911 年约有 15 万～20 万人，1914 年 1 月 24.6 万人，1915 年 3 月 25.8 万人，1917 年 27.5 万人，1924 年时约 30 万人。在全省城镇位序-规模分布中的位序不断前移，由乾隆中期第三位跃升为首位。济南人口迅速扩大与其城市职能的转变有着密切的关系，主要表现在两个方面：

第一，1904 年和 1911 年胶济铁路和津浦铁路的开通运行后，济南的影响已经由过去的局部地区扩展到鲁西、晋、豫范围，济南的城市职能已经完成了由过去的中心地职能为主向门户职能为主的更迭变换；第二，县为省会，有开必先。1906 年济南开辟为对外通商口岸，在制度层面上也促进了济南的发展。尤其是商埠区的开辟，在先前相对单一的城市空间结构中增添了以通商贸易为主导的功能分区，增强了济南的商贸功能，使"济南遂不独为山东政治之中心，更为山东工商业之要埠①"。

烟台、青岛等城市形成并快速发展以后，山东商品流通中心东移，尤其是 1904 年胶济铁路的开通，山东省东部和西部的联系日益加强，"潍县形势，上通济南府，下通青岛，居三大都会大道会合之点，……又当铁道之中枢，为上下必由之道（经济学会，1910）"，加之 1904 年与济南同时开埠，遂"潍县经济地位之重要，胶济铁路沿线，首屈一指"，"工商各业，实无出其右者"，"商务于胶济铁路各站仅次于济南、青岛，居第三位②"。商务繁荣，带来城市人口的快速增长，1917～1918 年，潍县城人口不含商埠区约有 8 万③。

3. "新"沿海港口城市迅速崛起

乾隆中期至 20 世纪 20 年代前后，烟台、青岛等"新"港口城市迅速崛起。之所以称之为新，是因为期间兴起的这些港口与先前的莱州、登州和胶州不同，是在外国武力的威胁下，以条约口岸或者自开商埠的形式发展起来的。这些城市发轫之初，在外力影响下，一开始就侧重于中转贸易，以经济职能为主，并非像行政所驻地那样，长期以来以行政管理职能为主。这一特点在城市人口构成上体现的较为明显。这些新港口城市的农村移民、外国人数量比一般的传统治所多。

烟台市镇开始萌芽，始于 1826 年清道光初年恢复海运漕粮。南来漕船"每因北洋风劲浪大，沙洲弯曲，时有搁浅触礁之患，非熟谙北路航线舵手不敢轻进，往往驶至烟台收口，另雇熟悉北洋小船，将货物分装搭载，拨至天津"④。由于当时海运漕粮"八成装米，二成搭货，免其纳税而恤商"⑤，所以，虽"其始不过一渔寮耳，渐而帆船有停泊者……继而帆船增多……时商号仅三十二家。逮道光之末，则商号已千余家矣"⑥。

①　何炳贤. 1934. 中国实业志·山东省，民国实业部国际贸易局。
②　维县志稿. 卷 26 页 1。
③　东亚同文会 .1917.《中国省别全志》·第四卷·山东省。
④　咸丰九年山东巡抚崇恩：《登莱青碍难举办抽厘，烟台从无收税折》，藏中国第一历史档案馆。
⑤　道光六年两江总督琦善、江苏巡抚陶澍：《沙船加装米石赶造另册补咨折》，藏中国第一历史档案馆。
⑥　王陵基修：《福山县志稿》卷五之一，商埠志，二页，民国二十年铅印本。

1862 年烟台东海关设立，标志着山东正式对外开放。迨至 1894 年德国强租胶州湾，烟台为南北洋交通的要冲，山东省内的唯一一个对外开放口岸，垄断山东对外贸易 40 余年，发挥着国内外商品流通的门户职能。期间，烟台的对外贸易、海洋运输、工业逐渐兴起。1905 年以后，烟台贸易多为青岛所夺，但依然得到了远较内陆城市为快的发展。据东海关估计，1891 年前，每年到烟台的移民平均为 300~500 人，至 1891 年时，烟台的从业人员约有 32 500 人，其中，除了少数外省人外，大都来自莱州府和登州府。1901 年，烟台从业人员增加到 57 120 人，净增了 24 620 人，平均每年增加 2462 人（表 2.7）。1907 年为 8.2 万人[①]，前文曾有论述，《中国省别全志》对烟台的城市人口估计较为全面准确，1916 年大约有 12 万人[②]，10 余年间翻了一番多。

表 2.7　1891 年和 1901 年烟台从业人口、比重表

1891 年[①]				1901 年[②]			
行业、职业	个数/个	人数/人	比重/%	行业、职业	个数/个	人数/人	比重/%
商店、油坊	1 660	9 620	29.6	商店、油坊等	1 780	13 000	22.7
旅馆	50	260	0.8	客栈	310	1 100	1.9
鸦片烟馆	132	320	1.0	鸦片烟馆	430	1 200	2.0
妓院	245	745	2.3	妓院	340	1 200	2.1
私人公寓	435	2 175	6.7	私人公寓	800	4 800	8.4
海关和衙门官员		350	1.1	海关和衙门雇员		420	0.7
外国商行中的中国雇员		230	0.7	铁匠、渔民、装卸工人		32 000	56.0
学者和学士		250	0.8	大小舢板	1 700	3 400	6.0
叫卖小贩		5 500	16.9	总计		57 120	100
港口驳运舢板	1 200	2 400	7.4				
装卸工与其他工人工人		10 650	32.8				
总计		32 500	100				

资料来源：①Decennial Reports，1882~1891，Chefoo；② Decennial Reports，1892~1901，Chefoo。

在 1898 年德国人强租胶澳前，青岛为一寂寞渔村，国人尚不知有青岛之名（张相文，1919）。德租胶州湾后，锐意经营，修建胶济铁路，建筑码头、开设工厂、设立学校等，城市迅速发展，至 1905 年已宛如欧洲城市。1914 年，青岛为日人所据，市区继续扩张。胶澳租借地（含市内四区和郊外 274 村）的人口，1897 年为 83 000 人，1910 年 161 140 人，1924 年为 189 411 人，1927 年为 322 148 人。青岛市内人口也呈现快速增长态势，尤其是 1905 年胶济铁路投入运营后，这种态势更为明显。1901~1911 年人口翻了三番，达到 54 459 人。后 16 年也增加了 70% 稍弱。到 1920 年、1927 年华人人口已经分别增至 83 272 人、91 500 人（表 2.8）。

---

①　L. Richard，Comprehensive Geography of the Chinese Empire and Dependencies，84. 谓 1907 年为 8.2 万人。
②　匡裕祥在《烟台笔记，新游记业刊续编》卷七中也指出 1912 年烟台城市人口为 10 余万人。

表 2.8　1901～1927 年青岛市区华人人口增长情况

年份	人口数/人	增加指数	年份	人口数/人	增加指数
1901 年	14 000	100	1910 年	34 180	244
1902 年	14 905	106	1911 年	54 459	389
1903 年	28 144	201	1913 年	53 312	381
1904 年	27 622	197	1920 年	83 272	595
1905 年	28 477	203	1927 年	91 500	654
1907 年	31 509	225			

资料来源：张玉法，中国现代化的区域研究——山东省，1860～1916，台湾：中央研究院近代史研究所编印，1987，696。

　　威海"僻处海滨，地瘠民贫，市面本极荒凉"（何炳贤，1934），甲午战争后，人口骤减，更形冷落。1898 年，威海卫城内仅有居民 1500 人左右。英国强租刘公岛、威海卫群岛及威海全湾沿岸以内之十英里地方，殖民当局清楚威海内则交通阻滞，无铁路之联络，外有青岛、烟台作商业竞争，知商务之不易发展，故于 1901 年辟为自由贸易港。此后，进出口商人图无税之便利，竞于此输入再谋转口，不至数年，商贾云集，人口激增，渐而市面繁荣。期间，地价亦不断攀升，商埠创建时，每亩地价 20 元，1921 年800 元，1928 年前后已经涨至 1300 元，而"靠海岸之建筑地段，价格尚不至此"（吴蔼宸，1930），可见城市发展之迅速。宣统三年、民国九年、十九年、二十五年威海行政区人口分别为 146 840 人、154 416 人、189 801 人、220 490 人[①]。就城区而言，1930年中国政府回收前，含卫城在内，计占地 125.6 公顷，常住人口约 2 万余，1936 年达到 29 000 人。

　　龙口"民国四年（1915 年）正式辟为商埠，并设海关，时约有一千二三百户，七千五百余人"[②]，市区一般商铺以杂货为多。自开埠至 1920 年前后，大小商号由开埠前的不过百余家骤增至 400 余家（含金融业）。但龙口市面之繁荣，全恃工人向关外做工之移动，20 世纪 30 年代以前每年约有 10 万人经此至东北谋生。"九一八"事变发生后，至东北谋生者裹足不前，市面商业急剧衰落，商号减至不足 200 家。故虽开埠时一度迅速发展，但30 年代初就已停滞不前了，以至抗日战争爆发前夕，人口仅有万人。龙口以埠际贸易而兴，之所以有如此之变故，实为外部环境变动影响所钳制之必然后果。

四、民初至 1956 年的城市规模分布

1. 青岛取代济南成长为第一大城市

　　这一段历史时期，一方面青岛和济南城市经济职能规模得到明显提高，对农村的剩余劳动力吸纳能力进一步提高，比如，1937 年 6 月青岛钟渊纱厂和大康纱厂用工分别

---

　　①　民国山东通志，卷二地理志，254 页。
　　②　民国山东通志，卷二地理志，253 页。

为 9880 人和 5372 人,用工相对较少的丰田纱厂和同兴纱厂也分别为 1673 人和 1850 人(陆安,2001);另一方面,农村地区发展相对滞后,大量农村人口因经济贫困等原因离村①,离村率高达 60%②,主要涌向城市(表 2.9)。二者相结合,产生了较高的城市人口机械增长率。

表 2.9　民国二十三年农民离村地目的地选择（单位：%）

	垦荒	城市中劳动	城市中生活	城市中居住	向他村逃难
全家离村的目的地	7.7	22.3	13.9	6.3	8.5
	他村农业生产	他村居住	城市逃难	其他	
	17.3	5.7	11.7	6.6	
青年男女的离村目的地	城市中劳动	城市中生活	城市中求学		
	28.9	19.0	18.7		
	他村做雇农	垦荒	其他		
	20.2	8.2	5.0		

注：根据北京大学附设农村经济研究所,山東省に於ける農村人口移動——県城附近一農村の人口移動について,民国三十一年五月,第 8 页的内容整理。

据济南市 1930 年（民国十九年）人口变动一览表分析,1930 年 6 月迁入 985 户 3660 人,迁出 810 户 3016 人,净迁入 175 户 584 人,同月出生 169 人,死亡 152 人（沈国良,1982）,自然增长 17 人,机械增长与自然增长相差之悬殊可见一斑。据青岛特别市市势调查报告（1940 年）,青岛市全部人口的 52% 来自于市外的山东全境,39% 为青岛本市,江苏为 2%、河北为 1.5%。1939 年青岛市日本人工厂中的 13 960 名工人中,青岛本地仅有 3892 人,外地人口高达 10 068 人,占 72.1%（表 2.10）。如此高的机械增长率在性别比上亦有反映。这些进城务工的农民多系男性,城市中男女性别比严重失衡,1937 年时青岛为 145.1∶100,济南 1934 年时为 162.34∶100,移民之众多,略见一斑（表 2.11）。

---

①　民国十五年南开大学对 1149 户农村进行了农民离村调查,调查结果显示,经济原因占 69%,天灾人祸占 27.3%,其他占 2.7%。农报第三卷第 32 期也列举了农村居民离村的主要原因,农村经济破产（3.9%）、耕地面积过小（5.6%）、乡村人口过密（6.2%）、农村经济贫困（0.6%）、水灾（12.6%）、旱灾（9.0%）、匪灾（7.6%）、其他灾患（2.3%）、贫困而生计困难者（31.8%）、捐税苛崇（0.6%）、租佃率过崇（0.3%）、农产歉收（2.3%）、副业衰落（0.3%）、求学（4.2%）、改业商业或者其他职业（3.1%）、其他（8.7%）、不明（0.1%）。

②　民国二十二、二十三年进行的全国农村居民离村调查显示,全省 108 县中,调查的 93 县 5 191 800 农户（占全省农户的 87.7%）中,全家离村 196 317 户（3.8%）,青年男女离村户 410 385 户（7.9%）。南开大学经济学院 1932 年（民国二十一年）益都、昌邑、福山三县 2374 户调查的结果显示昌邑及其南部的离村率为 35%,王药雨的调查表明,费县、莒县、临沂三县的离村率为 60%,日照县为 20% 以上（石臼所海关调查）,同县的西北乡及北乡在 40% 以上,而夏津、恩县的比例更高。

表 2.10　青岛市劳动者县别出身表

县份	工人数/人	县份	工人数/人	县份	工人数/人	县份	工人数/人	县份	工人数/人
即墨	3988	掖县	99	章邱	28	镇海	13	奉天	6
胶县	1314	济南市	93	济宁	27	利津	13	牟平	5
平度	832	莒县	83	临沂	27	荣成	12	德县	5
高密	529	沂水	70	费县	25	曹州	11	赣县	3
诸城	416	濮县	66	天津	25	桓台	11	福山	3
安邱	285	赣榆	57	寿光	22	蒲台	10	招远	2
日照	267	沂州	57	上海	22	滕县	9	长山	2
昌邑	261	临淄	41	黄县	17	临响	9	蒙阴	1
莱阳	198	滋阳	39	东阿	14	昌乐	9	其他	571
益都	193	单县	32	易州	14	蓬莱	6	合计	13960
青岛市	3892	潍县	178	泰安	29	北京	13	文河	6

　　资料来源：齐藤裕三，青岛工业一般状况，上海东亚同文书院大学，东亚同文书院大学东亚调查报告书昭和十六年（465～466），昭和十七年十月。

表 2.11　山东省部分城市男女性别比

城市	年份	男性人数/人	女性人数/人	性别比（女=100）
青岛	1933	265 634	171 138	155
济南	1933	263 500	164 272	160
烟台	1933	92 533	46 979	197
威海	1932	103 885	91 745	113
潍县	1932	48 759	34 022	143
博山	1929	19 745	17 818	110.8

　　资料来源：王守中，郭大松，近代山东城市变迁史，济南：山东教育出版社，668 页。

表 2.12　1925、1929～1956 年济南市城市人口增长情况

年份	户数/户	总人口/人	增加指数/%	年份	户数/户	总人口/人	增加指数/%
1925 年	79 000	297 269	100.00	1939 年	98 925	432 505	145.49
1929 年	88 473	379 549	127.68	1940 年	108 888	515 532	173.42
1930 年	91 510	392 053	131.88	1941 年	109 689	550 841	185.30
1931 年	94 000	402 982	135.56	1942 年	114 846	583 780	196.38
1932 年	95 408	421 584	141.82	1943 年	117 925	607 179	204.25
1933 年	96 868	427 772	143.90	1945 年	111 684	557 814	187.65
1934 年		435 136	146.38	1946 年	125 999	575 933	193.74
1936 年	99 934	442 250	148.77	1947 年		626 187	210.65
1937 年		311 243	104.70	1948 年	147 140	642 275	216.06
1938 年	92 710	419 461	141.10	1956 年	158 698	694 770	233.72

　　资料来源：①沈国良，济南开埠以来人口问题初探，山东史志资料，1982 年第一辑，济南：山东人民出版社，190～191。②1956 年数据来自山东省档案馆，档案编号：A103～01～200。

表 2.12 是济南市 1925、1929～1956 年的城市人口增长情况。

第一次世界大战爆发至 1936 年（"七七"事变前），济南的人口一直是增加的。1929 年时，济南已有 88 473 户，379 549 人。依据当时国民政府首次颁布的市组织法第三条规定，"凡人口满二十万之都市，得依所属政府呈请暨国民政府之特许建为市。" 1929 年 7 月析历城县城、城外商埠及其四郊置济南市，成为山东省唯一的省辖市[①]。1937 年因战争的影响，人口迅速减少，1938 年后则立即开始反弹，至 1940 年底，就已经超过 1936 年的水平，达到 51.55 万人。1945 年日本投降，大批移民里济返乡，重返故土，济南人口再次下降。1956 年时为 69.48 万人。

青岛是中国最早设市的城市之一。1929 年 4 月国民政府接收青岛，设立青岛特别市，政治地位与省相当。1930 年 5 月改特别市为直辖市，1939 年日伪政权设"大青岛市"，1945 年 9 月国民政府再次接收后设院辖市。期间青岛的城市人口增长继续了开埠以来的势头。1936 年时已有 110 795 户、570 037 人。

表 2.13　1923～1956 年青岛市人口统计表

年份	户数/户	总人口/人	增长指数/%	年份	户数/户	总人口/人	增长指数/%
1923 年	55 384	262 117	100	1931 年	75 632	402 752	153.65
1924 年	57 553	273 457	104.33	1932 年	81 845	426 417	162.68
1925 年	60 221	275 740	105.20	1933 年	87 290	444 690	169.65
1926 年	61 702	276 838	105.62	1934 年	90 056	452 379	172.59
1927 年	64 037	320 480	122.27	1935 年	105 332	527 150	201.11
1928 年	65 481	336 005	128.19	1936 年	110 795	570 037	217.47
1929 年	69 742	362 151	138.16	1937 年	76 765	381 364	145.49
1930 年	74 281	379 082	144.62	1956 年	161 674	746 091	284.64

资料来源：李东泉，青岛城市规划与城市发展研究（1897～1937），北京大学博士学位论文，2003，113。山东省档案馆，档案编号：A103～01～200。

比较表 2.12 和表 2.13，就会发现：第一，1929～1936 年间青岛的人口增长要快于济南，二者的城市人口年均递增率分别为 0.81%、2.4%。30 年代初期，青岛的人口规模就已经超过了济南，成为山东省的第一大城市，济南则降为第二位城市。第二，1936～1956 年济南、青岛的人口增长态势发生了逆转，两城市人口规模的年均递增率分别为 2.28%、1.35%，济南高出青岛将近一个百分点。这就意味着虽然至 1956 年时，青岛市的城市人口规模依然高居全省首位，但是其增长速度趋于变缓。

2. 淄博成为大城市，济宁继续衰微

1956 年时淄博市城镇人口规模为全省第三位，仅次于青岛、济南，为 326 262 人，包括周村、张店、博山城三个组成部分，表 2.14 为各组成部分概况。由于行政区划调

[①] 1930 年时规定隶属于省政府的市需要具备下列条件之一：第一，人口在 30 万以上者；第二，人口在 20 万以上其所收营业税额牌照土地税每年合计占该地总收入二分之一以上者。

整的原因，单纯利用淄博市的城镇人口规模与前一时段并不能很好地进行对比。鉴于此将分开进行讨论。

表 2.14　1956 年淄博市城镇人口概况

城市	户数/户	人口数/人	其中	
			非农业人口/人	占总人口/%
淄博市	57 651	326 262	262 641	80.5
张店	7701	67 377	64 008	95.0
博山	17 890	101 809	93 664	92.0
周村	11 280	48 287	43 458	90.0

博山素工以矿兴，商以矿聚，路以矿筑，举凡一切事业无不与矿有直接或间接关系，矿业兴衰，影响甚巨。1920～1930 年博山先后成立了 45 家煤炭公司，煤炭业大发展，同时也是博山商业鼎盛之时。其后，东北市场沦丧，加之张宗昌祸鲁，博山商情大不如前。1933 年时，县城有大小商号 1100 余家，年交易额为 1100 万元，为鲁中南山区地商贸中心。这期间，城市人口规模不断攀升，1918 年前后 2.5 万人，1929 年 3.8 万人（非农业人口），1936 年 5.4 万人，到 1956 年时已经发展至 10.2 万人。

张店时属桓台县，是胶济铁路一个较大的车站，以棉花、布匹、煤炭和蛋品集散为主，1932 年运出棉花 14 300t，运入煤炭等 13 495t，时该镇人口仅 3500 多人，商店 90 余家。但交易量庞大，30 年代初仅棉花交易额就达到 500 余万元，杂货、布匹、煤炭和蛋品等的交易额为 40 万元，在桓台县位居第一。到 1956 年，张店人口已达 67 377人，20 年来人口翻了近乎 20 倍，速度可谓惊人。

与博山和张店相比，周村的发展处于持续衰退过程中，1929 年为 6.1 万人（张利民，2003），1934 年 5.66 万人（沈汝生，1936），1949 年 4.70 万人，1956 年仅为 4.83 万人。

期间，济宁继续其颓势，1949 年 9.3 万人，1953 年 8.6 万人，1956 年时仅 8.8 万人，由民国时期的第 2 位城市降至 1956 年的第 6 位，与昔日盛时颇不可比。

五、1956～1982 年的城市规模分布

1. 济南再度成为首位城市

1953 年以来，济南、青岛两市的行政地区范围变化频繁，但是 1956 年和 1982 年基本上可比[①]。期间，济南增加 64.33 万人，青岛增加 42.78 万人。1956～1982 年济

---

①　1953 年底，济南辖市、郊区各 6 个区。1955 年济南市的撤销北园、黄台、段店、药山、玉符等 5 郊区，以其行政区域设立济南郊区办事处。1958 年 4 月撤销了济南市郊区，其辖区全部划归历城县。1978 年 5 月以 1965 年底交历城县代管的原东郊、西郊、北园、南郊 4 个区的行政区域设立济南市郊区。与济南相比，青岛市的行政地区范围相对稳定。1953 年时青岛市辖南、市北、台东、台西、沧口、四方 6 个区和崂山郊区共 7 个区。1961 年以崂山郊区行政区域新设的崂山县。1978 年 11 月析自胶南县的黄岛、薛家岛和辛安 3 个公社设立青岛市黄岛区。1982 年第三次人口普查时黄岛区总人口为 81 824 人。

南、青岛人口的年均递增率分别为 2.45%、1.69%，前者超过后者将近 1 个百分点。到 1982 年，两市人口分别为 133.81 万人和 117.39 万人，济南人口规模超过青岛，再度成为第一大城市。

2. 城市成长速度随规模级升高而降低

1956～1982 年是山东省城镇发展的重要时期。1956 年时，全省 10 万人以上的城市仅有 5 座，到 1982 年又有 12 座城市加盟这一行列。

表 2.15 为 1956～1982 年的不同规模级、不同类型城市的人口规模增长速度的描述统计量。可以看出，无论均值、最大值、最小值，万人以下的城镇均高居首位，10 万人以上等级最末。显然，这一时期以万人以下等级的城市快速增长为特点。

表 2.15　1956～1982 年分规模级、分类型的城市年均递增率

	全部样本	内陆型城市	海港型	矿业型	其他
万人以下					
样本	44	38	1	5	
均值	0.081	0.081			
最大值	0.117	0.117			
最小值	0.044	0.044			
标准差	0.117	0.017			
个案			龙口 0.048	宁阳 0.069 莱西 0.062 肥城 0.067 新泰 0.101 莱芜 0.115	
1 万～10 万人					
样本	44	34	3	5	2
均值	0.045	0.046			
最大值	0.097	0.092			
最小值	0.003	0.010			
标准差	0.022	0.019			
个案			日照 0.097 威海 0.003 蓬莱 0.045	邹县 0.074 滕县 0.030 兖州 0.007 枣庄 0.079 招远 0.066	曲阜 0.022 泰安 0.043

续表

	全部样本	内陆型城市	海港型	矿业型	其他
			10万人以上		
	5	2	2	1	
个案		济南 0.025	青岛 0.017	淄博 0.040	
		潍坊 0.042	烟台 0.050		

3. 各种类型城市增速差异明显

1956～1982 年，城市人口规模的增速因城市类型而异。主要表现在以下四个方面。

1) 内陆型城市发展速度较快。其中，10 万人以下等级年均递增率的均值、最小值高于全部样本城市，标准差低于全部样本城市。10 万人以上的两个城市中，潍坊的年均递增率仅次于海港城市烟台，居第二位。济南也比青岛的递增率大。

2) 6 座海港城市中，除烟台、日照高于同级的内陆型城市外，其他城市均低于同级的内陆城市。显然，这一时期海港城市的发展速度较慢。

3) 矿业城市发展状况较为复杂。各规模级中既有发展较快的城市，也有发展较慢的城市。其中，万人以下规模级中，宁阳、莱西、肥城发展稍逊于内陆城市，但新泰、莱芜的发展却居全样本的第一、第二位。在 1 万～10 万人等级中，虽然滕县、兖州的发展较为滞缓，但是邹县、枣庄、招远的年均递增率远远超过全部样本城市的均值，超过了内陆型城市。

4) 曲阜、泰安两个旅游城市的发展也是较为滞缓的。期间，二者的年均递增率分别为 2.2% 和 4.3%，低于全部样本城市。

六、1982～2000 年的城市规模分布

1. 青岛城市人口规模超过济南

1982 年和 2000 年间夹有 1990 年的第四次人口普查，虽然，三次人口普查的口径不一，很难做严格地对比，但还是能够反映出 18 年间的城市发展差异。由于 1990 年对于设区的市采用总人口标度城市规模，为偏大估计。所以，尝试分别从济南和青岛的总人口中去掉其中的村委会人口，以滤掉其中的偏大水分，当然城市总人口中完全不含村委会人口也不甚合理。可以看出，在不同口径下，1982～1990 年济南与青岛年均增速相差不足 1 个百分点，1990～2000 年则后者超过前者 1 个多百分点。前文所述，1982 年时，济南人口规模超过青岛，为第一大城市，1990 年时，这一位序依然没有改变。但至 2000 年，济南、青岛的市人口分别为 2 585 986 人、2 720 972 人，后者已经超过前者 134 986 人，成长为第一大城市（表 2.16）。

表 2.16　1982 年、1990 年和 2000 年济南、青岛的城市人口数

	1982	1990	2000		年均递增率/%				
	总人口① /万人	总人口② /万人	调整后人口③ /万人	市人口④ /万人	①~②	①~③	②~④	③~④	①~④
济南	133.8	240.4	143.8	258.6	6.73	0.80	0.67	5.48	3.53
青岛	117.4	210.2	133.2	272.1	6.69	1.41	2.37	6.71	4.52

2. 城市增速随着规模级升高而加速

表 2.17 为 1982 年不同规模级的城市人口递增速度。

表 2.17　1982~2000 年分规模级、分类型的城市年均递增率概况表

	全部样本	内陆型城市	海港型	矿业型	其他
	1 万~10 万人				
样本	81	71	2	7	1
均值	0.042	0.039		0.062	
最大值	0.124	0.086		0.090	
最小值	−0.003	−0.003		0.024	
标准差	0.022	0.019		0.020	
个案			威海 0.124 蓬莱 0.045 龙口 0.055①	邹城 0.058 滕县 0.077 招远 0.049 兖州 0.058 宁阳 0.024 莱西 0.077 肥城 0.090	曲阜 0.067
	10 万人以上				
样本	17	9	3	4	1
均值	0.054	0.055			
最大值	0.118	0.118			
最小值	0.022	0.022			
标准差	0.025	0.028			
个案		济南 0.035 潍坊 0.059 德州 0.022 济宁 0.045 滨州 0.046	青岛 0.045 烟台 0.050 日照 0.077	新泰 0.052 淄博 0.054 枣庄 0.035 莱芜 0.024	泰安 0.096

续表

	全部样本	内陆型城市	海港型	矿业型	其他
个案		菏泽 0.063			
		临沂 0.118			
		聊城 0.068			

注：1986 年撤黄县设龙口市，市政府驻地由黄城镇迁至龙口。故 0.055 系根据 1982 年的龙口镇和 2000 年的城关镇数据（不含西城街道）计算。

当年样本城市 98 座，其中 1 万～10 万、10 万人以上等级的城市分别有 81 座、17 座。1982～2000 年二者的年均递增率的均值分别为 4.2%、5.4%，后者高于前者 1.2 个百分点。前文已经提及 1956～1982 年城市增长速度随着城市规模级的提高而降低，万人以下增长速度最快，1 万～10 万人次之，10 万人以上最慢。其中，1 万～10 万人等级的城市高于 10 万以上等级城市 1.5 个百分点。先后相比较，两时段间不同规模级城市的增长态势发生了明显逆转。

对比前后两个时段 1 万～10 万人和 10 万人以上两个规模等级的城镇增长速度，发现 1 万～10 万人规模级的城市发展减速，降低了 0.3 个百分点，10 万人以上规模级的城市加速，增加了 2.4 个百分点。这就印证了上文得出的结论，即不同规模级城市出现了两极分化的新趋势。

上述特点同样表现在 50 万以上大城市的激增过程中。1982 年时全省有 50 万以上城市只有济南、青岛，但是 2000 年五普时，超过 50 万人以上的城市已经有 9 座城市（表 2.18），这些急剧增加的大城市均为辖县的地级市，全部名列全国前 100 座城市之列。其中，前 6 座城市的人口规模已经超过 100 万人。显然，1982～2000 年山东城市发展的典型特征之一就是大城市的急剧增加。

表 2.18　1982 年和 2000 年城市人口 50 万以上的城市名单

城市	城市人口规模/人		城市	城市人口规模/人	
	2000 年	1982 年		2000 年	1982 年
青岛市	2 720 972	1 173 872	临沂市	1 097 802	
济南市	2 585 986	1 338 107	济宁市	874 422	
淄博市	1 762 448		泰安市	853 414	
潍坊市	1 248 588		枣庄市	757 097	
烟台市	1 207 894				

3. 不同类型城市的增长差异明显

表 2.17 为分规模级、分类型列举了城市的年均增长速度。内陆型城市和海港城市样本数相对较多，分别列出两类型的描述统计量。其中，矿业城市样本数相对较少，同时给出各城市年均递增率。海港城市、其他类型的城市样本数过少，计算各统计量并没

有多大意义，仅在个案中列出相应城市的年均递增率。

通过表 2.17 可以看出 1982～2000 年的各类型城市的增长差异情况，分两个规模级进行说明。首先看 1 万～10 万人级的城市，发现：

1）内陆型城市的增长慢于所有样本城市。1982 年 1 万～10 万人级的城市中，内陆型城市样本数 71 座，年均递增率的均值、最大值均低于全部样本城市。其中，全部样本最低值的城市就是内陆型城市。并且内陆型城市的标准差小于全样本城市，说明内陆型城市较低的发展速度是相对集中的。

2）该等级中海港城市为威海、蓬莱，其他类型城市有曲阜，三者年均递增率分别为 12.4%、4.5%、6.7%，均高于全样本数。其中，威海市年均递增率是全部样本城市中最大值，说明该等级中海港城市的发展相对较快。

3）矿业型城市发展速度快于全部样本。其中，年均递增率的均值、最小值均高于全样本，标准差小于全样本。分城市来看，除了宁阳年均递增率低于全样本外，其他 6 城市均高于全样本均值，且二者之间有较高的离差。

其次，再看 10 万人以上等级的城市。这一规模级中的各种类型城市样本数均较少，很难像 1 万～10 万人等级中的城市那样能够总结出一定的规律，各类型城市中都既有较快增长的城市，也有较慢增长的城市。但是，该等级除新泰外均为辖县地级市、高于 1 万～10 万人等级 1.3 个百分点的事实表明，这些城市的增长可能在较大程度上有管理职能、工业职能等多种职能的综合作用在内。

第三节　城镇发展的空间格局变动

一、城镇发展的空间分析单元

城镇发展空间格局的变动，首先要有一个时间上可资对比的空间区划。这种空间区划，最关键的要求是长时间内的稳定性。现有的大部分城镇发展空间差异研究均选择行政区划作为分析的空间单元。但是，行政区划是影响城镇发展的快变量，其调整往往导致各城镇行政隶属关系的多变，不能够满足作为基准的稳定性要求。同时，作为影响城镇发展的快变量，往往难以确定其促进或者阻碍影响的程度等。比较而言，自然地理条件为慢变量，它通过影响腹地、区位、通达性等而影响城镇的发展。基于自然条件差异和基本特征划分的综合自然区划是较为合适的城镇演化过程分析的空间基准单元。

表 2.19 为《山东省志·自然地理志》提出的 2 个自然区、5 个自然地区和 17 个自然小区的综合自然区划。

表2.19　《山东省志·自然地理志》提出的山东省综合自然区划

自然区	自然地区	自然小区
Ⅰ鲁东-鲁中南自然区	Ⅰ1鲁东自然地区	Ⅰ1（1）莱烟自然小区 Ⅰ1（2）青威自然小区 Ⅰ1（3）胶莱自然小区 Ⅰ1（4）沭东自然小区
	Ⅰ2鲁中南自然地区	Ⅰ2（1）济潍自然小区 Ⅰ2（2）鲁中自然小区 Ⅰ2（3）尼枣自然小区 Ⅰ2（4）汶泗自然小区 Ⅰ2（5）临郯苍自然小区
Ⅱ鲁西-鲁北自然区	Ⅱ1鲁西南自然地区	Ⅱ1（1）菏曹自然小区 Ⅱ1（2）湖西自然小区
	Ⅱ2鲁西北自然地区	Ⅱ2（1）沿黄自然小区 Ⅱ2（2）徒马自然小区 Ⅱ2（3）马北自然小区
	Ⅱ3鲁北滨海自然地区	Ⅱ3（1）滨东自然小区 Ⅱ3（2）黄河三角洲自然小区 Ⅱ3（3）海滨自然小区

　　许檀在分析明清时期山东商品经济发展时，提出了山东省各州县经济小区划分方案（表2.20、图2.3）。在下文中，以许檀的空间区划为基础，将日照调整入半岛地区，分析山东省城镇发展空间格局的变动。

表2.20　山东各州县经济小区所属州县一览表

小区		府、直隶州	所属州县	州县数
鲁西鲁北平原	鲁西南	兖州府	滋阳、曲阜、宁阳、邹县、泗水、滕县、峄县、汶上、阳谷、寿张	10
		曹州府	菏泽、濮州、曹县、定陶、范县、观城、朝城、巨野、郓城、单县、成武	11
		济宁直隶州	济宁州、金乡、嘉祥	3
		泰安府	东阿、平阴、东平州	3
	鲁西北	东昌府	聊城、堂邑、博平、茌平、清平、莘县、冠县、馆陶、恩县、高唐州	10
		临清直隶州	临清州、夏津、武城、丘县	4
		济南府	历城、章丘、邹平、淄川、长山、新城、齐河、齐东、济阳、禹城、长清、临邑、陵县、德州、德平、平原	16
	鲁北	武定府	惠民、阳信、海丰、乐陵、青城、商河、滨州、利津、沾化、蒲台	10
		青州府	临淄、博兴、高苑、乐安、寿光、昌乐	6
鲁中山区		沂州府	兰山、郯城、费县、蒙阴、莒州、沂水、日照	7
		泰安府	泰安、新泰、莱芜、肥城	4
		青州府	益都、临朐、博山	3

续表

小区	府、直隶州	所属州县	州县数
山东半岛	登州府	登州、黄县、福山、栖霞、招远、莱阳、宁海州、文登、荣成、海阳	10
	莱州府	掖县、平度州、潍县、昌邑、胶州、高密、即墨	7
	青州府	安邱、诸城	2

资料来源：许檀，1998，15。有删节。

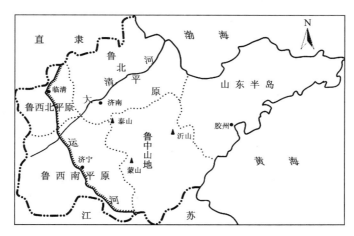

图 2.3　山东省各经济小区的划分

资料来源：许檀，1998

二、城镇发展的空间格局变动

1. 乾隆中期

由图 2.4(a) 和表 2.6 可以看出，乾隆中期人口规模前 34 位城市主要分布在鲁西、鲁北平原，有临清、济宁、东昌府、济南等 21 个城市，占总数的 61.76%。其中，有 14 个城市分布在运河沿岸及其附近，占总数的 41.18%。山东半岛地区有 9 个城市，其中，登州、黄县、莱州、即墨、胶州的城市人口规模较大。鲁中山区有 4 个城市，分别为青州、泰安、沂州、博山，其中，青州和泰安人口规模最大，均为 30 000 人左右。

可以看出，乾隆中期山东省城市发展的重点在运河地区。其原因与该地区各城市的地理区位的改变密切相关。1421 年永乐迁都北京后，重疏会通河，漕粮悉由运河北上京师，海陆运俱废。鲁西平原顿为南来北往的交通要道，运河之中东南漕运岁百万余艘，使船往来无虚日，民船贾舶多不可藉数。原由涡、颖等河往来的客商行旅纷纷"自淮安、清江经济宁、临清赴北京"[1]。此外，"漕运军人许带土宜易换柴盐"，"免抽其

---

[1] 《明宣宗实录》卷 107，宣德八年十一月戊辰。

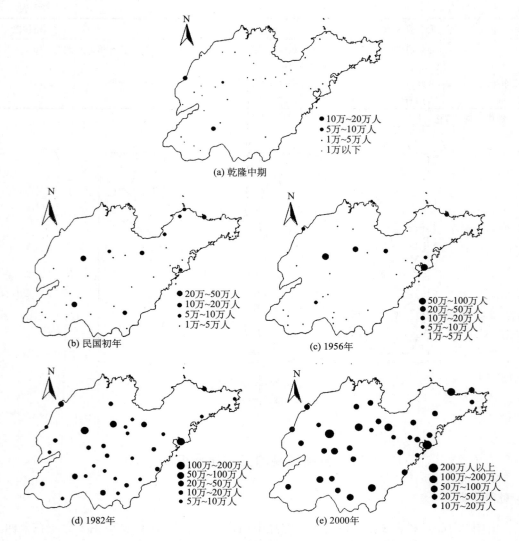

图 2.4　各时点不同规模的前 34 位城市空间分布图

税”，“以恤军困”，“以资运费”①，客观上促进了运河沿岸商业城市的发展。

　　其中，运河疏浚前，临清县至东阿 200 余里，“苦地势卑下，遇春夏霖潦，牛價辐脱，艰租万状”②，曾为濮州下县。“自永、宣至正统年间，凡舒适载，会通安流”，会

　　①　漕船本来是运送官粮的，明清政府体恤运军、役夫之苦，准其携带一定数量的土宜货物沿途买卖，以博取微利。清代，进一步放宽了携带货物的限制，“凡漕船载米，毋得过五百石。正耗米以外，例带土宜六十石，雍正七年，加增四十，共为百石，永著为例。旋准各船头工舵工人带土宜三石，水手每船带土宜二十石。嘉庆四年，定每船多带土宜二十四石。”
　　②　陈梦雷等辑：《古今图书集成·兖州府》漕运考上，中华书局，民国二十三年缩印本。

通河与卫河交汇，顿为"輓漕之喉，为萃货之腹"①。正统十四年，为护仓，缘广积仓为基，远离繁华地带的中州，修筑了临清砖城，城周九里余。此后，"游宦侨商日渐繁衍"，"四方之人就食日滋"②。迄至隆庆、万历年间，临清已经成为华北首屈一指的商业城市③。后虽经衰退，至清乾隆时达到了极盛时期，时"临清砖城内有街 10，市 2；土城内有街 13，市 10，巷 29，厂 7，口 6，湾 2，铺 1，道 2"（王守中、郭大松，2000）。故铁路未通之前，临清商业称盛一时者，借助此河之力甚大。

济宁"当河槽要害之冲，江淮百货走集，多贾贩，民竞刀锥，趋末者众"，"当我国家四百万石漕舻皆经此地，士绅之舆舟如织，闽广吴越之商持资贸易鳞萃而蝟集"④，为"五方之会，鹜于浮华，与邹鲁间稍殊"。康熙年间，济宁州征收商税白银 1300 余两，其中，课程银 1218 两有奇（占 93%）。课程银为对外来大宗商品征收的落地税，显然，外来商品转销是济宁商业的重要内容。

清代乾隆至道光年间是聊城商业最为繁荣的时期。山东通志载称"东昌为山左名区，地临运漕，四方商贾云集者不可胜数"，为"东省之大都会也"。

除了上述在治所基础上发展起来的城市以外，大运河还带动了其他市镇的发育。比如东阿、寿张、阳谷共辖的张秋，建制不过一镇，但商业规模"都三邑之中，绾毂南北，百货所居，埒似济宁而小"，"五方商贾辐辏并列肆河上，大较比临清而小"⑤，巍巍可观。另如阿城，"鱼盐贸迁，商贾辐辏，……夹岸而居者千余家"⑥。

相比较而言，半岛地区城市发展较为缓慢。明初山东半岛登州、莱州二府，曾向东昌府大规模移民，明朝中叶时，因海疆不靖，为防治倭寇，厉行海禁，曾不许片板入海。永乐时期，又为防止倭寇，在山东一带设 22 卫和千户所⑦，商贸停滞，经济发展已经远远落后于鲁西平原地区。明嘉靖《山东通志》载称"国家承平百年休养生息，济南、东、兖颇称殷庶，而登莱二郡……土旷人稀，一望尚多荒落"⑧。但莱州、登州在明季始终为军港，作为支援辽东的后勤基地，得到了一定程度的发展。

清初的海禁政策和迁海令致使山东沿海一带备受打击，海运事业几乎绝迹。"当时海禁严厉，滨海之民，失其渔盐之利业，……登民尤困"。康熙二十三年，废除禁海令，旋即五十六年重新颁布禁海令，直至乾隆初期，方有稍缓。循前时之旧，有胶州、登州、莱州三个港市。虽然登州、莱州已衰，但延旧时之烈，在胶东城市规模较大。胶州城建于明初，城周四里，"城东三里即海潮往来之地，南至灵山卫百余五十里俱可泊

---

① 王俊修：《临清县志》序，乾隆十四年刊。
② 康熙《临清州志》卷二，赋役；乾隆《临清直隶州志》卷二，建置。
③ 明万历年间，临清钞关所征收商税每年达 83 000 余两，超过京师所在的崇文门钞关，居全国八大钞关之首。
④ 康熙《济宁州志》卷二，风俗；卷八，艺文志。
⑤ 道光《东阿县志》卷二，方域志。
⑥ 宣统《清平县志》卷十二，耆旧传。
⑦ 这些卫所计有登州、莱州、宁海、安东、灵山、鳌山、大嵩、成山、威海、靖海卫、胶州、海阳、雄崖、福山、浮山、奇山、金山、寻山、百尺崖、王徐寨、夏河寨等。
⑧ 嘉靖《山东通志》卷七，形势。

船"①，城内居民仅200余户。胶州康熙十八年海禁开放后，胶州很快成为"商贾辐辏之所，南至闽广，北达盛京，夷货海估山委云集"②，胶州城关逐渐发展成商业区，至清中叶，商业区面积已经十倍于原州城③，人口约为2万~3万人。

2. 民国初期

同乾隆中期相比，民国初期前34位城市的空间分布发生了明显的改变［图2.4（b）］。变化最为明显的是鲁西鲁北平原地区，该时期有16座城市，与乾隆中期相比，有5座城市退居前34位以后，下降了14.7%。山东半岛、鲁中山区则相应有2座、3座城市加入前34位之列，分别为11座、7座。鲁西鲁北平原地区中变化最为明显的是鲁北地区和鲁西北地区，前者仅剩德州，鲁西南变化较前二者变动相对较小。

从不同规模级的城市空间分布来看，乾隆时期、民国初期5万人以上的城市分别有3座、10座。民国初期，山东半岛地区净增加6座，鲁西鲁北平原地区没有变化，仍为3座。

显然，乾隆中期以来，鲁西鲁北地区城市发展相对滞缓，山东半岛地区的城市尤其是各海港城市得到了更为迅速的发展，全省城市发展的重心已经离开了运河沿岸，向山东半岛地区移动。

漕运废河运兴海运是将清末民初运河城市的相对衰退和半岛城市的相对发展联系在一起的重要线索。但烟台开埠后，这种相关性已经日趋淡化，外力已经成为半岛城市快速发展的重要动力。海港城市发展的原因在前已有较为详细的说明，此处不做赘述。运河城市的相对衰退以临清和济宁为例简要说明。

清中期以后，水利年久失修，运河运输功能不断下降，尤其是1855年黄河在铜瓦厢决口后，穿运河夺大清河入海，运河淤塞更为严重，年运输漕粮不过10万担，仅为海运漕粮的1/40。自1900年湘、赣等6省漕粮一律改折银两后，河运遂告终止。漕粮废河运兴海运是对运河城市发展的致命打击。临清清代经王伦之劫，而商业一衰；继经咸丰甲寅之变，而商业再衰，停运以后，河身日渐浅涸，仅东昌、临清间有小舟来往，济宁以北运河大船不行，临清商务渐衰，街市日渐萎缩破败。虽然因卫河航运尚为直隶、河南的重要交通线，仍不失为鲁西北的商业重镇，但城市发展已经不可同盛时相比。

济宁同样受到河运废弃的影响。晚清以来，自"粮运改途，河道废弛，津浦通车，于是四方商贩，均改由铁路运输，贸易重心，渐移向济南徐州一带，该县市况，顿见停滞，不复如昔之蒸蒸如上矣"（何炳贤，1934）。但因济宁以南尚可通航，水运尚称便利，并没有在很大程度上缩小其鲁西南腹地。尤其是，1912年津浦线济兖支线的开通运行，运河以西之货物，向之必趋济宁者，将趋于最近之车站，商业仍甚发达，民国前期仍然不失为鲁西南商业重镇。这些因素均在一定程度上促进了济宁城市规模的扩大，

---

① 道光《胶州志》卷一，海疆图序。
② 道光《胶州志》卷二十二。
③ 道光《胶州志》卷一，关厢建置开方图；《郭嵩焘日记》第一卷，267~268。

使之衰落程度不及临清。

3. 民国初年～1956 年

从各空间单元的城市数量来看，是年前 34 位城市中，山东半岛有 13 座，鲁中山区有 4 座，鲁西、鲁北平原有 17 座［图 2.4（c）］。与 1918 年前后相比，山东半岛增加了 2 座，鲁西地区增加了 1 座。仅从城市数量来看，城市分布的空间格局与 1918 年时相比并没有发生明显变化。

但是民初、1956 年人口规模在 5 万人以上的城市分别为 10 座、8 座。这意味着从全省来看，这一段时间内城镇化的速度是较慢的。而就各空间单元而言，半岛地区减少了烟潍商路沿线的登州、莱州、黄县，增加了即墨，减少了两座城市。鲁中山区减少了临沂，鲁北鲁西地区增加了德州。显然，这一时期缩减的重点在半岛地区。

总之，至 1956 年，高规模级城市的分布已经由烟潍商路、胶济铁路萎缩至胶济铁路了。1956 年胶济铁路沿线有城镇 9 座，城镇人口 2 018 178 人，占到全省城镇人口 3 613 498 人的 55.85％。胶济铁路沿线已经成为山东省最为重要的城市发展密集地区。

4. 1956～1982 年

从各空间单元的城镇数量来看，1982 年半岛地区、鲁中山区、鲁西鲁北地区分别有 7 座、13 座、14 座城市［图 2.4（d）］。与 1956 年相比，半岛地区、鲁西地区分别有 6 座、3 座退出前 34 位之列，而鲁中山区则有 9 座加入前 34 位之列。显然，1956～ 1982 年是以鲁中山区城市的发展为典型特征的。

图 2.5 为 1956 年和 1982 年山东省不同规模级快速增长型、慢速增长型城市的空间分布图，表 2.21 为具体城市名单。其中，以各城市人口的年均递增率为指标，以年均递增率平均值＋0.5 个标准差、平均值－0.5 个标准差为临界值，将不同规模级的城镇分为快速增长型、一般增长型和慢速增长型三类。之所以分规模级划分类型，是因为大城市人口基数大，人口增长量可观，但增长率较低，小城市人口增长量较小，但容易获得较快的增长率（胡兆量，1992），一个城市体系如果内部城市规模分布过于离散，利用同一标尺衡量大中小城市的增长状况是不具有可比性的（周一星、曹广忠，1998）。划分过程中，根据初始城镇人口规模，分为万人以下、1 万～10 万人、10 万人以上三个规模级，各规模级的城镇样本数分别为 43 座、44 座和 17 座。年均递增率计算公式如下

$$v = \sqrt[n]{\frac{x_n}{x_0}} - 1 \qquad (2\text{-}6)$$

式中：v 为城镇人口增长速度；x_n 为末期城镇人口；x_0 为初期城镇人口。

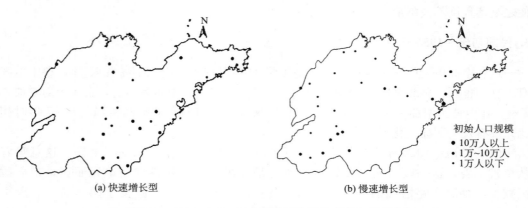

(a) 快速增长型　　　　　　　　(b) 慢速增长型

图 2.5　1956~1982 年山东省城市增长型的空间分布

表 2.21　1956~1982 年山东省城镇增长类型表

类型	规模级	鲁中南山区	半岛地区	鲁北鲁西平原		
				鲁西北	鲁西南	鲁北
快速增长型	10 万人以上					
	1 万~10 万人	枣庄、邹城、郯城、沂水、平邑、莒县	诸城、文登、招远、日照			德州、滨州、博兴
	万人以下	新泰、莱芜、蒙阴、苍山、沂南、五莲、沂源、汶上	海阳、荣成			寿光
	小计	14	6			4
缓慢增长型	10 万人以上		青岛			
	1 万~10 万人	青州、兖州、滕县、曲阜	即墨、威海、胶州、莱阳	临清	济宁、定陶、金乡	
	万人以下	安邱、宁阳、昌乐、肥城	莱西、福山	东阿、茌平	郓城、成武	夏津、邹平、临邑、无棣、乐陵、利津
	小计	8	7	3	5	6

　　从图 2.5 可以看出，1956~1982 年山东省 94 座城市的快速增长类型和慢速增长类型的空间分布对比鲜明。其中，鲁中山区及其外缘快速增长城市较多，其他地区慢速增长城市较多。

　　产生上述变化是与期间推行的产业政策和区域政策明显相关的。1956~1982 年是我国推行计划经济体制的主导时期。表 2.22 系"二五"至"五五"五年计划中的产业发展重点、区域发展的部分摘抄。可以预想，这样的指导思想完全可以产生上述城市发展空间格局变动。

表 2.22　山东省"一五"至"九五"计划中的工业化战略

时间段	工业发展计划重点
一五（1953～1957 年）	发挥工业现有设备的潜力，为农业生产服务，为国家建设积累资金
二五（1958～1962 年）	首先根据农业生产的需要，积极发展适合全省情况的新式农具、农械、农药和化学肥料，以支援农业生产的发展；同时要大力发展电力、钢铁冶炼、燃料采掘、铁矿、原盐等生产，……还必须根据资源、交通、销售市场、企业的协作关系等条件合理的分布生产力，以使各地区的经济逐步走向平衡发展
1960～1962 年	总目标：1962 年前把山东省基本建成一个农轻重相适应，以原材料生产为中心的重工业省。继续执行"以钢为纲，全面跃进"的方针。一方面要使钢铁工业继续以大跃进速度向前发展，另一方面必须加快煤炭、电力、化工和有色金属等原料、材料、燃料和动力工业的建设，并相应发展机械制造工业，从而高速度扩大重工业基础……
三五（1966～1970 年）	①加速小三线建设。在积极支援大三线建设的同时，抓紧时机，以沂蒙山区和胶东山区为中心，建成一个敌人打不烂、守得住，在战争分割形势下，能独立作战的后方基地 ②积极发展原材料和支农工业。计划从济南、青岛、淄博等城市迁入部分农机、化工、轻工、建材、医疗器械等企业；重点建设冶金、电力等原材料动力工业 ③调整工业布局，实现战时基本自给。首先是有计划地积极发展县社工业，就地服务于农业生产。其次对沿海胶济路沿线几个城市中比较重要的企业，采取一分为二的办法，分期分批向内地搬迁，计划"三五"搬迁 60 多个，1966 年即搬迁 27 个。三是对原有工业比较集中的城市，一般不安排新建项目
四五（1971～1975 年）	目标是农业上《纲要》，工业要跃进，基本建成独立作战区的经济体系。①高速度发展钢铁工业……②积极发展煤炭工业。重点开发肥城和济南矿区。要大力发展小煤窑。③大力发展石油、化学工业。加速原油开发，计划以辛店为基地，建成一批原油加工和石油化工骨干企业。青岛、烟台、昌潍、济南、淄博等地，要就地取材，大搞综合利用，积极发展基本化工原料
五五（1976～1980 年）	要坚持以钢为纲，轻重工业同时并举。燃料立足省内，并支援全国。地方生产建设任务所需的钢铁等主要原材料在数量上基本自给。建成比较完整的支农工业体系，主要依靠自己的力量实现农业机械化。主要轻工业产品做到自给有余。要集中力量打好三个硬仗。……大打轻工、化工重点产品之仗……大打钢铁、煤炭之仗
六五（1981～1985 年）	①积极发展轻纺工业，扩大商品流通……②搞好能源交通等基础设施的建设，继续调整重工业的服务方向，……③全省大体分五大片安排，包括济南、东部沿海地区、淄博及鲁北地区、鲁中南地区、鲁西北地区。其中，东部沿海地区，一般不再安排耗能、耗水多的建设项目，现有耗能、耗水多的企业和产品，要有计划地向外迁移。④商业布局打破行政区划，按照经济区域组织商品流通。全省大体按济南、兖州、德州、张店、潍坊、青岛、烟台等重点城市组织贸易中心，设置商业批发机构，……⑤城市建设布局……多发展中小城镇，逐步形成以大、中、小城市为中心并与广大农村相联结的经济网络。济南、青岛的市区人口，除自然增长外，要严格控制人口流入，避免城市膨胀，今后的发展主要是逐步建设自己的卫星城市

续表

时间段	工业发展计划重点
七五 (1986～1990 年)	①搞好以城市为重点的整个经济体制改革……②充分发挥青岛、烟台对外开放的优势，……发展横向经济联系，逐步建立起开放型、外向型经济。③加快为生产和生活服务的第三产业的发展，……社会新成长的劳动力，重点投入第三产业。以发展传统的生产、生活服务业为重点，优先发展交通运输、邮电通信、商业服务、外贸旅游和科技教育事业；逐步发展信息、咨询、租赁、法律等新兴事业。要重点抓好经济开发区、旅游区、城市和工矿区第三产业的发展……④全省从总体上划为胶东半岛沿海经济区和鲁西内陆经济区两大片，逐步形成各具特点的六个经济区。其中胶东，包括烟台、青岛、潍坊 3 市成为对内对外辐射能力较强、技术水平较高的外向型经济区
八五 (1991～1995 年)	方针：①坚定不移地推进改革开放……②坚持"东部开放，西部开发，东西结合，共同发展"的战略，加强省内外横向经济联合……点线面相结合，形成"二、三、六"的总格局。全省分为山东半岛沿海经济开放区和鲁西内陆经济开发区，……形成胶济、新石、德龙产业聚集带，贯穿鲁中、胶东、鲁东南、鲁西南、鲁西北、鲁北六个经济区
九五 (1996～2000 年)	要强化大城市的中心作用，完善中等城市的综合功能，扩大小城市和重点建制镇的规模……其中，青岛、济南要分别以建成现代化国际性城市和国内先进的省会城市为目标，适当控制老市区规模，加快卫星城建设和增容步伐，……形成以省会城市为中心和以胶东沿海城市为主的两大城市圈。……15 个市政府、行署所在地城市，……形成区域经济发展中心适当扩大城市容量，逐步达到中等城市规模，有条件的向大城市发展

资料来源：①一五：中共山东省委办公厅，《山东省第一个五年经济计划纲要》；②二五：省计委，《山东省第二个五年（1958～1962 年）经济计划的初步建议（草案）》；③三五：省计委，《关于"三五"经济建设规划初步设想（讨论稿）》；④四五：省革委生产指挥部计划办公室，《山东省第四个五年国民经济计划纲要（第四稿）》；⑤五五：省计委，《关于山东省第五个五年计划初步设想和 1976 年计划安排的意见（初稿）》。

5. 1982～2000 年

2000 年前 34 位城市中，山东半岛有 14 座，鲁西鲁北平原有 16 个，有鲁中山区有 4 个 [图 2.4 (e)]。与 1982 年相比，半岛地区增加了 7 座，鲁西鲁北地区增加了 2 座，鲁中山区减少了 9 座。显然，这一时期以鲁中山区的缓慢发展、半岛地区的恢复性发展为典型特征。

图 2.6 是按照 1956～1982 年的方法绘制的快速增长型城市和缓慢增长型城市的空间分布图，表 2.23 为具体的城市名单。

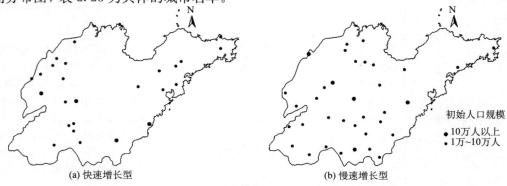

初始人口规模
● 10 万人以上
· 1 万～10 万人

(a) 快速增长型　　　　　　(b) 慢速增长型

图 2.6　1982～2000 年山东省城市增长类型的空间分布

表 2.23　1982～2000 年山东省城镇增长类型表

类型	规模级	鲁中南山区	半岛地区	鲁北鲁西平原		
				鲁西北	鲁西南	鲁北
快速增长型	10 万人以上	临沂、泰安	日照	聊城		
	1 万～10 万人	邹城、腾县、兖州、曲阜、肥城	即墨、安邱、文登、胶州、莱阳、威海、平度、莱西	临清、夏津	金乡	齐河、临邑、陵县、乐陵、平原
	小计	7	9	3	1	5
慢速增长型	10 万人以上	莱芜、枣庄、济南	诸城			德州
	1 万～10 万人	莒南、平邑、沂水、临朐、苍山、费县、蒙阴、沂南、郯城、泗水、宁阳、长清、平阳	荣成、海阳、昌邑	阳谷、冠县	单县、微山、甄城、郓城、鱼台、定陶	高青、博兴、沾化、惠民、阳信、广饶
	小计	16	4	2	6	7

　　快速增长城市鲁中南山区为 7 座，除临沂外，均为资源型城市和旅游城市，主要分布在鲁中山区的外缘。胶东沭东地区有 8 座，鲁西鲁北平原有 9 座，其中，鲁西北地区 3 座，鲁西南地区 1 座，鲁北地区 5 座。慢速增长城市的空间分布主要表现为半岛地区与其他地区的对比上。其中，半岛地区有 4 座，鲁中南山区、鲁西鲁北平原地区分别有 17 座和 16 座。

　　上述变化与该时期推行的市场经济体制改革、对外开放政策和区域发展政策相关。表 2.22 已经罗列了该时期历次五年计划的相关政策，不再赘述。

本 章 小 结

　　本章从各时点城市人口规模的可信度讨论出发，从城市规模分布和城市发展空间格局转换两个方面，系统讨论了近 200 年来山东城市发展的时空差异。有以下结论：

　　1）城市规模分布由集中型向分散型转化；高位次城市相对重要性经历了强—弱—强—弱—强的周期性演变过程。

　　2）民国以来第一大城市、第二大城市也发生了周期性的更替，民初第一大城市、第二大城市分别为济南、青岛，1956 年分别为青岛、济南，1982 年分别为济南、青岛，2000 年分别为青岛、济南。

　　3）分半岛地区、鲁西鲁北平原和鲁中南山区的时点研究表明，城市发展的重点区域发生了明显的周期性转换。乾隆中叶，城市发展区域重点在鲁西鲁北平原地区；民国初期，门户初开，重点向半岛地区转移；民初至 1956 年，是全省城镇发展较为滞缓的时期，尤以半岛地区为缩减重点；改革开放以前，鲁中南山区城镇发展迅速，改革开放后胶东半岛地区又重新恢复了快速发展的势头。

4）海港城市、内陆城市和矿业城市在不同历史阶段发展状况亦不相同。尤以海港城市和内陆城市的发展对比较为鲜明：改革开放以前，内陆城市发展较快；改革开放以后，海港城市发展相对较快。

第三章　山东城市职能的演变过程

现代的城市一般拥有工业职能、商业职能、服务业职能、行政管理职能等，是多种职能的复合体，但这仅仅反映城市职能结构演化的一个断面，现代城市职能的结构并不是历史上城市结构原封不动的复制和拷贝。实际上，受生产力发展水平、各城市产生的社会背景以及区域给予的城市资源禀赋（农业资源、区位资源抑或知识与管理等资源）等的差异，不仅历史时期各城市的城市职能迥然不同，就是同一城市的职能在经历了漫长的演变过程后，其职能结构，尤其是城市发展的主导职能也会发生更替，不同的主导职能往往主导了城市的兴衰，影响着城市体系的演变进程。城市职能具有丰富的时间和空间内涵，是时间和空间的统一体，那种抛弃了任何一方的看法和做法都是极不科学的。受数据资料的制约，现有研究主要集中在城市职能分类方面，侧重于城市职能的空间方面。强调城市职能分析过程中的时间和空间统一体的视角，当前更应该是加强历史的、过程的观点，从长时间的时间尺度中去分析。只有在历史中客观分析某一城市的城市职能的动态演化过程，解析背后隐含的动力机制，才能够寻找出城市职能演化的基本规律，从而对未来城市职能发展给予科学的规划与引导。

城市职能的动态演化是一个渐进而非突变的过程，在漫长的时间长河里，既有原有职能的扩张萎缩变化，又有新城市职能的加盟，并且在不同时间尺度上各有不同的表现。因此，城市职能的演替过程研究，要求抓住最为主要的城市职能变化新特点，并不强调对短时间尺度内表现出来的城市职能组合结构的增减、升降变化进行详实的刻画。

这样，城市发展历史阶段的客观、科学的划分就显得尤为必要。顾朝林（1992）在其专著《中国城市体系——历史、现状、展望》中划分为中国早期城市的产生阶段、中国早期城市体系的产生阶段、中国封建社会城市体系的发展（上）（秦—唐时期）、中国封建社会城市体系的发展（下）（五代—鸦片战争前）、中国半殖民地半封建社会城市体系的发展、新中国城市体系的发展六个阶段。这一历史阶段的划分在此后为学者们广泛引用。粗线条来看，同一时期内城市职能就有相同性，不同时期内主导城市职能发生了很大的变化。山东现今存在的绝大多数县治城市都是由明清时期的县治或者府治发展起来的，主要集中在后四个历史阶段。由于隋唐和辽宋金元时期，中国的城市制度发生了史称"中世纪城市革命"的明显变化，为了完整地说明山东城市职能的动态演化过程，本章将分析的时段向前延伸至宋元时期。

城市职能的分析最好能有完备的统计数据可供参考。但是由于分析历史时段很长，很难找到具有历史延续性的统计资料。因此，在分析过程中，针对不同历史时期的特点，采用各自相宜的历史文献法、统计分析法、历史个案等多种研究方法，点面结合，虽粗疏但力求反映山东省城市职能演化的动态过程。

第一节　明清时期的城市职能

一、基于城市内部结构变动的分析

1. "中世纪革命" 对城市职能变动的影响

山东现今存在的城市，大都是从明清以后发展起来的。为了较为完整地勾勒山东城市职能的发展，在对明清时期的城市职能分析之前，需要先对宋朝时达到高潮的中世纪城市革命及其以前的城市职能作一简单的梳理。当然，全国城市制度的变革同样适用于山东。

隋唐时期，中国城市处于坊制的发展阶段，在时间、空间上对一般居民、工商业者的居住和活动都实行了严格的限制。空间方面强制实行一县一市，市必须设在城中；城内实行坊制，居民居住区和市场都设在围墙以内，坊内有巷。时间方面，实行夜禁，坊有坊门，朝开晚闭。虽然，这一时期城市内部的商业有一定程度的发展，并且规模可能并不小，但均集中在城内，主要是为城内居民服务。这些城内居民主要是所谓的统治者，为纯粹的消费者。当然居住在城市周边的农村地区农民也会利用城市提供的服务，但是诸多的时间和空间限制，减少了其利用的机会和频率。这时期，城乡二者之间是单向的、对立的，城市在接受周围农村地区提供食品、燃料等的同时，并没有提供给农村地区以足够的、特有的城市服务。二者之间的关系等同于生态学中的寄生关系，故这时期的城市可以称之为寄生性城市（parasitic city）[1]。

辽宋金元时期，中国城市制度方面发生了明显的变化，马克·埃尔文称之为"中世纪在市场结构和城市化上的革命"。丹尼斯·特维切特（Denis Twitchett）对唐代、斯波义信对宋代所作的精辟深入分析，更容易使人理解这一阶段发生的显著变化。在制度方面主要表现在以下三点：①放松了每县一市、市须设在县城的限制；②官市组织的衰替，终至瓦解；③坊市分割制度消灭，而代之以"自由得多的街道规划，可在城内或四郊各处进行买卖交易"。北宋时期临街设店和夜市已经得到了法律的许可。明清时期，不仅可以在城内临街设店，而且手工业、商业和文化活动可以在城市里面选择地盘，自筹资金，营造会馆。这样在城市的内部空间结构中就形成了一定的职能分区。但是，对于城市发展更具有重要的意义的主要表现为两点：①商业溢出了城市，城外商业郊区蓬勃发展；②出现具有重要经济职能的"大批中小市镇（施坚雅，1977）"。

诚如施坚雅所言，"这些倾向，文献资料有充分而且令人信服的证明，但还值得详细说明这些证据的确切的时间和地点。……这些分析所依据的各方面的发展——即原始

---

① Hoselitz 认为城市是经济成长和文化变化的中心，城市对周边地区的经济成长和文化变化产生正向效用时处于生成力（generative）状态，相反，通过对农民的榨取和自然资源的过度消耗产生不利影响时处于寄生（paraeitic）状态。森川洋认为经济成长和文化变化在时间上未必是相对应的，即使是同一城市，也有时间上的变化，现实考察实际上非常复杂，并提出在城乡关系时，寄生性城市可以视作城市对周围农村地区的寄生关系。在这里，利用森川洋的这一见解。

资料所证明的特定事实，几乎都与地区周期的上升期和兴旺期有关。"因此，施坚雅断言，中国大部分地方，要直到帝国晚期才发生中世纪城市革命（施坚雅，1977）。其实除了证据的地点和时间外，分析对象的规模依然需要讨论，因为已有的分析对象均为开封、北京等规模足够大的城市。可以推想，不同规模级的城市，商业溢出城市的时间肯定会有很大的不同。

商业溢出城市与否在很大程度上决定了城市职能是否发生了突变。商业集中在城墙以内或者商业溢出城市以外，从一个侧面表现了城市为周围农村地区提供服务的能力的强弱，虽然很难通过一个定量的指标进行准确的标度。当城市商业集中在城墙以内时，商业主要是为城内居民服务，按照城市经济基础理论以及城市职能的定义来看，显然这一服务并不属于城市职能的范畴。城市商业溢出城市以外，这一变化不仅仅削弱了城市居民利用服务设施的时间限制和空间限制，更为重要的是削弱了农村居民利用城市服务设施的时空间限制，城市可以同时为城市居民和周围农村居民提供服务，这种服务自然属于城市成长的基本部分，属于城市职能的重要组成部分——中心地职能。

"商业是否溢出了城市"可以通过城市内部空间结构的变动，尤其是城市商业中心的空间位移表现出来。如果商业集中在城市中，主要为城市居民提供服务的话，那么，商业中心自然位于最有利于城市居民利用的城市中心地带。但是如果城市商业同时为城内居民和城外农村居民提供服务的话，那么，商业中心自然会选择最有利于城内居民和城外周围农村地区居民共同利用的区位，处于两者均为有利的均衡位置。随着城市为周围农村服务份额的增强，商业中心自然会远离城市空间的中心位置，向城外方向移动，特别是向城门方向位移。当这一城门的开启方向恰好为该城市同其他城市连接的商旅要道时，体现更为明显。这样，就会出现这样一种情形：商业活动极盛的地区……而是极明显的位于城市主要通商路线的一边。位移的大小是城市为城市居民和周围农村地区居民提供服务规模之间相互竞争后取得均衡的必然结果。

2. 清末民初城镇的主导职能

上述推断从另外一个角度为分析明清及其以前的城市职能变化提供了新思路。也就是说，商业溢出了城市，在城市周边尤其是城门以外形成了商业繁荣区，则意味着城市为周围农村地区服务能力的增强，即城市中心地职能的增强。可以从地方志的零星记载中寻找这些方面的证据。

山东省大规模的城市筑城主要发生在明朝以后，明清时期的城市都是有城墙的。胶州至崇祯年间，环城而居者已达数千家。清中叶，城关之外商业区面积已经十倍于原州城。泰安城明嘉靖时所建，直至明末州城以外尚多旷野，乾隆中叶，城外四关厢已经成为繁荣的商业区，西隅"自旧校场抵社首烟火数千家，大街百货杂陈……"，北隅"市肆鳞次"，东隅"士农与逐末者半"，南隅"为京省东西通衢，冠盖往来，废著繁集"[1]。

———————————

[1]　《乾隆·泰安县志》卷二，里社。

黄县商业以西关最盛，"列肆数百"家，坐贾之外，四关厢各有集期，"食粮市果常在南关，市木市牛马驴骡常于东关，市蔬菜瓜蓏常于东街，市薪刍常于西关"①。济宁城市的发展要主要体现在关厢所在（表3.1），其中，城内居民以官僚缙绅为多，城关之外则为商人、手工业者聚集之地，这可以从街巷名称中得以体现出来。潍县明万历时，县城及城关有各类市集计有18处，其中，"市二，一在城内大街十字口，一在东关大街十字口"，集市"在城内者七，在东关者七，在南关、西关者各一"②。博山石城始建于1559年，至乾隆时，"禹石门外为西关街……，西枕孝妇河，长三四里，居民稠密，商贾外来多由于此。北出大街，渡流而西，民多琉璃者，为西冶街。……范河门北倚河滩者，为北关街，中途东转者为北凌街，其民多业瓷器。河滩以西，起于叠道，北至沙沟，为税务司街，其民多贩瓷器"③，"城外大街及河滩三八日市，荆山门内一六日小市，范河门外二七日小市，除夕前八日，禹石门外无日不市"④。德州至1411年"招四方商旅分城而治"，"南关为民市，为大市，小西关为军市，为小市……中心角迤北为旧线市，南门外迤西为新线市。盖四方商旅之至者众矣……"⑤。

表 3.1　至 1840 年济宁街道变动情况

城内				城外			
地点	旧街数	新增街数	合计	地点	旧街数	新增街数	合计
东南隅	11	16	27	东关外街	8	49	57
东北隅	10	18	28	南关外街	24	66	90
西南隅	12	16	28	西关外街	6	19	25
西北隅	12	12	24	北关外街	5	6	11
合计	45	62	107	合计	43	140	183

资料来源：王守中、郭大松，2001：32。

显然，从上述各城市的地方志记载来看，迟至明清时期，中心地职能已经成为山东城市的重要职能了。当然，上文所列举的城市，同样是发展速度较快、规模较大的城市。正如施坚雅所言，"发展最快的城市，是那些蓬勃兴起、成为地区重要经济中心地的城市，也正是在这些城市的城门外面——不必说，特别是那些可达通商要道的城门外面——发展了更为兴盛的商业郊区。并不是所有的城市都以同样的速度发展，也并不是所有城市都取得了新的中心地职能。这些变化所反映出来的，并不是在规模和复杂性上步调一致的发展增长，而是经济职能互异的高级中心地的分化"（施坚雅，1977）。山东省大多数非"地区重要经济中心地的城市"直至清末民初时期，上述所谓的"中世纪革命"仍在继续之中。

---

① 同治《黄县志》卷三，食货志。
② 万历《莱州府志》卷五，市集。
③ 乾隆《博山县志》卷二，街衢。
④ 乾隆《博山县志》卷三，户口附集市。
⑤ 乾隆《德州志》卷四，市镇。

　　日本东亚同文会编纂的《中国省别全志·山东卷》在第四编《都会》较为详细地描述了 35 个城市情况。其中，在市街和市况部分有城市内部空间结构的叙述（表3.2），并且粗线条勾勒了部分县城的内部结构图。当然，这些描述和结构图仅仅是现场勘查的结果而已，并不是非常严谨的、准确的刻画，对于精细的分类定级其实并非十分适合，但是对于城市商业是否溢出了城市，是否在城市外围形成了较为繁华的商业区，还是能够甄别出来；对于城市是否具有了中心地职能，城乡之间的关系是否趋于共生，还是能够做一简单的判断。对于上文中已经有所交代的城市，在下文中就不再赘述。

表 3.2　清末民初山东部分城市的市街区状况表

县城名称	市街区状况	资料来源
禹城县城	当地虽为县城，实际不过一荒凉农村，街道没有专门名称，只有同四个城门相连的街道称为东门街、西门街、南门街、北门街。其中，南门街往来较为频繁，但只不过数家杂货店和小饭馆间分布于农家之间。长度不过四町，道路两侧大树葱郁……	239
平原县城	城周五支里多，有东西南北四门……据观测城外东关、西关附近人家密集……该县城同禹城县城相比，虽稍有活气，实大同小异。城内多为农家，土壁茅葺，十分寂寥。仅仅东门外（东关）稍微繁华，街道长不足一町，稍见商家……	243
长清县城	城周四支里，人口较多，据称有 1 万人……该城扼历城、泰安、滋阳交通要路，又当经黄河沟通历城和河南的咽喉，交通频繁，商业发达，城内几乎均为商贾，其中最为繁华的市街区为辛街、孝堂街、青龙镇街……	248
新泰县城	市场十分荒凉，市街仅有东西街和南门至衙门为主要道路。	267
肥城县城	城周七里，人口不足 7000 人，虽名为县城，规模甚小，商业、手工业十分幼稚，城内多为农家，荒地、田圃众多，颇有损市之体面	268
武定府城	城周十二支里，……土地僻远，商务不兴，虽为地方货物之集散地，实为消费买卖之所。东西大街和南北大街稍微繁华，其他诸街商况寂寥。偌大城内田地、湖水众多，实为农业地，不似商业地。大店铺较少，多经营杂货和谷物。城内虽有商会，为强制所设，并无任何相应设施	271～272
海丰县城	城为方形，东西长约二町，南北约 1 町，……东西南北各有一门，多有破损。	277
曲阜县城	城分内外两城，内城为县城……虽为县城，不过一农村。没有街道名称，纵横数条道路均为同一样式。西门至东门往来较多，长约 8 町，县衙位于其中。此外，仅有小杂货店、农家和不洁饭馆……商业从业者约为居民的四分之一，为日常杂货店、饭馆等，只有本地意义，全无地方市场价值	297, 299
邹县县城	城周五支里，城内古木参天，……城内纵横数条街道，较为著名的是西门至东门大道，长约 5 町，路旁古木葱郁，间有商家，但市面缺乏活力，往来稀少……当地居民多从事农业，大部分居住在东西南北四城门的关外附近……商业主要是为市内和附近的日用品供给……	301～302
滕县县城	城周四支里，火车站在城西关附近，……大商轩并陈，一见颇有商业地之感，东南西北各一里，东门生意街最为繁盛，常如市场一般，尤其杂货店、古董店众多	306

续表

县城名称	市街区状况	资料来源
沂州府城	人口号称 4 万,是山东南部最大的城市,也是商业繁华之地。最著名的街道有至东门的街道、南门至东西大街的街道、南门至关帝庙的街道。南门外的油坊巷有汤浅洋行,从事花生的买卖,附近各地设有出张所……	317
莒州城	莒州城建于青山四周、百流合辏之地,人口约有 1 万余人。城内面积狭小,但有空地,南门外和东门外人家众多	322
曹州府城	建城于明正统十一年,城周十二里,……外城建于乾隆 32 年……据自治所调查,人口约有 6 万……此地商人甚少,居民多务农,生活水平很低……曹州府作为农业地的中心,却不是商业地……此地商业东同济宁州、西同开封府往来密切,二者份额分别十分之七、十分之三	327,331
青州府城	城池与普通县城有异,规模大,城周 10km,城内外二分,本城分东西南北四关和满洲城 6 区……市街位于城中央,西方多田地,中央和东关、北关繁荣,尤其东关,经昌乐、潍县,通往旧胶州、或芝罘,北关控制满洲城,通向旧济南府城……	333,334
诸城县城	东门外稍有人家,西门外人家最多,城内南坊有空地存在,人口 16 385 人,户数 3192,……城内店铺稀少,晚上灯火不见,西门最为繁盛……	355
宁海州城	户数三千,人口约 1500 人。城周九支里,有东西南北四门。东西两大街最繁荣……	359
文登县城	城周约七支里,东西南有城门,最为繁荣的区域是东西两大街,长约十二町。文登县为一农业地,经济自给自足,只有少许皮类输往威海,购入杂货类	361
荣成县城	城周约 6 支里,有四门,最为繁荣的是南门大街,旅馆、杂货店较多	363
海阳县城	人口约 3000,户约 450 户,城内一半为田圃,人口稀疏,市况萧条。城周 8 支里,南北两大街交汇的中央部分最为繁华,每日有小市,商店以食品、杂货为主,日本商品的比例较大	369
高密县城	稍大的市街区为东西街和南关街,其中,南关街商家最多	381~382
即墨县城	城内人口约 4500,户数约 1000 户,城外人口约 1500,户数约 300。城外人口集中在西北方。……居民多务农,东西大街商户较多,主要为周围农民提供日用品服务。棉花、棉布和火柴等杂货在青岛开埠之前,从芝罘输入。青岛开埠后,悉数仰给青岛	384~386

资料来源:东亚同文会编纂发行,中国省别全志·第四卷·山东省。

　　从上面 21 个城镇的表述可以看出,至清末民初,大部分城镇已经完成了"中世纪革命",具备了中心地职能,成为商业繁华之地。但是极少数城镇,虽然建制上为城,实际上不过是农村市集,虽有部分服务设施,但仅有本地意义,并无地方价值。显然,城市之间的等级分化已经趋于深刻(仅就经济职能而言,不含政治职能)。这就意味着自从市必须置于城内的桎梏被打破、商业溢出城市以后,城市作为物资流通的中心,在彼此之间的相互竞争中,或者由于腹地发展水平的不同,或者由于交通运输区位的优劣制约程度各异,其发展水平、职能规模逐步分化,诚如施坚雅所言"……城市革命的基本成分，就是更为充分分化的经济中心地层级的发展（施坚雅，1977）"。

当然，对于这种经济中心地层级的分化，应该有一个十分清醒的认识，即仍在进行之中，总体上并没有趋于成熟，并未形成一个完整的城市体系。之所以要有这样的认识，是基于以下两个方面的考虑：①绝大多数城市的规模均相差不大，城市规模分布尚未有序化，这是城市体系尚未成熟的重要表征之一；②绝大多数城市的发展仅仅依赖于同其腹地之间的紧密联系，城市之间的相互影响相对薄弱。

二、滋阳县城和临清城的个案分析

上文从城市内部结构变动的角度概括分析了明清时期城镇职能的特征。指出，至明清时，城乡之间的关系已经由过去的寄生关系发展到共生关系，中心地职能已经成为城镇的主导职能，并且中心地的等级分化正在处于进行之中。上述工作仅仅是一种粗线条的勾勒，在下文中以滋阳县城和临清州城为例，对明清之际的山东省城镇职能进行细致刻画。

"明清时期城市发展的重要标志之一，即是已经形成了几种不同类型的城市。一是手工工场集中的城市，……二是商业集中的城市，……三是主要作为行政中心的城市（傅崇兰，1985）"。由于手工场集中的城市主要分布在南方地区，同时期山东的城市主要表现为后两类：其一是作为布政司以及府、州、县衙驻地的政治性城市，城市内居民各级官吏、地主及其军队占据了较为重要的比重，虽然城市中商业经济活动有一定的发展，但是相比于其政治地位仍属次要。这类城市如滋阳县城、济南府城等；其二是以运河城市为代表的商业城市，如临清、济宁、聊城等。这些城市虽然多为治所，但其经济地位已经超过了政治地位。由于滋阳和临清城具有相当的代表性，因此，作者以这两个城镇为例，分析明清之际的山东城镇职能。

关于明清时期滋阳和临清城各城镇职能的资料极为少见，在经济史、社会史等的历史研究领域，所引用的资料多为地方志资料或者其他史书资料，在本部分内容里，作者同样借用相关地方志和史书资料对明清时期的城镇职能进行简要的分析。许檀（1998）分析了山东商业城镇的发展以及城镇人口数量及其职业构成，取得了令人称许的成绩。在明清时期城镇职能量化资料和质性资料缺乏的背景下，她的研究为本书提供了非常好的个案资料。本书试图利用这些资料，以滋阳县城和临清为例，勾勒明清时期山东城市体系的城镇职能特色。

1. 一般治所的城市职能——以滋阳县城为例

滋阳县城是兖州府治所，距离运河有一定的距离，并且同光之际，运河淤塞，河运功能下降，而烟台等刚刚开埠，其影响尚未到达该地，对城市的职业构成影响不是很大。作为一个传统的消费型城市，滋阳县城职业构成具有一定的代表性。

能够表示明清时期城市职能的系统资料相当少。存于东洋大学的《山东省滋阳县户册》逐户登记了同治光绪年间（1872～1882 年）滋阳 17 条街巷居民的 688 户家庭人口、职业状况。该户册系残本，山根幸夫估计登记户数约为全城的 1/4～1/5，但是资料极为珍贵，为管窥当时的城镇职能提供了便利条件。许檀根据这本户册，整理了滋阳县居民的职业构成（表 3.3）。

表 3.3　滋阳县城居民职业构成

职业分类	户数/户	比重/%	备注
与官府相关者	86	12.5	衙役、书吏、师爷、跟官、军户等
士人	31	4.5	候补官员、文武生员及读书教书为业者
与农业相关者	48	7.0	农户、乡户、客户及种园之户
商业	253	33.9	
类别不明	136		记作：开店、生理或者小生理
日用品类	62		杂货铺、京货铺、布铺、药铺、鞋铺、估衣铺、茶叶铺、烟铺及各种丝货铺
小商贩	20		卖鱼卖肉卖菜、卖粥卖饼卖馍馍等
其他	15		牙行、钱铺、粮铺、果品铺、调料铺
饮食业服务业	88	12.8	各种面食铺、饭馆、酒铺茶铺、成衣铺、剃头铺、客店、车夫、烟（鸦片）馆等
手工业	72	10.4	
丝织	35		机房、织工、染坊等
饮食类	7		油坊、酒榨、酱园
其他	30		银铜锡铁匠等铺、木匠皮匠泥水匠等
其他	20	2.9	佣工、媪妇、占卜及和尚、道士等
职业失载	110	16.0	
合计	688	100.0	

资料来源：许檀，1998，239。

　　表 3.3 中，滋阳县城居民的职业构成主要由三部分组成，包括政府相关者、商业（含饮食业）、手工业者。其中，与官府相关者如衙役、书吏、师爷、跟官、军户 86户，未见官僚登录，估计为残本之故。候补官员、文武生员及读书教书为业者 31 户。另外，城居地主也占有相当比重，其中乡户 20 余户，农户 10 余户，前者指人居城中，田产在乡由佃户耕种的城居地主，后者有不乏雇工多人者，为经营地主。三者合计 147 户，占城市总户数的 21.37%。这些居民人口数量虽然不是很多，但为城市消费的主体，城市是为政府机构和地主阶级的消费服务的。这些城市人口体现了城市的寄生性。

　　商人、手工业者、饮食服务业等，三者合计占到总户数的 57.1%。仔细分析可以看出，生理或者小生理者有 136 家，规模极为有限，卖鱼卖肉卖菜、卖粥卖饼卖馍馍等20 余家，毫无疑问，这都是为本城居民服务的，大体上可以算是城市职能的非基本部分。该城饭铺、酒店、茶馆数十家，烟馆 11 家，成衣铺 11 家，剃头铺 7 家，而车户仅4 家、客店仅 1 家，显然这些店铺是以满足本地居民服务的，都可以算作是城市职能的非基本部分。从城市商业的布局来看，经营不同商品的各类店铺杂居错处在同一条街巷，经营同类商品的店铺在同一条街上至多不过三两家。

商业中的药铺、鞋铺、丝货铺等，手工业中的银铜锡铁匠等铺、油坊、酒榨、酱园，以及牙行、钱铺、粮铺等则在一定程度上满足城市内居民生活需要的同时，也有一部分是为城市周边的农村地区服务，可以归结为城市经济活动的基本部分。按照每一店铺服务 26 人计算[①]，62 家日用品商铺、15 家牙行、钱铺以及 35 家织工、酱园等服务 3094 人，而街巷居民户口统计人口总数仅为 2845 人，显然，前者多于后者。虽然数据并不是很准确，但是滋阳在满足城内居民需要的同时，也给其周边的乡村地区提供服务这一点毋庸置疑。显然，表 3.3 中的商业、饮食业、手工业共同组成了滋阳县城中心地职能的重要组成部分。这也就是说当时的中心地职能在城市职能中占据了十分重要的地位。

城市的中心地职能体现了城乡之间的共生共栖关系，农村为城市提供食品、燃料、原料等，而城市则要为农村地区提供必需的城市服务。这就决定了二者在经济上有着密切的有机联系，这一特点自然可以从城市拥有的商铺类型反映出来。清代滋阳县是山东最早引种烟草的县份，康熙《滋阳县志》载，烟草"滋县旧无，其种自国朝顺治四年间……相习渐广"，至康熙年间已是"遍地种植"，产量可观，故"每岁京客来贩，收买者不断，各处因添设烟行"[②]，从事加工与销售。与滋阳县邻近的宁阳县烟草种植也产量销量颇巨，质量亦佳，多运至滋阳北乡碾末，然后北销。滋阳县城内有烟行（1 家）和烟铺（6 家），仅有一家注明销售潮烟，其余估计均为从事烟草购销和加工的店铺。滋阳县自明代以来也是山东的桑蚕产区之一，所产的文绫、镜花绫、双距绫颇为著名。清代兖州府虽然大部分州县保留有丝织业，但以滋阳为最盛，境内轧轧之声不绝于耳，县城内有丝织手工业者 30 余户（全城可能更多），有茧行、丝店提供原料，有染坊进行染色和加工整理，有丝货铺、线货铺收集成品，形成了以丝织为中心，从原料供应到产品收购、销售的一整套供销体系。

上述县城内的两种店铺表明了县城与周围乡村经济上的紧密联系。按照施坚雅提出的决定经济层级级别特征的增值商品和服务项目，可以初步判断出滋阳城为其所提出的中心地等级序列中的中心市镇[③]。这也就是说，仅就城乡关系而言，滋阳县城虽然在一定程度上表现为寄生性城市（parasitic dity），但其从乡村获取食品和燃料等，同时也为周边地区农村地区提供城市性服务，虽然城乡之间的物资交流量并不是很大，但城乡之间构成了一种共栖关系，在一定程度上可以视为是 Galpin（1915）提出的城乡共同体（rurban community）。

---

① 包伟民根据一份 1933 年建设委员会调查、浙江经济所刊行的《芜乍铁道沿线经济调查》中"市镇经济调查数据"，发现这一时期江南市镇的每一店铺对应的市镇人口大约 26 人。曹树基在推算聊城城市人口时，采用了每一店铺对应 50～60 人的比例。由于滋阳远离运河，并非商业城市，外来客商不多，商店规模不大。故采用保守比例。

② 康熙《滋阳县志》卷二，物产。

③ 施坚雅在分析城市与地方体系层级中将 1893 年中国的经济中心分为标准市镇（27 000～28 000 个）、中间市镇（约 8000 个）、中心市镇（约 2300 个）、地方城市（669 个）、较大城市（200 个）、地区城市（63 个）、地区都会（20 个）、中心都会（6 个）8 个级别。其中，典型的标准市镇为拥有 15～20 个村庄的腹地服务，满足农民每周对集市的需要。关于决定经济层级级别特征的增值商品和服务项目可以参见施坚雅《城市与地方体系层级》一文的附录部分，其中对不同级别的经济层级的中心地的增值商品和服务项目都有明确的论述。

滋阳为兖州府城尚且如此,其他一般的县治城市情况不会同其有明显的差别,若仅就城乡关系而论,可能在更大程度上与乡集相似性更强,同周边农村地区的联系更为紧密,不过寄生性或许更强。

2. 商业城镇的城镇职能——以临清为例

(1) 职能单位分析

对于藉运河漕运发展起来的城市,情况则有所不同。许檀对临清较为重要的、并能获取一些确切数字的十余种行业的店铺数做了一粗略统计(表3.4)。

表 3.4　明清两代临清城内主要店铺数量及其增减比较

类别	明隆庆万历时期	清乾隆初年	类别	明隆庆万历时期	清乾隆初年
布店	73 家	各街俱有	羊皮店	不详	七八家
缎店	32 家	七八家	辽东货店	大店 13 家	无
杂货店	65 家	不详	茶叶店	不详	大者 28 家
粮店	不详	百余家	盐行	公店以外,各街十余家	不及半
瓷器店	20 余家	减半	典当	百余家	十六七家
纸店	24 家	五六家	客店	大小数百家	减半

资料来源:许檀,1998,163。

从表 3.4 中可以看出,表中"隆庆、万历"一栏,除布店、缎店、杂货店三项为万历年间记载外,其他各项,原资料中多称"昔年"、"旧有",大约指临清最繁盛的隆庆万历时期。明清之际的战乱波及临清,使该城一度萧条,至乾隆时虽已恢复繁荣,但显然已不及明代,商业布局也有所改变;而粮食的经营则极为兴盛,可能远胜于明代。虽然清乾隆初年临清城内的店铺数目与明隆庆、万历时期相比,绝大部分店铺数量减少,但即便如此,各街俱有的布店,10 多家的瓷器店、百余家的粮店、十六七家的典当行、50 余家的客店,另有数百名的牙行经纪人(有店主及按货合同者不在此数)等,恐怕很难说全部是为城市内部居民服务的。也可以从利马窦札记中管窥这一特点,"临清是一个大城市,很少有别的城市在商业上超过它,不仅本省的货物,而且还有大量来自全国的货物都在这里买卖,因而经常有大量旅客经过这里"[①]明吏部尚书王直也认为,"财赋虽出乎四方,而输运以供国用者,必休于此而后达;商贾虽周于百货,而懋迁以应时需者,必藏于此而后通"[②]。也就是说临清的中转批发业在城市经济活动中占据了十分重要的地位。

(2) 城市内部功能分区分析

根据图 3.1 可以看出,临清商业早已经溢出了砖城。临清城始建于明景元年,系缘广积仓为基修建的砖城,城周 9 里有奇,面积约 5km²,粮仓面积约占 1/4,州署、学

---

① 《利玛窦中国札记》第四卷第三章。
② 乾隆《临清直隶州志》卷二,2 页。

官均位于砖城内。随着城市商业的发展，机械人口的增加，明成化十一年（1475 年）以游宦侨商，日渐繁衍，并令占藉，夯土为墙，以卫商贾之列肆于外者，史称土城，嘉靖时期再行扩建。土城完工后，原砖城内的部分集市贸易如线子市、马市等迁往土城，城内除了十余家粮铺以外，在商业上已经不占重要地位，土城成长为繁华的商业区，并形成了明显的城市商业功能分区。

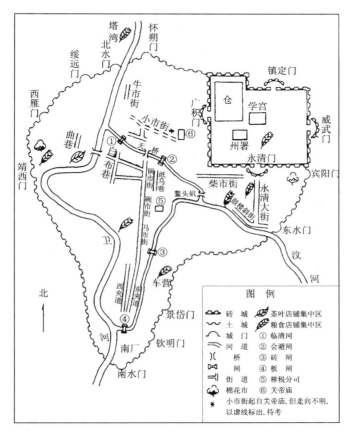

图 3.1 明清时期临清城市空间结构

资料来源：许檀，1998

为了详细分析临清的城市职能，具体分析各商业区的状况。

中州，由汶河、卫河环抱而成。临市繁荣之区在中州一部，北自天桥至南关，东自鳌头矶至卫河，街市蝉联，人烟辐辏，河流绕之，势颇固结，东南纨绮，西北裘褐，皆萃于此。图中锅市街、青碗市街中皮货、冠帽、瓷器、鞋袜、杂货、米豆、纸张等各类店铺林立。马市街集中了大量的银钱、皮货、帽靴、海味、果品、杂货等铺。白布巷、果子巷分别以布店、绸缎店为主。箍桶巷以南则为粮食市，有粮店数十家，经营河南卫辉等处运来的粮食。中州地区同类商铺集中，经营的大部分商品并非临清附近农村地区所产，多系外运至此。比如，布匹、绸缎等来自江南；瓷器来自景德镇；纸张来自江西、福建；茶叶来自福建、江西；皮货，大约本地羊皮三分，外地七分，外来者主要为直隶、河南和西北诸省。上述非本地所产的物品之所以汇集临清，当属运河之惠赐。这些商品销售的范围也往往超过了临清的势力范围，比如，高唐、河间所用山陕铁器、宣府、大同、辽东互市之铁釜等系由临清采买或经临清转运，茶叶以山西商人经营的边茶转运贸易为主，茶船到临清，或更舟而北，或舍舟而陆，总以输运西边。显然，临清拥有的这种职能通过运河体现出了同外界沟通的联系，并不是中心地职能，而属于广域职能中的门户职能。

北区，广积门以西，卫河以东，天桥以北，塔湾以南为临清商业的另一处集聚区。小市街长约里许，两侧古玩珍宝、金属器皿、粮食、木材、故衣店铺林立，约百余家。牛市街则有钱店和杂货店。塔湾一带则有粮店十余家，集散临清本境四乡及毗邻直隶广平府清河县之粮食，日卸数十石。此外，北区还是手工业者的集聚区。

卫河以西的靖西门，为土城之西向通道，商业繁盛。主要店铺有粮店十数家，收临清西乡一带运来的粮食，亦日卸数十石。棉花市和宾阳门正对，分别集散四乡和附近县市之棉花，日上数万斤。茶叶店经营茶叶多由南方茶船运抵临清之货属。

东区，北至永清门，南抵汶河，东起宾阳门，西迄鳌头矶。鼓楼大街有粮店十余家，经营来自济宁一带沿汶河而上的粮食。永清大街多柜箱、金漆、杂货、丝店和机房等，亦为四方柴薪集中之地，以供官窑制砖而用。

东南区，系指汶河以东地区。车营在砖闸以东有粮店十余家，主要经营本地粮食买卖，临清东南诸县如东昌府馆陶、冠县、莘县堂邑、观城等农民以及商贩车载驴驮米谷至此销售。南厂附近以绳缆、橹、浆等船具为主。南水关土桥每逢三八为绸市，馆陶、堂邑、冠县等小农或者手工业者负绸以售，日集可达千余匹；每逢二七日集，本地四乡及邻邑所产之丝在此货卖。

北区、卫河西、东区和东南区的货属集散范围和销售范围与中州地带并不相同。除了卫河西之茶叶、东区济宁之粮食外，绝大部分商品均来自于临清本州和周边相邻县份，除了生产者的直接销售外，相当一部分是地方商贩从乡集和县份中收购而来。销售范围也多在势力范围之内，如光绪年间，朝城县外境输入商品以棉花为大宗，主要来自临清，城乡集市每岁销行二万余斤，平阴县也由临清、高唐输入棉花，织成布匹，往沂州出售。显然，临清提供这种服务的空间范围是其势力范围之内，可以称之为中心地职能。

通过城市内部空间结构的分析，可以看出，至明清时，临清早已在砖城外发展成为繁华的商业区，并且这一商业区已经形成了较为明显的功能区分。中州地带依赖汶河、卫河，较好地体现了临清城市的门户职能，其他功能分区则体现了其中心地职能。临清城市职能主要体现为门户职能和中心地职能的统一体。

（3）职业构成——城市职能结构

表3.5为临清居民职业构成举要，系许檀根据文献资料整理。由于临清记载中缺乏官吏、地主和士人资料，仅就商业和手工业部分进行分析。与滋阳对比，可以发现临清拥有滋阳所没有的许多职业。

表 3.5　临清居民职业构成举要

	职业分类	数量	备注
商业	中转批发业	数百家	主要为布匹、绸缎、茶叶、纸张、瓷器、粮食铺
	零售商业	数百家	
	银钱典当	百余家	
	客馆邸店	数百家	
	酒肆茶坊饭铺	随街都有	
	小商贩	各街市都有	
	牙侩经纪	百余名	有店主及按货合同者不在次数
运输业	脚夫	数百人？	脚夫有行，依河界划分五段，各不相扰。纸店、粮店等有专门的脚夫
	标丁	百余名	临清标丁以骁勇著称
	船户	？	临清是一个重要的雇船码头
手工业	修船及船具制造	？	在南厂
	油篓业	数十家	聚居油篓巷，为商人购油之容器
	织席业	？	聚居席厂街，席为粮食运输之必需
	箍桶业	数十家	聚居箍桶巷，制锅盖笼屉木盆木桶等
	竹编业	？	居竹竿巷，编制床几帘箔等竹器
	纸印神像	铺户数十家	居纸马巷
	皮毛业	一二百户或者更多	羊皮、绒毡为临清特产，硝皮缝皮制毡为业者均为回民，居北城。民国间业此业者达数千家，不过清朝尚没有这么多
	丝织业	机房百余家，织工？	清季临清丝织业最发达时机坊达 700 余，织工 5000 人，不过此时商业已经衰落
	其他手工业	？	以手工业命名的街巷还有钉子巷、蜡烛巷、香巷、鞍子巷碾子巷泥炉巷等，业者亦应不少
其他		不详	

资料来源：许檀，1998，243。

1）有数百家店铺从事中转批发业，数百家银钱典当、数百家客馆邸店、数百名牙侩经纪。中转批发业的含义自然不需赘言，如此众多的客馆邸店则是为外来客商服务的，一方面提供住宿之用，另一方面则作为大宗商品的商业中介结构和商品储存之货栈。银钱典当则同样是为批发中转服务的。

2）运输业占有较大比重。临清"脚夫有行，依河界划分五段，各不相扰。纸店、粮店等有专门的脚夫"；有专门护送商货之标丁，"有马有步，共百余名"，标丁骁勇，"称著天下"，护送三行货物，南来北往，暴徒不敢相犯[①]；另外，临清还"是一个重要的雇船码头"（许檀，1998）。

---

① 乾隆《临清州志》卷十一，市廛志。

3）就手工业者而言，所经营之业务，亦同商货运输密不可分，如修船及船具制造、油篓、织席、箍桶业等。

与 Burghardt（1971）提及的门户城市定义及其职业构成特点相对照①，显然，临清从业人员构成中交通运输业、批发业、经纪人、金融、旅馆在城市发展中起到了主导作用。临清作为运河的河港城市，称之为当时鲁西地区的门户城市当之无愧。临清这种职业结构特点，在同为商业城市的胶州、济宁、张秋和黄县均有相似的表现。

应该强调指出的是，中心地职能往往是城乡之间长期自然发展的结果，其稳定性强，而门户职能往往受到自然条件演变、国家政策等的影响，波动性较强。临清城市居民的从业人员规模和从业结构，就是政府漕运和临清在运河的地理位置共同决定的。

第二节　开埠至新中国成立前山东城市职能特色

1860 年以来，条约口岸（烟台、青岛、威海卫）和自开商埠（济南、潍县、周村、龙口）对山东城市体系的发展产生了极大的影响，打破了先前山东城市体系内向发展的节律。期间，山东省城市职能发生了明显的变化，主要表现在：①城市中心地职能的进一步强化；②涌现出了大量的以物资集散功能为主的城市；③现代化工业部门已经诞生，工业职能已经成为某些城市的城市职能重要组成部分。

一、城市中心地职能的进一步强化

城市中心地职能是指城市为其腹地范围内的农村和城市提供的服务。前文已述及，清朝中期，中心地职能突出、城乡一体是山东省城市职能的典型特征。1860 年以后，以烟台开埠为先声，外力开始强力作用于山东省城镇的发展，在外来冲击山东回应的过程中，山东现代化进程逐步推进，近代化的银行、商会（表 3.6、表 3.7）、电讯、邮政（表 3.8）、医院、学校以及法院、警察局等先后设立，使得城市中心地职能得以充实，先前城市向周边农村地区提供的服务内容由相对单一的商业服务向多元化转变。在这一过程中，城市中心地职能逐步得以强化，职能规模不断增大。并且随着交通现代化过程的启动，城市影响范围不断拓展，由城市周边的农村扩大到含其他城市在内的城市体系范畴内，城市影响程度不断加深，城市间联系日益加深。

---

① 1971 年 Burghardt 发表了著名的论文 A Hypothesis About Gateway Cities，详细讨论了 gateway 的定义，剖析了中心地和门户的不同，分析了 gateway city 的职业结构特点，并提出了 gateway city 演化假说。加拿大温妮波湖、卡尔加里、埃德蒙顿 1911 年的数据表明，制造业比例低、交通运输业和批发业比重高是 gateway city 的职业结构的重要特点。

表 3.6 清末至民国时期各城镇商会设置时间

城镇	设置时间	城镇	设置时间	城镇	设置时间	城镇	设置时间
宁海州	1906	即墨	1910	曲阜	1912	文登	1915
周村	1907	临邑	1910	长清	1913	广饶	1915
齐东	1910	寿光	1910	济阳	1913	阳信	1915
夏津	1910	滕县	1911	沾化	1913	博兴	1916
新城	1912	利津	1911	无棣	1913	临朐	1916
乐安县	1912	邹县	1911	莱州	1913	陵县	1916
大汶口	1912	昌邑	1911	胶州	1913	福山	1916
虎头崖	1913	聊城	1911	蓬莱	1913	商河	1916
滋阳	1904	高唐	1911	禹城	1913	菏泽	1916
潍县	1905	郯城	1911	曹县	1913	峄县	1916
羊角沟	1905	龙口	1911	沂水	1913	巨野	1917
济南	1906	德州	1911	乐陵	1913	寿张	1917
烟台	1906	恩县	1912	栖霞	1913	蒙阴	1917
黄县	1906	馆陶	1912	邹平	1913	青城	1918
诸城	1906	泰安	1912	宁阳	1914	茌平	1918
石岛	1906	惠民	1912	昌乐	1915	范县	1918
益都	1906	滨县	1912	莱芜	1915	东阿	1919
威海卫	1907	莒县	1912	新泰	1915	郓城	1919
临清	1908	鱼台	1912	招远	1915	城武	1920
济宁	1908	安丘	1912	临淄	1915	德平	1922
临沂	1908	桓台	1912	邱县	1915	高苑	1922
冠县	1909	平度	1912	肥城	1915	阳谷	1923
费县	1909	平原	1912	堂邑	1915	泗水	1923
青岛	1910	章丘	1912	武城	1915	莘县	1925
沙河	1910	淄川	1912	东平	1915	齐河	1928
莱阳	1910	博山	1912	博平	1915	高密	民初
单县	1910	清平	1912	金乡	1915	荣成	清末

注：据张玉法著《中国现代化的区域研究，山东省，1860～1916》和张玉法等著《民国山东通志》第三册资料整理。

表 3.7 1912～1919 年山东省商会发展进度

年份	1912 年	1913 年	1914 年	1915 年	1916 年	1917 年	1918 年	1919 年
商会数	47	45	61	82	88	96	101	117
会员数	6043	6836	8723	10 713	10 964	13 346	14 160	

以长途电话为例，民国二十二年全省 108 县县有电话安装完毕，各县均设一长途电

话管理处，除此以外在周村、张店、烟台、龙口、羊角沟、济南商埠等也各设分局。截至民国二十四年六月，全省设分局 117 处。次年六月，全省通话村镇有 1466 个。这些村镇在很大程度上以市集为主。据民国四年《山东通志》统计，山东市集共有 1953 个，这就说明市集所在地或有电话可通。就部分城市而言，高密县城民国二十九年设长途电话事务所，与城厢及乡镇 44 处可通电话；清平县民国二十三年邻近各县均可接线通话；掖县通话地点除城区各机关外，另有沙河镇、平里店、虎头崖等 12 村镇。这些县城与周边乡镇的通话联系，强化了城市对周边乡村地区的影响程度。民国三十六年时，青岛城市人口已经达到了 52 万人，是年出版的《青岛指南》详细记载了长途电话可以通达省内的城市，包括即墨、胶州、高密、坊子、潍县、昌乐、利国、城阳、枣庄、滕县、济宁、兖州、泰安、博山、淄川、益都、金岭镇、张店、周村、德县、禹城和济南等地，主要是分布在胶济铁路和津浦沿线的重要城市。虽然电话设施当时的普及率还不是很高，并非是大众传播工具，但是对于商业的发展十分重要。再者，当时陆运交通虽有发展但并不非常畅通的条件下，电话的应用无疑强化了区域范围内城市与城市之间的联系，使得规模等级较高城市的影响力不断提高。

再以邮政网络为例。已有研究表明，邮政网点作为中心性设施，其空间配置密度比警察署等国家机关高（后者只可能配置较高等级的城镇之中），如银行等较高级中心性设施的分布要均匀，如小学等设施要稀疏。山东省的邮局开业最早是在 1880 年，开办海关邮局为其肇端。1896 年大清试办邮局，邮局在山东各地迅速兴起。民国建立后，改大清邮局为中华民国邮局。《中国省别全志·第四卷·山东省》辑录了 19 世纪 20 年代的各邮政网点的业务、等级（表 3.8）。表 3.8 中不含代办所，表中的 1、2、3 等数字表示一般业务以外的特殊业务。1 为国内保险包裹、现金交易包裹业务，2、3 为汇兑业务，但汇兑额度不同，可参见张樑任（1935），4 为快件业务，5 为轮船邮务，6 为随价格表调整邮务；7 为遵循万国联合规则从事包裹业务。

山东邮务管理局设在济南府，一等邮局为烟台和胶州（青岛）；二等邮局 55 个，三等邮局 37 个，绝大部分设在县治、府治和部分发展水平较高的市镇（如坊子、大汶口、台儿庄、石岛、枣庄等）；代办所 391 个，绝大部分设在市镇，部分设置在水平发展较为落后的县治（长山县、招远县、费县、嘉祥县、莱芜县等）。

据张樑任研究，"考一二三等邮局划分，则以业务之盛衰而定"。一般而论，每月收入在 200 元左右，开发汇票在 1000 元左右者可设三等邮局；收入在 600 元左右，开发汇票在 6000 元左右者可设二等邮局；收入在 5000 元左右，可发汇票在 20 000 万元左右者可设一等邮局。一、二、三等又分为甲、乙二级，甲级比乙级较为重要。一二三等邮局在业务上与邮政代办所不同者则为汇兑。前者皆通大款汇兑，彼此可通达全国各局，取费亦较廉。后者多通汇于各该区内，间或通汇二区内。汇款额以每纸十元为限，取费亦较贵。一二三等邮局的不同点在于，一等邮局均为储金局，二等邮局部分为储金局，三等邮局绝少储金局（张樑任，1935）。从上面的论述可以看出，邮政网点均有一定的业务空间，很好地体现了城镇的中心性功能，不同等级的邮政网点在一定程度上可以标度城镇中心性功能的等级性，显然，一二三等邮局要高于邮政代办点，一等邮局要高于二三等邮局。而邮政网点的等级变动和服务类别的增减则体现了城镇中心性的变动（表 3.9）。

表 3.8　民国初年山东省邮局等级、业务类别表

驻地	业务类别	驻地	业务类别	驻地	业务类别
总局		昌邑县	3	肥城县	
济南府	1，2，4，5，6，7	安丘县	3	海丰县	
一等邮局		诸城县	3	高唐州	
烟台	1，2，4，5，6，7	莒州	3	金乡县	
胶州	2，5，7	福山县	3	巨野县	
二等邮局		海阳县	3	馆陶县	
胶州城	1，2，4，5，6，7	沂州府	3	临城	5，7
周村	1，2，4，5，7	日照县	3	临朐县	
高密县	1，2，4，5，7	莱州府	3	刘家沟	
龙口	1，2，4，5，7	莱阳县	3	乐安县	
德州	1，2，4，5，7	临清州	3	泺口	5，7
登州府	1，2，4，5，7	利津县	3	乐陵县	
济宁州	1，2，4，5，7	柳疃	3	蒙阴县	
潍县	1，2，4，5，7	平度州	3	宁阳县	
兖州府	1，2，4，5，7	沙河	3	北马	
滕县	2，4，5，7	石岛	3	平里店	
黄县	3，4	夏村	3	平阴县	
枣庄	3，4，5，7	茌平县	3	濮州	
昌乐县	1，2，5，7	曹州府	3	蒲台县	
坊子	1，2，5，7	即墨县	3	普集	5，7
博山县	1，2，5，7	东昌府	3	单县	
桑园	1，2，5，7	文登县	3	寿光县	
峄山	1，2，5，7	羊角沟	3	邹平县	
邹县	1，2，5，7	曲阜县		东阿县	
淄川县	1，2，5，7	台儿庄	3，5，7	东平州	
威海卫	1，2，5，7	宁海州		汶上县	
青州府	1，2，5，7	曹县		武城县	
泰安府	2，5，7	济阳县		阳谷县	
大汶口	2，5，7	三等邮局		阳信县	
晏城	2，5，7	章丘县		郓城县	
峄县	2，5，7	张店	1，5，7	朱桥	
禹城县	2，5，7	长清县		城阳	5，7
平原县	2，5，7	武定府	3	郯城县	

资料来源：东亚同文会编纂发行，中国省别全志·第四卷·山东省，672～690。

表 3.9　清季以来山东部分邮政局的设置经过

州县	开办经过
昌乐	1902 年 7 月设邮政代办所，1904 年改二等邮局
济宁	1899 年设邮局，管辖代办所 8，有邮路 4
临朐	光绪末年设邮政代办所，1914 年设三等邮局
寿光	1904 年于县城设邮政代办所，1913 年改为三等邮局，1916 年升为二等邮局。羊角沟亦设有代办所，至 1899 年改为三等邮局
莱阳	1899 年在县城设邮局，辖代办所 22；14 个在县境，8 个在他县
东平	1898 年设信柜，1913 年升为三等邮局，同时在各乡镇分设代办所 8，信柜 2
临清	1901 年设邮政代办所，1913 年改为三等邮局，1904 年升为二等邮局
清平	1906 年设邮政代办所，至 1920 年改升为三等邮局
茌平	初设代办所，至 1914 年设二等邮局
临沂	1899 年设邮局，1912 年改为邮政支局，1914 年改为二等邮局
曲阜	1901 年 10 月设邮政支局，1909 年改为二等邮局
青城	1908 年设代办所，至 1919 年成立三等邮局
齐河	1903 年设邮局，1905 年改为代办所，1912 年又设邮局

资料来源：张玉法著，中国现代化的区域研究，山东省，1860~1916，中央研究院近代史研究所专刊（43），民国 76 年：497~498。

　　随着邮政网点的配置，邮路逐渐延伸，城镇之间的邮政联系日益紧密。1902 年烟台邮区邮路 6 条，1899 年胶州邮界邮路 6 条，沂州起点邮路 4 条，1903 年济南邮路 5 条。1920 年山东邮差邮路总计达 18 040km，其中 6124km 主要邮差邮路实行昼夜兼程。1949 年末，全省邮路总长度 114 493km，其中自行车邮路计 66 386km，占总长度的 57.98%。邮政网点的扩展和邮路尤其是昼夜兼程邮路和自行车邮路的延伸，加强了城镇之间的联系。

　　若就城乡关系而论，在明清时期，城乡之间差距不大，进入近代以后，城乡之间的差距越来越明显，先前的城乡一体化的格局逐步被打破，周边农村地区对城市发展的强力约束作用已经逐步弱化，城市之间的相互影响逐渐增加，城市逐步走上了自我发展的道路，并且逐步开始影响农村地区的发展，在二者之间的相互关系中占据了主导地位。

二、工业职能成为部分城市的重要职能

　　明清时期，城市中虽然有手工业的发展，但是这些手工业与农业密不可分，在乡村中也有大量布局，主要部门是酿酒业、纺纱织布、编织等。这些手工业产品主要用来满足城市居民及其附近居民的生活之需，在当时交通运输条件极为不便的情况下，不可能有大量的该类产品并进入远程贸易流通，从这一意义上说，城市手工业依然属于城市中心地职能的范畴。

　　开埠以后，山东开始了工业化进程。龚骏的工业化定义对于准确界定山东省工业化的迄始具有十分重要的作用。"夫工业化者，系专指因机器之助，用雄厚之资本，完美之组织，以实行大规模生产之制造业也。故工业化一词，实即所谓工业革命或称之曰新工

业"(龚骏，1933)。以龚骏之标准衡量新中国成立前山东省新工业的发展历程，绘制图
3.2，该图系民国二十三年时存在的工业企业开设时间的分阶段统计。可以看出，山东省
新工业的发展大致起步于 1901～1914 年，在 1915 年至 1935 年取得了一定程度的发展。

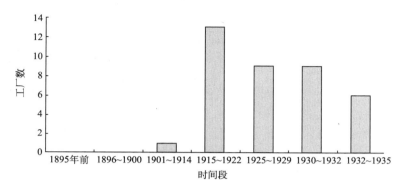

图 3.2　民国二十三年山东主要工业工厂设立时间统计图

至 20 世纪 30 年代，山东"新工业"已有发展之基础，初步形成了棉纺织、丝纺
织、农产品加工、化工（火柴、烛皂、印染）、机械等五个行业，能源工业中的煤炭、
电力亦有所发展。据民国二十二年国民政府实业部调查统计，山东当时有各类制造工厂
1064 家（不含规模过小的手工作坊和外资企业），雇佣工人 94 902 人，另有矿产业工人
16 938 人（表 3.10）。

表 3.10　民国时期山东各类工业工人数

工业门类	雇佣工人数/人	比重/%	工业门类	雇佣工人数/人	比重/%
饮食业	21 153	22.29	化学工业	17 873	18.83
纺织品业	30 434	32.07	五金机器业	7 301	7.69
日用品业	7 459	7.86	其他	10 682	11.26

资料来源：中国实业志，乙，114～116。

这些"新工业"是在条约口岸、自开商埠等增开的情况下逐步发展起来的，起步于烟
台，19 世纪后期青岛迅速崛起，济南作为政治文化中心也在新工业发展过程中显示出巨
大活力。期间，济南和青岛成长为全国的工业中心城市，"我国北方工业发达之处，除天
津外，首推山东省内之济南和青岛两埠[①]"。光绪三十二年添源造纸厂为济南当地机器工
业之滥觞，20 世纪 20 年代前后，济南已经跻身于全国"面粉业六大中心之列"（表 3.11），
"每日可产面粉三万二千六百五十袋，较之其他各处，仅次于上海、哈尔滨而已"，"厂数之
多，产量之巨，均足以自豪无愧"。青岛新工业兴起虽在清季（德人经营的蛋粉厂），但发展
亦在民国期间。第一次日据青岛及其以后是发展迅速的时期。表 3.12 中虽统计口径各异，
且数据的准确性有待进一步评估，但至少有一点可以断言，迟至 1937 年青岛已经成为全国

---

① 当时并没有考虑中国东北，时东北为日本所占。

最重要的工业中心之一，在华北仅次于天津，为全国重要工业——纺纱、榨油、火柴发展之中心（表3.11），足可以同天津以争国内工业第二之地位（表3.12）。

表 3.11　光绪二十九年至民国二十二年中国部分工业中心城市之变迁

时间段	玻璃	织布	面粉	火柴
1903～1911	博山	上海	哈尔滨、上海	重庆、武汉、上海、广州
1912～1934	博山、上海	上海、青岛、天津、武汉、广州	哈尔滨、上海、天津、武汉、无锡、济南	上海、青岛、天津、重庆、广州

时间段	蛋粉	纺纱	榨油
1903～1911	青岛、武汉	上海	营口、大连、哈尔滨、上海、武汉
1912～1934	上海、天津	上海、天津、武汉、青岛、无锡、通崇海	大连、营口、哈尔滨、青岛、上海、天津、武汉、无锡

资料来源：龚骏，1933年。

在上述工业城市化的过程之中，城市也不断工业化，"新式工业，因种种原因[①]，麇集于一定之都市，于是都市方面，乃趋于工业化之一途焉"（龚骏，1933），工业职能逐渐成为"一定之都市"的主要职能。

到1932年，济南工商界人数已经占到总人数的31.62%，而政界、军界不过3.75%。这表明济南已经由传统的政治型城市转变为经济功能越来越突出的近代化城市。其中，工界人口达1.6万人，占全市城市居民的5.49%（表3.13）。青岛市1935年、1947年城市居民中工业从业人员分别为5.9万人、15.5万人，不计农业和无业者，其比重高达11.2%和20.69%，高居首位（表3.14）。经过这一时期的发展，"结果于是青岛遂有今日这个局面——兼风物明媚的'小柏林'和工业作背景的现代都市二特色，而特殊露脸。从这时起，青岛获得新生活要素了！旧日女性美的外观加上了男性美，商港味加上了工业都市味了！[②]"

表 3.12　1930 年和 1936 年青岛工业在全国中的地位

城市	1930 年		1936 年[③]	
	工厂数/家[①]	工人数/人[②]	工厂数/家	工人数/人
南京			25	3 554
上海	837	245 948	5 418	299 585
天津		34 769	92	20 100

---

①　龚骏在其论文中，列举出了7种原因：一曰原料之接近，二曰市场之容纳，三曰原动力之存在，四曰气候之适宜，五曰劳工之供给，六曰资本之灵活，七曰历史之关系。

②　在该文献里，陆安引用了20世纪40年代一位不知名的经济学家的评述，这一段评述非常适合于青岛在日据以后的城市职能的变化。

续表

城市	1930 年		城市	1936 年③	
	工厂数/家①	工人数/人②		工厂数/家	工人数/人
青岛	44	9 457		231	32 236
北平				31	2 920
汉口	76	48 291		69	17 398
无锡	153	62 760			

注：①齊藤裕三，青岛工業一般状況，第二表：中国工業發達一指標，有删节。引自東亞同文書院大學東亞調查報告書，昭和十六年度，417。统计范围为使用职工 30 人以上的工厂，不含天津。②外国工业除外；来自《中国工业调查报告》，转引自李洛之、聂汤谷编著，天津的经济地位，经济部冀热察绥区特派员办公处结束办事处津办事处印行，53 页 6 大都市的工业概况表。有删节；③根据民国 24 年中央工厂检查处按照修正工厂法所调查者，外人经营工厂不计在内。来自《中国工业调查报告》，转引自李洛之、聂汤谷编著，天津的经济地位，经济部冀热察绥区特派员办公处结束办事处津办事处印行，53 页，第 54 表七七事变以前全国工厂分部表，有删节。

表 3.13　1932 年济南城市居民职业构成状况表

职业	政界	军界	学界	工界	
人数/人	4 586	6 371	1 438	16 029	
占总数/%	1.57	2.18	0.49	5.49	
职业	矿界	商界	失业及其他	警兵学生及残废	各界共计
人数/人	57	76 238	4617	182 616	291 947
占总数/%	0.02	26.11	0.16	62.55	100

资料来源：《省会 1932 年调查人口数》，见《胶济铁路经济调查报告》分编六《济南》第二页。按：原表中有农界人口数，因为不符合本书所作城市调查需要，引用时略去，总数及百分比系略去农界人口后重新计算得出。转引自杨天宏，2002，346。

表 3.14　1935 年、1947 年青岛市城市居民的职业构成

项目	总计		农业		矿业		工业	
	1935	1947	1935	1947	1935	1947	1935	1947
人数/千人	527	749.9	121	55.82	2	0.74	59	155.16
比重/%	100.00	100.00	22.96	7.44	0.38	0.10	11.20	20.69
	交通运输		公务		商业		自由职业	
	1935	1947	1935	1947	1935	1947	1935	1947
人数/千人	17	39.60	7	20.82	45	129.68	8	20.11
比重/%	3.23	5.28	1.33	2.78	8.54	17.29	1.52	10.30
	人事服务		其他		无业			
	1935	1947	1915	1944	1935	1947		
人数/千人	51	75.56	—	84.75	217	207.51		
比重/%	9.68	10.07		11.30	41.18	27.6		

编者注：①原表中统计的是全体居民数，包括就业者本人和家属。②业别指所在行业部门，家属随同户主列入有关行业。

资料来源：1935 年数据来自 1935 年国民政府主计处统计局编《中华民国统计摘要》。转引自杨子慧，1386。

三、部分城市的门户职能进一步强化

1. 内陆门户城市的形成

　　1860 年以来，山东条约口岸和自开商埠的开设，尤其是津浦铁路和胶济铁路次第开通以后，在铁路沿线、沿海港口等交通便捷的地方，或者生成了许多小城镇，或者先前城镇的集散和批发职能进一步得到强化。这些城镇按照其服务的范围可以分为区域性和全省性的土货集散和洋货批发中心。20 年代初，济宁"出境货⋯⋯每年不下千余万元，入境货⋯⋯每年亦不下数百万元。区区一域，出入如此之巨，不可谓商务不繁盛"，鲁西南商品的"供给需用，皆握权本市场之商店"①。周村至 20 世纪 30 年代初仍为鲁北地区的商业中心，年输出土货 12 835t，输入洋货 15 435t，全镇有居民 7000 余户，人口 37 400 余人，工作作坊和商号店铺 2200 家，市场全年贸易额有 3000 万元。胶济铁路开通后，潍县当之中点，为商货必经之地，贸易以青岛和济南为输出入市场，1928～1931 年县境内五处货运车站平均每年自青岛输入货物 116 729t，输出货物 77 272t。

　　济南原来商业就有一定的基础，以本地和周围地区消费为主。1904 年胶济铁路全线通车，1906 年济南正式辟为商埠、1912 年津浦铁路全线通车，这三件事加快了济南市场的转型，扩大了济南的影响范围。"凡山东西部及山西、河南等省土货，欲输往外洋者，先集中于济南，再运集青岛，故济南为鲁晋豫三省出口土货最初集中市场，青岛乃为其出口之商埠。洋货进口欲运入我国中部者，先集于青岛而后集于济南，故济南为中部洋货散布之商埠"。济南的影响腹地已经由过去的"局部地区"扩展到鲁西、晋、豫范围，省内则包括济南以西 400 华里、以南 600 华里的广大地区。就是说，济南的城市职能已经在过去的中心地职能为主②的基础上添加了内陆门户职能。

　　上述城镇明清时期就为农副产品和手工业品的集散中心，拥有一定的人口规模，同周边农村地区之间的联系较为紧密，先前具有一定规模的中心地职能，并对集散的物资具有一定的消纳能力。随着土洋货集散和分发规模的扩大，这些城市的服务范围日渐扩大，前者往往扩及数十个县，甚至更多，往往超出了其自身腹地范围。

---

　　① 白眉初. 1925. 中华民国省区全志·山东省志。

　　② 当时济南的情况也不过如此。开埠之前系典型的政治型中心城市，城区街道多以官署、县署名称命名，各级官署的分支机构及其衙门数十个，"以致济南的衙门被说成是同它的泉水一样多"，官僚士绅及其依附人员在城市居民中占了较大的比重。在经济上是一座典型的消费型城市，商业发达不及周村，后者有"驾乎省垣而上之"的记载，更是不及临清和济宁，给 David D. Buck 留下"济南在晚清只能算作一个三流的商业城市"的印象，给卫礼贤留下"济南仍是一个老式的中国城市"的印象。从其影响的地区范围来看，"除中药材外，大都局限于局部地区，从未达到全省经济中心的地位"，"市场上销售的商品，多是附近各县运来。如茧绸来自于周村，土布多来自章丘、齐东等县，陶瓷来自于博山，蓝靛颜料和粮食来自于泰安等县，棉花多来自于鲁西北各县等等。济南的商人，也主要是从附近各县聚集来的"。也就是说，其时，济南城市的主要职能是中心地职能。

2. 大量土洋货中转地形成

除了这些城镇以外，还有另外一种类型的城镇，原本就是一渡口码头和农村居民点，随着铁路的开通、水运的疏浚，这些渡口或者农村居民点由于其交通运输上的便捷条件，往往成为土洋货的中转地。这类城镇有以下两个典型特点。

1) 城镇的物资集散量与其自身消费量的差异甚大，城市的中转性质非常明显。比如，小清河口的羊角沟在烟台开埠后，因其"东走烟台、西达济南"的便利区位，"百货交集，沿岸舟楫栉比林立，十余里不绝"，为山东省最大的中转市场。20 世纪初，每年的土洋货中转额约 1000 多万元，自身消费不过 5‰左右。距离济南 15 华里的洛口，民国初年统计，镇上各类居户 2000~2400 户，人口 10 000~15 000 人。1918 年前后，运出货物就有棉纱 5000 担[①]，棉布 6000 担、煤油 3 万担、火柴 2500 箱、砂糖 12 000 担、煤 1000t、陶器 300t、杂货 7 万担、纸 15 000 担[②]，万人左右的消费量在如此庞大的输运量中的比例同样微乎其微。

2) 城镇规模不大，居民职业构成以批发业和转运业为主。比如，民国初年羊角沟有居民 2200 户，11 000 人，其中，行栈商约 40 户最有实力，另外尚有大小运局十六七家，渔行数十家，车行十几家，绳行 10 家，以及为数众多的杂货店、旅店和饭店[③]，只有几家供本地消费的榨油、酿酒和纺织等手工业。洛口城镇居民中，一半从事商业，一半从事运输业[④]。

3. 行栈资本诞生

伴随着城市的集散和批发职能的增强，城市居民的职业构成发生了很大的变化。明清之际，商人多为兼业，并且缺乏雄厚资本的支撑。进入近代，外国力量开始影响到山东近代化过程，山东逐渐纳入到世界经济大循环之中，大量的洋货经条约口岸涌入山东，大量土货经条约口岸输往国外。比如青岛，1900 年口岸贸易总额仅为 3957 千海关两，至 1931 年已经达到了 218 275 千海关两，30 年的时间增加了 55 倍，年均递增 14%，速度之迅速，令人瞠目结舌。由于先前的商人资本已经无法应对这一新的形势，一种新的商业资本形式——行栈资本得以诞生，主要集中在通商口岸、内地开埠城市和新兴集散、中转、专业市场。行栈资本在山东最早诞生于烟台，此后，青岛、威海卫、济南、周村等城市大量涌现，逐渐取代了先前盐商、典当、钱业商人的主体地位。据 1919 年调查，烟台行栈商约在 300 家以上，占当时商号总数的十分之一左右，到 1933 年仍尚有 473 家；青岛 1901 年沙河藉草编商始设行栈，至 1914 年加入青岛商号总会的 160 家商号中，除个别银行、钱庄外，绝大多数为行栈商，1918 年估计有 200 家以上；济南 1908 年始有棉花行、杂皮行和绸缎梭布行，1914 年发展至 122 家，1919 年则增至

---

① 1 担＝50kg。
② 岡伊太郎，小西元藏. 1919. 山東經濟事情——濟南を主として. 373~376。
③ 青岛守備軍民政部. 1921. 調查資料第 21 辑。
④ 東亞同文會. 1908. 中国經濟全書. 5：617~618。

200家左右。行栈在物资流通、城市发展中的作用越来越明显。如30年代山东面粉工业每年消耗小麦原料约10 000担,其中相当一部分要靠行栈供应。同期青岛、济南的机器纱厂每年消耗原棉106.6万担,其中,占总消耗总量85.9%的本地面(约91.6万担)基本需要行栈供应。陶瓷工业中心博山,陶瓷全部由工场主"以现金制尽数销售于经纪商"。周村等地的机器缫丝厂生产的黄白场丝同样由行栈经销,场丝运至上海后,交于丝栈,请丝栈代售。

行栈资本具体到不同的行业和市场,功能会有所侧重,比如,羊角沟行栈分买卖中介、代理购销,青岛的辫行、土产行、烟台的绸栈、周村的丝店主要是中介代理,而济南的粮食、棉花行、属于代理和批发性质,绸布、煤炭、杂货等行业则为批发性质。但行栈资本多具有最基本的商业功能——贸易中介功能、信托代理功能、商品批发功能。20年代以后,行栈商自营批发业务在经营中的比重呈上升趋势,尤其在粮行、杂货行等行业中表现最为突出。1936年济南著名粮栈恒聚成自营买卖粮食的比重已经占到整个经营总量的81%,委托代理业只占19%;同期裕丰成粮栈自营买卖粮食28万余包,代理买卖粮食4万余包,自营批发业务大大超过了委托代理业务(中村正三,1943)。

行栈资本的这些职能从根本上讲,体现了城市为其外部服务的关系,可能严格地区分其服务的空间范围会有所困难,但不管怎么说,这一范围在很大程度上往往超出了城市的势力范围,体现了城市为广域服务的特点。从这一意义上而言,可以将行栈等同于现在的批发业企业看待,分析不同城市的行栈数可以概略地勾勒城市广域服务能力的位序等级。当然,仅仅比较行栈个数,对于精细刻画这一位序并非十分准确,因为不同行业的行栈,即使是同一行业的行栈,其对土洋货的集散能力各不相同。比如,1933年夏津13家花行(棉花行)的收运额982万元,清平县21家花行的收运额为390万元,恩县11家花行的收运额为107万元,高唐7家花行的收运额为68.4万元(何炳贤,1934年)。但是,这种新的商业资本的出现,至少表明,对于部分城市而言,职能结构日益复杂化,在先前城市职能的基础上又增添了新内容。

第三节　新中国成立以后城市职能的新变化

一、工业职能已经成为绝大多数城市的重要职能之一

从上文的城市职能分析可以看出,迟至民国时期,山东开始了工业化进程。但是现代工业发展主要体现在为数不多的几个开埠城市之中,比如青岛、济南、烟台等。在这些城市中,工业职能已经成为城市的重要职能之一。而其他城市,现代工业并没有得到相应发展,工业职能并没有能够成为多数城市的重要职能之一。

新中国成立以后,我国推行了重点产业发展政策和重点区域发展政策,加速推进了工业化进程。毋需讳言,山东省的工业化也不可避免的受到了宏观背景的制约和影响,经历了较为曲折的演化过程。1958年中共山东省委发布了《山东地方工业

1958～1962 年发展纲要》，对全省工业布局和地区分工做了四条原则规定，其中最后一条强调，要将"充分利用先进地区的工业基础与发展落后地区结合起来，以先进带动落后，促使全省经济平衡发展"。在此原则的指导下，通过企业搬迁、老厂包建分厂、专业化协作等办法，工业逐步由大城市向中小城市、由城市向广大农村地区扩散延伸。1966～1970 年以胶东山区和沂蒙山区为主体的小三线建设中，沿海和胶济铁路沿线城市的重点企业以一分为二等方式的内陆搬迁；1971～1975 年又要求各地相对完整的独立经济体系的建设，1976～1980 年各地比较完整的支农工业体系建设，依靠自己的力量实现农业机械化以及主要轻工业品自给有余等政策措施，加速了城市工业职能的空间扩散。

　　经过新中国成立以来历次五年计划的实施，工业已经成为各城市国民经济的重要组成部分，工业职能成为所有城市的重要职能之一。这可以从两个方面得到印证：一是城市工业职能单位数和城市职能构成；二是各城市的城市性质。

　　前者可以通过 1990 年的截面数据得到反映。1990 年全省 99 个县市中有 84 个县市工业产值在 2 亿元以上（表 3.15）。就是工业企业单位数最少的长岛县也有乡及乡以上工业 60 家。从各城市来看，同年 36 个建制市的社会劳动者构成中，社会劳动者中第二产业人员比重最高者为 61%（威海市），最低者 6%（乐陵市）。就是其中 6% 的最低值，也与 1932 年时的济南工业从业人员比重相当。显然，工业职能已经成为山东省城镇的重要职能之一。

表 3.15　1990 年各县市工业产值（乡及乡以上）分组情况

	20 亿元以上	10 亿～20 亿元	8 亿～10 亿元	5 亿～8 亿元	3 亿～5 亿元	2 亿～3 亿元	2 亿元以下	合计
县市数	1	17	9	9	22	26	15	99

　　注：工业产值按照 1980 年不变价格计算。

　　资料来源：山东省统计局，1991，山东工业统计年鉴，342～343。

　　表 3.16 可以表明后者。中国的城市规划一贯非常重视城市性质的确定，将城市性质作为城市规划的第一要务，"城市性质是城市职能的概括，……确定城市性质一定要进行城市职能分析"（周一星，1995）。城市性质自然可以透射出城市职能的上述变化。山东省除了济南、青岛、烟台等个别城市以外，绝大多数建制市规划始于新中国成立初期。县城总体规划的编制始自 1976 年的邹县试点，1978 年全面铺开，到 1985 年底，全省已完成了所有 84 个县城的总体规划编制和审批。表 3.16 是部分城市总体规划编制的过程及其首次明确提出的城市性质。可以看出，20 世纪 80 年代初期和中期山东省政府批复的城市总体规划中，除泰安外，绝大部分城市在城市性质中表达出了强烈的工业偏好，以及发展工业的愿望。同一时期编制的城市总体规划，又都提出了一个相类似的城市发展方向，这一事实本身就令人深思。再结合新中国成立以后山东省先后进行的工业化实践，则可以判断出表 3.16 中城市性质可看作是新中国成立以来城市主要职能的归纳与总结。

表 3.16　山东省部分城市首次城市总体规划编制中确定的城市性质

城市	城市性质	规划编制过程
潍坊市	以发展冶金和机械工业为主，发展电力燃料、化工及消费品生产的综合城市	1958 年首次编制城市规划
德州市	地区行署所在地、交通枢纽，以轻纺工业为主的城市	1957 年拟定德州总体规划草案。1958 年、1961 年两次修改。1978 年，重新编制《德州市总体规划》，1982 年获批
聊城市	地区行署驻地，以发展轻纺、农机为重点的城市	1958 年制定了"依托旧城，向东北方向开辟新区"的规划。1979 年，开始编制《聊城市总体规划》，1982 年获批
临清市	以轻纺工业为主的城市	1959 年编制总体规划，1964 年进行调整和补充。1978 年编制《临清市总体规划》，1982 年获批
威海市	以发展轻工业为重点的海滨城市，也是一个海防要地	1958 年首次编制城市总体规划，1971 年修订。1979 年重新编制《威海市总体规划》，1982 年获批
泰安市	历史文化风景旅游名城	1956 年首次编制了城市总体规划。1978 年，开始编制《泰安市总体规划》，1984 年获批
济宁市	以能源开发为主，相应发展轻纺工业的河港城市	1953 年制定城市经济发展计划提纲。1958 年，制定了首个较完整的总体规划。1959 年、1960 年、1972 年三次修订，均未审批。1978 年开始编制《济宁城市总体规划》，1984 年省政府批复
东营市	石油工业城市	设市前完成了胜利油田各单位所在地建设规划。1984 年开始编制《东营市总体规划》，1985 年获批
枣庄市	以发展煤炭、电力、建材为主的工矿城市	1959 年制定了薛城总体规划。1963 年编制了枣庄城市十年发展规划。1978 年编制出城市建设总体规划。1980 年，重新修订城市总体规划。1984 年完成新城总体规划，同年省政府批复
菏泽市	以发展轻纺工业为主的城市，是鲁西南交通枢纽	1959 年完成《菏泽县总体规划方案》。1974 年制定《菏泽县城总体规划》。1979 年开始编制《菏泽市总体规划》，1983 年省政府批复
莱芜市	以钢铁工业为主的工矿城市，莱城以发展轻工、食品、机械和服务性工业为主	1958 年，对城区进行了第一次总体规划。1959 年底，修正莱城原总体规划，未能得到实施。1978 年开始制定莱芜第三次总体规划，1985 年省政府批复
临沂市	地区行署所在地，鲁东南地区的交通枢纽，以发展轻工业为主的城市	1958 年把临沂规划成"葡萄式"城市，未获实施。1978 年编制《临沂市总体规划》，1982 年获批
滨州市	以轻纺工业为主的城市，又是油田后方基地之一	1950 年制定初步规划。1983 年开始编制《滨州市总体规划》，1985 年省政府批复
新泰市	以能源开发为主的工矿城市	新泰市系新汶市、新泰县合并设立。新泰县于 1960 年编制城市建设初步规划，此后两次修订。1978 年，编制总体规划，1980 年，再作修改。新汶市于 1959 年编制市区规划，1978 年重新编制总体规划。1985 年编制出《新泰市总体规划》，1986 年省政府批复

续表

城市	城市性质	规划编制过程
邹县	以煤炭为主的新兴工业城镇，是邹县的政治、经济、文化中心	1958 年对城区做过规划草图，1972 年做县城总体规划。1975 年底编制《邹县县城总体规划》。1979 年获批
益都	以轻工、机械为主的综合性工业城市	1955 年首次编制县城总体规划概图，1959 年正式编制县城总体规划
招远	全县政治、经济、文化中心，为黄金生产的后方基地，以农副产品加工工业为主的县城	1958 年对县城建设开始了初步规划。1981 年，编制了《招远县城总体规划》

二、经济中枢管理职能成为部分城市的重要职能

　　城市的中枢管理职能是指"通过调查、研究、情报提供，决定、管理、统制该城市及其周边地区的经济、社会的活动，并使之顺利进行的城市职能"（永井·宫地，1967），是促进城市成长最重要的高级职能（阿部，1991），包括行政（政治）中枢管理职能、经济中枢管理职能、社会文化中枢管理职能三类。国外大量研究集中在经济中枢管理职能方面。

1. 多厂、多职能的企业集团涌现

　　山东省城市经济中枢管理职能的强化是在企业规模扩张、企业地区空间发生明显变化的情况下日渐强化的。新中国成立以后，由于计划经济体制的影响，多数企业虽然在技术、原料、资金等方面有着千丝万缕的联系，但是这种联系受计划指标的强力制约，各企业多脱离市场，为计划指标而生产。企业只是单一的生产单位，对自身发展缺乏充分的决策权和管理权，管理权属于直辖的行政机关和计划部门。在这种情况下，企业大多为典型的单厂、单职能的小规模企业，彼此之间缺乏自觉的协作和地区分工，也谈不上企业生产职能和管理职能的分离。改革开放以后，我国逐步推行经济体制改革，强化市场在资源配置中的主导作用。尤其是 20 世纪 90 年代以后，国有企业经过公司制改造，逐步摆脱了政府的强力制约，成为市场经济中自主经营的实体。出于对规模经济、范围经济、技术优势和竞争激励的追求，多种形式的所有制企业开始了快速地一体化（横向一体化和垂直一体化）扩张和多样化扩张，涌现出了大量的多厂（国内以及国外）、多职能的企业集团，彻底改变了计划经济时期的企业地区结构。90 年代以来，山东推行走出去战略，鼓励企业展开境外投资，设立分支机构。到 2001 年至，山东各地市设立境外企业（机构）累计 624 家。2001 年境外加工贸易企业 60 家，主要为省内大型企业集团所设置，比如海尔集团（18 家）、轻骑集团（2 家）等。

　　"八五"期间，青岛就以兼并、合并、划拨、收购、投资控股等形式，内联外扩，组建完善企业集团 57 家。比如，青岛啤酒集团在 20 世纪 90 年代开始企业改组和扩张之路，1997 年尝试购并附近企业，1999 年借助省政府关于组建大企业集团的优惠政策，

收购了省内 11 家啤酒企业，逐一资产重组，实现了"一统鲁啤"的构想，并收购了扬州啤酒厂和买断了西安汉斯啤酒饮料总厂。海尔集团从 1988 年开始企业兼并重组（表 3.17），到 2002 年已共有 18 个设计机构（海尔中央研究院设置于青岛），10 个工业园（美国 1 个、巴基斯坦 1 个、青岛 5 个、合肥 1 个、大连 1 个、武汉 1 个），50 家工厂，56 个贸易公司，58 800 家销售代理商和 11976 家售后服务机构。中国轻骑集团有限公司通过企业自身扩张和兼并、联合，也形成了拥有近 40 个中、中外、全资等各种所有制子公司的国际化企业集团（图 3.3）。

表 3.17　海尔集团的空间增长过程

时间	青岛市内	山东省内	国内	国际
1984	青岛电冰箱总厂			
1988	兼并电镀厂			
1991	组建青岛海尔集团公司；兼并青岛空调器、青岛电冷柜厂			
1992	兼并青岛冷凝器厂；更名为海尔集团			
1995	总部东迁海尔园；兼并青岛红星电器		收购武汉冷柜厂	
1996				海尔莎保罗（印尼）公司
1997	控股青岛三药	莱阳海尔电器公司	顺德海尔电器公司；合肥海尔电器公司	〔菲〕海尔-LKG 公司；〔马〕海尔（亚西安）公司
1998	电冰箱（国际）二期；信息工业园一期；中央研究院	章丘电机厂划归海尔	海尔-中科院化学所；海尔-中广电；海尔-复旦；海尔-北航	海尔-飞利浦
1999	海尔-交大；C3P 联合研究室；海尔大学；海尔科技馆；海尔开发区工业园			海尔-朗讯；海尔-微软；美国海尔生产中心；海尔-东芝
2000	海尔电子商务公司			
2001	海尔国际物流中心		大连海尔工业园	海尔巴基斯坦工业园；海尔-爱立信；收购意大利迈尼盖蒂公司冰箱厂
2002				海尔美国总部（纽约）

资料来源：陈伟，张文忠，2004，100～101。

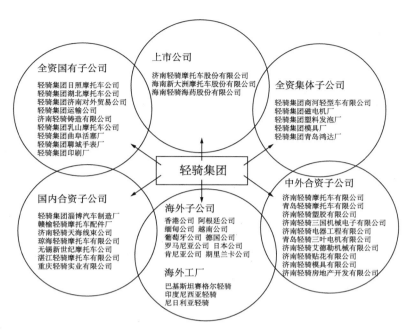

图 3.3　轻骑集团的集团构成

资料来源：陈伟，张文忠，2004

2. 企业集团母公司的空间集聚

　　企业集团在企业跨地区兼并、重构以及分公司增设过程中，逐步实现了功能上的地区分工和协作，企业总部、分部等中枢管理职能部门和生产部门被分离出来。2000 年全省纳入企业集团统计制度的有 703 家，涉及工业、批发贸易餐饮、建筑、餐饮、房地产、交通邮电等领域（表 3.18）。其中，542 家建立了母子公司体制。表 3.19 中列举了2000 年山东营业收入前 350 家企业集团母公司的空间分布。母公司是企业集团的头脑部门，在集团发展战略、重大项目投融资、科研开发、涉外贸易和经济技术合作以及财务管理等方面具有统一决策权（表 3.20），行使企业集团的管理职能。可以看出，这些企业集团母公司的空间集聚十分明显。大量的头脑部门或者说中枢管理部门高度集中在某些城市中，形成了城市经济运行网络的神经中枢和决策中心。经济中枢管理职能已经成为部分城市的重要职能之一。

表 3.18　2000 年山东省企业集团行业类别

类别	集团数目/家	类别	集团数目/家
工业	566	农、林、牧、渔业	5
批发零售贸易餐饮业	81	房地产业	4
建筑业	32	其他产业	6
运输邮电业	9	合计	703

表 3.19　2000 年山东省 350 家企业集团的分城市空间分布

城市	企业集团数/家	城市	企业集团数/家	城市	企业集团数/家
菏泽	4	潍坊	42	威海	22
济南	42	济宁	26	枣庄	4
青岛	62	泰安	9	日照	6
淄博	27	临沂	20	莱芜	3
德州	15	滨州	7	聊城	12
烟台	42	东营	7		

资料来源：根据《山东企业统计年鉴》（2001）整理。

表 3.20　703 家企业集团中母公司的主导作用

统一决策权类别	拥有统一决策权的母公司数/家	比重/%
集团发展策略有统一决策权	652	93
重大投融资项目有统一决策权	617	88
涉外贸易和经济技术合作有统一决策权	464	66
科研开发有统一决策权	454	64
财务管理等有统一决策权	589	84

资料来源：http://www.stats.com.cn/disp/tjfx/tjzldisp.asp? id=1910012001002。

3. 分行、分公司的空间集聚

　　城市的中枢管理职能不仅仅体现在母公司总部的集聚，同时还体现在分行、分公司等的集聚，因为区域性的分行、分公司也是总公司职能管理体系中的重要组成部分[①]。区域性分公司和分行的空间集聚，同样表征了中枢管理职能的集聚。虽然目前我国实行跨区域组织企业集团的实践取得了很大的进步，但毕竟时间不长，信息资料的社会化服务尚不完善，目前缺乏完整、详实的全国范围内的企业集团总部和分部分城市配置统计资料。为此，以银行个案粗线条勾勒以窥其全貌。

　　改革开放以后，我国的银行体系的演变大致可以分为三个阶段。第一阶段（1978～1984 年），形成了中央银行-国家专业银行体系，期间各银行实际上是国务院的事业单位，并没有真正发挥大规模现代产业经济中的产业资金中介作用。第二阶段（1985～1994 年），随着经济体制改革的进一步深入，非国有经济得到了引人瞩目的发展，民间金融组织逐步发展起来。期间，交通银行、深圳发展银行等民间银行先后设立。1993年《国务院关于金融体制改革的决定》中确定了国家专业银行改制为商业银行的方针，先前专业银行所担负的政策金融职能让渡给 1994 年设立的国家开发银行、中国农业发

---

　　① 分行、分公司具有和中心地职能相类似的特征。但是严格来看，二者之间依然存有明显的差异。前者以地区管理为中心，倾向于布局在以人口、面积为指标划分的区域中心城市。以地区管理为中心的分公司和分行布局如果是人口规模足够大的话，即使距离大城市非常近，也有可能布局。在管理地区成长的城市里，有可能同一城市中有若干个分行或者分公司。而在需要不足的地区，在一定规模以下的城市中就不可能有分行或者分公司的配置。城市的中心地职能是和邻近的城市在长期的竞争过程中自然发展而来的，其影响范围的规模和形态各式各样。从城市中的两种职能的成长来看，中心地职能在全国的大城市中成长，而中枢管理职能倾向于集中在大都市圈中（森川洋，1992）。

展银行、中国进出口银行。第三阶段（1995年至今）是我国银行体系形成的关键阶段，银行商业化进展迅速。1998年中国人民银行采用美连银方式，在全国九大地区设立区域性分行，九大区域性分行的驻地城市分别为天津、沈阳、上海、南京、济南、武汉、广州、成都、西安；国有商业银行也实行了分行信用贷款权限的本行集中改革，在很大程度上打破了先前的横向银行"属地性格"，强化了银行体系的纵向管理体系。经过系列银行体系改革，银行所应担负的产业资金中介功能、银行管理职能等级体系得到了进一步强化。在此意义上，银行总行和区域性分行的中枢管理职能进一步显现。

我国除了城市商业银行外，股份制银行、国有独资银行均可以跨区域设置。其中，国有独资银行基本上按照行政体系设置，在省设一级分行，地级市设二级分行，县市设支行，虽然依然留有计划经济体系的强烈印痕，但经过商业化改制以后，先前的行政管理意味淡薄，经济中枢管理职能进一步显现。股份制银行则是完全按照经济规律进行网点设置，与严格的行政等级没有对应关系。表3.21为主要股份制银行和国有独资银行在山东境内的分行、支行设置情况。可以看出，各商业银行在各城市的分行设置数目、分行等级及其辖属范围各不相同，山东省区域性分行主要设置在青岛和济南，这两个城市在金融中枢管理方面具有十分重要的地位。

表 3.21　国有独资银行和股份制银行在山东省的设置状况

	总行	时间	一级分行	二级分行	支行
中信实业银行	北京	1987	青岛	烟台 威海 济南	淄博、济宁 文登、荣成、环翠
中国交通银行	上海	1986	济南 青岛	威海、烟台、淄博、 潍坊、泰安、济宁	
招商银行	深圳	1986	青岛、济南		
兴业银行	福州	1988	济南		
中国银行			青岛	济南、烟台	
中国光大银行		1992	青岛、济南		烟台
华夏银行	北京	1992	济南 青岛	烟台	
深圳发展银行	深圳	1987	济南、青岛		
中国工商银行	北京	1983	济南（鲁分行） 青岛（直属行）	省内15个地级市	即墨、胶南、胶州、莱 西、平度
中国建设银行	北京	1979	济南（鲁分行） 青岛（直属行）	省内15个地级市	章丘 即墨、胶州、胶南、平 度、莱西

注：支行栏中城区内的支行没有列入。二级分行中的省内15个地级市是指淄博、潍坊、日照、临沂、德州、东营、聊城、莱芜、泰安、烟台、威海、滨州、枣庄、济宁、菏泽。

改革开放以来，外国纷纷在山东境内投资，设置办事处、事务所、代表处、分公司等机构，提供信息、咨询、人才交流、贸易服务等。由于业务量的扩大，一些机构纷纷升级为公司、分公司、分行，以青岛为例，日本山口银行青岛办事处、香港汇丰银行青岛办事处等升为分行，日本丸红株式会社、伊藤忠商事株式会社、丹麦马士基航运有限公司、美国总统轮船公司注销了原驻青岛机构，设立公司和分公司。这些分行、分公司也具有一定的管理职能，在总公司的管理体系中具有一定的地位。同样，这些分行、分公司和公司等集聚在一定的城市之中。

本 章 小 结

本章从长时间尺度、过程分析的角度出发，利用历史文献法、统计分析法、历史个案等多种研究方法，点面结合，虽粗疏但基本勾勒了明清以来山东省城市职能演化的动态过程，发现山东省城市职能的演化是逐步复合化的过程，不同的历史时期，城市职能的组合结构尤其是主导职能逐步发生有规律的更替。

1）明清时期。在充分讨论城市"中世纪革命"对城市内部空间结构和城市职能影响的基础上，以滋阳县城和临清州城为个案分析了明清至民初山东省城市职能的主要特点，并指出：这一时期绝大部分城市以中心地职能为主，部分商业城镇的城市职能则为中心地职能和门户职能的统一体。就城乡关系来看，大多数城市的发展依赖于周边乡村地区，农村经济的发展水平往往决定了城市规模的大小，城市是地区的产物。

2）开埠至新中国成立前。这一时期山东城市职能的新变化主要体现在三个方面：①近代化的银行、电讯/邮政、医院、学校、商会，以及法院、警察局等的先后设立进一步强化了城市中心地职能，扩大了城市的影响范围，加强了城市间的联系。②在外力影响下，山东"新工业"诞生，从无到有，规模不断扩大。但这些工业的发展主要集中在口岸城市和商埠，工业职能成为这些城市的城市职能的重要组成部分。③随着山东对外口岸的开放，外力开始强力作用于山东城市的发展。尤其是在现代化的铁路、轮船等运营以后，土洋货进出口成为这一时期山东省物资流通的主要形式，若干交通区位相对优越的城市发展成为区域性的土洋货集散中心，部分渡口和农村居民点发展成为进出口物资的中转地。同时，行栈资本在口岸和商埠中得到了较快的发展，这些城市的门户职能得到了进一步的体现。

3）新中国成立后。这一时期城市职能变化的最大特点主要有两个：①工业职能成为所有城市的重要职能之一。新中国成立以后的重点产业发展政策和区域发展政策，促进了工业职能在全省范围的扩散，城市职能单位、城市就业构成和部分城市首次城市总体规划中提出的城市性质都有力地证明了工业职能已经成为山东省城市的重要职能之一。②随着经济体制改革的进一步深化，企业的市场主体角色逐步得以体现。出于对规模经济、范围经济、技术优势和竞争激励的追求，快速地一体化（横向一体化和垂直一体化）扩张和多样化扩张，涌现出了大量的多区位、多职能的企业集团，集团总部（母公司）作为企业集团的头脑部分，在某些城市中集聚，使得部分城市成为经济运行网络的神经中枢和决策中心，经济中枢管理职能已经成为部分城市的重要职能之一。另外，在企业内部结构中具有一定管理职能的分行、分公司在部分城市的空间集聚，也促使这些城市的中枢经济管理职能得到了一定的体现。

第四章 山东省城市体系中心地职能体系演化过程

第二章所论述的城市发展时空间演变过程实际上是各城市差异性增长的过程，城市职能差异是导致城市差异性增长的重要原因之一。国外有大量研究从城市职能的角度分析城市体系的动态演变过程（Vance，1970；Bird，1973；Johnston，1982）。中心性是城市的本质特征，是所有城市必须拥有的一般职能，大多数城市在此基础上，往往因特定的经济领域、政治、文化、社会任务或者远距离活动而具备相应特征。其实，城市的中心性和城市的腹地是一个硬币的两面，密不可分。因此，本章试图从城市中心性的讨论出发，利用相对中心性的计算和紧密腹地、松散腹地的划分，复原不同历史时期的中心地职能体系，进而勾勒出其动态演化过程。

第一节 中心地体系的复原方法

一、中心性指标选取

中心性是中心地理论中一个十分重要的概念，与结节性既有联系又有区别。中心性指城市为周边地区提供的服务规模，结节性指城市提供的服务总体规模，克里斯泰勒分别称之为相对重要性和绝对重要性。其中，绝对重要性较为简单，而相对性则必须通过一定的方法进行测度。

测度中心性的指标，国外研究大致可以分为三类：第一类是从业人员数量、消费者数量、不同产业的人口数等指标；第二类是电话部数、事务所、商场面积等设施指标；第三类是生产、流通、信息的发生和流动量等。上述三种指标在测度中心性方面，各有利弊。第一类因区域经济、文化、社会而不同，在区域中发达地区的适用指标在落后地区往往难以应用，但是详细的资料获取较为容易，且这一指标具有强烈的社会经济活动根源意义；第二类指标适用于测度不同部分的中心性，但是不同区域之间缺乏比较的共同基础；第三类指标虽然可以有效的揭示中心性和其补给区域的差异性，但往往忽视了地形和行政区的影响。目前，国内外研究多采用不同特点的多种指标，利用它们之间的交互组合测度中心性。

鉴于研究历史时段较长，前后一致的多指标选取较为困难，针对新中国成立前后相应采用较为适宜的指标。考虑到新中国成立之前获得100多个城市分行业的从业人员数和彼此之间的交流量相对困难，以能够获得的工商号作为中心性测度指标。新中国成立以后，山东省分别于1955年、1982年、2000年进行了第一次商业普查、第三次人口普查、第五次人口普查，其中，1955年商业普查记载有各市县商业和饮食业从业人员总数，第三次和第五次人口普查则记载有商业和服务业从业人员数。国外大量研究分别将商业和服务业从业人员数作为中心性职能的从业人员数来处理（森川洋，1967；

1990b；1991）。鉴于此，以 1955 年、1982 年和 2000 年的商业（含饮食业）、服务业从业人员数作为中心性职能从业人员数来处理。

二、中心性测度方法与腹地的划分方法

自克里斯泰勒以后，国外学者开发出了多种多样的中心性测度方法，这些方法各有优缺点，至今尚未有最完善的测度方法。学者往往根据研究目的选用不同的测度方法。概括而言，中心性测度方法可以归纳为两大类，即直接测度法和间接测度法。前者通过对中心地的设施分析测定中心地的规模，属于结构主义框架范畴，后者通过消费者在中心地的行为调查结果进行分析，属于行为主义的框架范畴。直接测度法又可以分为相对中心性测定方法和绝对中心性测定方法。

1. 测度方法的选取

相对中心性测度以克里斯泰勒（1933）、Tietz（1965）、Preston（1971）和 Morre（1975）为代表。现分开讨论，以确定本书所采用的方法。

克里斯泰勒是最早利用电话指标和区位熵方法测度相对中心性的学者，其测度公式为

$$Z_z = T_z - E_z(T_g/E_g) \tag{4-1}$$

式中：Z_z 为城市 z 的中心性；T_g 和 T_z 分别为中心城市和地区全体拥有的电话数；E_g 和 E_z 分别为中心城市 z 和地区的人口。

虽然随着时代的发展，电话指标已经不再适用于中心性的测度，但式（4-1）的结构并没有什么问题。因此，式（4-1）被诸多学者广泛采用（Godlund，1956；Johnston，1966；Preston，1971）。

Tietz（1965）的测算公式在结构上恰恰与克里斯泰勒公式相反：

$$F_i = O_i \cdot (\sum T_i / \sum O_i) - T_i \tag{4-2}$$

式中：F_i 为城市 i 的中心性职能；O_i 为城市 i 的零售总额；$\sum O_i$ 为零售总额的全地区合计；T_i 为城市 i 的中心地人口；$\sum T_i$ 为全地区人口合计。

森川洋（1967）、土谷敏治（1988）在研究中心地的变动和城市管理职能的空间布局时利用到了式（4-2）的基本形式。

上述两种测度方法均采用了区位熵测度法，其中，$\sum Z_z = 0$、$\sum F_i = 0$，满足了中心地和腹地一体化的要求，但前提是研究区域为一封闭系统。不同点除了选用指标不同以外，最重要的是测度结果的含义完全不同。克里斯泰勒测度的是中心性，即城市电话总数中为外地服务的电话数量，在数值上后者要小于前者。Tietz 测度的是城市零售业中满足城市自身需要以外的剩余额所能够服务的外地人口数。

Preston（1971）和 Morre（1975）继承了克里斯泰勒的基本思想，提供了另外两种计算基本部分的方法。Morre（1975）提出了分连续规模级测度最小需要量法。Preston（1971）的简化中心性计算模型为

$$C = N - L \tag{4-3}$$

$$L = aMF \tag{4-4}$$

式中：C 为中心性；N 为中心地的零售和服务业总量；L 为中心地自身消费的零售和服务量；F 为中心地家庭户数；M 为家庭平均收入；a 为家庭平均收入 M 中用于零售和服务消费的比例。

Preston（1971）侧重分析单个城市的基本部分，没有将区域内的所有城市作为一个整体，计算后很难满足 $\sum C = 0$。Morre（1975）的分连续规模级测度最小需要量法，能够保证各规模级的 $\sum C = 0$，故而考虑区域内的所有城市时，也能够满足 $\sum C = 0$。但是这种满足情况，与克里斯泰勒公式和 Tietz 公式的含义不同。后者是把区域内的所有城市看作为一个连续的整体，区域是封闭的，而前者则是分别将各规模级视为封闭系统，并不追求区域内所有城市的整体性。因此，从一定程度上讲，Preston（1971）、Morre（1975）放松了对克里斯泰勒、Tietz 强调的区域封闭性、中心地和腹地的一体化的目标追求。

本书所要进行的工作是在测度完中心性以后，进而划分城市的紧密腹地和松散腹地，这样的工作目标自然是以区域闭合性和中心地与腹地的一体性为前提的。因此，克里斯泰勒公式和 Tietz 公式测度方法较为适宜。

森川洋（1980a）指出，克里斯泰勒公式和 Tietz 公式在实践应用中存在有明显的差异。克里斯泰勒公式测度出的中心性用电话数、从业人员数或者销售总额等标度，Tietz 公式以接受城市服务的外地人数来表示。在讨论不同历史时点城市中心性的变动时，前者"价值"会发生变动，而后者则能够保持前后的一致性，适宜于时间序列的对比研究。故本书选用 Tietz 公式的基本形式测度相对中心性。

2. Tietz 式的修正

式（4-2）测度的是某一时点城市服务的外地人数，为了比较不同时点这一数值的变化，需要将不同时点的数据归结到一个共同的标准上来。这是因为在不同时点的 T_i 各不相同，如果没有注意到这一点，简单进行不同时间段的类比，结论就很难符合事实。为满足这一要求，需要考虑到不同时点之间 T_i 的增长率，可以通过式（4-5）进行转化。

$$F_i{}' = \frac{F^{t+T_i}}{\sum T^{t+T_i} / \sum T^{T_i}} \tag{4-5}$$

式中：t 为初始时间；T 为初期、末期的时间间隔，其他同式（4-2）。

另外，Tietz 式中 $\sum T_i / \sum O_i$ 为一定值，其中隐含了两个前提假设，其一，假定区域内各附属城市对于中心城市服务具有相同的边际需求；其二，中心城市及其从属城市之间具有相同的服务边际需求。这就意味着，式（4-2）忽视了区域差异效应和城市规模效应，在一定程度上扭曲了事实，有必要纠偏。作者在式（4-2）的基础上构筑了两个参数，其一为规模修正参数 n_i，其二为区域差异修正参数 m_i。前者用式（4-6）表示，后者用式（4-7）表示，式（4-8）为最终的中心性测度模型。

$$n_i = \frac{T_i}{O_i} \tag{4-6}$$

$$m_i = \frac{O_i}{\sum O_i} \tag{4-7}$$

$$F_i = m_i n_i O_i \cdot \left(\sum T_i / \sum m_i n_i O_i\right) - T_i \tag{4-8}$$

式中：F_i 为城市 i 的中心性职能；O_i 为城市 i 的商业服务从业人员或者工商号数；T_i 为城市 i 的城市人口；n_i 为城市规模修正参数；m_i 为区域差异修正参数。

应该强调指出的是，虽然城市的中心性是客观存在的，但由于目前尚未有完美的中心性测度方法，因而不同的测度方法所得到的中心性是不同的，从严格意义上来讲，是不能用于对比的。

式（4-8）引入了城市规模效应的修正参数 n_i，其数值的大小直接影响了中心性的正负状况。显然，这一赋值十分重要。虽然国外学者对规模效应和区域差异的参数修正进行了一定的工作（Godlund，1956），但是如何选择合适的参数依然没有公论，这需要根据研究目的灵活处理。当需要考察区域内中心地的等级结构变动时，F_i 出现较多的正值为佳，如果目的是追踪中心城市的变动时，负值出现较多则为理想。由于本章试图分析不同历史时期中心城市影响范围的变动情况，因而，选用了式（4-6）为 n_i 赋值。这一参数赋值凸现了城市规模效应，计算结果会出现正值 F_i 的城市较少，负值 F_i 的城市较多。

对于式（4-8）的计算结果当应有一个清醒的认识。$F_i < 0$ 时，并不意味着城市完全没有对外部服务的能力，而是说在 n_i 的规模效应下，处于平均水平以下。$F_i > 0$，则意味着该城市为区域内具有较高对外服务能力的中心城市。这样，本书暂称 $F_i > 0$ 的城市为区域的中心城市，为所有中心性为负值的城市提供服务，后者则为前者的服务对象，可称为从属城市。

另外，式（4-8）计算的 F_i 与职能分类的粗疏程度密切相关。一般而言，分类越细，F_i 越准确，分类越粗，精度就会受到影响。因此，首先计算各分类的相对中心性，然后累加，与先将中分类合计成大分类，然后求算相对中心性，两个方法测度到的 F_i 并不完全相同。受已有资料的制约，为了时序对比，采用后一种。

3. 中心城市腹地的划分方法

确定城市的腹地范围，较为流行的方法主要有两种：一种是城市调查法，获得城市与腹地之间的各种流指标，如人流、货流、信息流、资金流等，然后利用相应的计量方法进行判断；另外一种是理论分析方法，常用的有重力模型、断裂点模型等。后者的计算结果是抽象的，往往会忽视城市之间影响边界的过渡性。而通过第一种方法获得 100 多个县市的数据资料，对于本书所探讨的时段而言，无疑是一个极大的挑战。因此，必须搜寻另外一种适宜的划分方法。

诚如上文所述，基于 Tietz 式计算的 F_i 是以研究区域闭合、任何一个城市都能够接受其他城市服务为前提的。因此，F_i有正有负，其中，区域中心城市为正值，从属城市为负值，二者合计结果满足$\sum F_i = 0$。显然，这种中心城市和从属城市间的相互作用遵循空间距离衰减规律，虽然这种空间距离受很多因素的影响，有不同的表现形式。为简便起见，可以采用城市之间的欧几里德距离来标度。这样对于城市F_i、F_j，当满足式（4-9）时城市j就是城市i的从属城市。

$$| \sum F_j | = F_i \qquad\qquad (4-9)$$

中心城市i的紧密腹地划分具体步骤为：

第一，利用式（4-6）获取正值的F_i和负值的F_j；

第二，计算城市i到所有城市的欧几里得距离；

第三，由近及远分别计算城市i的周边城市j的F_j。一旦$| \sum F_j | = F_i$或者$| \sum F_j | > F_i$时，累加即可停止。

上述工作可以通过计算机编程实现。

需要强调指出的是式（4-9）划分出的不同中心城市的腹地范围在数值上是不可比的。因为，式（4-9）存在有两个假设条件：①城市在空间上均匀分布；②中心城市至少不会位于研究区域的边缘。但对于同一中心城市而言，其腹地范围的扩展或者萎缩还是能够通过服务半径给予简单说明的。

4. 研究时段截面和对象城市

研究城市体系的各时点变动过程，最好能有连续的数据资料。但是，民国以后连续的高质量的数据资料并不具备。就像大多数过程研究一样，选择若干截面进行分析。这些时间断面分别为1936年前后、1956年、1982年和2000年。

分析过程中，确定研究时点为1936年左右。之所以选择这一时点主要基于两方面的考虑，其一，数据可得性。通过翻查山东各地的县志、市志可知，绝大多数县治记载有此前的商店数或者商号数或者商铺数，从而提供了中心性分析所必不可少的数据资料。其二，1936年后，山东全境沦入日本铁蹄之下，城市发展受到了极大的干扰，已经不再遵循其客观发展规律，大多数县志或者市志中记载有当年日本进驻后商店数大幅度减少。

诚如诸多中心地时序变动研究所要求的那样，要正确反映时间因素在城市体系变动中的影响，自然要求研究对象在研究时段内要保持前后一致。但这一要求对于本书来说，委实过于困难。期间许多城市几经废立，城址频繁多变，前后对应已是相当困难。因此，本书在确定研究对象时，针对不同历史时期采用不同的灵活处理方法。

1936年前后的研究对象城市以能够有明确城市人口记载出处的县治为准。在查阅了大量市志和县志的基础上，确定了38个城市。而新中国成立以后的三个时间截面则以共同拥有的城市为对象，计有88个城市。

第二节　不同历史时期中心城市及其直接腹地的复原

一、1936 年左右的中心城市和直接腹地

需要对这一时段的数据来源做一简单介绍。其时这一时段及其以前有些调查资料记载有各地商店数或者商铺数。比如,《山东各县乡土调查》(民国九年)、《山东全省劝业所最近状况调查表》(民国十一年)、《中国实业志·山东卷》。但深入分析,这些数据均有这样或者那样的不足。前两者资料涉及县治并非全部,有许多县治并没有进行调查。调查的县治中,多数商号数为全县数据,缺乏县治内的商号数;即使有县治内商号数,由于对于商号的界定标准不一,数据并不足信。比如,泗水县城内商号百余家,不甚发达,邱县城内商号四五十家,皆小本经营,故商业不甚发达,博平县城内仅杂货四五家,商业不甚发达,利津商业颇不发达,城中商号仅有四十余家。同为不甚发达,商号数相差甚远。

《中国实业志·山东卷》的附表中详细记载了全省市镇数和商店数,前者为 864 座(其中不含济宁、烟台),后者为 22 594 家。鉴于这一数据的全面详实,为研究者所广泛引用,并照搬入志书当中。但经作者分析,实际该表中的数据必须经过甄别才能使用。因为附表中的商店数口径并不唯一。比如,泰安"据民国二十二年调查,全县十二个重要市镇共有商店四百七十余家(泰安县城除外)",这就是说附表中泰安商店数是不计泰安县城的。作者亦查询到了以上引文中所提及的 12 个重要市镇的商店数,经核算,确实如此。但淄川的情形却有所不同,"全县重要市镇首推城关、明水、龙口、王村、昆仑,城关有商店六十家,昆仑有商店六十五家,王村有十五家,龙口有四家,明水仅二家"。附表中淄川有市镇 5 个,商店 148 家,与上引文的情形完全吻合。显然,145 家商店数包括了县城数。至少从泰安和淄川两县来看,附表中数据不宜不加分析直接应用。

作者在分析过程试图通过以下处理方法获取分析数据。查阅各县、市地方志,获取其时的商店数或者商铺数,然后与《中国实业志·山东卷》的记载商店数相比照,若二者差异不大,则以地方志记载的商店数为准,如果二者相差悬殊,则剔除这一研究样本城市。在确定可用的商店数或者商铺数后,针对这些城市,分别再次查阅地方志或者其他零星资料,获取 19 世纪 20 年末至 20 世纪 30 年代末的城市人口数(这些数据多为当时估计数),以谋求二者的相互对应匹配。这样,共确定对象城市有 38 座,其空间分布东疏西密,与 1936 年时山东县治以上城市的空间分布特征具有较好的一致性。这说明选取的 38 座城市,不仅保证了商店数和城镇人口数相对应,而且也没有改变其时的城市分布格局,从而一定程度上保证了研究结果的可信性。

利用第一节中的方法分析当时的城市中心性和紧密腹地,结果为图 4.1。从结果来看,38 个城市中仅有济南、青岛、烟台的 F_i 为正值。其中,青岛 $F_i = 388\ 041$,济南 $F_i = 228\ 561$,烟台 $F_i = 139\ 460$,青岛已较济南为大。可以说,迟至 1936 年时,青岛已经由 1894 年的小渔村发展成为山东省的两个中心城市之一,这种格局一直影响山东至今,并将继续影响下去。

从中心城市的紧密腹地来看,二者的界线并不是截然分开的,而是存在有重叠,也

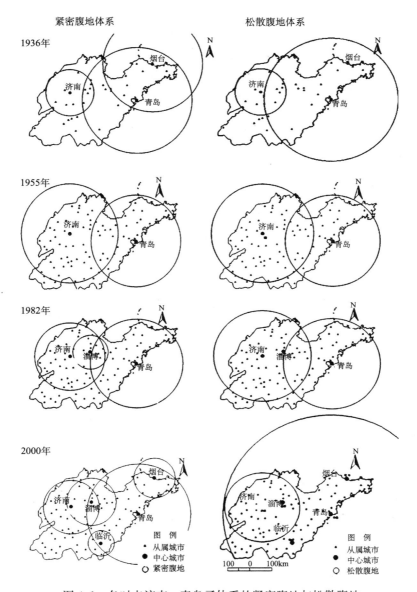

图4.1　各时点济南、青岛子体系的紧密腹地与松散腹地

就是说两个中心城市之间的腹地之间存在有过渡区域，即有竞争腹地的存在。这种结果恰是本书利用相对中心性累积方法确定中心城市腹地范围所必然出现的现象，也是该方法与其他方法所不同之处。

就具体中心城市而言，青岛服务22个城市，济南服务11个城市，其中共同接受两个中心城市服务的城市有5座。烟台服务城市与济南相差无几，为10座城市。应当注意，图4.1的1936年中如果简单比较圆半径大小的话，似乎烟台的服务能力要大于济南。显然这是不符合实际情况的。原因在于城市空间分布的非均匀和非中心的空间区位。这一点在上文已经有所交代。在这儿再做强调，即中心城市之间腹地范围大小的比较，务必注意不能简单利用服务半径大小进行判断，否则会出现不适当的结论。

从图 4.1 的 1936 年可以看出，烟台的紧密腹地完全处于青岛的紧密腹地之内。对此，应当有一个清醒的认识。因为该图绘制的前提是城市间的相互作用等向等速率衰减，这一前提是以等通达性为基础的，但在 19 世纪 30 年代现代交通不是很发达的情形下显然不符合实际情况。比如青岛到烟台，在即墨分南北二路，前者为即墨—海阳—烟台，后者即墨—平度—掖县—烟台。其中，北路狭窄，崎岖南行，车辆难以通行，即墨—平度段商旅稀少，货流量也不大。因此，城市间的相互作用不应该是等向等速率衰减的。这也就是说，各城市的腹地范围不会是圆形区域，而应该是不规则的多变形。

由于图 4.1 的 1936 年是根据地方志资料和人口估计数据绘制出来的，是否符合当时的实际情况，可能有人会提出疑问。因此，需要对绘制结果进行进一步的验证。

根据图 4.1 的 1936 年，可以有如下的推论：

推论 1：若两中心城市 A、B 有共同竞争腹地，则竞争腹地内由 A、B 共同提供服务。

推论 2：除此以外的腹地则主要有 A 或者 B 提供服务。

推论 3：中心城市对腹地内城市的影响随着距离而衰减。

可以根据上述推论，通过地方志以及其他零星资料来管窥当时各中心城市的腹地范围，以验证通过第一节划分中心城市腹地范围的正确性。由于地方志中多为定性的论述，缺乏定量数据。据此考察当时各中心地的紧密腹地，应当有一些的约定。

第一，知道，胶济铁路和津浦铁路通车以后，山东原有的商路发生了明显的改变，绝大多数传统商路如陆运商路、运河商路的作用渐趋衰微，而铁路商路的作用日趋突现。但是由于津浦铁路并不像胶济铁路一样为省内铁路，沿线城市的货物输入并不是仅仅局限于山东省内城市，还有天津、上海等省外城市。为了同计算 F_i 的条件相同，依然假设山东为一封闭系统，也就是说比较的对象依然局限于山东境内，摒弃天津和上海等的影响。

第二，若有一县治城市 C，其享受的服务来源 B，若由 B 直达，则 C 为 B 的紧密腹地，若由 A 中转，则可以认定 C 为 A 的紧密腹地。

第三，中心城市的服务能力随着距离而衰减。

有了上述假定以后，可以来看图 4.1 的 1936 年划分的结果是否符合于当时的实际情况了。

根据图 4.1 的 1936 年，清平县、肥城县、高唐县应该满足**推论 2**，主要接受济南的服务。下为三县地方志中的记载。清平县民国二十五年前后，"洋纱、洋布为本境最大销项，乡间日货尤为充斥，每年统计有几五十万元，强半来自济南[1]"，"肥城每年还从济南或经济南从潍县、周村、青岛购入大宗洋布、煤油、煤、火柴、绸缎等货物，年运销额约 5 万银两[2]"。高唐"洋布，向由天津、济南府运至。自青岛铁路通后，皆由青岛或周村运至城内，岁销三万匹"[3]（须经济南中转，作者注）。

① 梁钟亭，路大尊修，张树梅撰，《清平县志》，实业志四，商业，民国二十五年铅印本。
② 光绪《肥城县乡土志》，1908 年，商务。
③ 清　周家齐编，《高唐州乡土志》，商务，清光绪三十二年刻本。

掖县、牟平、周村和潍县满足**推论1**。掖县"经沙河从青岛输入棉纱、棉布，自烟台输入砂糖、海产品和其他杂货①"。牟平县"密迩烟台，进出口货以烟台为总汇，次则为威海、青岛，由帆船、轮船或汽车、大车转运……本县盛产海味水果鸡卵等，大宗由烟台出口，而内地需用洋货，来源亦自烟台，故肩挑贸易颇多，现虽汽车通行，负贩者仍络绎不绝②"。"由青岛、济南运至周村的货物为煤油、面粉、棉纱、糖、烟叶、木料、纸烟……干咸鱼等，每年约一五、四三五吨③"，"采购于青岛十之七，采购于济南者十之一"④。"潍县的进口货多来自青岛，由胶济铁路输运"。"30年代初，潍县自两个市场（青岛、济南，作者注）输入16大类商品，输入额超过1200万元；周村自两大市场以及上海、天津输入25类商品，输入额超过1000万元⑤"。其中，周村因距离济南较近，被其吸收，日渐衰退。唯有潍县因地处青岛与济南之间，工业发达，尚能保持固有地位。

表4.1　民国时期1936年前后山东部分城市商店数及其城市人口数

城市	商店数/家	资料来源	城市人口/人	城市	商店数/家	资料来源	城市人口/人
烟台	2467	《烟台市志》	139 512	周村	727	《中国实业志·山东卷》	56 620
文登	128	《文登市志》	10 000	诸城	200	《诸城县志》	18 617
潍县	282	《中国实业志·山东卷》	83 781	昌乐	152	《昌乐县志》	4 000
威海	358	《中国实业志·山东卷》	29 000	栖霞	34	《栖霞县志》	2 290
泰安	150	《泰安市志》	79 803	东明	81	《东明县志》	8 500
泗水	146	《泗水县志》	7 000	滕县	376	《滕州市志》	18 281
龙口	162	《中国实业志·山东卷》	7 193	曲阜	320	《曲阜市志》	16 466
青岛	4 438	《青岛市工商业概览》	436 772	莱州	434	《莱州市志》	14 500
济宁	191	《中国实业志·山东卷》	85 000	寿光	40	《寿光县志》	5 000
济南	3 784	《济南市志》	427 772	兖州	214	《兖州市志》	20 000
桓台	79	《桓台县志》	5 000	高密	315	《高密县志》	11 412
肥城	162	《肥城县志》	7 000	淄川	60	《中国实业志·山东卷》	17 080
德县	428	《德州市志》	50 000	坊子	237	《中国实业志·山东卷》	4 835
齐河	72	《齐河县志》	8 000	张店	90	《中国实业志·山东卷》	3 500
平度	140	《平度市志》	20 000	临沂	200	《临沂县志》	100 000
牟平	200	《牟平市志》	20 000	博山	1 100	《中国实业志·山东卷》	54 000
惠民	150	《惠民县志》	40 000	黄县	438	《龙口市志》	40 000
东阿	54	《东阿县志》	20 000	临清	674	《临清市志》	80 000
博兴	96	《博兴县志》	2 000	莱芜	120	《莱芜市志》	58 000

①　吉田豊次郎：《山東视察报告文集》，1913年，第162～163页。
②　宋宪章等修，于清泮等纂：《牟平县志》，卷五，政治志，实业，民国二十五年铅印本。
③　民国山东通志，卷十四商业志，1421页。
④　胶济铁路管理委员会编：《胶济铁路经济调查报告汇编》，1934年，分编三，潍县；分编五，周村。
⑤　胶济铁路管理委员会编：《胶济铁路经济调查报告汇编》，1934年，分编三，潍县；分编五，周村。

通过上述地方志的记载，可以初步判断图 4.1 的 1936 年结果基本上是正确的，符合当时的实际情况。

二、1955 年的中心城市和直接腹地

这一时点数据来源需要做进一步的说明。1956 年山东出版了《1955 年山东省私营商业普查资料》，这一资料分城镇和乡村详细记载了 1954 年全年和 1955 年上半年 138 个县市的私营国内商业基本情况和私营饮食业基本情况，包括户数、从业人员数、雇佣职工数、资本额、销售额。为了与 1982 年和 2000 年所用资料保持一致，选用从业人员数指标。另外《山东省二十一个城市 1955 年私营商业安排改造计划编制说明》附录中提供了 1954 年的私营服务业从业人员数。

表 4.2　1954 年山东省 21 城镇服务业、纯商业、饮食业中私营人员数及其比重

城市	服务业			纯商业			饮食业		
	从业人员 /人	私营人员 /人	私营比重 /%	从业人员 /人	私营人员 /人	私营比重 /%	从业人员 /人	私营人员 /人	私营比重 /%
济南	5423	4219	77.8	32044	25399	79.3	10585	10563	99.8
青岛	3640	3564	97.9	26278	18738	71.3	4116	4116	100.0
烟台	1131	1102	97.4	6590	4754	72.1	974	974	100.0
潍坊	1266	1266	100.0	6815	4699	69.0	1680	1663	99.0
济宁	743	709	95.4	3491	2369	67.9	1943	1943	100.0
淄博	567	567	100.0	4030	2984	74.0	1253	1253	100.0
张周	805	792	98.4	4500	3373	75.0	1517	1517	100.0
德州	375	309	82.4	3408	2052	60.2	597	550	92.1
临清	367	352	95.9	2947	2379	80.7	1512	1512	100.0
威海	100	72	72.0	803	402	50.1	201	201	100.0
泰安	414	410	99.0	1138	936	82.2	745	745	100.0
滕县	343	343	100.0	1617	986	61.0	524	524	100.0
胶县	402	385	95.8	2127	1493	70.2	345	345	100.0
益都	205	205	100.0	1555	1052	67.7	531	531	100.0
单县	189	183	96.8	809	658	81.3	313	313	100.0
菏泽	422	369	87.4	1808	782	43.3	292	263	90.1
曹县	178	178	100.0	781	518	66.3	448	442	98.7
聊城	316	316	100.0	1671	1083	64.8	639	639	100.0
临沂	526	323	61.4	926	610	65.9	257	231	89.9
莱阳	202	170	84.2	932	281	30.2	85	85	100.0
滋阳	878	686	78.1	1818	1197	65.8	88	88	100.0
合计	18 492	16 520	89.3	106 088	76 745	72.3	29 445	29 278	99.4

　　注：比重系作者计算。

　　数据来源：山东省二十一个城市一九五五年私营商业安排改造计划编制说明，山东省档案馆，档案号：A001~02~384。

　　那么，利用私营人员数作为指标能不能反映当时山东省商业、饮食业、服务业的发展情况呢？表 4.2 是 1954 年山东省 21 城镇商业饮食业从业人员中私营人员数和比重状况。从中可以看出，服务业和饮食业中私营人员占绝对优势，二者均以临沂为最低比重，分别为 61.4％、88.9％。纯商业中由于 1953 年部分城镇开始进行资本主义工商业社会主义改造，私营人员的比重有所下降，除莱阳、菏泽、威海外，绝大多数城市私营比重在 60％以上。故综合来看，私营人员指标是可用的，能够反映当时的实际情况。

　　城镇人口数据来自 1956 年上半年。该年度数据是在国家 1955 年颁布了《关于城乡划分标准的规定》以后，山东省统计局对全省城镇人口的一次调查统计，距离私营商业调查时间颇近，具有相当好的对应性。

　　图 4.1 的 1955 年、表 4.3 为分析结果。第一，是年，只有济南和青岛 F_i 为正值，其中，济南对外服务人口为 85 万，青岛为 55 万，前者较后者有较强的对外服务能力。第二，全省绝大部分城市都位于两个中心城市的紧密腹地内。其中，济南服务城市 57座，拥有研究时段内的最大紧密腹地半径（200km 左右）；而青岛服务城市 30 座。二者相比，济南更占优势。此外，两个中心城市有共同的竞争腹地城市 11 座。

表 4.3　1936 ～2000 年中心城市及其可比的 F 值

1936 年		1955 年		1982 年		2000 年	
中心城市	F 值/万人	中心城市	F 值/万人	中心城市	F 值/万人	中心城市	F 值/万人
青岛	39	济南	85	济南	71	青岛	50
济南	23	青岛	55	青岛	58	济南	41
烟台	13			淄博	20	淄博	23
						临沂	4
						烟台	3

三、1982 年的中心城市和直接腹地

　　该时点的数据来源为人口普查数据。其中，对于若干整建制设市城市的城市人口数据利用当地的地方志资料进行相应修正。1982 年的分析结果见图 4.1、表 4.3。

　　第一，期间淄博具备了较强的对外服务能力，有 12 座城市接受淄博提供的服务。

　　第二，济南和青岛对外服务的能力出现了相左的趋向。前者由 1955 年的 85 万人减少至 1982 年的 71 万人，后者则由 55 万人增至 58 万人。从城市的紧密腹地来看，济南服务 44 座城市，青岛服务 30 座城市，淄博服务 12 座城市。与 1955 年相比，青岛服务的城市数没有变化，而济南则减少了 13 座城市，丧失的服务对象主要集中在鲁西南地区，其中当时供销区划起到了非常重要的作用。具体内容可以参见第十章 1979 年相关内容。

　　第三，淄博服务的 12 座城市中有 11 座属于济南的服务范畴（包括淄博自身），有 5 座城市属于青岛的服务范畴。也就是说，淄博的服务对象大部分处于济南和青岛两个

中心城市的竞争腹地范围之内，淄博并非为独立的中心城市，而是济南的依附城市，这意味着中心城市之间出现了等级分化。

四、2000 年的中心城市和直接腹地

1982～2000 年变动有两个明显的特点（图 4.1、表 4.3），其一，期间，烟台跃升为中心城市，临沂也具有一定的对外服务能力；其二，济南、青岛与淄博对外服务的能力出现了相左的趋向。其中，济南和青岛由 1982 年的 71 万人、58 万人减至 2000 年的 41 万人、50 万人，淄博则由 20 万人增至 23 万人，不过增幅不大。仅就济南和青岛而言，济南减少的绝对量最大，为 30 余万人，减幅高达 42.69%，青岛分别为 8 万人、13.85%。

中心城市紧密腹地的变动有以下三方面的特点。

1）济南、青岛、淄博、烟台、临沂各服务 29 座、35 座、18 座、9 座、5 座城市。仅就前三者而论，与 1982 年相比，济南减少了 5 座、青岛增加了 5 座、淄博增加了 6 座。

2）与 1955～1982 年的南向回缩不同，1982～2000 年济南主要表现为东向回缩，回缩区域为胶济铁路邻近城市。与济南相反，青岛则为西向扩展，且其扩张区域恰好为济南的回缩区域。显然，济南、青岛出现了此消彼长的相左竞争态势，联系更加紧密。

3）中心城市淄博、烟台、临沂均位于青岛的紧密腹地范围内。尤其应该强调的是，淄博已经由 1982 年的单纯依附于济南转变为同时依附于青岛和济南。另外，淄博和济南之间也由先前的前者依附于后者，转换为二者互为依附。这些变化，意味着中心城市之间的联系程度远较以前紧密。

第三节　不同历史时期城市中心地职能体系的变动过程

一、中心地职能体系的复原方法

上文分析了 1936～2000 年山东省中心城市及其紧密腹地的变动情况。期间，青岛、济南的紧密腹地的变动呈现出了此消彼长的互对应特点。从其服务城市数目的多少来看，基本上完成了青岛、济南、青岛的多重循环过程。但是，直至 2000 年山东省尚未发育有能够统领全省的中心城市。那么，山东中心地职能体系的整合过程如何呢？目前的中心地职能体系的现状又是如何形成的呢？由于城市中心地职能体系是由若干子体系构成的，各子体系中均有一中心城市统领，因此，只要能够分析各中心城市之间统合关系的形成过程，上述问题自然迎刃而解。这一部分试图利用相对中心性累积的方法复原各时段中心城市之间的关系。

通过累加中心城市 i 附近小于零的 F_i 划分出中心城市的紧密腹地，虽然往往也有 F_i 大于零的情形，但紧密腹地的划分并不考虑这一情形。如果考虑到中心城市所提供

的中心性职能服务在空间上的连续性，忽略正值的做法显然并不妥当。

表 4.3 表明，长期以来，济南、青岛的中心性与次一级的中心城市之间存在有较大的差距。前文中心城市紧密腹地的划分结果中已经隐含有山东省城市体系的整合在很大程度上表现为以济南和青岛为中心的子体系的整合。因此，可以青岛和济南为基点，按照空间邻接性，不考虑 F_i 的正负情形，累加 F_i 和为零时为止，确定各城市子体系的影响空间范围，复原不同历史时期的城市体系。

上述方法可以称为 Sum F 法，确定的中心城市影响范围可以称为间接吸引范围或者松散腹地。该方法确定的腹地范围大小并不取决于某一中心城市中心性功能的大小，而是取决于区域范围内中心性功能的大小之和，更好的体现了区域内城市之间一体性特征。与此对应，确定紧密腹地的方法可以称为 Neg F 法，这一范围与单一中心城市的中心性密切相关。后者中心性的累积值往往随着空间距离的增大而单调递减。前者则不同，虽然最后 F_i 累加值为零，但在这一趋零过程中，中心性累积值并不是随着空间距离的递增而单调递减，在递减过程中会出现曲线上扬现象。另外，Sum F 和 Neg F 方法确定的腹地范围之间有一定的包含关系，后者所划分的腹地范围不会大于前者确定的范围。应该指出的是，当某一中心城市的腹地范围没有出现另外一个正值 F_i 时，二者是等同的。

二、城市中心地职能体系的变动过程

1. 1936 年的中心地职能体系

1936 年的 F_i 值减少曲线如图 4.2 所示。图 4.2 以济南（或者青岛）为原点，纵轴为相对中心性规模性，横轴为距离济南（或者青岛）的直线距离（不计距离的方向性）而绘制。

从图 4.2 可以看出，以济南为中心，随着远离济南，Sum F_i 值递减，大约在 70km 处，Sum F_i ＝0，250km 处达到最小值。此后随着青岛的加盟，Sum F_i 又有所增加。这也就是说，在以济南为中心，大约 70km 范围内基本上以济南提供中心服务。

如果以青岛为中心，可以看出，青岛的中心服务提供范围基本上覆盖了全省。这也就是说，以各城市所具有的商店数作为职能单位的话，在 1936 年全山东省形成了以青岛为中心的形式上统一的城市中心地职能体系。

2. 1955 年的中心地职能体系

1955 年时 F_i 值减少曲线如图 4.2 所示。以济南为例，随着各城市远离济南，Sum F_i 值递减，当达到了 216km 时，Sum F_i ＝0。其时，济南提供中心性职能服务的范围并没有覆盖整个山东省。在此范围以外的其他城市，由青岛提供中心性服务，其服务半径为 200km。考虑到城市空间分布的不均匀性、青岛区位的非中心性，济南的对外服务能力更强。

由此，1955 年时山东形成了两个分别以济南、青岛为中心城市的独立城市中心地

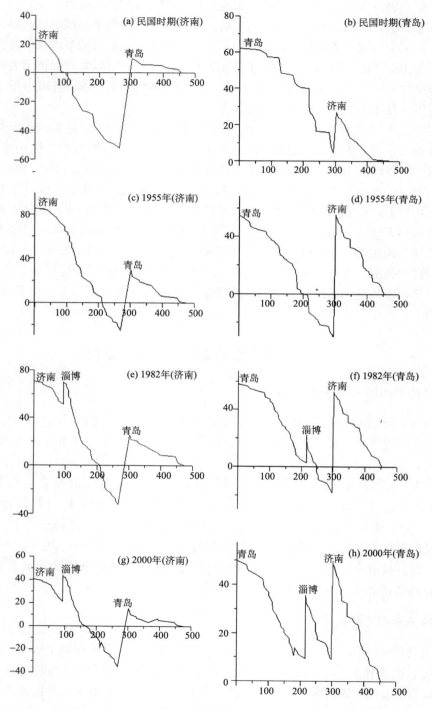

图 4.2 青岛、济南 F_i 减少曲线及高级中心城市配置

职能子体系，中心城市互不依附。图 4.2 为济南和青岛两个中心城市的松散腹地范围，二者城市互有重合，并非相互独立。从 $F_{青岛}$ 和 $F_{济南}$ 来看，济南远远超过青岛，因此，两个子体系中济南子体系为主导。这两个子体系的整合性还不是很高。

3. 1982 年的中心地职能体系

1982 年时当附属城市距离济南 212km 时，Sum F_i＝0。这一距离同 1955 年相比基本没有变化。但不同的是 1955 年的 216km 松散腹地界限同时也是紧密腹地的界限，而 1982 年仅为松散腹地界限，其中包含了正值的淄博，因此 1955～1982 年济南对外提供中心性服务能力实际上已经有所下降。

对于青岛而言，Sum F_i＝0 时，从属城市距离青岛 250km，这一数值超过了 1955 年，意味着期间青岛对外提供中心服务能力的增强。显然，1955～1982 年青岛、济南两个中心城市松散腹地的变动出现了相左的发展趋向。

与 1955 年的情形相同，上文所讨论服务范围也没有覆盖全省。1955 年的济南子体系和青岛子体系的双子体系特征依然明显。所不同的是济南子体系中淄博成长为次一级中心城市，子体系的有序性提高。

4. 2000 年的中心地职能体系

2000 年时济南、青岛的服务范围分别为 150km、450km。同 1982 年相比，青岛子体系以全省作为其松散腹地，济南子体系继续了 1955～1982 年的回缩势头，松散腹地北向、西向回缩。这就意味着先前的青岛子体系已经成长为山东体系，济南子体系已经丧失了同其竞争的能力。这期间，济南、青岛先前的彼此相互独立的状况开始打破，济南虽然中心性较烟台、临沂为高，但就其作为青岛体系的重要组成部分而言，三者具有同等的地位。

本 章 小 结

本章在前人工作的基础上，对已有的相对中心性测度方法进行了简单讨论，根据研究目的对 Tietz 公式进行了一定的补充，通过 Neg F 法和 Sum F 法分析了 1936 年以来山东省中心城市的分布，及其紧密腹地、松散腹地的变动，大致勾勒出了近 70 年来山东城市中心地职能体系的动态演化过程。

1）济南和青岛是研究时段内中心性最高的城市，与其他中心城市之间有较为明显的差别。期间，二者位序发生了有规律的变化，1936 年第一位城市、第二位城市分别为青岛、济南，1955 年和 1982 年分别为济南、青岛，2000 年分别为青岛、济南。

2）从中心城市的变更来看，1936 年为青岛、济南，1955 年为济南、青岛，1982年为济南、青岛、淄博，2000 年为青岛、济南、淄博、烟台、临沂。中心城市逐渐增多，且出现了等级性。

3）仅就济南和青岛而论，1955 年以后，济南的对外服务能力一直处于下降之中，而青岛在 1955 年至 1982 年为上升态势，1982 年至 2000 年为下降态势。综合来看，济南的衰减速度快于青岛。这种衰减与次级中心城市的成长有关。

4）1936 年时所用的中心性标度指标为职能单位数（商店数），1955 年后用的是从业人员数，两者刻画的中心地体系虽然缺乏严密的可比性，但也基本上反映了山东省中心地职能体系的演化过程，即其发展是一个碎化与整合的循环过程。期间，完成了青岛为中心的单一体系、以青岛和济南为中心城市的双子体系、再次青岛为中心城市的单一共同体系的演化。在这一过程中，中心城市的等级性逐渐显化。

第五章　山东省城市工业职能体系变动过程

前文分析城市职能发展过程时指出，山东新工业的发展始于清季末，与明清时期相比，工业职能已经成为部分城市的重要职能之一，较为典型的城市如青岛、济南等。新中国成立以后，直至改革开放，山东省的工业发展经历了特殊的工业化过程，工业发展的空间格局发生了明显的变化，城市工业职能体系也发生了颇为有趣的变化。在本章中，首先探讨"新工业"发展以来山东省工业发展空间格局的变化，然后以 1982 年、2000 年为时点探讨城市工业职体系的变动特点。

第一节　工业发展空间格局的变动

一、民国时期的工业发展空间格局

1. 分析时段的确定

民国初期，青岛、胶济铁路沿线地区为德国人势力范围，民国三年第一次世界大战爆发后，日本迅速取代了德国的角色。抗战爆发后，山东全境沦陷，日本人在全省大搞殖民经营，控制了山东经济的发展。这一纷繁复杂的局势影响到省内工业发展的各个方面，从而使工业发展表现出明显的阶段性，期间有勃兴、停滞、衰落等。大致可以分为四个时期，即 1912～1928 年，1928～1937 年，1937～1945 年，1945～1949 年。

其中，1912～1928 年，在民国历史上是北京政府统治时期。这一时期虽然国内外政局动荡不安，但在经济上却是全国性所谓资本主义发展的"黄金时期"。山东也是如此，工业处于上升、发展的重要阶段，期间有民国元年至民国三年、民国六年至民国八年两次投资建厂的高潮。据《山东通史》（近代卷）典志 483 页记载，民国元年至民国三年，仅济南一地，就新建厂家 20 多家。欧战爆发至民国五年讨袁前，济南又新设厂家 20 余家，据其中 17 家工厂统计，总资本达 4 282 100 元。第二次投资建厂的高潮一直持续至 20 世纪 20 年代中期。这一时期奠定了全省工业发展的基本格局，对此后产生了较为深远的影响。因此，以 1912～1928 年为分析时段。

2. 民国时期工业发展概况

在分析这一时期的工业发展空间格局之前，需要对这一时期工业的发展基本状况做一简要了解。总的来看，这一时期的工业发展依然处于起步阶段，为一手工业、轻工业、消费品工业生产为主的工业结构。工业按照产值排列依次为棉纺、面粉、卷烟和油料加工，产品也绝大部分为食品、粮食加工、印染、纺织、烟草、制革以及日用小商品。属于生产资料的现代部门，如机器制造业等，在民时期虽有发展，但是极为薄弱，即使有些厂家有一定的生产能力也为外资所控制。显然，这一时期，全省形成了较为不完整的工业体系。另外，在山东近代工业化进程中，外国资本一直在工业资本构成和工业生产中占有举足轻重的地位，20世纪30年代虽然外资在面粉、机械、染料等行业有所退缩，但在纺织、卷烟、榨油等行业的资本和生产规模数倍于华资，尤其是殖民化的青岛更为严重。据1935年的一项调查，青岛"中外各工厂合计174家，除有十余家不愿意宣告资本外，其余各家共计资本94 225 210元，工人33 630人，中国占72%，日本占23%，欧美占4%，中日合资占1%，资本分配本国仅占19%，日资占80%"①。

3. 民国时期工业发展的区域格局

作者依据《民国山东通志》卷十二《工业志》分行业对全省近代化工业企业的开设时间进行了摘录，整理成表5.1，从中可以梳理出山东近代工业发展之脉络。通读全表发现，就绝大多数工业行业而言，其设立之嚆矢，或青岛、或烟台、或济南。其时山东"新工业"的发展绝大多数集中于这几个城市之中。

表5.1　民国前期山东省分行业近代工业企业设立过程表

行业		发展过程
一、纺织工业	1 棉织业	布匹产量以济南、烟台为最多，腿带以周村为最多
	2 棉纺业	1917年日资在青岛首建青岛内外棉纱厂，1920年济南鲁丰纱厂建成投产
	3 缫丝业	蒸汽机缫丝集中于周村，……另有其人于民国六年开办之铃木丝厂……
二、饮食品工业	1 面粉业	民国四年丰年面粉厂设立，至民国十一年济南有九家面粉厂。除济南外，济宁面粉业也相当发达。青岛有日商经营的青岛制粉株式会社以及华商开设的恒兴、双呋。至民国十八年前，烟台、济宁、泰安等各开设面粉厂一家
	2 榨油业	新式油厂多采用使用电力或汽力，……多设于交通便利之地，尤以青岛最多，但多为日式工厂
	3 酒业	葡萄酒及白兰地酒业1893年始于烟台，清季已负盛名，民国年间更有发展。民初境内啤酒公司共有两家，一为烟台澧泉啤酒公司，系国人于民国九年时集资创办；二为青岛啤酒公司，民国五年转入日人经营
	4 烟业	民国十二年英商在青岛建立山东首家卷烟厂——大英烟厂
	5 蛋业	山东制蛋业之发轫，以青岛由德人首创开办，设哥伦比亚蛋厂、卡尔爱巴蛋厂两所……民国八年，日人占领青岛，乃在胶济铁路沿线分设蛋厂，计民国七年开办者，青岛有大仓卵粉厂、大星公司，济南有东亚蛋厂第一厂，次年又有东亚蛋厂第二厂、新华蛋厂、大星公司，以及张店之大仓工场的设立，华人所设蛋厂仅济南洛口蛋粉公司和兖州德和蛋厂两家而已，且不久即先后倒闭。济宁、德县两地于民国五年开设的两家蛋厂，也数次改组，方得维持
	6 糖业	山东糖业民初也有发展。成立于民国十年的济南溥益制糖工厂，规模甚大……以后虽又有青岛德茂糖厂的开设，但规模较小，专制冰糖、清糖而已。罐头食品工业主要分布在烟台、济南。烟台罐头厂中，最早成立时的东亚罐头厂……踵其后者，为德丰罐头厂、福兴共罐头厂，均成立于民国十年。民国十五年，烟台又有振东罐头厂成立。济南罐头食品厂仅一家，为成立于民国三年的泰康罐头食品公司，规模较大

---

① 易天爵.1935.青岛工商业之概括.都市与乡村，第5、6期合刊。

续表

行业		发展过程
三、化学工业	1 火柴业	民国二年，济南创立省内第一家火柴厂——振兴火柴股份有限公司。民国六年扩建，八年在济宁设立粉厂，以后又开设了青岛、蚌埠公司。在振兴公司带动下，自民国六年起，先后有华北等数十家火柴厂开设，分布在益都、济南、烟台、即墨、威海卫等地。由于火柴利润丰厚，日人垂涎，也于民国六年开始先后在青岛开办了明石磷寸工厂、山东火柴公司、青岛磷寸株式会社等三家火柴厂和华祥公司
	2 印染业	最早由染坊发展为印染厂的为 1898 年在周村创立的东元盛印染厂，创办时规模甚小，民国七年添资后迁厂至济南，部分采用机器染色。同年，昌邑人董希尧在青岛开始了双盛潍染厂。民国九年，济南隆记机器绸绫染坊成立
	3 陶瓷玻璃业	民国五年，日本在博山开了一家日华窑业工厂，制造套管和耐火砖。民国七年，日商还建有三益公司。20 年代后，鲁省玻璃业日间衰退。至 20 世纪 20 年代末，能维持现状而不致停业之工厂，仅六家（其中，博山四家，青岛、济南各一家）而已
	4 砖瓦业	民国二年青岛乃有祥利窑厂之开设，在青岛四方建成新式轮窑，有砖机、制瓦机各一座，此为山东机器砖瓦厂之嚆矢。继起者，为民国六年开设济南三里庄之济新砖瓦股份有限公司
	5 造纸厂	机制纸民前已有制造，光绪三十二年（1906）在济南成立的涞源造纸厂是山东第一家机制纸厂
	6 颜料业	民国八年九月，青岛创办了国内首家化学染料厂——青岛维新化学工艺社。同年中国颜料股份有限公司也在济南成立。此后，又有潍县的裕鲁、青岛的中国、大华、济南的天丰、华丰等颜（染）料厂也相继成立
	7 烛皂、制胰业	以生产肥皂为主的兴华造胰公司在济南建成，民国十年时，烟台之源成泰皂厂继起。自是而后，长山、临清、惠民、日照等县，又陆续设厂
	8 制革业	民国七年，济南成立首家新式制革企业——胶东制革厂，以后又陆续有恒兴永、振东、鹊华三厂的建成
四、五金工业	1 铁工业	机械制造工业首先起步于清末洋务派所办的军火企业中，德人在青岛机械厂的开设，实为鲁省机器制造业之肇端。民国建立以后，各地相继建立起了一些铁工厂、机器修理厂、制造厂，如济南之义发成机器厂、公记铁厂、青岛之德盛荣、天永和等铁工厂、烟台之协成铁工厂等。成立于民国十一年的济南丰华厂为全国首家缝针厂。而成立于 20 世纪 20 年代末的青岛同泰自行车厂，开办初期营业极旺，为鲁省铁工业中之翘楚
	2 造钟业	民国四年，威海卫人李东山在烟台开办的宝时造钟厂，为我国造钟业空前之第一家。继起者为民国十六年在烟台开办之永康造钟厂
五、主要公用事业工业	1 印刷业	光绪二十九年，由德人在烟台开办的哈利印刷局为鲁省使用机械印刷第一家。民国以来以青、济二埠为中心，经营印刷的工厂相继开设。至 20 世纪 20 年代末时，全省已有印刷厂近百家，其中，济南有 20 家，青岛有 10 家（其中，五家为日人所办），分布于其他地方的也有数十家
	2 电气业	民国成立之前，因德人在鲁的经营，山东电气业已有一定程度的发展。民国三年德人所办的青岛电灯厂为日人接管。济南电厂，乃华商之第一家，民前已有开设，民国三年改组。同年，烟台生明电灯公司开办。继烟台开办后成立的还有济宁、坊子、周村、滕县、潍县、邹县、泰安电灯公司以及蓬莱普照电灯厂、龙口之龙黄电灯公司等。除济南、胶澳等少数厂家出电能供应电力、电灯、电热外，余者发电仅供专事电灯而已

注：本表根据民国山东通志，工业志部分内容整理。

　　图 5.1 是 20 世纪 20 年代末 30 年代初山东省"新工业"较为发达的城市分布图。可以看出，这些城市主要分布在铁路干线及其支线沿线，胶济铁路、张博支线有青岛、潍县、博山、周村、济南，津浦铁路、兖济支线有泰安和济宁，另外就是港口城市烟台、威海、龙口。这些机器工业较为发达的城市，几乎全部是对外开放口岸抑或自开商埠，仅博山、泰安和济宁①有所不同。

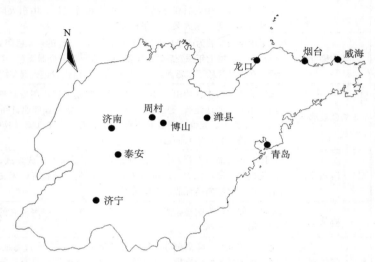

图 5.1　20 世纪 20 年代末 30 年代初机器工业较为发达的城市空间分布图

　　虽然这些城市机器工业已有一定的发展，但是城市手工工场依然有很大的发展空间。表 5.1 和表 5.3 是 20 世纪 30 年代初主要城市的机器工厂和手工工场发展的基本情况。图 5.1 中城市可以分为两种类型。济南和青岛为类型一，传统手工业已经退出先前的中心地位，居于从属地位或者次要地位，机器工业为工业主导。"机器工业之面粉、纺纱，半机器工业之火柴、织布、铁工、砖瓦，实居济南工业之重心，其出品值为两千八百四十九万，占工业产值的 87%"，手工作坊资本额和产值数仅占 2.61% 和 4.15%，无论是资本总额还是产值，机器工厂的发展占据了主导地位；其他城市为类型二，这些城市虽然已有了近代工业企业的设立，但因起点较低，发展水平与青岛、济南相差甚远，近代工业比重微乎其微，手工业生产依旧占据主导地位。自开商埠周村和潍县，亦是如此。前者作为近代工业的机械制造和修理业，皆付阙如，就是素称发达的丝绸业，"大规模的机器工业极少"（何炳贤，1934）；后者"以家庭手工业占主要势力，作坊手工业居其次，至于机制工厂工业虽亦有十余年之历史，但其发展甚缓，至今尚不能居支配地位"（何炳贤，1934）。

　　上文就城市新工业和手工工场之间的关系进行了简要分析。仅就图 5.1 所示的 10 个城市而言，机器工业的发展在地区上亦不均衡，这可以从表 5.1 中看出来。表 5.1 中的数据虽然很难说是准确、全面，但在一定程度上真实反映了这些城镇的发展差异。在工厂数、资本额和产值方面，济南分别占 10 个城市的 56.19%、3.56%、29.14%，青

---

　　①　济宁曾经拟增开为商埠，但未成行。

岛分别占 24.05%、93.93%、63.90%，二者合计分别占 80.24%、97.49%、93.04%。新工业主要集中在青岛、济南，尤其是青岛的空间格局一目了然。之所以如此，一是因为城市商人资本高度集中于此，二是因为城市基础设施相对完善，市场相对发育，大量廉价自由劳动力、原料、资本、技术、信息等易于获取，产品易于销售。

除了上述城市机器工业有所发展以后，广大内陆地区的城市，因交通不便，或者受外力冲击较弱，新工业并没有发展起来。据 1934 年胶济铁路沿线经济调查，莱阳、诸城、昌邑、昌乐、寿光、临淄、广饶、商河、临邑、海阳、黄县、牟平、蓬莱、栖霞、文登等县县城内，绝大部分是家庭手工业，有的连一家近代企业也没有，有的只有一些有特色的工业作坊，或者是政府办的平民工厂；即便是在津浦铁路沿线的德县、平原、齐河等县，"距省甚迩，一切日需用品，大都购自省垣，故该县工业极不发达[1]"。

表 5.2　20 世纪 30 年代初山东各城市机器工厂表[1]

城市	工厂数目/家	资本总额/万元	年产总值/万元
青岛	101	22 653.0[a]	6 949.3[b]
济南	236	858.0	31 687[c]
烟台	13	385.7	
潍县	30	99.4	219.3
周村	12		514.5[d]
济宁	11	81.9	
龙口	4	13.7	
泰安	3	11.3	22.8[e]
博山	6	9.0	
威海	4[f]	5.3	

注：①此表摘自何炳贤主编：《中国实业志·山东省》丙、丁各页，转引自王守中，郭大松，2000，663。所谓机器工业，即使用电力或者蒸汽力作为动力的企业。a《中国实业志》丙，53 页所记工厂数与资本总数均不确，此根据丙，56～54 页所在各业具体数字合计得出。青岛资本总额中日资占绝对优势，仅日资 6 纱厂总资本 1.6 亿多元，占各厂资本的 70% 多。b 年产值中缺少建筑材料 9 厂数。c 济南工厂中，包括半机器工业 216 家，资本总额 138.9 元，年产总值 547.5 元。d 周村的年产总值中包括全部手工业产值在内。e 泰安孤贫院面粉厂系教会所办，无固定资本和产值。f 威海工厂数未包括电厂在内。

表 5.3　20 世纪 30 年代初山东各城市手工工场表

城市	工厂数目/家	资本总额/万元	年产总值/万元
青岛	1603	240.7	6949.3
济南	219	29.9	137.2
烟台	342	138.6	562.3
潍县	78	13.4	32.1
周村	500	48.7[①]	246.5[②]
济宁			43.0
威海	65	6.1	

注：①周村资本总额中缺少铜锡业 110 家，皮胶业 100 家数。②周村年总产值缺漂染业数。
资料来源：王守中，郭大松，2000，664。

①　胶济铁路管理局，胶济铁路经济调查报告，分编各县，第 6 册，齐河县，第 4 页。

二、新中国成立以来的工业发展空间格局

1. 工业发展概况

　　新中国成立以后，山东进入了快速工业化阶段，产业的整体结构处于工业化初级阶段向中级阶段演化过程中。期间，工业企业单位数、工业从业人员数、工业产值（图 5.2、图 5.3、图 5.4）均迅速增加。到 2000 年，山东全省工业企业产值达到 4 092.24亿元，为 1952 年的 554.50 倍，工业从业人员数 522.37 万人，工业企业单位数 11 679 个。

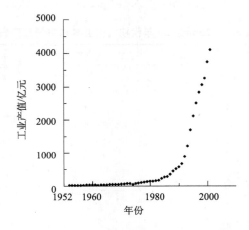

图 5.2　山东省 1952～2000 年工业产值

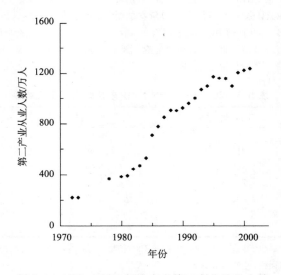

图 5.3　1971～2001 年山东省第二产业从业人数

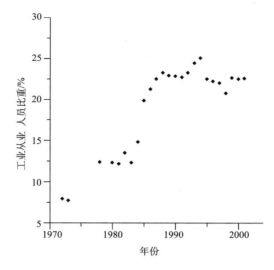

图 5.4　1971~2001 年山东省工业从业人员比重变动

表 5.4　1949~2000 年山东省工业产值的空间格局变动

地区		1949 年		1978 年		1984 年		1990 年		1993 年		2000 年	
		产值/亿元	比重/%	产值/亿元	比重/%	产值/亿元	比重/%	产值/亿元	比重/%	产值/亿元	比重/%	产值/亿元	比重/%
东部	青岛	1.1	44.97	19.1	18.2	34	13.71	78.3	14.23	165.9	13.73	500.32	13.44
	烟台	0.1	4.09	7.9	7.53	14.4	5.81	57.7	10.49	137.8	11.40	422.47	11.35
	潍坊	0.13	5.31	9.78	9.32	25.25	10.18	55.8	10.14	119.9	9.92	295.63	7.94
	威海	0	0	2.5	2.38	2.5	1.01	25.1	4.56	66.7	5.52	276.81	7.44
	日照	0.01	0.41	0.74	0.70	1.33	0.54	6.13	1.11	16.93	1.4	68.8	1.85
	小计	1.34	54.78	40.02	38.13	77.48	31.25	223.03	40.53	507.23	41.97	1564.03	42.03
中部	济南	0.41	16.76	12.89	12.28	20.1	8.11	60.43	10.98	115.36	9.54	323.02	8.68
	淄博	0.28	11.45	14.3	13.62	23.7	9.56	58.3	10.59	140.5	11.62	343.29	9.22
	枣庄	0.06	2.45	3.85	3.67	41.30	16.66	22.62	4.11	46.72	3.87	106.76	2.87
	济宁	0.07	2.86	3.03	2.89	7.3	2.94	31.83	5.78	66.08	5.47	213.83	5.75
	泰安	0.05	2.04	5.3	5.05	7.8	3.15	27.3	4.96	54.9	4.54	151.7	4.08
	莱芜	0.02	0.82	1.65	1.57	2.93	1.18	7.96	1.45	20.29	1.68	46	1.24
	临沂	0	0	2.6	2.48	6.16	2.48	20.9	3.8	52.6	4.35	221.07	5.94
	东营	0.01	0.41	15.31	14.59	44.24	17.84	39.82	7.24	78.79	6.52	347	9.32
	小计	0.9	36.79	58.93	56.14	153.53	61.92	269.16	48.91	575.24	47.59	1752.67	47.10
西部	德州	0.09	3.68	1.39	1.32	6.17	2.49	19.37	3.52	48.55	4.02	140.97	3.79
	聊城	0.11	4.5	2.24	2.13	4.28	1.73	14.35	2.61	25.71	2.13	100.84	2.71
	菏泽	0	0	1.4	1.33	2.9	1.17	12.2	2.22	25.3	2.09	47.88	1.29
	滨州	0.01	0.25	0.99	0.94	3.58	1.44	12.17	2.21	26.62	2.2	115	3.09
	小计	0.21	8.42	6.02	5.73	16.93	6.83	58.09	10.56	126.18	10.44	404.69	10.87

表 5.5　1949~2000 年山东省人均工业产值的区域空间格局变动

地区		1949 年 产值/元	人口/人	人均值/元	1978 年 产值/元	人口/人	人均值/元	1984 年 产值/元	人口/人	人均值/元	1990 年 产值/元	人口/人	人均值/元	1995 年 产值/元	人口/人	人均值/元	2000 年 产值/元	人口/人	人均值/元
东部	青岛	1.1	405.7	27.1	19.1	585.3	326.3	34.0	623.9	545.0	78.3	666.7	1174.4	265.8	684.6	3882.6	500.3	749.7	6673.2
	烟台	0.1	380.8	2.6	7.9	559.9	141.1	14.4	588.9	244.5	57.7	625.6	922.4	233.1	634.9	3671.6	422.5	663.6	6366.6
	潍坊	0.1	439.1	3.0	9.8	703.3	139.1	25.3	736.2	343.0	55.8	803.4	694.5	222.0	820.8	2704.6	295.6	849.5	3479.9
	威海	0.0	154.0	0.0	2.5	216.5	115.5	2.5	225.9	110.7	25.1	237.5	1057.0	123.2	243.0	5070.0	276.8	259.7	10659.7
	日照	0.0	142.2	0.7	0.7	226.5	32.7	1.3	237.6	56.0	6.1	261.4	234.5	30.6	268.4	1140.0	68.8	268.6	2561.5
中部	济南	0.4	305.2	13.4	12.9	450.7	286.0	20.1	483.9	415.4	60.4	523.6	1154.1	202.2	542.1	3729.1	323.0	592.2	5454.7
	淄博	0.3	170.4	16.4	14.3	333.6	428.7	23.7	355.9	665.9	58.3	381.0	1530.2	224.2	393.9	5691.2	343.3	418.4	8204.0
	枣庄	0.1	139.6	4.3	3.9	259.6	148.3	41.3	278.7	1482.0	22.6	317.0	713.5	75.0	345.0	2174.6	106.8	354.6	3011.1
	济宁	0.1	354.7	2.0	3.0	584.8	51.8	7.3	634.5	115.1	31.8	727.1	437.8	128.6	761.7	1687.7	213.8	774.0	2762.6
	泰安	0.1	265.8	1.9	5.3	442.4	119.8	7.8	469.2	166.2	27.3	527.1	517.9	64.2	526.6	1219.1	151.7	533.5	2843.7
	莱芜	0.0	51.7	3.9	1.7	99.1	166.6	2.9	103.6	282.9	8.0	111.4	714.7	29.8	119.2	2496.4	46.0	123.4	3729.2
	临沂	0.0	423.1	0.0	2.6	775.7	33.5	6.2	829.9	74.2	20.9	937.0	223.1	76.9	966.4	795.7	221.1	994.3	2223.4
	东营	0.0	67.5	1.5	15.3	129.1	1186.2	44.2	142.8	3099.1	39.8	156.9	2537.4	157.5	164.1	9599.0	347.0	179.3	19350.9
西部	德州	0.1	321.5	2.8	1.4	431.4	32.2	6.2	459.5	134.3	19.4	499.2	388.1	60.2	517.8	1162.2	141.0	529.4	2663.0
	聊城	0.1	293.6	3.7	2.2	423.3	52.9	4.3	460.4	93.0	14.4	523.4	274.1	55.7	544.4	1023.7	100.8	541.2	1863.2
	菏泽	0.0	433.0	0.0	1.4	623.0	22.5	2.9	677.0	42.8	12.2	777.0	157.0	41.5	815.0	509.2	47.9	809.8	591.3
	滨州	0.0	212.1	0.5	1.0	312.0	31.7	3.6	326.4	109.7	12.2	348.3	349.5	52.1	352.2	1478.0	115.0	356.4	3226.8

2. 工业发展的空间格局变动过程

经过新中国成立以后的多年发展，新式工业已经在山东普及扩散开来，工业职能已经成为绝大多数城镇的重要职能。这一时段，由于国家建立了相对完备的统计体系，数据资料较为完备。因此，在这一节里，不再以点代面分析，而是充分利用统计数据，进行全面分析。

首先将山东省17地市分为东部地区、中部地区和西部地区[①]。其中，青岛、烟台、威海、潍坊、日照为东部地区，德州、滨州、菏泽、聊城为西部地区，其他地区为中部地区。其次，分别计算1949~2000年各年度各地区占全省工业产值的比重（表5.4）以及各地区人均工业产值的变动（图5.5），从中解析工业发展空间格局的变动过程（表5.5）。

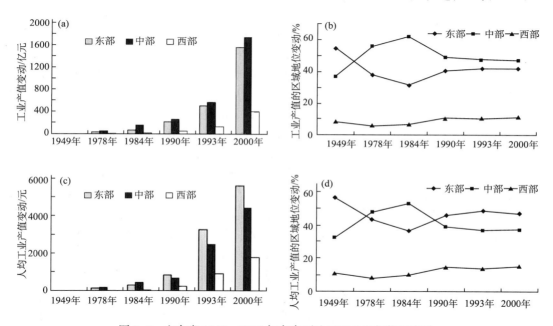

图 5.5 山东省 1949~2000 年东中西地区工业空间格局变动

第一，1949 年，东部、中部、西部地区工业总产值分别为 1.34 亿元、0.90 亿元、0.21 亿元，分别占全省工业总值的 54.78%、36.79%、8.42%。东部、中部、西部地区人均工业产值分别为 8.8 元、5.1 元、1.7 元。山东全省工业虽然处于较低的水平，

① 山东省境内东、西部的划分一般有四种方案。一是单纯考虑地理区划，将济南、青岛、淄博、东营、烟台、潍坊、威海、日照8市地划为东部地区，其余划分西部地区。这一方案中将济南划分为东部地区，从地理位置上看，济南位于临沂、滨州、莱芜、枣庄之西部不甚合理。二是单纯考虑经济发达程度，将青岛、烟台、威海、潍坊、淄博划分为东部地区，将德州、滨州、菏泽、聊城、东营划分为西部地区。该方案将位于东营以西的淄博划分为东部，而将东营划分为西部，不易为人理解。三是，综合考虑地区划和经济发展程度，将青岛、烟台、威海、潍坊划分为东部，德州、滨州、菏泽、聊城划分为西部。在本书分析过程中，考虑到日照作为鲁南地区对外的门户城市，且在工业发展过程中与青岛、烟台、威海、潍坊等具有相似的特点，将其归为东部地区，德州、滨州、菏泽、聊城划作西部地区，其他地区为中部地区。

但空间上差距明显,东部地区发展水平最高,其次是中部地区,再次为西部地区。

　　第二,1978 年,东部、中部、西部地区工业总产值分别为 40.02 亿元、58.93 亿元、6.02 亿元,分别占全省工业总值的 38.13%、56.14%、5.73%。东部、中部、西部地区人均工业产值分别为 174.6 元、191.6 元、33.6 元。这一时期工业结构的突出表现是中部隆起,东部下陷,工业发展的重点区域是中部地区。与 1949 年相比,山东工业发展的空间格局发生了明显变化。造成这种变化的原因在于能源工业的重点发展和青岛在全省工业地位的下降。期间,青岛产值虽然达到 19.1 亿元,但占全省的比重却降至 18.2%,下降幅度高达 26.77 个百分点。淄博、东营等得到了重点发展,工业产值分别为 14.3 亿元、15.31 亿元,已与青岛、济南相差无几,人均工业产值分别为 428.7 元和 1186.2 元,超过了青岛和济南。

　　第三,1984 年,东部、中部、西部地区工业总产值分别为 77.48 亿元、153.53 亿元、16.93 亿元,分别占全省工业总值的 31.25%、61.92%、6.83%。这一时期,中部工业的发展达到顶峰,东部地区则降至谷底。其中,青岛的工业产值由先前的第一位降至第三位,居东营、枣庄之后,而后两者的工业产值之和高达 85.54 亿元,超过了东部 5 地市之总和。从人均工业产值来看,东部、中部、西部地区人均工业产值分别为 321.2 元、465.5 元、88.0 元。显然,这一时期中部地区的优势地位得到了进一步巩固。淄博、枣庄和东营的人均工业产值分别为 665.9 元、1482 元、3099.1 元,远远超过了青岛,青岛的人均工业产值为 545.0 元。

　　第四,1990 年,东部、中部、西部地区工业总产值分别为 223.03 亿元、269.16 亿元、58.09 亿元,分别占全省工业总值的 40.53%、48.91%、10.56%。东部、中部、西部地区人均工业产值分别为 859.6 元、731.2 元、270.5 元,东部地区已经超过了西部地区。显然,这一时期东部增、中部减的形势日趋明朗化。从工业产值来看,1984～1990 年东部提高了 9.28 个百分点,中部降低了 13.01 个百分点。期间,青岛工业产值又重新跃升为第一位,烟台的工业产值也增至 57.7 亿元,占全省的比重由 5.81% 增至 10.49%,与济南、淄博、潍坊三地相差不大。而先前的黑马东营、枣庄的位序已经大幅度后移。显然,这一时期是以青岛地位的恢复、烟台的快速成长以及东营、枣庄的发展滞缓为典型特征的。

　　第五,2000 年,东部、中部、西部地区工业总产值分别为 1564.03 亿元、1752.67 亿元、404.69 亿元,分别占全省工业总值的 42.03%、47.10%、10.87%。这一时期,烟台的工业产值超过了淄博、济南,跃居第二位,占全省的 11.34%,与青岛相差不远,成为仅有的两个比重超过 10% 的地区。而淄博、济南的比重则降至 10% 以下,与 1990 年相比,分别下降了 2.30、1.37 个百分点。从人均工业产值来看,东部地区维持了超过中部地区的态势。其中,威海市已经超过了万元大关,达到了 10 659.7 元,仅仅低于东营市,后者为 19 350 元。显然,以东部地区青岛、烟台为龙头的新“核心-边缘”工业发展空间格局已初见端倪。可以预见,这种新的空间格局形成时间已经不会很久远了。

　　如果将 20 世纪 30 年代机器工业的发展也按照东西部地区进行划分的话,那么,这时的工业发展空间格局同 1949 年基本相似,虽然在工业发展水平上存在有较大的差异。

这样，从山东机器工业发展之初直至目前，山东省工业发展的空间格局转换基本上处于一个周期循环之中。这个过程可以通过图 5.6 得到较为清晰地表现。

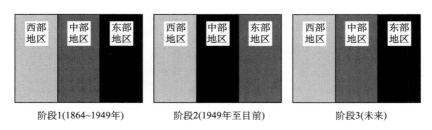

阶段1(1864~1949年)　　　　阶段2(1949年至目前)　　　　阶段3(未来)

图 5.6　1864 年以来山东省工业发展的空间格局变动模式图

孙希华利用地理信息系统，采用欧几里得距离和矩平重心计算了 1978～1998 年山东 17 地市工业总产值的重心，绘制了山东省社会经济重心分布图（孙希华，2002），作者从中转绘出工业总产值的重心分布图（图 5.7）。从中可以看出，1978～1984 年，工业重心虽有小幅度的位移变动，但从 20 年来看，基本上近淄博方向。自 1984 年以后，工业重心虽有小幅度的西向移动，但东移是大趋势。显然，这一重心转移过程印证了表 5.4 所反映的内容，可以看作表中 1978 年至 1998 年的详细刻画了。

表 5.5、图 5.6 是以地区为空间单元进行描述、归纳总结的。如果着眼于更小空间单元的话，上述空间转换过程无疑将加速。图 5.8 是 1990 年各县工业产值的分组情况（没有考虑各设区的市），其中，各县的工业产值分成 10 亿元以上、5 亿～10 亿元、5 亿元以下三个等级。若按照上述东中西部地区的划分进行考察，明显可以看出，东部地区工业发展规模要高于中部、西部，显然，改革开放后不久，山东省工业发展就已经完成了空间格局转换，进入了阶段 3。

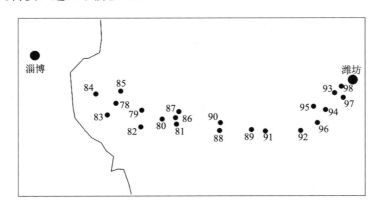

图 5.7　1978～1998 年山东省工业总产值重心分布变动图

资料来源：孙希华，2002，有修改

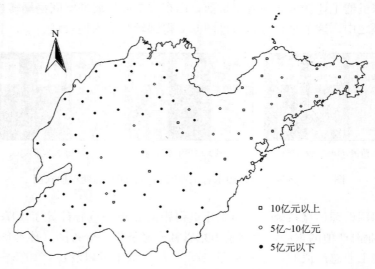

图 5.8　1990 年山东省各县（市）工业产值（乡及乡以上）分组的空间分布图

第二节　山东城市工业职能体系的变动过程

　　上文从区域的角度，分析了山东省新工业发展的空间格局转变，发现新中国成立以来，山东省工业空间格局正处于较为剧烈的变动过程之中。其实，城市体系构成了区域的骨架，城市是区域发展的原动力。上述空间格局的变动，无疑同城市工业职能的变动密不可分。因此，在这一节中，从城市体系的角度，对城市工业职能的变动进行解析。

一、分析时点的选择以及数据资料的处理

1. 分析时点选择

　　上文的分析已经表明，1949 年至目前，从东、中、西工业产值的比重来看，虽然空间结构没有发生明显的变化，但是 1984 年前后，东部、中部之间的增减态势发生了逆转变化，因此，分别分析 1984 年以前及其以后城市工业职能体系的变动就显得十分有必要。由于我国分别于 1982 年和 2000 年进行了全国人口普查，分县的资料相对丰富，且可比性较强，故以 1982 年和 2000 年作为分析时点。

2. 数据资料处理

　　在第五章的分析过程中，利用 1982 年和 2000 年的分城市职业分类统计对中心地职能体系的演变过程进行了初步分析。研究结果表明，这一数据源是可信的。但在城市工业职能的分析过程中，分城市职业统计资料并不可用。因为在有关工业职业类别中，包含了大量建筑工人、运输设备操作工人等，并非全部是工业从业者。基于上述考虑，利

用分行业中的电力煤气/自来水生产和供应业、矿业/木材采运业、制造业从业人员数进行分析。

1982 年的原始资料是以县为基本单位统计的，需要进行校正后方能使用。校正公式分别为

$$a_i = \varphi A_i \tag{5-1}$$

式中：A_i 为 i 县工业从业人员；a_i 为校正后城镇工业从业人员数；φ 为校正参数。

$$b_i = \lambda B_i \tag{5-2}$$

式中：B_i 为 i 县非农产业从业人员数，b_i 为校正后非农业产业从业人员数，λ 为校正参数。

分别按照全省镇工业从业人数、镇非农产业从业人员数与全县（含镇）的工业从业人员数、非农产业从业人员数的比值为权重进行校正，即：$\varphi = 0.2521$，$\lambda = 0.2667$，获取分建制镇的工业从业人员数和城市就业人口数。表 5.6 为校正后城镇数据。其中，1982 年的建制市数据则不再进行校正。

表 5.6　1982 年校正后 43 城市就业者和工业职能从业人员数

城市	城市人口/人	工业从业人口/人	城市	城市人口/人	工业从业人口/人
济南	705 176	395 472	荣成	13 586	5 420
青岛	679 533	435 092	益都	18 365	7 447
淄博	555 000	370 420	安邱	20 219	8 789
枣庄	202 850	121 010	寿光	19 784	8 722
烟台	172 823	101 821	昌邑	17 086	8 348
威海	62 233	42 579	高密	19 133	7 618
潍坊	165 430	106 512	诸城	23 384	10 390
济宁	109 300	63 385	平度	22 544	9 069
德州	100 353	48 712	临沂	38 938	16 729
泰安	142 739	59 366	日照	19 629	7 411
即墨	24 448	11 007	菏泽	19 408	6 519
胶县	18 587	7 309	滨县	18 054	7 143
滕县	33 825	14 194	乐陵	4 778	1 050
蓬莱	11 233	4 749	聊城	18 997	7 063
招远	12 913	5 639	临清	15 035	6 920
掖县	35 265	19 383	莱芜	37 202	16 509
莱西	12 219	4 648	新泰	20 367	9 307
莱阳	16 320	6 269	肥城	25 980	12 042
栖霞	10 991	4 582	兖州	19 012	6 695
海阳	46 928	31 394	曲阜	11 945	4 346
乳山	42 510	27 207	邹县	24 377	8 244
文登	14 099	5 410			

二、工业职能集中度的变动

1. 城市中心地职能规模级的划分

　　绝对中心性职能规模与城市人口规模间有着密切的正相关关系，二者皮尔森相关系数两年度分别为 $r_{1982}=0.964$，$r_{2000}=0.974$，对数转换后为 $r_{1982}=0.875$，$r_{2000}=0.9144$。显然，可以中心地职能规模作为城市人口规模的标度指标。

　　图 5.9 为两年度的绝对中心性职能的位序-规模分布图。在划分过程中，兼顾散点图趋势的突变点和各规模级的相对完整性，同时考虑两个年度间的可对比性，划分为 5 个等级，缺乏相应等级的，用零来表示。各年份、各等级的城市样本数参见表 5.7。

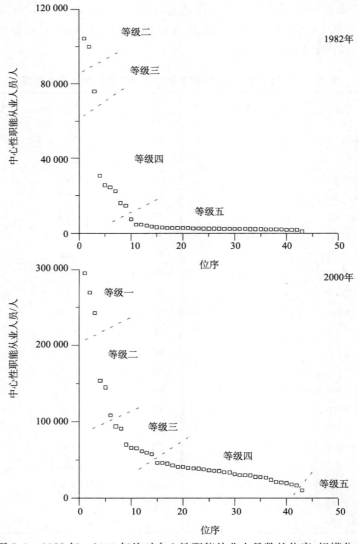

图 5.9　1982 年、2000 年绝对中心性职能从业人员数的位序-规模分布

表 5.7　1982 年和 2000 年城市中心地职能规模级的划分

		区间	城市数	城市名称
2000 年	等级一	20 万～30 万	3	济南、青岛、淄博
	等级二	10 万～20 万	3	临沂、烟台、潍坊
	等级三	5 万～10 万	8	泰安、枣庄、济宁、威海、日照、滕州、即墨、莱芜
	等级四	1 万～5 万	28	新泰、邹城、德州、莱州、菏泽、荣成、寿光、肥城、诸城、聊城、平度、胶州、滨州、青州、兖州、莱阳、曲阜、招远、文登、安丘、高密、蓬莱、莱西、昌邑、乳山、临清、海阳、栖霞
	等级五	<1 万	1	乐陵
1982 年	等级一	20 万～30 万	0	
	等级二	10 万～20 万	2	济南、青岛
	等级三	5 万～10 万	1	淄博
	等级四	1 万～5 万	6	枣庄、烟台、潍坊、泰安、济宁、德州
	等级五	<1 万	34	威海、临沂、滕县、莱芜、肥城、莱州、邹县、即墨、安丘、诸城、平度、兖州、荣成、菏泽、日照、文登、高密、聊城、青州、新泰、海阳、莱阳、滨县、招远、寿光、临清、胶县、乳山、昌邑、莱西、蓬莱、曲阜、栖霞、乐陵

2. 工业职能规模的城市等级分布

表 5.8 为 1982 年和 2000 年工业职能规模的等级分布。据此，可以分析两年度的工业职能静态分布特点。

表 5.8　1982 年、2000 年工业职能集中度的变化

年份	等级五		等级四		等级三		等级二		等级一	
	比重/%	城市数/座	比重/%	城市数/座	比重/%	城市数/座	比重/%	城市数/座	比重/%	城市数/座
1982	17.46	34	24.29	6	17.96	1	40.28	2	0	0
2000	0.34	1	28.96	28	18.23	8	15.77	3	36.69	3

1982 年时工业职能主要集中在等级二，2 座城市集中了工业职能的 40.28％，其次是等级四，6 座城市集中了工业职能的 24.29％。等级五虽然有 34 座城市，仅集中了工业职能的 17.46％。城市工业职能的非均衡性非常明显。

2000 年时等级五的城市所占的比重仅为 0.36％，原因是 2000 年时，该等级的城市数目减少，1982 年时为 34 座城市，而 2000 年时仅为 1 个城市。另外，等级一的集中度为 36.69％，其原因在于期间，济南、青岛由等级二、淄博由等级三晋级为等级一。

若以中心地职能从业人员 5 万人为临界值，分析两个年度的变化，那么，1982 年时，5 万人以下和 5 万人以上两个等级的工业职能集中度分别为 41.75％、58.25％，而 2000 年时则分别为 29.31％、70.69％。显然，经过近 20 年的发展，工业职能在城市等级中的分布格局发生了变化，较高的城市等级中集中了越来越多的工业职能。

当然，上文分析的 1982 年、2000 年工业职能在各等级中的分布特点是静态结果，不能完全看作是城市工业职能等级间增长的必然结果。因为，上述比重变化中有很大一部分是不同等级城市的晋级造成的。以 2000 年为例，是年工业职能在 10 万～30 万等级的集中度为 52.71%，仅仅根据 52.71% 大于 1982 年的 40.28%，就给出 1982～2000年城市该等级城市工业职能增加了 12.43 个百分点的判断是错误的，因为在 2000 年52.71% 的内部实际上包含了部分城市晋级前的基数部分。

3. 城市工业职能集中度的空间变动

表 5.9 详细列举了各城市工业职能在全省 43 座城市中地位的升降情况。其中，共有 9 个城市的集中度下降。1982 年时，工业职能高度集中在济南、青岛、淄博三城市，三者分别占全省的 19.18%、21.10%、17.96%。到 2000 年时，三市比重则分别为9.66%、15.79%、11.24%，分别下降了 9.52 个、5.31 个、6.72 个百分点。而临沂、日照、即墨、烟台、文登上升了 3.78 个、1.54 个、1.62 个、1.10 个、1.19 个百分点。

将表 5.10 中的各城市工业职能集中度的变动结果绘制成图 5.10，则可以更为明显地看出工业职能集中度上升和下降的空间分布情况。可以看出，工业集中度下降的城市分布较为分散，其中，胶济铁路沿线有济南、青岛、淄博、潍坊四座城市。显然，全省范围内工业的快速发展是导致图 5.10 中 9 个城市工业职能集中度下降的主要原因。

表 5.9　1982 年与 2000 年山东省 43 座城市中工业职能集中度的对比

| 城市 | 集中度/% | | C (B—A) | 城市 | 集中度/% | | C (B—A) |
	1982 年 (A)	2000 年 (B)			1982 年 (A)	2000 年 (B)	
安丘	0.43	0.99	0.56	青岛	21.10	15.79	−5.31
滨州	0.35	1.51	1.16	曲阜	0.21	0.63	0.42
昌邑	0.40	0.63	0.23	日照	0.36	1.9	1.54
德州	2.36	1.85	−0.51	荣成	0.26	0.88	0.62
肥城	0.58	1.06	0.48	乳山	1.32	1.11	−0.21
高密	0.37	1.26	0.89	寿光	0.42	0.84	0.42
海阳	1.52	0.9	−0.62	泰安	2.88	3.17	0.29
菏泽	0.32	1.05	0.73	滕州	0.69	1.07	0.38
即墨	0.53	2.15	1.62	威海	2.06	2.92	0.86
济南	19.18	9.66	−9.52	潍坊	5.17	5.05	−0.12
济宁	3.07	3.19	0.12	文登	0.26	1.36	1.10
胶州	0.35	1.31	0.96	新泰	0.45	1.44	0.99
莱芜	0.80	1.29	0.49	烟台	4.94	6.13	1.19
莱西	0.23	0.89	0.66	兖州	0.32	0.79	0.47
莱阳	0.30	1.2	0.90	莱州	0.94	0.82	−0.12
乐陵	0.05	0.35	0.30	青州	0.36	1	0.64
聊城	0.34	0.5	0.16	枣庄	5.87	2.53	−3.34

续表

| 城市 | 集中度/% | | C（B—A） | 城市 | 集中度/% | | C（B—A） |
	1982 年（A）	2000 年（B）			1982 年（A）	2000 年（B）	
临清	0.34	0.99	0.65	招远	0.27	1.01	0.74
临沂	0.81	4.59	3.78	诸城	0.50	1.59	1.09
蓬莱	0.23	0.67	0.44	淄博	17.96	11.24	−6.72
平度	0.44	0.94	0.50	邹城	0.40	1.1	0.70
栖霞	0.22	0.62	0.40				

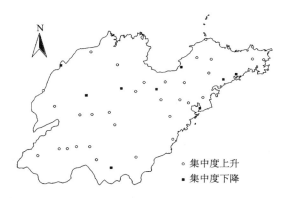

图 5.10 1982～2000 年山东省 43 城市集中度变动的空间分布图

三、城市工业职能比重的变动

1. 城市工业职能比重的城市等级分布

上文简要讨论了不同城市间工业职能的集聚程度，并没有考虑到城市除了工业职能以外还有其他方面的职能。也就是说，并没有考虑到工业职能在城市多种职能的重要程度。但是，这个问题不容回避。可以通过工业职能在城市职能中比重的升降，反映城市职能中工业职能的强弱变化。

表 5.10 山东省 43 城市工业职能比重的变动（%）

城市	1982（A）	2000 年（B）	C=B—A	城市	1982（A）	2000 年（B）	C=B—A
莱州	0.22	0.47	0.25	荣成	0.44	0.56	0.12
乳山	0.42	0.64	0.23	青州	0.38	0.49	0.12
临清	0.43	0.63	0.20	安丘	0.43	0.54	0.11
新泰	0.35	0.51	0.16	青岛	0.36	0.47	0.11
高密	0.40	0.54	0.14	莱西	0.38	0.48	0.10
诸城	0.44	0.59	0.14	胶州	0.39	0.48	0.09
莱阳	0.38	0.52	0.14	即墨	0.45	0.54	0.09
招远	0.44	0.56	0.12	昌邑	0.49	0.57	0.09

城市	1982（A）	2000年（B）	C＝B－A	城市	1982（A）	2000年（B）	C＝B－A
威海	0.38	0.46	0.08	海阳	0.67	0.63	－0.03
曲阜	0.40	0.47	0.08	栖霞	0.64	0.59	－0.05
肥城	0.46	0.54	0.07	德州	0.49	0.41	－0.07
蓬莱	0.40	0.47	0.07	烟台	0.55	0.42	－0.13
邹城	0.34	0.40	0.07	济宁	0.58	0.43	－0.15
寿光	0.42	0.47	0.05	淄博	0.67	0.52	－0.15
兖州	0.41	0.44	0.03	聊城	0.46	0.26	－0.20
滨州	0.40	0.42	0.02	济南	0.56	0.36	－0.20
文登	0.59	0.60	0.01	乐陵	0.37	0.17	－0.21
平度	0.42	0.43	0.01	枣庄	0.60	0.38	－0.21
莱芜	0.44	0.44	0.00	滕州	0.64	0.42	－0.22
潍坊	0.46	0.45	－0.01	日照	0.64	0.38	－0.26
菏泽	0.34	0.32	－0.01	泰安	0.68	0.38	－0.30
临沂	0.42	0.40	－0.02				

表 5.10 为两年度 43 城市的工业职能比重的具体变动情况，表 5.11 为不同中心地职能等级的工业职能比重分布情况。

表 5.11　不同规模级城市的工业职能比重均值

年份	等级五（<1 万人）		等级四（1 万～5 万人）		等级三（5 万～10 万人）		等级二（10 万～20 万人）		等级一（>20 万人）	
	比重/%	城市数/座	比重/%	城市数/座	比重/%	城市数/座	比重/%	城市数/座	比重/%	城市数/座
1982	43.10	34	66.00	6	66.74	1	60.06	2	0	0
2000	16.52	1	50.16	28	43.06	8	42.38	3	44.94	3

从表 5.11 可以看出，1982 年万人以下和万人以上等级的城市工业职能比重有着明显的差异，前者为 43.10%，后者均在 60% 以上（表 5.11），这说明是年工业职能分布与中城市等级有着较强的耦合性，高等级的城市具有工业职能的重要性明显。2000 年时 5 万人以下及其以上规模级，除乐陵外，城市工业职能比重差异较小，前者为 50.16%，后者则在 50% 以下，这意味着工业职能分布和城市等级的分布相背离，工业职能的重要性在较高等级城市已经有明显的弱化。显然，二者之间的耦合关系在 1982 年、2000 年发生了逆转。经过近 20 年的发展，高等级城市的其他职能得到了进一步的发展，工业职能比重相应下降，而低等级城市中工业职能进一步膨胀，工业职能比重得到提高。

2. 城市工业职能比重变动的空间差异

图 5.11 则为工业职能变动类型的空间分布图。如图 5.11 所示，工业职能比重上升、下降的城市在空间上对比较为鲜明。工业职能上升的城市主要集中在半岛地区，比

如，莱州、乳山、高密、诸城、莱阳、青岛、招远、荣成等。除此以外，在鲁中南山区
的西部边缘也有零星城市分布，比如，新泰、肥城等。工业职能比重下降的城市主要集
中在鲁中南山区的外缘，比如，济南、淄博、潍坊、枣庄、泰安等，半岛地区仅有烟
台、栖霞、海阳 3 座城市。

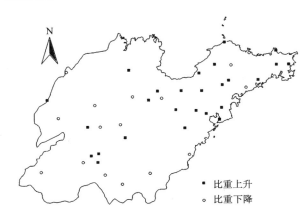

图 5.11　1982 年、2000 年山东省各城市工业职能比重变动图

四、工业职能强度的变动

上文讨论了各城市工业职能规模的集中状况及其变动态势，并初步考察了城市工业
职能规模在不同城市等级中的分布状况。但是，仅仅就各城市工业职能规模进行讨论是
不够的，需要将研究区域的所有城市作为一个整体，深入考察各城市彼此之间的相互
关系。

在各城市工业职能相互关系的分析方面，国内外学者多采用工业职能区位商进行
分析。区位商是将研究区域的总体作为平均状况，以此为基准，考察各城市与区域
总体之间的关系。如果某城市工业职能区位商等于 1，表明这个城市与 43 个城市整
体具有相同的工业职能构成比。区位商大于 1，则表明其工业构成比超过了 43 个城
市的平均状况，在全省中具有较强的工业职能强度。分别计算两个年度的 43 个城市
的工业职能区位商，其中，1982 年、2000 年工业职能区位商大于 1 的城市分别有 9
座、24 座。

1. 工业职能强度的城市等级分布

将 43 座城市按照区位商大于 1 或者小于 1 划分为类型 1 和类型 2，参照城市中心性
职能等级划分结果分类统计（表 5.12）。可以看出，1982 年时，区位商大于 1 的城市中
5 万人以下的规模级中有 7 座，5 万人以上的等级中有 2 座。2000 年时，分别有 20 座
和 4 座。显然，两年度低中心地职能等级的城市工业职能强度较高。

表 5.12　工业职能、中心地职能基于区位商的城市类型与城市规模等级间的关系

项目		年份	小于 1 万	1 万～5 万	5 万～10 万	10 万～20 万	20 万～30 万
工业职能	类型 1	1982	3	4	1	1	0
	（区位商大于 1）	2000	0	20	2	0	2
	类型 2	1982	31	2	0	1	0
	（区位商小于 1）	2000	1	8	6	3	1
中心地职能	类型 1	1982	0	0	0	3	0
	（区位商大于 1）	2000	1	11	4	3	2
	类型 2	1982	0	0	0	0	0
	（区位商小于 1）	2000	0	17	4	0	1

　　总的来看，工业职能与中心地职能之间存在有相互背离的关系，中心地职能越强，工业职能则越弱。对照表 5.12 中，就可以再次发现这一事实。2000 年 5 万～30 万的中心地职能规模等级的 14 座城市中，有 9 座城市区位商大于 1。虽然 1 万～5 万的城市等级中有 11 座城市区位商大于 1，但该等级同样集中了 17 座区位商小于 1 的城市。因此，高中心地职能强度的城市主要集中在高等级城市中。城市的行政地位也说明了这一点，在 20 座区位商大于 1 的城市，有 12 座城市属于地级市，其余 8 座城市属于县级市。

　　鉴于绝对中心性职能规模与城市规模之间的正相关关系，在一定程度上可以认为，规模较小城市的工业职能强度较高。这一观点，在石丸哲史（1992）、北川博史（1991）以及森川洋（1993）[①] 的研究中同样得到了证实。

2. 城市工业职能强度的变动

　　分析 1982 年设市城市的区位商变动情况。从理论上讲，单纯利用区位商进行时序分析，会存在一系列问题，这与分母的变化密切相关。当分母缩小时，即使分子同步缩小，但如果其缩小的幅度小于分母的话，则同样会出现区位商大于 1 的情况。这也就是说，仅仅区位商一个指标，并不能非常完美地刻画某种职能的发展状况，需要同时考虑区位商和某职能从业人员总数。但是，山东目前正处于快速工业化时期，各城镇的工业职能从业人员数均有不同程度的增长，并不存在工业职能从业人员数下降的情形。因此，从这一实际情况出发，可以利用区位商进行时序分析。

　　值得提及的另外一个问题是，由于区位商的计算是以整体作为基准的，严格来说，同一时期，不同城市区位商的大小比较有意义，而不同时期由于基准不同，同一城市单纯区位商数值大小的升降并没有什么实际意义。当然，如果分时段静态分析各城市与整体均况之间的关系，以是否超过均况为标准的话，时序分析也还是有意义的。

　　表 5.13 为 1982 年建制市两个年度的区位商变动情况。青岛、潍坊、淄博、威海在前后两个时点的区位商均大于 1，而济南、德州、泰安的区位商则均小于 1。显然，在上述 9 个城市中，工业职能强度出现了两极化的趋向，青岛、威海、潍坊、淄博属

---

　　① 　森川洋. 1993. わが国都市システムの構造的変化. 文部省科学研究費研究成果報告書

于继续强化的一极，济南、泰安属于衰减的一极，烟台、枣庄、德州则处于中间分
化阶段。

表 5.13　1982 年山东省建制市的工业职能区位商变动

城市	1982 年	2000 年	城市	1982 年	2000 年
青岛	1.12	1.06	烟台	1.03	0.95
济南	0.98	0.80	济宁	1.01	0.97
淄博	1.17	1.16	德州	0.85	0.92
枣庄	1.04	0.86	威海	1.20	1.04
潍坊	1.12	1.00	泰安	0.73	0.86

五、城市工业职能增长速度的变动

　　不同城市工业职能集中度的变化，取决于各城市工业职能的增速。而工业职能
增速与初始工业职能规模和初始专门化程度有着较为密切的关系。下文分别讨论工
业职能增速与 1982 年初始工业职能规模和 1982 年工业专门化程度进行深入分析。
由于 1982 年和 2000 年间部分城市的等级归属发生了变化，笼统地谈城市等级间
增速的变动趋势并没有多大的实际意义。因此，本小节针对具体城市来讨论工业职
能的增速变动。

1. 城市工业职能增速与初始专门化程度的关系

　　表 5.14 为 1982～2000 年山东省分城镇工业职能增长速度。讨论 1982～2000 年初
始专门化程度（1982 年区位商）之间的相互关系。经测算，二者的皮尔逊相关系数为
-0.78，这意味着工业职能增速与初始工业专门化程度之间存在有明显的负相关，即随
着工业职能专门化程度的增大，工业职能的增速减慢，图 5.12 为二者之间的散点图。
这似乎与一般常识相背，实则不然。1982 年、2000 年时工业区位商大于 1 的城市分别
有 9 座、24 座，并且，1982 年的 9 座城市中有 3 座城市到 2000 年时区位商已经小于 1
了。前后不到 20 年，工业专门化城市的名单已经发生了很大的变化，许多先前工业职
能强度较小的城市已经跨入了工业区位商大于 1 的城市的行列。

表 5.14　1982～2000 年山东省 43 城市工业职能的年均递增率（%）

城市	年均递增率	城市	年均递增率	城市	年均递增率
乐陵	15.05	莱西	11.56	诸城	10.22
临沂	13.85	胶州	11.19	曲阜	9.90
日照	13.43	招远	11.16	临清	9.82
文登	13.28	高密	10.71	蓬莱	9.70
滨州	12.23	荣成	10.59	栖霞	9.50
即墨	11.71	菏泽	10.55	青州	9.42
莱阳	11.57	新泰	10.28	邹城	9.38

城市	年均递增率	城市	年均递增率	城市	年均递增率
兖州	8.65	聊城	5.64	德州	1.99
安邱	8.36	威海	5.41	青岛	1.74
平度	7.85	烟台	4.64	淄博	0.73
寿光	7.41	泰安	3.61	海阳	0.45
肥城	6.90	济宁	3.61	济南	−0.47
莱芜	6.16	潍坊	3.26	枣庄	−4.12
滕县	5.98	莱州	2.58		
昌邑	5.92	乳山	2.43		

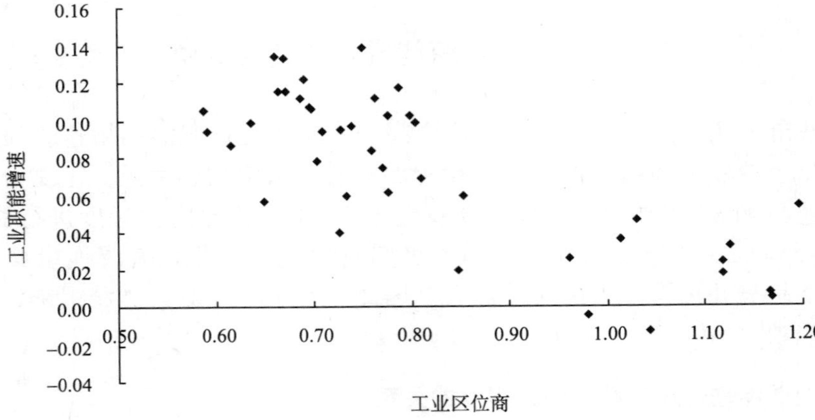

图 5.12　1982~2000 年山东省工业职能增速与初始工业职能专门化程度之间的关系

2. 城市工业职能增速与初始工业职能规模的关系

　　计算 1982 年城市人均工业职能从业人员数与工业职能增速之间的皮尔逊相关系数，结果为 −0.71。显然，二者也为典型的负相关关系。图 5.13 为二者关系的散点图，表5.15 为分规模级之间的增长率均值。显然，随着初始城市人均工业职能从业人员数的增加，工业职能增速递减，三组的增速均值分别为 1.84%、8.74%、10.93%。前文分析中已经发现，高规模级城市的工业职能比重下降，低规模级城市工业职能比重上升。在此趋势下，城市工业职能规模之间的差异趋于逐渐缩小，1982 年、2000 年时工业职能从业人员分布的变异系数分别为 2.13、1.33 就十分有效地说明这一点。

表 5.15　1982 年工业职能与 1982~2000 年工业职能增长速度之间的关系

人均工业职能从业人员数	样本数/座	增长速度/%
等级一（0.50 以上）	11	1.84
等级二（0.40~0.50）	21	8.74
等级三（0.20~0.40）	11	10.93

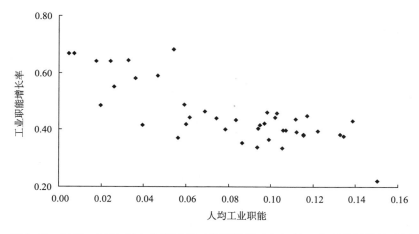

图 5.13　1982～2000 年山东省城市工业职能增速与初始工业职能规模关系图

3. 城市工业职能增长类型的空间分布格局

最后，讨论工业职能增长类型的空间格局问题。首先计算 43 个城市的年均递增率，将各城市分为万人以下、1 万～10 万人、10 万人以上三个规模级，然后以年均递增率平均值＋0.5 个标准差、平均值－0.5 个标准差为临界值，确定各规模级中工业职能快速增长型、一般增长型和慢速增长型城市。图 5.14 是各类型城市的空间分布图。可以看出，快速增长型的城市主要分布在胶东、沭东地区，有烟台（4.64％）、潍坊（3.26％）、日照（13.43％），鲁西只有乐陵（15.05％），鲁中南仅有临沂（13.85％）。慢速增长型主要分布在鲁中南山区北部和西部外缘，有淄博（0.73％）、枣庄（－4.12％）、济南（－0.47％）、肥城（6.90％）、济宁（3.61％）、滕州（5.98％）、泰安（3.96％）、邹城（9.38％）、青州（9.82％）、曲阜（9.90％），胶东半岛有莱州（2.58％）、栖霞（9.50％）、威海（5.41％）、蓬莱（9.7％）、乳山（2.43％）、海阳（0.45％）。

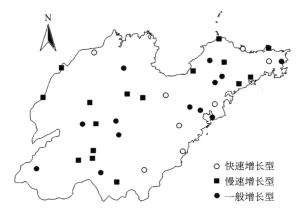

图 5.14　1982～2000 年山东省 43 城市工业职能增速度的空间格局

这种空间增长格局的形成，可以结合工业职能增速与初始专门化程度、初始工业职能之间的关系来讨论（图 5.12、图 5.13）。也就是说这些增速大于均值的城市 1982 年时大多人均工业职能规模较小、初始专业化程度较低。

本 章 小 结

本章将山东省分为东部、中部和西部地区，解析清末以来工业发展空间结构的转变过程，并以 1982 年和 2000 年为时点，分析了两时点工业职能体系的变动，对上述工业发展空间结构进行了初步解释。归纳起来，有以下结论：

1）山东省工业发展的空间格局转换处于一个循环之中。清末至新中国成立前，工业发展的核心是东部地区，边缘是西部地区，中部地区为过渡带。新中国成立至 1984 年左右，工业空间结构变动的突出特点是中部隆起，东部下陷。而 1984 年以后，情形发生了逆转，东部地区逐渐恢复了其龙头地位，中部地区发展相对滞缓。

2）1982～2000 年，工业在全省进一步扩散开来，除 9 座城市外，绝大多数城市的工业集中度上升，但较高的城市等级中集中了越来越多的工业职能。

3）1982～2000 年高中心地职能等级城市的工业职能比重降低，低中心地职能等级城市的工业职能比重提高，二者分布的耦合性发生了明显变化。工业职能比重提升的城市主要集中在半岛地区，下降的城市主要集中在鲁中南山区外缘。另外，中心地职能规模较小城市具有较高的工业职能强度。

4）工业职能增长速度与初始工业专门化程度、初始工业职能规模为典型的负相关，这与工业发展背景密切相关。其中，快速增长型的城市主要分布在胶东、沭东地区，慢速增长型主要分布在鲁中南山区北部和西部外缘。

第六章　山东省城市体系中枢管理职能的变动

第一节　中枢管理职能研究进展

一、中枢管理职能的概念辨析

中枢管理职能一词来自于日本，欧美国家与之相对应的是 office 职能（也有 management 职能或者 central administrative office）。20 世纪 60 年代后半期以来，日本和欧美同时独立展开了中枢管理职能研究，认为中枢管理职能将劳动力、资本、技术等吸入城市，是促进城市成长的最重要的职能，其空间集聚正在成为城市体系成长、演变的主要原动力之一。日本国土计划协会（1967）强调中枢管理职能是城市的最重要职能，城市地理学在过去忽视了这一重要职能的研究。他们的研究分析了中枢管理职能的特征（一般特征、功能特征和等级特征），在利用主成分分析和 B-N 方法深入分析这一职能方面获得了广泛的赞许。利用结合度的分析、行政中枢管理职能在各城市中的分布状况以及管辖范围的调查、企业分社分布调查等成为后来中枢管理职能研究的原型。

关于中心地职能和中枢管理职能之间的关系，学术界分歧较大。Bronwing（1972）对中枢管理职能包括于中心地职能表示质疑，强调中枢管理 office 和其服务设施、雇用者的分布与零售业就业者的分布不一致。Pred（1975）的研究也发现综合商社具有多核非对称的等级空间结构，与克氏的中心地的布局模式相差较大。森川洋（1987；1998）则认为大城市中枢管理职能的存在是重要的，不仅仅国家行政机关，而且企业活动也发挥着重要的作用，这些中枢管理职能虽然不能全部归于中心地职能，但绝大部分属于高等级中心地职能，是联系高低等级城市间的职能。阿部和俊（1993）从日本研究中枢管理职能的缘由、与中心地的关系等方面，强调中枢管理职能的独立性。他认为，中枢管理职能是高级城市职能，探讨国家水平的城市体系非常有效果。产业结构高度化、规模化的进展和企业活动中生产工程部门和管理部门地区分化的进展是中枢管理职能向大城市集聚的重要背景之一。日本中枢管理职能研究的缘起在于寻求 20 世纪 60 年代以来何为促进大城市持续增长的最具有特征的城市职能的工作，这一起步与中心地研究的潮流之间没有结合部，中枢管理职能的定义同中心地研究的存在和成果之间也没有关系。

重新回顾一下中心地职能和中枢管理职能的定义。

在克氏理论中，中心地职能指的是"中心地内生产和提供的商品和服务"称为中心商品、服务（central good and servise）或者中心地职能（central place function）（许学强等，2001）。虽然不同的国家和地区在进行研究时，往往集中在零售业和服务业方面，但中心地职能的却是复合的，"不仅仅零售、服务业等经济职能，行政、司法、教育、文化（宗教）、保健医疗等职能以及制造业的一部分"均属于中心地职能的范畴。

中枢管理职能的定义，目前众说纷纭，尚无一定论。以日本 1989 年再版的《地理学辞典》的定义来看，"制造业、建设业、运输业、商业、服务业等企业的管理部门，金融保险业、新闻、电信、广播等情报机构、国家、地方行政机构、各种公共社会团体的业务管理部门等，这些管辖、控制着一定的地区范围内社会、经济、行政、政治、文化等活动的机构相互之间联系密切。上述管理机构的集合体引起了权力、资本、信息的大量集聚，形成了主导、控制一定地区的中枢职能，称之为中枢管理职能"。

比较可以发现，上述中枢管理职能同中心地职能具有不同的空间组织结构的认识，绝大多数是将中心地职能局限于零售、服务业的缘故造成的。中心地职能的外延显然大于中枢管理职能，后者属于高级中心地职能的范畴，其特性在于同居民之间的关系并不是那么直接的、紧密的，而是间接的、松散的。

二、相关中枢管理职能研究的评述

中枢管理职能研究，大致分为三大类，即经济中枢管理职能、行政中枢管理职能、文化管理中枢职能。这些职能均可以通过不同的机构体现出来。经济中枢管理职能主要体现于企业总部和分部隶属关系，政治中枢管理职能主要体现在国家行政机关方面，社会文化职能主要体现在大学、报纸、电视、广播、图书馆等设施拥有的功能上。

虽然国外研究在上述三个方面均有涉及，但主要是前两者，尤其经济中枢管理职能的研究更为多见。与欧美国家相比，日本在城市体系方面进行了大量的中枢管理研究。下文的分析中，主要从日本的文献中解析经济中枢管理职能研究的主要视角。

第一，机构/设施角度。从企业的总部、分部的空间集聚出发，就整体或者部门进行分析。认为企业总部通过决策、信息传递、人才、资金、材料等的提供，统领着分部的经济活动，分部则支配着下层组织的营业所、生产现场等。大企业的经济活动，促进了城市职能的分化和结合，乃至产生城市等级，促进了城市间联系结构由克里斯泰勒型向 Pred 型转变。典型研究有（阿部和俊，1991；日野正辉，1996；ABE，2000；北田晃司，1996，2004）等。阿部和俊（1991）通过 Office 的集聚分析系统考察了中枢管理职能与城市成长和城市体系变动之间的相互关系。日野正辉（1996）从企业的本部、分部、营业点布局的角度分析了经济高速增长以来日本主要城市成长的事实，发现大企业的支店配置对日本城市体系的等级结构产生了很大的影响。ABE（2000）基于大企业的本部-分部的视角解析了日本城市间相互结合关系。

这一角度的研究，存在有两方面的不足：

首先，研究有一个前提假设，即总部统领分部，分部控制营业所等，强调总部与分部之间的垂直纵向联系，忽视了分部之间的水平联系和本部与营业所之间的联系。

其次，城市间结合强度通过企业数和从业人员数获得定量分析结果，而忽视了信息传递等质的结合关系。为弥补这些缺点，需要补充信息传递、业务联系量、本社—分社之间的资金流动量、交流人数等数据。这一方面，Murayama（2000）进行了有益的尝试，利用城市间的商业信息流动量分析了城市间的结合关系。

第二，从中枢管理职能从业人员数的角度进行研究。从这一角度进行分析的研究比重日本要低于欧美国家。前者中较具有代表性的研究有山口岳志（1970）、成田孝三（1974）、家藤英生（1977）、土谷敏治（1988）、森川洋（1991）、石丸哲史（2000）。

山口岳志（1970）提出了中枢管理职能的定量测度指标和方法，认为中枢管理职能可以通过城市中的政府机关、公司、文化、社会机构等就业者的数量进行标度，在大城市中还可以通过上述机构种类的多样性进行定量标度。成田孝三（1974）指出机构/设施角度的中枢管理职能研究只不过是在机构空间分布来测度的基础上进行的城市间比较而已，有必要从就业人口的角度对中枢管理职能进行定量测度。他利用国情调查的事务所、管理、专门的技术就业者人口，测度了日本主要城市的 B-N 比分布，发现利用就业人口的测度与企业角度的测度具有非常高的相似性[①]。森川洋（1991）也从就业人员数的角度分析了城市体系的变动，以及中枢管理职能集聚同城市成长之间的不同类型间的对应关系。石丸哲史（2000）着眼于生产性服务业的发展，解析了经济服务化对城市体系变动的影响。指出，中枢管理职能向高等级城市的集聚阻止了低等级城市的成长，高等级城市和低等级城市间的差距日益扩大，日趋两极化。土谷敏治（1988）则从城市中枢管理职能规模、城市对自身以外的管理能力两个侧面分析了 1970～1980 年日本城市体系的变动。

中枢管理职能研究单纯从企业角度或者从就业人口角度进行分析，都有些不足，将二者有机结合进行分析更为有意义。加藤英生（1977）将机构和人口两个指标有机结合起来，首先利用人口比剩余数测度了日本主要城市的事务所从业人员的集聚，然后，在调查分析各城市中主要企业的总部集聚和分部分布的基础上，探讨了二者之间的关系，提供了一个非常有益的案例。森川洋（1996）利用 1981 年和 1991 年的事务所统计，对比分析了城市规模、人口增减与企业本部、分部的集聚、从业人员增加率的关系，考察了主要城市间的企业联系及其变化。比较而言，目前日本的城市中枢管理研究侧重于机构和设施方面，侧重就业者方面的研究相对较少。其原因主要是前者中枢管理机构的剥离难度要小于从就业者中剥离中枢管理职能从业人员的难度。

毫无疑问，中枢管理职能布局是城市体系研究中的一个十分重要的研究内容。由于资料的限制，已经进行的大量研究多是某城市某时点的截面分析。而同一城市体系中同一中枢管理职能和不同中枢管理职能的布局时序变化分析具有相当的重要性（森川洋，1990b）。前者主要是因为资料可得性的制约造成的，后者则是大多数学者相对漠视的态度造成的。在上述研究重点中，森川洋（1985）、阿部和俊（1991）、北田晃司（1996；1997；2004）进行了有益的尝试，但总的来说，这一方面的工作相当不充分。

阿部（1991）认为中枢管理职能并不是近年来才迅速变得重要起来的，只有通过长

---

① 实际上无论企业角度还是就业人口分析角度，都属于同一研究框架，只不过前者是从设施或者结构的数量角度测度，后者从就业人口测度而已。事实上二者之间本身就存在有联密切的联系。因此，成田孝三（1974）能够得出两个视角的研究结果相似的这一结论，是十分正常的。

时间的分析才能判断其在近代城市人口增长过程中的重要性，1991 年出版的《日本の都市体系》研究是对经济中枢管理职能进行时间序列分析的力作。森川洋（1985）在德国城市体系的实证分析时，发现在国家统一以前，经济中枢管理职能和文化中枢管理职能的布局差异非常明显，此后，二者在现代化的过程中向整合的方向发展，首次指出了二者之间的不同。北田晃司（1996；1997；2004）则将不同中枢管理职能布局的演化过程同城市体系的演化有机结合起来。从经济中枢管理职能和行政中枢管理管理职能两个角度分析了韩国以及殖民地时代朝鲜、中国台湾的城市体系动态演化过程，认为在近代化过程中非欧美国家城市体系是在外力强力支配下的产物，并非完全是国内政治经济发展的产物，不同的中枢管理职能类型自然会有不同的布局趋向，虽然在演化过程中，差异会趋于缩小，但历史背景的差异依然会影响到中枢管理职能的布局。特别是近代化影响之前存在的传统城市和以开埠为代表的新兴城市之间，至少在近代化的初期，前者以行政中枢管理职能，后者以经济中枢管理职能占优势。此后，在近代化过程中，虽然，这两种职能的布局模式的差异逐渐缩小，但是传统城市和开埠城市的历史背景依然会影响到中枢管理职能的布局。

第二节　　山东省中枢管理职能体系变动研究

　　诚如阿部所言，中枢管理职能，尤其是行政、文化中枢管理职能并不是新近出现的城市职能，只不过是因为到了近期，才得到了广大学者的关注。原因是随着多区位的大量企业集团的产生，企业集团总部在不断寻觅最为适宜的区位，从而在一些城市中得到集聚，并对城市的发展产生了重要影响。比如山东工程机械集团有限公司 2003 年总部由济宁迁至济南，台资美旗控股集团大陆总部 2004 年迁至济南市，浪潮集团则将其研发营销中心由济南迁往北京，莱钢集团将企业总部由莱芜迁至青岛。近期在城市发展的动力方面，国内部分学者已经开始关注"总部经济"的重要性[①]，但视角仅仅局限于城市内部，少见与城市体系分析相关的中枢管理职能研究。当然，这里的总部经济和中枢管理职能之间的关系尚需要进一步探讨，不能够将二者简单等同。

一、研究时点的选取

　　在分析过程中，选取 1982～2000 年进行分析，原因有三：
　　1）在清中叶至 1864 年，城市的中枢管理职能主要体现在行政中枢管理职能和文化中枢管理职能方面，而这些职能的布局与城市的行政等级是密切相关的，行政等级越高，行政中枢管理职能越强。并且，在这一时期，在城市成长过程中，中枢管理职能发

---

　　①　例如，中国已经建有中国总部经济网站（http://www.zgzbjj.com/）。涉及山东的相关研究有以下几项：
发展总部经济调研组：济南市总部经济发展调研报告，2004-10-15.
王征，以总部经济带动济南知识型服务业发展，中国总部经济网，2004-10-30.
张霖：发展总部经济 推进济南市第三产业发展，2004-10-15.
王征：济南市总部经济发展状况分析，2004-10-15.

挥的作用并不是很大。

2）1864～1949 年，为山东的半殖民地时期。这一时期，山东的城市出现了两种类型，一是传统城市，以行政职能为主，二是开埠城市，以经济职能为主。期间，先前的传统城市的经济职能逐渐增强，而各开埠城市随着殖民结束，中国政府纷纷赋予其行政级别名分。因此，传统城市和开埠城市向着整合的方向发展。这一过程的详细分析，可以参考北田晃司（1996；1997；2004）对韩国、朝鲜、中国台湾等国家和地区颇有见地的分析。对这一时期可以不作分析。

3）1949～1982 年我国长期推行计划经济体制，1982 年以后，计划经济体制逐渐崩溃，社会主义市场经济初步建立起来。在前后两个时段中，不同的行政中枢管理职能和经济中枢管理职能对于城市的成长发挥了不同的作用。深入分析这一时段中枢管理职能与城市体系的演变之间的相互关系，自然非常有必要。另外，这一期间，还有翔实的人口普查资料可以利用。

二、资料分析和处理

虽然研究城市的中枢管理职能最好将企业机构和从业人员数结合起来分析，但是鉴于二者分析结果的相似性，以及数据资料可得性方面的考虑，本书主要从就业人员角度进行分析。

国外从就业人员数对城市中枢管理职能进行分析，多将事务所人员、管理人员以及专业技术人员视为中枢管理职业从业人员（成田孝三，1974；森川洋，1991）。这些从业人员中有相当大的一部分并不属于决策人员，但鉴于数据资料的可得性等方面的原因，虽然这一指标仍有不令人满意之处，还是在实证研究中得到了大量的推广应用。

我国第三次人口普查和第五次人口普查具有内容相同的各职业类别划分（表 6.1），其中，均含有国家机关、党群组织、企事业单位负责人和专业技术人员两项，与国外有着较好的可比性。表 6.2 为两个时点的管理职能和专业技术人员的中分类内容，显然两个时点的内容也相同。

表 6.1　1982 年和 2000 年我国职业大分类表

位序	2000 年	1982 年
1	国家机关党群组织企业事业单位负责人	国家机关、党群组织、企事业单位负责人
2	专业技术人员	各类专业技术人员
3	办事人员和有关人员	办事人员和有关人员
4	商业、服务业人员	商业工作人员
5	农林牧渔水利业生产人员	服务性工作人员
6	生产、运输设备操作人员及有关人员	农林牧渔劳动者
7	不便分类的其他从业人员	生产工人、运输工人和有关人员
8		不便分类的其他劳动者

资料来源：山东省第五次人口普查和山东省第三次人口普查资料汇编。

表 6.2　第三、第五次人口普查中各职业类别的划分方案

职业大分类	职业中分类	
	2000 年	1982 年
国家机关党群组织企业事业单位负责人	中国共产党中央委员会和地方各级党组织负责人 国家机关及其工作机构负责人 民主党派和社会团体及其工作机构负责人 事业单位负责人 企业单位负责人	国家机关及其工作机构负责人 党群负责人 城镇街道和农村人民公社负责人 企事业单位负责人
专业技术人员	科学研究人员 工程技术人员 农业技术人员 飞机和船舶技术人员 卫生专业技术人员 经济业务人员 金融保险人员 法律专业人员 教学人员 文学艺术工作者 体育工作人员 新闻出版文化工作人员 宗教职业者 其他专业技术人员	科学研究人员 工程技术和农林技术人员 科学技术管理人员和辅助人员 飞机和船舶技术人员 医疗卫生技术人员 经济业务人员 法律工作人员 教学人员 文艺、体育工作者 文化工作者 宗教职业者

资料来源：根据第三次和第五次人口普查资料整理。

　　当然，在分析城市中枢管理职能时，表 6.2 的分类同样有不合理之处。比如，教育从业者中包含了大量的幼儿教育、小学教育工作者、中学教育工作者；医疗卫生技术人员中包含有大量的护士，医疗卫生保健医务人员、兽医等；管理职业中有城镇街道负责人等。在已有的资料基础上，由于很难对各县市区的上述职业从业人员数进行科学的剥离，因此，在没有更好的数据资料前提下，只好使用这一数据资料。

　　由于 1982 年的第三次人口普查资料中的分职业统计是以县为单位的，并非以城镇为统计单元，不能很好地用来表示城市的情况，必须对原始数据进行城镇部分的剥离、校正后才能使用。显然，这种剥离是非常困难的，也并非完全准确。作者采用权重系数法进行校正，校正的权重分建制市和建制镇两个方面进行确定。第三次人口普查中分市（不含辖县）、镇、县统计了全省的各种职业从业人员数。其中，1982 年时，山东城市基本上为切块设市，因此，对于建制市，各类权重系数确定为 1。对于建制镇而言，1982 年时，山东省的城镇分布基本上是一县一镇，即县城为县域的唯一城镇，在此前提下，镇的各种职业从业人员数基本上就表明了县城的情形。因此，以全省镇的各种职业从业人员数占全省县（含镇）的比重作为权重系数，其中，城市就业者占全县的比重为 0.22，中枢管理人员占全县的比重为 0.23。

　　2000 年的第五次人口普查中，同样分城市、镇和乡村统计了各类职业的从业人员数。但与 1982 年相比，2000 年的镇已经不是一县一镇了，利用分镇数据并不能用来表示部分县城的情形。因此，在分析过程中，仅仅采用分城市数据进行分析。

三、分 析 对 象

永井诚一在其提出的中枢管理职能的五个假说①中，认为：在城市等级 A、B、C、D、E 中，能够促进城市中枢管理职能的累积扩大过程的最低等级城市为 C。阿部也认为中枢管理职能在分析国家层次的城市体系方面最为行之有效。这也就是说，城市中枢管理职能的分析并不是完全适用于所有不同等级的城市，必须进行分析对象的筛选。在以机构、设施为分析指标的时候，分析对象的界定似乎并不是很有必要，但是以就业人口为指标时，这一个问题就必须引起足够的重视，毕竟等级过低城市中事实上并不存在高的中心地职能。

分析对象的选取参考以下标准，①1982 年和 2000 年均能同时获得城镇人口规模的城镇，②2000 年的设市城市。

之所以强调必须为建制市，是因为我国建制市的设置对城市人口规模、经济发展水平均有要求，建制市在城市体系的职能等级中较城镇（如县城）高。强调两个年度均能够获得城镇人口规模数据，是基于后文要进行相对中心性分析的必要条件，2000 年的建制市中有些城市在 1982 年的第三次人口普查中并没有城镇人口规模统计，这些城镇必须割爱。经过综合分析，确定分析对象城市 44 座。

四、绝对中枢管理职能体系的变动

1. 中枢管理职能的集聚与扩散

1982 年、2000 年 44 城市的中枢管理职能从业者分别为 745 880 人、1 893 600 人，城市就业者总数分别为 3 853 908 人和 10 882 210 人。近 20 年间，前者年均递增 5.31％，后者年均递增 5.94％。就全省而言，城市中枢管理职能的增长速度要低于城市就业者。

为了更好地解析城市中枢管理职能的规模分布，以城市从业者为参照进行分析。表 6.3 为 1982 年和 2000 年山东省 44 座城市中城市就业者和城市中枢管理人员数的分布情况。其中，表中的 C 为城市就业者占 44 城市的比重，D 则为 C 的累加比重，E 为中枢管理职能者占 44 城市的比重，F 则为 E 的累加比重。

---

① 第一，越是集中在局部地区，水平高、种类多且复合，中枢管理职能强度呈现级数递增。以中枢管理职能集聚地为结节点的交通、通讯设施的网络通达范围越大，职能影响范围越广；

第二，中枢管理职能的地区分布，一般由上位乃至同位城市拥有的中枢管理职能强度以及二者之间的距离决定；

第三，中枢管理职能的强度取决于与之紧密联系的地区的经济量的大小；

第四，复合职能城市的不同等级城市的职能特点，随着城市等级沿 DCBA 变化，中枢管理职能的比重提高，并且管理全国规模的生产、服务的职能增加，并逐渐成为主导产业；城市等级沿 ABCD 变化，中枢管理职能以外的职能，即低等级的管理职能的比重逐渐上升；

第五，在城市 A、B、C、D、E 中，能够促进城市中枢管理职能的累积扩大过程的最低等级城市为 C。

表 6.3　**2000 年山东省 88 城市中就业人员及中枢管理职能从业人员分布**（％）

位序	| 2000 年				| 1982 年			
	城市	C	D	E	F	城市	C	D	E	F
1	青岛	12.6	12.6	14.0	14.0	济南	18.4	18.4	21.1	21.1
2	济南	11.2	23.8	13.8	27.8	青岛	17.9	36.3	16.4	37.5
3	烟台	5.7	29.4	7.6	35.4	淄博	15.4	51.7	15.0	52.6
4	淄博	8.2	37.6	7.5	42.9	枣庄	5.4	57.1	6.3	58.9
5	潍坊	6.3	43.9	5.3	48.1	潍坊	4.4	61.5	4.7	63.5
6	临沂	5.1	49.0	4.3	52.5	济宁	2.9	64.4	3.3	66.9
7	泰安	4.2	53.3	3.8	56.2	泰安	4.3	68.7	3.3	70.1
8	济宁	4.3	57.5	3.1	59.3	德州	2.6	71.4	3.0	73.1
9	枣庄	3.5	61.0	3.0	62.3	威海	2.5	73.9	1.6	74.7
10	德州	1.8	62.8	2.7	65.0	临沂	0.8	74.7	1.2	75.9
11	威海	2.3	65.1	2.6	67.6	烟台	5.1	79.8	1.2	77.2
12	聊城	2.1	67.2	2.1	69.7	滕县	0.9	80.6	1.2	78.3
13	日照	2.5	69.6	2.1	71.8	莱芜	0.7	81.3	1.0	79.4
14	菏泽	1.9	71.6	1.8	73.5	平度	0.7	82.0	1.0	80.4
15	滨州	2.1	73.7	1.7	75.3	安丘	0.6	82.5	1.0	81.3
16	莱芜	1.1	74.8	1.4	76.7	菏泽	0.5	83.1	0.8	82.2
17	滕州	1.1	75.9	1.4	78.0	聊城	0.4	83.5	0.8	83.0
18	即墨	1.6	77.5	1.4	79.4	诸城	0.6	84.1	0.8	83.8
19	胶州	1.1	78.6	1.2	80.6	肥城	0.6	84.6	0.8	84.6
20	邹城	1.1	79.8	1.1	81.7	莱州	0.6	85.3	0.8	85.4
21	青州	0.7	80.5	1.1	82.8	邹县	0.5	85.8	0.8	86.2
22	平度	1.1	81.7	1.0	83.8	寿光	0.5	86.3	0.7	86.9
23	诸城	1.1	82.8	1.0	84.8	即墨	4.3	90.6	0.7	87.7
24	新泰	1.2	84.0	1.0	85.8	高密	0.4	91.1	0.7	88.4
25	龙口	0.8	84.8	0.9	86.7	日照	0.5	91.6	0.7	89.1
26	寿光	1.1	85.9	0.9	87.6	青州	0.5	92.0	0.7	89.8
27	莱西	0.9	86.8	0.9	88.5	文登	0.6	92.6	0.7	90.5
28	高密	0.9	87.7	0.9	89.4	荣成	0.6	93.2	0.7	91.1
29	肥城	1.2	88.9	0.9	90.2	莱阳	0.5	93.8	0.7	91.8
30	文登	0.9	89.7	0.8	91.0	新泰	0.5	94.3	0.7	92.5
31	莱州	0.7	90.4	0.8	91.8	滨县	0.3	94.6	0.6	93.1
32	蓬莱	0.5	90.9	0.8	92.6	胶县	0.4	95.0	0.6	93.7
33	兖州	0.7	91.7	0.8	93.4	龙口	0.4	95.4	0.6	94.3
34	安丘	1.0	92.7	0.8	94.2	栖霞	0.5	95.9	0.6	94.9
35	曲阜	0.5	93.2	0.8	94.9	莱西	0.5	96.4	0.6	95.5
36	招远	0.7	93.9	0.7	95.7	临清	0.4	96.7	0.6	96.1
37	乳山	0.7	94.7	0.7	96.4	兖州	0.3	97.1	0.6	96.6
38	临清	1.0	95.7	0.6	97.0	招远	0.4	97.5	0.6	97.2
39	昌邑	0.6	96.2	0.6	97.6	昌邑	0.4	97.9	0.6	97.7
40	荣成	0.7	96.9	0.6	98.2	乳山	0.5	98.4	0.5	98.3
41	栖霞	0.6	97.5	0.5	98.7	海阳	0.6	99.0	0.5	98.8

续表

位序	城市	2000 年				城市	1982 年			
		C	D	E	F		C	D	E	F
42	海阳	0.7	98.2	0.5	99.2	曲阜	0.3	99.3	0.4	99.2
43	莱阳	1.0	99.2	0.4	99.6	蓬莱	0.4	99.7	0.4	99.6
44	乐陵	0.7	100.0	0.4	100.0	乐陵	0.3	100.0	0.3	100.0

　　表 6.4 是 1982 年和 2000 年 44 座城市的城市就业者和中枢管理从业者的分布统计状况。仅就城市就业者和中枢管理职能从业者自身前后的变化来看，二者的规模分布均趋于均衡化，1982 年时前三位城市中枢管理者的累加比重就已经达到了 50% 以上，而 2000 年则相应为第七位城市，这是高位次分布均衡化的表征之一。就变异系数来看，城市就业者由 1.91 减少至 1.21，中枢管理职能就业者由 1.89 减少至 1.35，二者分别减少了 0.7、0.54，这意味着前者趋于均衡的程度大于后者。

　　若就中枢管理职能从业人员与城市就业者的对比关系来看，从变异系数分析，1982年时，中枢管理职能从业者的分布较城市就业者相对均衡，二者的变异系数分别为1.85、1.91，前者较后者为小。到 2000 年时，情形则发生了逆转，二者的变异系数分别为 1.35、1.21。相对于城市就业者而言，中枢管理者的分布日渐趋于不均衡。

　　总的来看，中枢管理职能的分布在整体上趋于集聚，但在高位次城市中趋于均衡。

表 6.4　1982 年和 2000 年城市就业者、中枢管理职能从业者的分布统计表

项目	2000 年		1982 年	
	城市就业者/人	中枢管理职能从业者/人	城市就业者/人	中枢管理职能从业者/人
极大值	1 374 820	264 920	707 566	152 231
极小值	53 940	7 180	10 120	2 320
离差	1 320 880	257 740	697 445	149 911
标准差	29 836	5 799	166 823	32 075
变异系数	1.21	1.35	1.91	1.85

2. 中枢管理职能的城市规模分布

　　为了解析城市中枢管理职能的位序分布与城市人口规模之间的关系，将 44 座城市按照 10 万人以下，10 万～20 万人，20 万～50 万人、50 万人以上分为四个等级，考察各等级的城市中枢管理职能从业人员数占 44 座城市总计的比重，形成表 6.5。

　　从表 6.5 可以看出，1982 年城市就业者、中枢管理职能就业者主要在 50 万人以上城市等级中，比重分别为 51.95%、52.95%。2000 年城市就业人员集中在 10 万～20万城市等级中，比重为 60.30%，中枢管理职能从业人员主要集中在 50 万人以上规模级中，比重为 62.87%。总的来看，中枢管理职能从业人员主要集中 50 万人以上等级城市中。考虑到 1982 年、2000 年 50 万以上城市仅有 3 座、9 座，显然，中枢管理职能高度集中在高规模级城市中，且近 20 年来进一步向该规模级集聚。另外，中枢管理职能比重随城市规模级增高而提升。

表 6.5　不同城市人口规模等级中①的中枢管理职能从业人员数分布（%）

城市规模级	10 万人以下		10 万~20 万人		20 万~50 万人		50 万人以上	
	1982	2000	1982	2000	1982	2000	1982	2000
城市从业人员	18.91		8.66	60.30	20.49	13.82	51.95	31.74
中枢管理职能	18.35		10.10	11.74	18.60	25.39	52.95	62.87

　　表 6.5 简单分析了城市规模等级与城市中枢管理职能比重之间的关系。但城市规模等级的划分往往淹没了各个城市的特性。建立各城市人口与中枢管理职能从业人员数之间的对应关系，如图 6.1。可以看出，城市的中枢管理职能从业人员数与城市人口规模之间有着强烈的正相关关系，并且近 20 年来这种关系体现得更为明显，两年度的相关系数分别为 0.95、0.97，二者之间的相合性进一步增强。经测算，1982 年和 2000 年两指标之间的位序相关系数为 0.66、0.92。从这个意义上讲，中枢管理职能在很大程度上进一步强化了城市的规模等级结构。

3. 中枢管理职能位序-规模分布的内部变动

　　上文从整体上分别讨论了中枢管理职能位序规模分布及其与城市人口规模分布之间的关系。在本小节里，分析中枢管理职能位序-规模曲线的内部变动。

　　首先，引入位序相关系数的概念，讨论中枢管理职能位序-规模的总变动情况。降序排列各城市 1982 年和 2000 年的中枢管理职能从业人员数，建立两年度的位序，然后测度两位序的皮尔逊相关系数。位序相关系数在（-1，1）之间，数值的大小取决于两个序列中所有城市位序变化大小之和，表明了两个序列之间的相和、相背离的程度。如果前后两个位序完全一致，则位序相关系数为 1，如果序列位序发生了逆转，则位序相关系数为-1。这样，就可以通过位序相关系数大小，判断期间中枢管理职能位序-规模分布是否发生了明显的变化。经测算，两个年度的位序相关系数为 0.84，这就意味着城市中枢管理职能的位序分布总体上变化不是很明显，而保持了一定的稳定性。显然，这种稳定性受一定的客观规律的制约，比如中枢管理职能规模与城市人口规模之间的正相关关系等。

　　其次，讨论部分城市的具体变动。虽然两个年度的位序相关系数分别为 0.84，但是这只是反映了整个序列的情况，不能够反映具体城市的变动。事实上，许多城市的位序在两个年份之间还是发生了明显的变化，图 6.2 中的位序上升和位序下降城市如此之多说明了这一点，只不过它们的位序变动不大而已。

　　图 6.2 为 1982~2000 年中枢管理职能位序-规模分布中位序上升和位序下降城市的空间分布图。在位序上升的 17 座城市、位序下降的 23 座城市中，半岛地区均占有 11

---

　　① 论文在分析 1982 年的城镇人口规模分布时，发现枣庄、淄博、威海等城市的第三次人口普查的数据并不能很好代表当时的城市人口规模，并采用多种方法对上述部分城市的人口数据进行了校正。受资料的制约，论文不可能对上述城市的从业人员数进行重新校正。为了使城镇人口规模和城市从业人员数之间具有较好的对应关系。本表中的城镇规模分布中上述城市的人口规模不得已采用了第三次人口普查的数据。算是无奈之举。好在经过了校正，上述城市的等级划分也没有多大的区别。

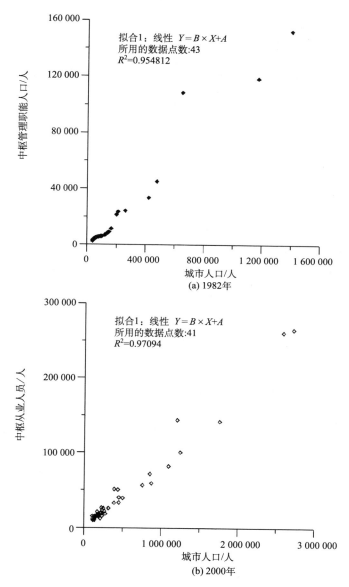

图 6.1　1982 年和 2000 年山东省城市人口规模与中枢管理职能从业人员数间的相关关系

个席位，尤其值得强调的是，除威海外，半岛地区港口城市均属位序上升之列。图 6.4 标明了各个城市在两个年度的具体变动情况。

　　中枢管理职能的快速成长是导致位序抬升的重要原因之一。图 6.3 为该时段中枢管理职能快速增长型和慢速增长型的空间分布。首先计算 43 城市的年均递增率，将各城市分为万人以下、万人以上两个规模级，然后以年均递增率平均值＋0.5 个标准差、平均值－0.5 个标准差为临界值，确定各规模级中枢管理职能快速增长型、一般增长型和慢速增长型城市。可以看出，43 座城市中快速增长型的城市少于慢速增长

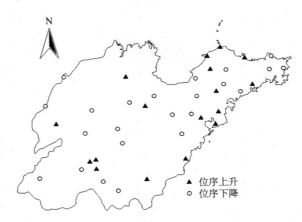

图 6.2　1982～2000 年山东省 44 城市中枢管理职能位序变动图

型的城市。其中，快速增长型的城市主要集中在胶东、沭东地区，有胶州、即墨、日照、潍坊、烟台、威海。另外，鲁中南山区有泰安和临沂，鲁西、鲁北地区有菏泽、聊城、滨州。

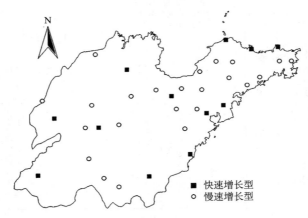

图 6.3　1982～2000 年山东省 43 城市中枢管理职能各增长型的空间分布图

具体来看部分城市的变动情况。

济南、青岛中枢管理职能的集聚十分突出，1982 年两城市分别占全省的 21.1% 和 16.4%，2000 年则分别降至 13.8% 和 14.0%，分别下降了 7.3 和 2.4 个百分点。近 20 年来济南、青岛在中枢管理职能方面的优势受到了一定程度的挑战。比较而言，济南地位的下降更为明显。1982 年时，济南无论在城市就业者和中枢管理者方面，均居 44 座城市的首位，到 2000 年时，则让位于青岛，居第 2 位。即便是两个城市在全省中的比重有所降低，与 1982 年相比，两城市还是把其他城市远远抛在了后面。

淄博和枣庄的情形同济南相似。1982 年时，在城市就业者方面，两城市分别为 15.4% 和 5.4%，到 2000 年时，则分别下降至 8.2% 和 3.5%，降低了 7.2、1.9 个百分

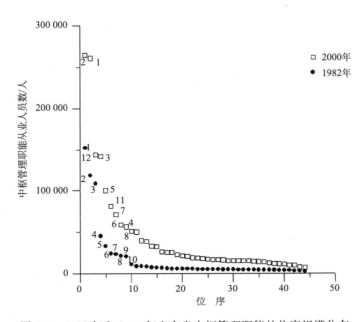

图 6.4　1982 年和 2000 年山东省中枢管理职能的位序规模分布

1. 济南；2. 青岛；3. 淄博；4. 枣庄；5. 潍坊；6. 济宁；7. 泰安；8. 德州；9. 威海；10. 临沂；11. 烟台

点。中枢管理职能方面，则分别由 1982 年的 15.0％、6.3％降至 2000 年的 7.5％和
3.0％，降低了 7.5 和 3.3 个百分点。在中枢管理职能规模分布的位序也分别由 1982 年
的第 3 位、第 4 位降至 2000 年的第 4 位和第 9 位。

　　烟台、临沂的情形与上述城市相反，两城市在 1982 年时占全省的比重分别仅为
1.2％、1.2％，到 2000 年时则分别增至 7.6％和 4.3％，分别提高了 6.4 和 3.1 个百分
点。在 44 座城市的位序亦分别由 1982 年的第 12 位、第 11 位跃至 2000 年的第 3 位和
第 6 位，跻身于中枢管理职能位序规模分布中的第二梯队。

　　其他城市的变动情况可以参见图 6.4。

五、基于 Tietz 式的中枢管理职能的位序分布变动

1. 中枢管理职能相对中心性的位序变动

　　上文以城市就业者总数为参照系分析了中枢管理职能规模的分布及其 1982～2000
年的变动情况。事实上，上文所中枢管理职能规模中同时包含为城市自身服务以及为城
市以外服务两大部分。下文着重分析为城市以外地区服务部分的规模分布变动。

　　从中枢管理职能从业者中剥离出为外界服务的中枢管理者所需要的方法有 Chri-
staller 的中心性方法、B-N 方法，以及 Tietz 方法。本书选用 Tietz 方法。关于这一方
法，在前文第四章的分析过程中进行了详细的讨论，在此不作赘述。在计算过程中，为
了避免繁琐，不再进行区域修正和规模修正。

$$\text{Tietz 式}: F_i^t = O_i^t \cdot \left(\sum T_i^t / \sum O_i^t \right) - T_i^t \tag{6-1}$$

式中：F_i^t 为城市 i 的中枢管理职能，O_i^t 为城市 i 的中枢管理职能从业人数，T_i^t 为城市 i 的从业人数，$\sum O_i^t$、$\sum T_i^t$ 分别为 44 中枢管理从业者和城市从业者的合计，t 为时点。

在第四章计算中心地职能时，就已经指出相对中心性的计算与职能分类精度密切相关。受已有资料的制约，为了增强可比性，本节采用大分类计算 F。图 6.5 为计算结果的图示。

可以看出，1982 年相对中心性较高的城市主要集中在中西部地区，比如，有济宁、聊城、滨县、临沂等。2000 年时，上述城市的位序大幅度下移，青岛、烟台的位序大幅度上移，已经名列第二位和第三位。显然，1982 年与 2000 年相比，最为突出的特点就是西"沉"东"升"，沿海地区城市上移与西部地区下移形成了鲜明对照。

2. 中枢管理职能等级与经济中枢管理职能的关系

中枢管理职能内部存在有异质性，包括行政中枢管理职能、经济中枢管理职能和社会文化中枢管理职能三大类，每一类在城市体系中的分布各有其特点，必须对其内部进行解析方能更为全面的了解中枢职能的分布演变过程。在前文的分析中，仅关注到了中枢管理职能在总量规模上的变化，没有分析中枢管理职能内部在质上的不同。这一小节试图对此进行分析。

遗憾的是，第三次人口普查资料中，仅仅有国家机关、企事业单位的大类统计，对于其中的国家行政机关、事业单位和企业单位并没有更为详细的小分类统计，没有办法对 1982～2000 年不同城市的不同中枢管理职能的布局变动特点进行解析。为此，换一个角度，来探讨 2000 年时中枢管理职能相对中心性的分布与不同中枢管理职能之间的关系。

采用国家职业中分类，以国家机关/党群组织从业人员数标度行政中枢管理职能，以除教学人员、文艺工作者、新闻从业人员以外的企事业、科学研究、经济/金融等从业人员规模标度经济中枢管理职能。首先参照图 6.5，将 2000 年中枢管理职能的相对中心性按照降序排列，分成三类；然后，计算行政中枢管理职能从业人员与经济中枢管理职能的从业人员数的比值 C_i，称为经济-行政中枢比，以衡量经济中枢管理职能和行政中枢管理职能之间的关系。其中，C_i 数值越大，意味着在对外的中枢管理服务中，经济中枢管理职能的地位更为重要；最后，分三类计算 C_i 的均值，结果列表 6.6。

表 6.6　2000 年经济中枢管理职能与行政中枢管理职能的关系

类别	相对中心性/人	城市数/座	C_i 均值
Ⅰ类	10 万以上	9	13.80
Ⅱ类	1 万～10 万	21	13.41
Ⅲ类	1 万以下	13	13.45

由表 6.6 可以看出，2000 年相对中心性 10 万人以上规模级中，经济-行政中枢职

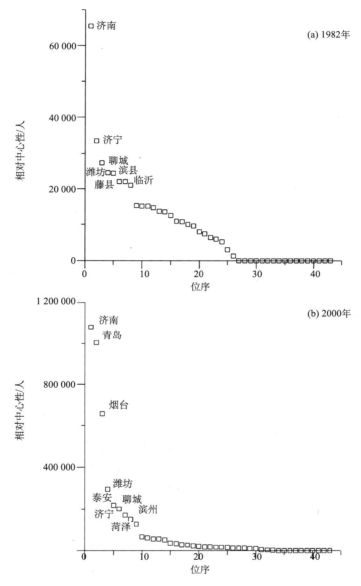

图 6.5　1982 年、2000 年基于 Tietz 式的中枢管理职能位序-规模分布

能比为 13.80，在三个规模级中最高。其次为 1 万人以下为规模级，经济-行政中枢比
为 13.45，1 万～10 万人规模级与万人以下规模级相差不大，为 13.45。因此，可以将
1 万～10 万人和万人以下两个规模级归并成一个规模级来看待。显然，经过这样处理
后，2000 年山东城市经济-行政中枢比 10 万以上和 10 万人以下两个规模级差异还是非
常明显。这就是说，中枢管理职能等级越高，经济中枢管理职能较行政中枢管理职能更
为重要，换言之，经济-行政中枢比越高的城市，就有更多的中枢职能从业人员为城市
以外地区服务。虽然，缺乏 1982 年数据的详细对比分析，但毫无疑问，经济中枢管理

职能在城市成长过程中起到越来越重要的作用。

本 章 小 结

本章在对国外尤其是日本的中枢管理职能研究进展初步综述的基础上，利用第三次和第五次人口普查中职业分类的数据，从就业人员角度出发，分析了 1982～2000 年山东省 43 座城市的中枢管理职能分布变动特点，发现：

（1）1982～2000 年中枢管理职能从业人员的分布整体上趋于集聚，高位次城市趋于均衡。中枢管理职能比重随城市规模级增高而升高，近 20 年来，进一步向高规模级城市集聚，并高度集中在 50 万人以上规模级城市中。中枢管理职能规模与城市人口规模之间的正相关性进一步增强，强化了城市的规模等级结构。

（2）1982～2000 年城市中枢管理职能位序－规模分布稳定性较强。中枢管理职能位序抬升的城市、快速增长型的城市主要集中在胶东、沭东地区。济南、青岛的中枢管理职能绝对规模在全省依然占有绝对优势。在高位次城市相对中心性的位序变动中，沿海地区位序前移与西部地区位序后退形成了鲜明的对照。

（3）经济-行政中枢比的分析表明，2000 年 10 万人以上和 10 万以下两个相对中心性等级中，城市经济-行政中枢管理职能差异明显，前者经济-行政中枢比明显高于后者。这意味着，中枢管理职能相对中心性等级越高，经济中枢管理职能较行政中枢管理职能越重要。

第七章 山东省城市体系门户职能体系的变动

第一节 门户职能分析的基本方法

一、门户职能概念解析

图 7.1 是 Burghardt（1971）基于节点-联系网络对门户（gateway）概念的审视。门户城市，通常位于一个优越的自然条件区位，连接两个异质区域的城市住区，在此能够控制腹地的进口和出口。作为控制中心，这样的城市通常发展成为当地的首位城市。

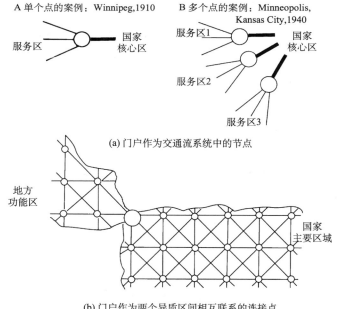

图 7.1 节点-联系网络中的门户示意图

资料来源：Burghardt，1971，283

门户研究多以海港为研究起点，这就给人一种误导，认为门户即为海港，实则不然，海港仅仅是门户的一种，除此以外还有空港等多种门户。图 1.8 为门户职能的全景图，该图系 Bird 所绘制。从图 1.8 中可以看出，门户职能包括两个空间层次，其一为国内层次，其二为国际层次。

多数海港研究学者认为"海港描述的是一种职能类型，而不是一种区位类型，这种职能同尽可能远的始发地、目的地之间的单向交换有关系"，被称之为门户职能（gateway function）。这一定义看似简单，但是国内外学者并没有对其进行广泛深入的讨论。目前，可见的门户职能定义是 Bird 1983 年给出的，即所谓 gateway function 就是城市腹地（Homeland）同国内其他地区以及通过交通运输与国外地区间结合在一起的城市职能。

在 Bird 的门户职能定义中，门户职能的确定首先是要明确城市的腹地范围，只有解决了这一个问题，才能够谈及后文中提出的同国内其他地区以及通过交通运输机构与国外地区间的结合。但是，这是一个看似简单、操作困难的工作。事实上城市的腹地往往是中心地职能和门户职能共同作用的必然结果，从中明确划分出其中任何一个的空间范围，均几无可能。因此，虽然 Bird 的对门户职能的影响范围界定的非常清晰，但是可操作性较差。

相比较国内的影响范围而言，Bird 提出的第二个方面，即国外方面则较为简单易行。事实上，对于一个重要的门户城市而言，同国外交流往往是促进该城市成长的重要动力。尤其是在成长初期，国外的资源和能量经门户进入其背后腹地时，腹地内的资源和能量经过门户输出国外时，门户城市往往表现出较快的发展速度。尤其对于沿海城市而言，海外门户职能的强弱变化往往更能影响其兴衰更迭，这在历史上皆可以找到无数的例证。基于这个考虑，本章试图着眼于海外门户职能的分析。

二、门户职能的解析方法

借用 Bird 的定义，海外门户职能可以定义为城市腹地通过交通运输机构与国外地区间结合在一起的城市职能。需要对上述定义中的关键词进行深入的解析。

1）交通运输机构。门户职能的实现要依托于一定的交通运输机构。在城市的不同发展阶段，这一交通机构往往并不相同。在重商主义时期，海港往往就是远程贸易的中转点，为一商港。其时，港口同城市在空间上紧密结合在一起，港口职能往往是城市最为重要的职能，往往主宰着城市的发展。无疑，海上交通运输对于体现某一城市的门户职能至关重要。这也是国外在论及门户职能时往往以海港为例的重要原因之一。这一时期，从职业结构上来看，城市就业人口中交通运输业、批发业占有较大的比重，而城市的制造业比重相对较低。城市更多具有较为浓郁的商业特色。

仅就青岛而言，迟至 1933 年，虽然工业已经得到一定的发展，工业职能成为城市的重要职能之一，但在当年 540 万元的财政收入中港口依然为其贡献了 35％的份额，达到 190 万元。显然，在此之前的时段自不待言，就是在以后很长的时段内，港口在青岛的发展过程中依然具有重要的、不可小觑的地位。在考察青岛门户职能时，海港是一个非常好的"交通运输机构"。这种情况对于其他沿海城市同样如此。随着青岛、济南、烟台三个对外空港的开放，国际机场也成为重要的海内外交流的"交通运输机构"。基于山东省的实际情况，本书分析中的交通运输机构主要是可以对外的海港和空港，尤其是前者。改革开放以后，我国在海港、空港等开辟对外开放口岸，并在口岸设置海关机构。因此，可以以口岸或者海关作为"交通运输机构"的代表。

山东虽然有优良的海港，但是经历了海疆的封启、开合的特殊过程。在这一过程中，对外贸易港口发生了相应变更，这一变更影响了不同城市门户职能有无、强弱的变化。从理论上讲，任何一个港口均具有充当区域门户的潜力，但是这种潜力能否得到充分发挥，则取决于诸多的因素。其中，最为重要的当属于国家对海疆的政策了。如果国家赋予某一海港具有对外贸易的特权，即便是这一个海港的自身天然条件并非优越，它还是能够充当区域的海外门户。至于其门户职能的大小强弱，则取决于各门户间的相互竞争关系。当然，先前拥有的门户职能的港口，也有可能因为海疆政策的变更而丧失这一职能。因此，海港的对外开放与否在一定程度上可以说明这一海港是否能够充当区域的海外门户。

2）结合。定义中明确提出，门户职能实际上体现的是一种"结合"关系。如何衡量门户职能的变化，则取决于对结合关系的理解了。结合可以体现在两个方面，第一是结合规模或者强度，即城市与国外的交流规模，规模越大，说明城市与海外的结合程度越紧密，反之，则较为薄弱。实际上这就是门户城市与海外的相互作用量（可以称为 Flow）。因此，科学的界定结合规模是判断门户职能强弱大小变化的重要内容。

结合规模的确定自然需要首先明确结合的内容。门户城市与国外对象之间的联系包括多种，比如人流、物流、信息流、资金流等等。其中，物流最为常用，这在很大程度上体现为进出口贸易总量。第二是从事门户职能的职能单位。门户职能不仅仅在交流量上有所体现，在城市就业结构变动上也有所体现。因此，从事与门户职能密切相关的企事业单位、各城市中的外商企业单位也是分析该职能变化的重要指标。这种职能单位越多，表明城市与海外的联系越为密切，门户职能越强，反之，则同海外联系薄弱，门户职能强度越弱。

另外，门户是一个区域的进出口，门户与海外的联系是通过人流、物流、信息流以及资金流等体现出来的，这些流的国内、国外集散范围大小的变动往往在一定程度上也能够表现门户职能强度的变化。这种范围包括两个方面，即前向腹地和后向腹地（可以称为 Hinterland and Foreland）。

上述结合的两个方面，并非彼此割裂，毫不相关的，而是统一的、有机的整体，但并不是严格的正向因果关系。在分析过程中必须统筹考虑，才能够判断出门户职能强弱的变化。门户职能强弱变化与二者之间的关系较为复杂，只有在假设二者其一不变的情况下，才能客观判断出门户职能与另外一个因素的相关关系。二者同向变化，比如同时增加或者同时缩小时，确定门户职能强弱的变化相对而言较为容易，而二者异向变化时，情况较为复杂，需要针对具体问题进行具体分析，然后给出相对客观地判断。

第二节　新中国成立前部分城市门户职能的变化

上文指出，门户职能的变动体现在三个方面，即外贸流（Flow）、职能单位、前向、后向腹地。由于前向、后向腹地在第十章城市体系的空间结构中有较为详细的阐述，本部分对此不作分析。故下文仅仅从外贸流、职能单位进行分析，以期勾勒出新中国成立之前各城市门户职能的时间变动和空间格局变动。

一、海外门户的增减过程

山东门户洞开始自第二次鸦片战争，是外洋胁迫的必然产物（表 7.1）。其前，清政府对山东各海口与外经商始终采取了严厉禁止的方针。1843 年 8 月和 10 月，清政府两次严令山东巡抚梁宝常，不准各海口商贩与洋商私相交易，外国船只进入非通商口岸者，一律将船货没收。咸丰年间，清政府又多次谕令山东，严禁外商在烟台等海口进行走私贸易。1858 年 6 月《中英天津条约》签订，规定增开登州为通商口岸，后改为烟台，1862 年东海关正式办公①。1898 年德人强租胶澳，同年 9 月辟青岛港为自由港，对所有国家一律开放，1899 年设立胶海关，成为山东对外开放的第二个口岸。1898 年，英国强迫清政府签订《中英订租威海卫专约》，强租威海卫。1902 年在威海卫港口附近兴建爱德华商埠区，辟威海港为自由贸易港，对进出口货物免征关税。1930 年威海收回后，南京政府将英占区连同威海卫城辟为特别行政区，设立东海关威海分关，成为山东第四个对外开放的贸易口岸。1904 年袁世凯、周馥奏请济南、周村、潍县自开商

表 7.1　山东商埠开埠事由及其日期表

商埠	开关日期及事由	所在地
青岛	1898 年（清光绪二十四年）据《胶澳租界条约》租与德国。1922 年（民国十一年）自日本手中收回自办	青岛
威海卫	1898 年租与英国；1930 年（民国十九年）收回	威海卫特区
烟台	1858 年（清咸丰八年）中英、中法《天津条约》，允开登州，后改烟台，1862 年（同治元年）开放	福山县
济南	1904 年（清光绪三十年）自行开放	历城县
周村	1904 年自行开放	长山县
潍县	1904 年自行开放	潍县
龙口	1914 年自行开放	黄县

资料来源：全国实业调查报告之三，《中国实业志·山东省》，民国二十三年，139～140（乙）页。

---

① 1861 年 1 月英国登州领事毛里逊勘察登州，筹备办理建领事馆和开埠事宜。他认为登州滩薄水浅，不宜作为通商口岸，后到福山县烟台口勘察。烟台地理条件优越，水深浪缓，是天然良港。早在清道光末年（1850 年），即有商号千余家，港内樯帆林立，通商范围广泛，商业兴盛。毛里逊当即提出由烟台取代登州为通商口岸。清政府于当年 5 月颁发诏书，把登州改为福山县属烟台口，调直隶候补知府王启曾到烟台筹办开埠事宜，并令登莱青道台崇芳、董步云和戴肇辰等协同办理。清政府饬令："登州开埠通商，事属列举中外交涉事件，必须遵照条约新章妥为筹办，令地方、税务两有裨益，勿得稍存畛域，致滋流弊"。王启曾等到烟台之后，经过几个月的筹备，于咸丰十一年七月十七日（1861 年 8 月 22 日）正式举行了烟台开埠仪式，同时宣布筹建东海关。

埠[①]；1914 年，为杜绝日本等列强的觊觎之心，袁世凯政府辟龙口为自开商埠，实行对外开放，翌年设立龙口海关，为山东省第三个对外开放的贸易口岸。

在自开商埠济南、周村、潍县中，其洋货的进口、土货的出口均需经由沿海各条约口岸，上述城市为沿海条约口岸的内陆喂给商埠。其中，济南在胶济铁路和津浦铁路通车后的很长一段时间内，为典型的内陆门户城市。商品货物的集散范围北至德州、南抵徐州，东达博山、益都，西接黄河上游的河南、山西，包括济南以西 400 华里，以南 600 华里，是山东省的中心市场（何炳贤，1934），既是进出口商品最大的吸纳地，也是最大的综合性土货供应地。1918 年济南输入的棉纱、棉布、砂糖、卷烟、金属等 5 项商品的总值已经达到 3790 万元，其输出的土货、进口的洋货数量在省内没有其他城市可与之相提并论。同时，济南也对各类市场间的商品流通，起着间接转运职能。例如，济宁、潍县、徐州、临清、德州 5 个市场地皮货，大部分要由济南转运至青岛、天津、龙口等进出口市场（庄维民，1987）。

新中国成立前山东的海外门户，经历了单门户到多门户的过程。在这一过程中，先前单门户的垄断地位得以打破，各门户间彼此进行较为激烈的竞争。这种竞争存在有时间和空间两个尺度。在不同的时间断面，具有不同等级的门户城市间组成了体系，这个体系通过后方的集输运体系与内陆城市间组成了一个在空间范围上更大、功能上更为有机的、系统协调一致的复杂系统，这个复杂系统又随着时间而改变。

二、外贸流的变动

1. 分析指标

外贸流表示各门户城市与国外的交流规模和交流强度，内容包括资金流、信息流、人流等等。可以想象，获得山东开埠以来 1900～1948 年各口岸城市与国外所有这些交流数据的难度非常大。简单易行并且又不失门户之内涵的指标首推直接对外贸易额。直接对外贸易额以货物的起运和达到港为统计依据，凡是从国外经水运进口到国内口岸，或经水运出口至国外的货物均属于直接对外贸易。这也就是说，直接对外贸易额包括洋货进口的径由国外部分、土货进口复往国外部分、土货径运出口的往国外部分。这一指标，很好地兼顾了门户职能是联系城市影响范围和国外其他地区的双重要求。

由于对外贸易额随着区域经济的发展，往往表现为绝对量的增加，这一指标适用于

---

① 袁世凯、周馥奏请济南、周村、潍县自开商埠折：山东沿海通商口岸，向只烟台一处。自光绪二十四年德国议租胶澳以后，青岛建筑码头，兴造铁路，现已通到济南省城，转瞬开办津镇铁路，将与胶济之路相接。济南本为黄河、小清河码头，现为两路枢纽，地势扼要，商货转输较为便利，亟应援照直隶秦皇岛、福建三都澳、湖南岳州府成埠成案，在于济南城外自开通商口岸，以期中外商民咸受利益。至省城迤东潍县及长山县所属之周村，皆为商贾荟萃之区。该两处又为胶济铁路必经之道，胶关进口洋货，济南出口土货，必皆经由此。拟将潍县、周村一并开作商埠，作为济南分关，更于商情形便，统归济南商埠案内办理。济南等自开商埠原因在山东巡抚衙门《密致商务局》中可见一斑：胶济铁路两个月即可修到济南，现在迭据青岛德商维斯等呈请在济南开设洋行。与华商夥开行栈，核与约章不符。惟胶济铁路不久修成，青岛德商欲来开行栈者势日多一日，明禁而实不能禁。与其专利德商而他商无所与，不如由我自开商埠较为有益。

分析口岸门户职能规模随时间的变动过程，但不能很好地分析口岸的对外贸易强度。为弥补这一不足，在分析中，除了利用直接对外贸易额标度职能规模以外，同时运用外贸结构比（口岸贸易量中外贸额所占的比重）标度门户职能强度。

2. 数据资料及其处理

交通部烟台港务管理局编辑出版的《近代山东沿海通商口岸贸易统计资料》辑录了青岛、烟台、威海、龙口的直接对外贸易额，为分析这些城市门户职能的强弱变化提供了翔实的数据资料。各城市对外贸易额的起始年份不一，其中，烟台、青岛、龙口、威海分别始自1864年、1900年、1915年、1930年。青岛1899年7月1日正式设立胶海关，始有贸易统计，仅为半年统计，故从1900年开始。

1864～1948年，各口岸先后使用过三种货币计量单位。其中，1864～1874年为芝罘两，1875～1932年为海关两，1833年以后使用国币。由于各时段货币单位不统一，很难直接进行对比，必须将其统一起来。利用同书第15页提供的各种单位换算关系，按照1海关两≈1.044芝罘两、1海关两≈1.558国币将原始数据统一折算成国币，并绘制成图7.2。

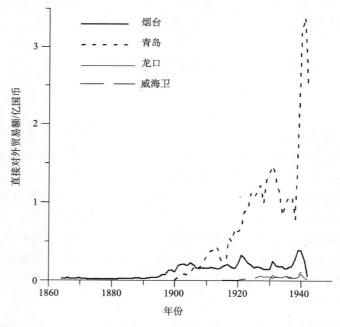

图7.2　1864～1942年青岛、烟台、威海卫、龙口直接对外贸易额的变动
青岛1915年数据为9～12月份统计数据（单位：亿国币）

由于图7.2是根据贸易价值额绘制，期间不可避免会受到通货膨胀等因素的影响，有可能会出现直接对外贸易商品量并无增加，而贸易额突增的状况，在分析中应该引起足够重视。

3. 对外贸易额的变动

图 7.2 为 1864～1942 年各口岸城市的直接对外贸易额的变动情况。可以看出，在历年的直接对外贸易额中，青岛、烟台占主导地位，威海、龙口所占的比重甚小。1931～1936 年青岛在 80% 以上，烟台占直接对外贸易总额的比重大约在 15% 以下，龙口在 5% 以下，威海不足 4%。各城市在直接对外贸易中的地位相差之悬殊，由此可见一斑。

表 7.2　烟台 1864～1900 年土货洋货进出口情况表

年份	洋货进口			土货出口		
	经由国外（A）	转由国内（B）	C=A/B	往国外（D）	转由国内（E）	F=D/E
1864	942 026	1 019 553	0.92	890 147	1 868 400	0.48
1870	863 762	3 961 502	0.22	704 669	1 574 256	0.45
1875	896 936	2 857 665	0.31	138 698	2 129 515	0.70
1880	651 366	3 732 124	0.17	79 101	3 318 576	0.20
1885	794 519	3 676 531	0.22	175102	3 901 008	0.40
1890	890 993	5 008 236	0.18	394 801	4 420 065	0.90
1895	2 150 689	5 571 835	0.39	740 919	6 660 058	0.11
1900	4 737 954	6 948 386	0.68	195 478	8 447 926	0.23

注：① 1875 年前为芝罘两，1875 年后为海关两；②C、F 栏系作者根据原始资料测算。

资料来源：交通部烟台港务管理局，近代山东沿海通商口岸贸易统计资料，北京：对外贸易教育出版社，1986，4～6。

烟台的直接对外贸易变动大致可以分为两个时期。第一个时期大约有 30 多年的时间，始自烟台开埠终止于青岛开埠。在这段时间内，烟台虽然为山东省唯一的对外贸易口岸，直接对外贸易有所发展，但增长较为缓慢，直至期末，方有所抬头。这是因为其土货出口、洋货进口的目的地主要是国内南方各口岸，径由国外和径往国外的比重很低，在很大程度上烟台是南方诸口岸的喂给港。其时，洋行虽有阑入，但掌控烟台沿海贸易的主导势力是华商。第二时期，始自青岛开埠直至 1942 年。这一时期，烟台对外贸易规模虽然较前一时期有了较大的发展，但从趋势来看，发展相当滞缓（图 7.2）。除了个别年头发展较快外，整体上缺乏稳健的、强劲的势头。即使进出口总额亦是如此，在 1905 年达到最大值 39131384 海关两后就基本保持在 3000 万两左右。

青岛的直接对外贸易额变动总体上也可以分为两个阶段，第一个阶段自 1900 年起 1931 年止，包括了德占时期、日本第一次占领时期、北洋军阀时期和南京政府第一次统治前期。基本上为正常发展阶段，对外贸易额不断增加，门户职能不断增强。第二个阶段为 1932～1942 年，包括南京政府第一次统治后期、日本第二次占领时期和南京政府第二次统治时期。这一时期与前一时期相比，直接对外贸易额大起大落，稳定性差。其中，1938～1942 年对外贸易额明显上升，与国币贬值密切相关。尤其是 1938～1941 年的贸易额突增并没有同时带有进出口商品量的突增。因此，这一时段，可以看作是青岛市门户职能的动荡期，基本处于下跌阶段。之所以出现上述现象，与国内外动荡不安的局势密切相关。

青岛直接对外贸易额的快速增长与烟台长时期的相对滞缓形成了鲜明的对比。1900 年德人宣布青岛为自由港后，青岛的直接对外贸易就表现出较烟台为快的增长势头，并

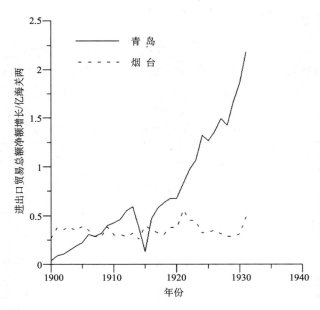

图 7.3　1900~1931 年青岛、烟台进出口贸易总额净额增长
青岛 1915 年数据为 1915 年的 9~12 月份统计数据,并非全年进出口贸易净额

一直稳健持续至 1932 年。图 7.3 为 1900~1931 青岛和烟台进出口贸易总额净数的比较。1900 年青岛港的贸易总额净值为 3 957 150 海关两,1913 年发展到 59 168 880 海关两,13 年间增加了 15 倍,年均递增 21.31%,如此高速度为其他条约口岸所不及。1908 年青岛的进出口贸易净额、直接对外贸易均超过烟台,1908 年青岛超过烟台不过 1/5,1913 年约为 3 倍,1918 年约为 5 倍。此后,青岛的最大直接对外贸易口岸的地位就再也没有动摇过(图 7.2、图 7.3)。造成这种现象的原因与德占时期青岛港自身建设、胶济铁路的开通运营密不可分①。

———————————

① 为实现将胶州湾建设成为其商业殖民地的目标,德国早就意识到青岛的发展离不开两个重要前提,"其一是通过现代化的、规模宏大的港口设施对海运事业的促进,其二是对辽阔的内地销售市场,特别是通过铁路对内地重要经济区之开发"。为此,德国殖民当局斥巨资进行港口和铁路建设。从 1898 年冬开始修筑大港和小港。其中,大港 1906 年完成后,"青岛的方便而安全的装卸设备正在超过东亚所有港口。甚至在那些老的海上贸易港口(如香港、上海、芝罘、天津、长崎和神户),大轮船的装卸都只能舢板才行,而青岛,即使最大的货轮也可以在码头上将货物直接装上火车。海岸的形状以及适应一切要求的水上陆上的灯标和其他标志,可以使船只在任何天气下,在各季节及每天的任何时候都能进港……在东亚还没有比这里更好的地方"。胶济铁路的建设于 1899 年 6 月开始勘测,9 月 23 日开始施工,1904 年 6 月 1 日通车至济南,全长 394.6km。另外,还迁路就矿,修建了长 38.87km 的张(店)博(山)铁路支线。第一次日占时期,除建设小港,鼓励民船贸易外,八年期间,港口、码头、船坞,几乎维持原样,新建设施很少,基本上没有建树。诚如时为胶海关代理税务司大泷八朗所言,"水上交通方面,或者在导航设施方面,可以有把握地说它没有发生任何显著的变化"。1922~1931 青岛收回 10 年间,海港码头以及导航设施等也没有进行大规模的建设,确如《胶海关十年报告》所言,除"于泊船及转舵地方,时常发现淤塞,即行从事浚渫"外,"本期并无巨大变迁"。1932 年 7 月~1936 年 2 月年开始首次增建大港三号码头,投资 390 万元,是"我国接收以来最大之工程,亦全国有数之事业","青岛港由于建起了第三码头而名副其实地成为华北唯一良港"。此后一段时间内,青岛港口的建设并没有明显的改进。

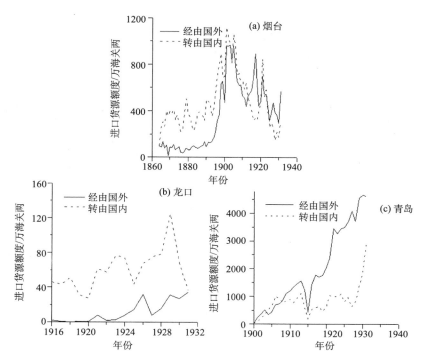

图 7.4　烟台、龙口、青岛洋货进口货源变动

青岛 1915 年数据为 1915 年的 9～12 月份统计数据，并非全年进出口贸易净额

4. 各口岸门户职能强度的变化

因威海只有 1930～1931 年的统计数据，故不再进行分析。图 7.4 为龙口、烟台、青岛相应年份的进口洋货径由国外部分和转由国内部分的变动图，从中可以看出三个城市门户职能的强弱差别。

烟台在 1864～1942 年近 80 年的时间里，洋货进口呈现倒立的"U"形变动，1900～1910 年洋货进口数量最多。从径由国外和转由国内部分的对比关系来看，1864～1912 年转由国内的洋货贸易额均超过了径由国外部分。其中，1900 年以前，二者的差额相当大，1900 年以后，差额逐渐缩小。1913 年以后，径由国外的部分才超过了转由国内部分（1921 年、1923 年除外）。这标志着从时间上的纵向对比，烟台门户职能的进一步增强。

青岛的洋货进口，在 1900～1931 年的 31 年时间里，只有 1904～1907 年短短 3 年内径由国外进口部分低于国内转口部分。其他年份的径由国外部分均超过转口国内部分，并且二者之间的差距总体上不断拉大。这与烟台长时期内转由国内占有较大份额形成了鲜明的对比。

龙口的洋货进口，在 1916～1931 年，转由国内部分均超过径由国外部分。

5. 各口岸间埠际联系

上述口岸不仅同国外有着较为密切的联系，而且两两之间也有密切的联系，通过埠际交易，这四个口岸浑然一体，整合成为一个系统。表 7.3 是 1936 年四个口岸之间的埠际交易量①。是年，四个开放口岸间的内部贸易量达到 4 510 718 元。其中，青岛输入烟台、威海、龙口的商品量均高于这些城市输往青岛的商品量。这表明，四城市之间的关系不是对等的，其中，青岛处于一种供给者、输出者的绝对优势地位，说明青岛在四个口岸城市中处于最高的等级。在四个口岸城市中，烟台和青岛间之间的联系最为紧密，彼此间的交易量为 2 194 999 元，占总交易量的 48.66%。其中，青岛输往烟台的有 2 013 513 元，占二者交易量的 91.73%，烟台输往青岛的 181 486 元，占烟台外输量的 44.01%，仅为青岛吸收的 8.27%。从某种意义上讲，烟台可以作为青岛进口洋货的倾销地了。

龙口与烟台的关系最为紧密。是年，龙口输往烟台的为 1 340 052 元，占龙口总输出量的 98.65%，输往青岛的为 18 297 元，占 1.35%，前者为后者的 73.24 倍。而烟台输往龙口的商品量为 174 198 元，仅仅次于青岛，达到烟台外输出总量的 42.24%。龙口输往烟台的商品量是烟台输往龙口量的 769.2%。因此，龙口可以看作是烟台的喂给港。

威海卫与青岛的关系最为紧密。是年，威海卫输往青岛的为 181 486 元，占威海总输出量的 60.54%，输往龙口的为 102 735 元，占 34.27%。而青岛输往威海卫的360 814元，占威海卫输入量的 86.43%。

表 7.3　1936 年山东省四个开放口岸的埠际贸易（国币）

出发地 ＼ 目的地	龙口	烟台	威海卫	胶州（青岛）
龙口		1 340 052		18 297
烟台	174 198	48	56 647	181 486
威海卫	102 735	15 570		181 486
胶州（青岛）	60 919	2 013 513	360 814	4 953

资料来源：韩启桐，1951。

从对外贸易流的规模、进口洋货径由国外部分和转由国内的对比以及埠际贸易额来看，新中国成立之前，烟台和青岛具有最强的门户职能，威海卫、龙口开埠对二者的优势地位并没有产生很大的冲击。不过在 1899 年之前，烟台是山东省唯一的对外贸易口岸，长期垄断了山东的对外贸易。青岛开埠后，烟台先前的垄断地位得以打破，青岛由于其适中的地理区位、青岛大港的建设、相对便捷的后方集输运系统的建设等，在同烟台竞争中脱颖而出，取代了烟台成为山东省最大的对外门户。

---

① 韩启桐.1951. 中国埠际贸易统计（1936～1940），中国科学院印行，中国科学院社会研究所丛刊第 1 种。

三、门户职能单位的变动

1. 指标选取

门户职能的变动分析除了外贸流外，与之相关联的职能从业人员、职能单位亦是一个非常重要的指标。由于缺乏完备的统计，获取完全准确的从业人员统计并无可能。在本小节中，选用外国洋行数，从职能单位的角度分析各主要门户城市的职能强度变化。

烟台港开港初期，进口洋货猛增，当时驻烟使馆曾经建议"有头脑的聪明商人"组成商团到烟台"推销外国商品和新发明的东西。"但当时，洋商集聚在南方各口岸，山东沿海贸易多集中在华商手中。英国驻烟台领事馆在 1866 年的一份报告中说，烟台的贸易，"现在完全掌握在中国商人之手，他们雇佣外国船只，运输外国和本国商品往返于这里与南方港口之间，而外国商人们只能从这一贸易中分享一点好处"。1860 年美国商人 Holmes 组织了清美洋行，首开洋行在鲁经营之先例。以其为始，洋行阑入山东。此后，零星外商多为资本雄厚的洋行或者洋行分行、代理处所替代，这些洋行以经营航运、进出口贸易、保险、银行业等为主（表 7.4），基本上垄断了山东的进出口贸易。

表 7.4　德占青岛时外国商行的基本情况

洋行名称	经营领域	洋行名称	经营领域
太古洋行	航运业	汉美轮船公司	航运业
禅臣洋行	航运业、草帽辫、花生	亚细亚石油公司	煤油
锐记烟行	花生	美孚石油公司	煤油
捷成洋行	航运业、草帽辫、丝绸、花生	卫礼洋行	草帽辫、丝绸
瑞记洋行	航运业、草帽辫、丝绸、花生	和记洋行	草帽辫、丝绸
怡和洋行	航运业、草帽辫	立兴洋行	草帽辫、丝绸
礼和洋行	草帽辫、花生	振兴洋行	草帽辫、丝绸
哈利洋行	草帽辫、丝绸	美最时洋行	航运业、花生
维德洋行	草帽辫	汤浅洋行	花生
盘斯洋行	草帽辫	利康洋行	草帽辫
世昌洋行	草帽辫	三井洋行	花生、棉纱、煤炭、保险等

资料来源：根据《近代山东市场经济的变迁》、《近代山东城市变迁史》等文献资料整理。

青岛口岸"土货出口多籍外力发展，其中生货大宗，如花生、棉花、牛肉、鸡蛋、煤、盐之类，恒假手于外人，始得贩运国外"，"本国商人仅对本国沿岸贸易稍有经营，至于土货之运往外洋，洋货之运入本口，则罕有问津者"。烟台辫行，虽有个别经营输出，但均不能直接向国外输出，必须由洋行代办[①]，1910 年烟台洋行的草辫输出量为8583 包，占总输出量的 47.5%，6 家经营花边输出业的洋行，年输出经营额 90 万银两，约占输出总额的 45%。

洋行洋商在济南也有举足轻重的影响。表 7.5 是 1930 年时胶济铁路南站日商输出、

---

① 东亚同文会.1917.中国省别全志·第四卷·山东省。

输入货物的统计情况。仅仅日商就是如此,再加上其他国家的外商,可以推知外商在济南中的地位。基于以上方面的考虑,以外国洋行作为门户职能的分析指标是合适的。

表 7.5　1930 年胶济铁路南站日商输出、输入货物统计

输出货物	输出总量/t	日商输出量/t	比重/%[①]	输入货物	输入总量/t	日商输入量/t	比重/%[②]
棉花	28 823	5 710	19.8	棉纱	14 296	4 282	30.0
花生	78 007	15 601	20.0	砂糖	26 070		
鸡蛋	8 320	3 282	39.4	纸类	4 567	455	10.0
麸皮	23 477	18 770	80.0	碱	1 305	258	19.8
生油	5 757	5 188	90.1	火柴原料	3 566		
牛油	15	14	93.3	火柴	15 283	1 057	6.9
骨粉	1 050	1 050	100.0	煤炭	149 080	14 883	10.0
牛皮	17	17	100.0	旧衣	435	435	100.0
牛骨	895	895	100.0	白米	2 610	546	20.9
麻油	803	803	100.0	木材	6 480	1 944	30.0
麻子	225	225	100.0	麻袋	1 822	182	10.0
合计	147 459	51 548	35.0	合计	214 681	24 159	11.3

　　资料来源:山东省每日新闻社:山东に於ける邦人の経済発展并に日華親和策,1934 年,第 316~317。转引自庄维民著,近代山东市场经济的变迁,北京:中华书局,2000,215。

　　①②比重系由作者计算。与引文有所不符。

2. 数据来源

　　新中国成立之前,山东国内外形势变动频繁,尤其是经历了德据、日据等多个历史时期,鲁境内既有新洋行的进驻,也有先前洋行的停歇和倒闭,系统的、完整的获取山东门户洞开以来的各城市洋行数目的变动实属不易,作者从方志中查阅各洋行的数目以作分析。虽然这些数目并非外国洋行的全部,但也能反映其概貌,透视出部分城市门户职能变动及彼此间的竞争关系。当然,仅仅利用洋行数目来表征门户职能的强弱,有不当之处。这是因为即便洋行数目相同,各洋行规模也是参差不齐的。

3. 职能单位规模的变动

　　外国洋行阑入山东始自烟台。至 1882 年烟台已有 9 家洋行,分属于英美等国,经营航运、保险、贸易、金融代理等业务。1988 年前后,日本邮船会社、大阪商船会社开辟了通往烟台的北洋航线,日商随之到烟台开设商行,到 1891 年已有日本两家洋行。同年,烟台洋行为 11 家,1901 年达到 26 家,1902 年猛增至 43 家,其中日商增加最多(26 家)。后因政局动荡,烟台有十几家洋行停业或者撤离,1911 年减少至 29 家。1921 年恢复至 40 家,30 年代初共有外国洋行和商社 100 多家,其中,日本洋行后者居上,在烟台的对外贸易中占有绝大比重。

　　到第一次世界大战前夕,青岛已有包括胶济铁路公司、德华银行、礼和、禅臣在内的德国公司、洋行 27 家。青岛日商洋行的开设晚于欧美,但是速度惊人,到 1911 年有日商洋行 7 家,日本商人 34 人。1916 年青岛已有欧美商行 16 家,日本商行 36 家,合

计有 52 家。1919 年资本 5 万元以上的欧美洋行 16 家，资本额 10 万元以上的日本洋行增至 116 家。1923 年中国政府恢复青岛主权后，日商由 1920 年的 147 家减至 101 家，欧美商行增至 38 家。1926 年时，欧美洋行为 64 家，日商为 96 家。30 年代初，青岛有日商 908 家、英商 17 家、美商 18 家、法商 3 家，德商 32 家，俄商 51 家，其他 17 家，共计 1046 家（张利民，2003）。

1904 年济南设立商埠后，外国洋行陆续从沿海通商口岸到济南设立分支机构。到 20 世纪 10 年代初，在济南设立总行、分行或者代理处的欧美洋行 15 家、日洋行 5 家。据 1918 年调查，济南欧美籍侨民 120 户，其中，进出口贸易户为 18 户，杂货商 16 户，餐饮旅馆业 5 户。日本侨居人口 2770 人，在执业人口中，贸易商 536 户、代理商 12 户、运送业 25 户。1923 年时，济南日、英、德、法等侨民 3439 人，洋行 210 家。20 世纪 30 年代初，济南有外国侨民 1791 人，65％从事经商，有外国洋行和商店 305 家，涉及 76 个行业（张利民，2003）。

表 7.6 系 1882 年至 20 世纪 30 年代初青岛、烟台、济南上述各相应年份的洋行数，从中可以看出三者之间的竞争关系。在烟台垄断山东对外贸易期间，外国洋行主要集中在烟台。1898 年青岛开埠、1904 年济南自开商埠后，外国洋行纷纷进驻。1911 年时，青岛的对外洋行数已经超过烟台。其时，青岛、烟台、济南分别为 38 家、29 家、20 家，三口岸相差尚不悬殊，到 20 世纪 30 年代初，三口岸城市的外国洋行和商店数分别为 1046 家、100 家、305 家，差距已经拉大。其中青岛的增速最快，济南次之，烟台居末。

表 7.6　1882～20 世纪 30 年代初青岛、烟台、济南的外国洋行数

时间	青岛	烟台	济南	时间	青岛	烟台	济南
1882 年		9		1911 年	38	29	20
1891 年		11		1920 年	163	40	
1901 年		26		1926 年	160		210
1902 年		43		20 世纪 30 年代初①	1046	100 多	305

注：①为外国洋行和商店数。

第三节　新中国成立后口岸城市门户职能变动

一、海外门户的增减过程

海外门户的增减变化在改革开放前后形成了鲜明的对比，其中，改革开放以前减少，改革开放以后增多。这种变化与我国面临的国内外政治环境密切相关。

1. 新中国成立至改革开放前

1949 年 6 月 15 日青岛市人民政府宣布开放青岛为对外贸易港口，11 月 26 日山东省人民政府改胶海关为青岛海关，东海关改称烟台海关，宣布青岛、烟台、石岛为对外贸易港口。1951 年，受国内外大环境的影响，国家实行对外贸易管制，对进出口贸易集中管理，统一对外。同年1月宣布石岛、威海、龙口三个港口城市为非对外贸易口岸，设在这三个城市的海关支关也相应关闭。1961年鉴于军事设防和港口使用情况已经改变，10月10日，国务院决定烟台港今后不宜对外开放（但为了照顾对外贸易，在个别情况下，遇有特殊需要时，经国防部批准，可以允许个别国家商船进入该港），次年7月3日外贸部决定撤销烟台分关，10月份烟台分关正式闭关，原烟台分关办理的业务转由青岛海关办理。这样，青岛就成为山东省唯一的对外贸易口岸。1973年11月1日国务院再次批准烟台港对外开放，烟台海关重新设置。

2. 改革开放以来

1978年国家开始实行对外开放，1984年国务院首批公布的14个沿海对外开放城市中，青岛、烟台名列其中。1988年起，国务院相继划定、扩大沿海经济开放区，济南、青岛、日照、烟台、东营、淄博、潍坊、威海均进入山东半岛沿海经济区范围。同期，威海、潍坊、淄博、日照被列入第二批对外开放城市。

口岸是指经国务院或者省人民政府批准的供人员、货物、交通运输工具出入境的港口、机场、车站等，分为一级口岸和二级口岸，前者为国务院审批，后者为省政府审批。自1985年《国务院关于口岸开放的若干规定》公布以来，山东省增设对外贸易口岸，至2000年全省共有一、二级口岸32个，包括了海港口岸、空港口岸、铁路口岸和公路口岸等四种（表7.7）。

表7.7　山东省对外开放口岸一览表

	口岸名称	个数
	一类口岸	14
海港口岸	青岛港、烟台港、日照港、威海港、龙口港、石臼港、岚山港、石岛港、东营港、蓬莱港、莱州港	11
空港口岸	青岛机场、济南机场、烟台机场	3
	二类口岸	23
海港口岸	青岛前湾港、烟台地方港、青岛地方港、荣成朱口港、威海港新区、荣成蜊江港、烟台水产码头、文登张家埠港、乳山口港、龙口渔港、潍坊羊口港、荣成龙眼港、潍坊港、即墨市女岛港、胶南市积米崖港	15
公路口岸	济南公路口岸、济宁公路口岸、潍坊、淄博、聊城、临沂	7
铁路口岸	菏泽铁路口岸	1

除口岸以外，作为国家设在口岸的进出入境监督管理机关——海关也在全省范围内增设。改革开放以前，山东省仅有青岛海关和烟台海关，改革开放后不足20年，青岛海关在全省增设了15处海关。表7.8、图7.5为新中国成立以来山东省海关设置的时空间过程，这一过程表现为沿海向内陆的领域增设和等级增设。1990年前海关增设主要在山东半岛，有日照海关（1986）、龙口海关（1987）、威海海关（1987）。1990～1995年主要集中在中部地区，有1990年的济南海关、潍坊海关、淄博海关，1994年的泰安海关、临沂海关、济宁海关。1995年以后则重点转向鲁西、鲁北平原地区，1996

年青岛海关菏泽办事处、1999 年聊城办事处、2003 年滨州办事处相继成立，2000 年德州增设海关。其中，在青岛市区范围内主要是邻域增设。等级增设在 1990 年以后体现得更为明显。高等级的城市设立时间越早，低等级城市设立的时间越晚。对比济南、潍坊、淄博，和泰安、临沂、济宁、德州、滨州的海关设立时间就十分清楚了。

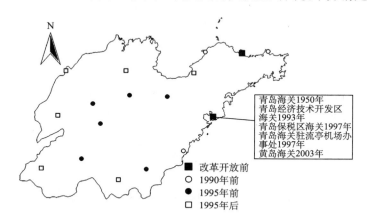

图 7.5　新中国成立以来山东省海关设置的时空间过程

表 7.8　新中国成立后山东省海关设置时间表

海关	办理业务时间	海关	办理业务时间
青岛海关	1950 年	临沂海关	1994 年
烟台海关	1962 年关闭，1973 年重开	青岛保税区海关	1997 年
济南海关	1990 年	流亭机场办事处	1997 年
威海海关	1951 年关闭，1987 年重开	莱州海关	1998 年
龙口海关	1951 年关闭，1987 年重开	青岛海关驻滨州办事处	2003 年
潍坊海关	1990 年	青岛海关驻聊城办事处	1999 年
淄博海关	1990 年	青岛海关驻菏泽办事处	1996 年
泰安海关	1994 年	日照海关	1986 年
枣庄办事处	1997 年	青岛经济技术开发区海关	1993 年
黄岛海关	2003 年	德州海关	2000 年
济宁海关	1994 年	蓬莱市	1998 年
东营海关	1997 年		

二、外贸流的变动

1. 分析对象及分析指标

如上所述，山东省的对外贸易口岸封启频繁，而青岛则是新中国成立以来唯一门户开放没有间断的城市，拥有较为齐全的统计资料。为了很好地勾勒新中国成立以来山东省城市门户职能变动的总特点，以青岛作为分析对象。

当然，在不同的历史时期，门户开放有着不同的深刻内涵。可以说，改革开放以前主要是对外贸易，而改革开放以后，开放的内容更为丰富。为了前后两个阶段的有效比较，采用直接对外贸易额为分析指标。同时，引入外贸结构比标度门户职能强度。

2. 外贸流的变动

首先来看门户职能规模的变动。图 7.6 系根据青岛港 1949～2001 年货物进出口量绘制而成，反映了近 50 年的青岛内外贸的时间变动。可以看出，新中国成立以来直至 1975 年左右，青岛的对外贸易量增长一直十分缓慢，"1966～1972 年外贸出口大致保持在第一个五年计划时期水平，后期有所增高[①]"，进口额也相埒不远。1978 年开始，增长开始加速，在贸易总额中的比重不断提高。特别是 1980 年以后，内外贸总额曲线与外贸曲线表现出较高的相似性。这就表明在经历了相对漫长的门户职能滞缓增长后，青岛的门户职能规模开始了迅速扩张。

图 7.6 系根据对外贸易额绝对量绘制，但绝对规模仅反映了青岛门户职能变动的一个侧面。

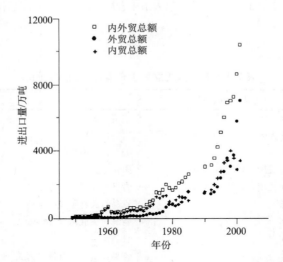

图 7.6　1949～2001 年青岛港的内外贸进出口量
①1949～1985 年来自山东省情资料库——海关库：1949～1985 年青岛港进出量；
②1990～2001 年数字来自中国交通年鉴，1991～2002 年

图 7.7（b）为 1949～2000 年青岛港外贸结构比的时间变动，反映了另外一个侧面。可以看出，这一期间，青岛的外贸结构比完成了一个不对称的"U"形变动过程。"一五"期间，青岛具有较高的门户职能，1953 年时外贸构成比为 42.7%。此后的 20 多年里，就一直维持在较低的水平上，外贸结构比大约为 20% 左右，更有甚者，1960

---

① 青岛市史志办公室编：青岛市志·对外贸易志，北京：五洲传播出版社，2001：111 页。

年、1962 年降至 10％以下，分别为 6.2％、8.8％。显然，这是青岛门户职能发展相对滞缓的时期，青岛港以国内贸易为主，内贸在进出口中所占比重一般在 70％左右。1978 年起，外贸结构比迅速提高，达到了 32.8％，比 1977 年增加 10 个百分点，此后就一直基本稳定在 40％以上。1984 年、1985 年、1997 年、2000 年和 2001 年均超过了50％。其中，2000 年和 2001 年高达 66.7％、67.4％。显然，对外贸易再次成为青岛口岸的最为重要的职能之一。

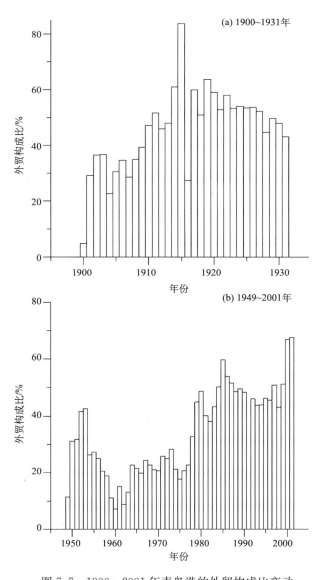

图 7.7　1900～2001 年青岛港的外贸构成比变动

①1900～1931 年数据据交通部烟台港务管理局编《近代山东沿海通商口岸贸易统计资料》10～12、25～26 表 2 计算；②1949～1990 年外贸构成比据青岛市史志办公室编《青岛市志》海港志 177～178 页表 29 计算。

如果将时间段向前延伸，图 7.7 （a）和图 7.7 （b）综合对比分析，则可以清晰看出 1900～2000 年 100 年间青岛门户职能强度的变动轨迹。1910～1931 年，青岛的海外门户职能维持了较高的水平，外贸结构比在 40％以上（期间缺乏 1932～1948 年的外贸构成比，1938 年时，青岛港对外贸易额为 7840 万元，内贸额为 4480 万元，外贸构成比为 63.63％。可以推知这一期间的外贸构成比不会很低），1955～1978 年在 30％以下，1979 年以后则长期维持在 40％以上。显然，上文指出的"U"形时间变动过程体现得更为明显。

三、外贸腹地变动

后向腹地和前向腹地（Hinterland and Foreland）都是分析门户职能变化不可缺少的内容。但由于难以获取各口岸城市不同年份的同国外联系的详细国家、地区、港口名单，因此，在这一部分内容里，仅仅分析 Hinterland（后向腹地）。

1. 海关监管区的变动

海关是国家设在口岸的进出入境的监督管理机关，拥有一定的海关监管区域，该区域包括海关管辖区和海关监管区、监管点。海关管辖区简称关区，是海关在执行任务中所管理的区域。山东省 1862～1898 年有东海关管辖区，1899～1945 年有东海关管辖区和胶海关管辖区，1945～1949 年有解放区海关管辖区。新中国成立后山东省才统一为青岛海关管辖区。海关监管区、监管点是指设立海关的港口、车站、机场、国界通道、国际邮件交换局和其他有海关监管业务的场所，以及未设海关、但经中央政府批准的进出境地点。海关监管区一般为海关的业务辖区，其通关外贸流虽然也会流向其他海关，但主要集中在海关驻地城市。比如，济南、烟台、日照、淄博、东营海关 2002 年通关外贸流中，济南、烟台、日照、淄博、东营监管区分别占 89.3％、81.7％、64.5％、84.4％和 99.5％。因此，在一定程度上，监管区可以看作是各口岸城市的直接外贸腹地。分析各海关监管区空间范围的大小变动，往往能够从另外一个方面折射出各口岸城市门户职能的规模、强度变化。

海关监管区的范围变动往往与海关的增减有着密切的关系。图 7.5 为山东海关的设置过程。1962 年烟台海关闭关，1973 年重开，这 11 年内，青岛海关是山东省境内唯一的海关，其业务范围覆盖全省。1986 年日照海关正式对外开办业务之前，青岛海关和烟台海关垄断了全省的对外贸易。此后，山东先后增设海关，至 2000 年已有 20 处（含办事处）。期间，各海关的监管区范围也相应发生了变化。由于海关增设主要集中在 1990 年以后，侧重分析 1990 年和 2000 年海关监管范围的变动（表 7.9）。

1980 年 2 月 9 日后，青岛海关升格为厅局级海关①，其余省内各地海关均为其下属

---

① 1980 年 2 月 9 日国务院发出《关于改革海关管理体制的决定》，把全国海关建制收归中央统一管理，成立了中华人民共和国海关总署，直属国务院领导。全国海关的机构、人员、业务和经费等统收归海关总署，并把北京、天津、上海、广州、九龙、大连、青岛、昆明、南宁 9 个海关定为厅局级海关。

海关。可以认为期间，青岛海关的范围没有发生变化。

表 7.9　1990～2000 年山东省各海关的监管区域变动明细表

海关	监管区		海关	监管区	
	1990 年	2000 年		1990 年	2000 年
青岛海关	全省	全省	济宁海关		济宁
烟台海关	烟台（龙口、招远、莱州、长岛除外）	烟台（龙口、招远、莱州、蓬莱、长岛除外）	临沂海关		临沂
济南海关	济南、德州、泰安、菏泽、聊城	济南	青岛保税区海关		青岛保税区
威海海关	威海市和文登、荣成、乳山	威海（荣成除外）	流亭机场办事处		青岛市城阳区（含流亭国际机场）
龙口海关	龙口、招远、莱州、长岛	龙口、招远、长岛	蓬莱海关		蓬莱市
潍坊海关	潍坊市及所属县市	潍坊	莱州海关		莱州市
淄博海关	淄博、滨州、东营、莱芜	淄博、滨州	聊城办事处		聊城市
日照海关	日照、临沂	日照	菏泽办事处		菏泽市
泰安海关		泰安、莱芜	青岛经济技术开发区海关		青岛市黄岛区（不包括保税区）、胶州市、胶南市
枣庄办事处		枣庄	德州海关		德州市

　　烟台海关 1980 年后为副局级海关。1990 年海关监管区为除龙口、招远、莱州、长岛以外的烟台市及其代管县市。1998 年蓬莱市设立海关后，烟台海关丧失对该市的监管权。

　　济南海关是山东境内最早设置的内陆海关，1990 年 2 月 10 日正式开关。当时业务辖区为济南、德州、泰安、菏泽、聊城等地市。泰安（1994）、菏泽（1996）、聊城（1999）、德州（2000）增设海关后，业务监管区缩小，仅限于济南市。

　　威海支关 1951 年 1 月因威海港被改为非对外贸易口岸而关闭，1987 年 5 月重开。当时的业务辖区为威海市区和文登、荣成、乳山。1990 年 7 月石岛海关正式对外办理业务后，划荣成为其业务辖区。故 2000 年时，威海海关的业务辖区仅限于威海、乳山和文登三市。

　　龙口支关 1951 年 1 月因为龙口港被改为非对外贸易口岸而撤销，1987 年 5 月龙口海关正式对外办公，当时业务管辖范围包括龙口、招远、莱州、长岛 4 个县市。1998年莱州市设立海关，辟莱州市为其业务辖区。龙口海关业务辖区则缩小为龙口、招远、长岛 3 县市。

　　淄博海关 1990 年正式对外办公，其时业务辖区为淄博、滨州、东营、莱芜。1994年泰安设立海关，划莱芜为其业务管辖范围，加之 1997 年东营市设立海关。因此，2000 年淄博海关业务管辖范围仅包括淄博、滨州 2 市。

　　石臼海关 1985 年正式开关办公，业务管辖范围有石臼、岚山两个国家一类港口和日照、临沂两市的代管县市。1992 年 12 月石臼海关更名为日照海关，1994 年临沂增设海关，日照海关丧失对其的监管权。

2. 外贸腹地的划分

　　仅着眼于海关监管区分析各口岸城市的外贸腹地是不够的。原因在于：第一，中西部地区的外贸流规模较小，门户职能在城市中的地位较低，对城市成长的促进作用不甚明显。而东部地区，外贸流规模很大，门户职能的强弱，直接影响到城市成长的快慢。第二，海关监管区是基于行政管理角度的划分。市场经济条件下，企业可以自由选择口岸。口岸之间往往会为争夺客户进行激烈的竞争，口岸的外贸腹地并不会严格受制于划定的各海关监管区域。

　　2000 年山东省的 14 个国家一类开放口岸分布在 11 个城市。其中，青岛、烟台、威海、日照、济南五个城市口岸的进出口量（价值）占全省绝大多数，比重一直稳定在80％以上（表 7.10），其余几个口岸进出口货物数量很小，如石岛口岸每星期只有两班低吨位船发往韩国仁川，相对于全省庞大总量可忽略不计。下文仅对这五个城市进行分析。

表 7.10　1995～2001 年全省及五城市的海关进出口总值（万美元）

	1995 年	1996 年	1997 年	1998 年	1999 年	2000 年	2001 年
A 全省	1 393 801	1 616 094	1 753 613	1 661 738	1 827 544	2 498 996	2 896 315
B 济南	66 565	91 353	104 165	79 901	96 125	143 935	150 143
C 青岛	857 353	863 488	916 252	882 041	1 009 884	1 353 222	1 541 565
D 烟台	148 504	196 001	216 299	222 732	228 840	313 945	341 648
E 威海	97 618	151 046	160 002	143 514	154 767	197 379	237 352
F 日照	31 997	37 547	47 222	58 276	46 335	55 714	76 805
G 小计	1 202 037	1 339 435	1 443 940	1 386 464	1 535 951	2 064 195	2 347 513
G/A	86.24％	82.88％	82.34％	83.43％	84.04％	82.60％	81.05％
C/A	71.33％	64.47％	63.45％	63.62％	65.75％	65.56％	65.67％

　　表 7.11 提供了部分城市进出口货物的口岸流向构成，表 7.12 则提供了这 5 个口岸城市的外贸流来源构成。二者的立足点不同，前者以腹地为立足点，考察腹地外贸流中各口岸城市所占的份额；后者以口岸为立足点，考察口岸外贸流中各腹地的份额。二者虽然形式上不同，但均反映了口岸和腹地之间的关系。两表中的原始数据均已通过处

理，表 7.12 同行数据可比，不同行数据不可比，表 7.12 则仅同列数据可比①。

表 7.11 部分城市的进出口货物收（发）货地与口岸关系表（％）①

收（发）货地	进口货物					出口货物				
	青岛	烟台	日照	威海	济南	青岛	烟台	日照	威海	济南
济南	56.86	5.49	4.58	0.15	32.93	87.57	2.99	0.13	0.42	8.89
青岛	97.84	0.32	0.63	1.08	0.13	99.00	0.48	0.08	0.42	0.02
淄博	77.87	1.60	20.21	0.04	0.28	97.78	0.28	0.71	0.35	0.88
东营	99.04	0.00	0.84	0.00	0.12	99.20	0.52	0.10	0.18	0.001
烟台	22.27	60.32	0.80	16.61	0.00	60.13	33.53	0.03	6.30	0.08
潍坊	97.46	0.08	0.96	1.46	0.05	99.19	0.43	0.12	0.21	0.05
威海	31.98	2.89	0.21	64.93	0.00	60.64	6.64	0.09	32.69	0.02
日照	3.71	0.44	95.83	0.00	0.02	35.54	0.00	64.41	0.05	0.00
青州	99.79	0.00	0.00	0.09	0.12	98.81	0.15	0.00	1.03	0.00
龙口	65.52	26.50	0.00	7.98	0.00	88.24	10.85	0.00	0.91	0.00
胶州	99.87	0.00	0.02	0.11	0.00	99.03	0.19	0.00	0.55	0.20
诸城	99.25	0.00	0.00	0.16	0.60	99.80	0.03	0.12	0.05	0.00
莱阳	59.63	29.52	0.00	10.84	0.00	79.00	18.66	0.00	2.35	0.00
文登	7.88	1.39	0.00	90.73	0.00	47.73	4.94	0.00	47.33	0.00
荣城	69.63	3.09	0.00	27.28	0.00	54.82	20.70	0.00	24.48	0.00
即墨	99.71	0.00	0.00	0.29	0.00	98.88	0.18	0.00	0.92	0.02
平度	100.00	0.00	0.00	0.00	0.00	99.31	0.35	0.00	0.32	0.00

注：①收发单位所在地指标：本指标设立于 1985 年。收货单位所在地即进口货物最终收货使用单位所在地区。对确定最终收货单位有困难的，以预知运往收货的地区或第一个收货单位所在地为准。发货单位所在地，即出口货物始发单位所在地区，也就是其生产单位所在地区。对确定始发单位有困难的，按出口货物起运地为准（白树强，海关业务制度及实务，北京大学出版社 . 1999）。

表 7.12 2002 年五口岸城市的外贸来源构成表（％）

地区	口岸					地区	口岸				
	青岛	烟台	日照	威海	济南		青岛	烟台	日照	威海	济南
青岛	61.5	3.0	3.9	6.4	3.2	东营	1.4	0.1	0.1	0.0	0.0
烟台	6.9	81.7	1.2	23.5	0.1	济宁	1.8	0.0	4.0	0.0	1.0
威海	4.7	8.1	0.1	68.7	0.1	泰安	0.9	0.0	0.4	0.0	0.5
潍坊	6.2	0.2	0.5	0.5	0.3	莱芜	0.9	0.0	0.0	0.0	0.0
济南	3.7	3.0	3.6	0.2	89.3	德州	0.7	0.6	0.0	0.0	2.0
淄博	4.1	0.5	10.5	0.2	2.3	聊城	0.6	0.0	0.0	0.0	0.9
日照	1.0	0.0	64.5	0.0	0.0	枣庄	0.6	0.0	0.1	0.0	0.2
滨州	2.7	2.2	0.0	0.1	0.2	菏泽	0.5	0.0	0.1	0.1	0.0
临沂	1.8	0.3	10.4	0.0	0.0	总计	100	100	100	100	100

说明：为了图表的精简，本表统一按照四舍五入的原则精确到小数点后一位，所以存在一些微量误差。比如数字为 0 并不一定表示没有，而是表示数量太少，所占比例几乎为 0。

———————

① 以青岛口岸和烟台口岸为例，不能因烟台在青岛口岸外贸流的比重（6.9％）小于烟台在自身口岸中外贸流的比重（81.7％）而认为烟台在青岛口岸的外贸流规模小于在烟台口岸的外贸流规模。

　　表 7.12 中，青岛口岸中日照方向外贸流的比重为 1.0%，但这 1.0% 的外贸流中，至少包括了日照市 35.54% 出口货物和 3.71% 的进口货物。同一口岸中东营方向外贸流的比重为 1.4%，这 1.4% 包括了东营 99.04% 的进口货物和 99.20% 的出口货物。因此，确定 1.0% 为腹地归属划分的基准。划分工作以表 7.12 基础数据源，表 7.13 为划分结果。如表 7.13 所述，口岸城市的外贸腹地互有重叠。

　　青岛的外贸腹地最大，是唯一 17 个地市都有外贸流通过的城市，外贸流超过 1.0% 的有 11 地市。也恰是这个原因，青岛自身外贸流通过自身海关出口流量比例最低，仅为 61.5%。

　　日照的外贸腹地范围次之，自身外贸流通过本城市海关外贸流的比重为 64.5%，仅高于青岛。如表 7.13 所示，包括了淄博、日照、临沂、济宁等 7 个地市。之所以如此，日（照）菏（泽）铁路的修建功不可没。

表 7.13　2002 年山东各口岸城市的外贸腹地

口岸城市	外贸腹地范围
青岛	青岛、烟台、威海、潍坊、济南、淄博、日照、滨州、临沂、东营、济宁
烟台	青岛、烟台、威海、济南、滨州
威海	青岛、烟台、威海
济南	青岛、济南、淄博、济宁、德州
日照	青岛、烟台、济南、淄博、日照、临沂、济宁

　　烟台高达 81.7% 的外贸流来自于自身，其余按照比重依次为威海（8.1%）、济南（3.0%）、青岛（3.0%）和滨州（2.2%）。从外贸流的绝对规模来看，虽然烟台很大一部分的外贸流来自自身，但烟台的外贸流经过青岛的部分大于经过烟台的数量。这表明烟台已经全部纳入了青岛的腹地范围。

　　威海的外贸流 98.7% 来自威海（68.7%）、烟台（23.5%）、青岛（6.4%），来自其他地市的外贸流微乎其微。显然，威海的外贸腹地仅限于胶东半岛。

　　济南高达 89.3% 的外贸流来自于自身，其余依次是青岛（3.2%）、淄博（2.3%）、德州（2.0%）、济宁（1.0%），其外贸腹地范围主要集中在中西部地区。

四、门户职能单位的变动

1. 分析指标

　　本小节采用外资企业数作为门户职能的标度指标。之所以不再利用从事门户职能的外国洋行数，是基于以下考虑，第一，目前，某一城市同国外的联系内容更加丰富，并不仅仅局限于对外贸易一项。外资企业在某城市的空间集聚规模更能反映这一城市同国外城市间的联系强度和联系规模，从事对外贸易的职能单位仅仅反映了其中的一个侧面。第二，数据可获得性的考虑。前一历史时段，由于缺乏完全的、系统的统计资料，全面获取各城市中的外资企业数十分困难。而部分城市的主要外国洋行数却多有记载，故不得已采用该指标。新中国成立以后，由于各项统计工作的日趋完善，数据更加丰富，采用外国企业单位数的可能性提高了。

2. 职能单位变动

图 7.8 为山东省新中国成立以来外商直接投资合同数的变动情况。青岛、济南、烟台是新中国成立前外资企业最多的城市，1939 年三城市分别有外商企业 1046 家、305 家、51 家。新中国成立初期，这些城市的外资企业迅速减少[①]。直至 1981 年起首家外资直接投资山东，在长达近 30 年的时间里，山东省境内就没有一家外资企业。改革开放以后，上述情形发生了变化。20 世纪 90 年代中期外商直接投资合同数超过千家以上，其中，1993 年高达 7229 个。显然，山东各城市同国外的联系经历了一个不对称的"U"形变动，新中国成立前联系相对紧密，新中国成立以后在很短的时间里，这种联系迅速削弱，改革开放以后，则迅速反弹。

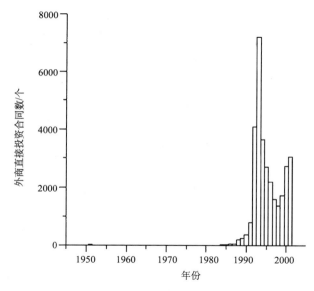

图 7.8　山东省 1949～2001 年外商直接投资合同数
1951 年和 1952 年数为济南、青岛合计数

3. 日资企业的集聚变动

现有外资统计，多以行政区划中的地级市为空间统计单元，这一空间单元适于区域分析而并不适应于城市的分析，不应该将区域内的外商投资数全部作为城市的标度值。因此，有必要根据各外商直接投资企业的地址进行核实筛选。显然，对所有的外商投资均进行甄别，既耗时费力，也无必要。虽然不同国别外资的区位趋向有所差异，但也都

[①]　1950 年青岛市工商局对全市工商业进行总登记，时有外国企业 58 家。是年起，美孚火油公司、汇丰银行、德士古火油公司等 10 家外国企业歇业后，其他 48 户生意萧条，相继撤离、停歇、关闭。如表 7-15 所示，1951 年一年之内，青岛外资企业由 17 家减少至 8 家，1952 年底，则仅剩 5 家。济南 1951 年时仅有外资企业 2 家，1952 年底则剩下 1 家。

遵循了相似的客观规律。因此，以某国别的外资企业为对象进行分析更为可行。日资企业在山东省外资中占有一定的比重（表 7.14），以日资企业为例进行分析。

表 7.14　日资企业在全国及山东的地区分布情况

地区	从业人员数	各时期的法人数/家			
		1991 年以前	1992～1995 年	1998 年 11 月	2002 年 11 月
全国	577 241	414	1 253	2 424	2 979
山东	38 217	22	80	153	169
		比重/%			
全国	100	100	100	100	100
山东	6.6	5.3	6.4	6.3	5.7

資料来源：李国平，2003，中国へ進出する日本企業の動機と地区選択及びその展望，歴史と地理，568：36.

日资企业的相关数据来自日本《周刊东洋经济》出版的《海外进出企业总览（国别卷）2002 年卷》，其中，在中国内地的日资企业统计到了各省。具体内容包括日资企业名称、企业地址、注册时间、资本额、从业人员数（分日方人员、中方人员）、营业额、经营状况（包括盈利、盈亏平衡、亏损）、中方资本比重等多项内容。根据该资料提供的各日资企业地址，甄别其是否分布在市区范围，剔除不合要求的企业样本。经过上述处理，2001 年山东城市中日资企业共有 147 家，分布在 25 个城市中。其中，制造业最多，为 130 家，制造业遍布 25 个城市。其次是仓储运输 6 家和对外贸易 7 家（表 7.15），主要集中在青岛，分别为 6 家和 4 家。

表 7.15　147 家日资企业的行业分类概要

分类	日资企业数/家	分类	日资企业数/家
制造业	130	餐饮	1
对外贸易	6	农业	2
仓储运输	7	研发	1

图 7.9 为这 147 家企业的开设年份图。可以看出，1984～2001 年 17 年，日资在山东的投资可以分为三个时期。第一阶段为 1984～1990 年，日资企业数增长较为缓慢，除了 1990 年新增设三家外，其他年份均为 1 家；第二阶段为 1991～1997 年，日资企业增长迅速，年均增加 20 余家，1997 年时已累计有 136 家；第三阶段为 1997 年以后，为调整、停滞阶段。除 1999 年新设 4 家外，其余年份均为 2 家，增长重新趋缓。

图 7.10 则为青岛、济南、烟台、威海历年日资企业数的变动图。特征有三：第一，青岛日资企业集聚规模始终最大。其中，2001 年时青岛、烟台、济南、威海分别有日资企业 64 家、15 家、9 家、6 家（表 7.16），从业人员 17 638 人、2965 人、1743 人、1833 人。第二，各城市日资企业最早投资年份有着明显的位序，这与列入对外开放城市的顺序相关。其中，青岛为 1984 年、烟台为 1986 年、威海为 1991 年、济南为 1994 年。在空间上表现为邻域扩散和等级扩散。第三，青岛与其他城市日资企业集聚差距加大始自 1990 年，1996 年时，青岛已经比烟台多出 34 家企业。此后由于日资在山东投资的滞缓，这种差距并没有再次拉开。

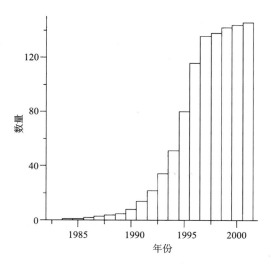

图 7.9　山东省 1984～2001 年日资企业的增设情况

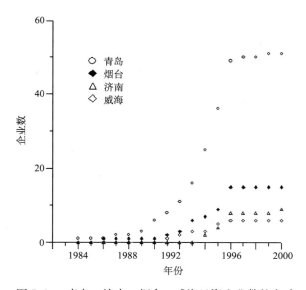

图 7.10　青岛、济南、烟台、威海日资企业数的变动

表 7.16　2001 年山东省日资企业和从业人员的空间分布

	企业数/家	比重/%	从业人员数/人	比重/%
全省合计	147	100.00	37 524	100.00
青岛	64	43.54	17 638	47.00
烟台	15	10.20	2 965	7.90
济南	9	6.12	1 743	4.65
威海	6	4.08	1 833	4.88
小计	94	63.94	24 179	64.43

本 章 小 结

本章从门户职能概念的探讨入手，建立了门户职能的三要素分析框架，即：结合规模分析（Flow 分析）、结合强度分析（外贸结构比分析）和结合空间范围分析（Hinterland and Foreland 分析）。并利用这一框架分别讨论了山东省口岸城市的门户职能变动，有以下结论：

（1）研究时段内，山东省的对外门户数量经历了增加、减少、增加的循环过程，与之相对应，各口岸城市的门户职能规模也经历了增加、减少、增加的循环过程。

（2）新中国成立前，烟台在很长时间内内贸占有相当大的比重，海外门户职能规模较小，发展滞缓。青岛与之形成了鲜明的对比，在较短的时间里，门户职能规模、门户职能强度就超过了烟台，并且这一地位就再也没有动摇过。外贸腹地、职能单位分析也展现了青岛与烟台的这一竞争过程。

（3）1910 年以来，青岛门户职能强度经历不对称的"U"形变动。新中国成立后以 1978 年左右为界，前后两个阶段，青岛的门户职能规模、门户职能强度形成了鲜明的对比。前者门户职能规模小，增速慢，门户职能强度弱，后者与之相反。

（4）改革开放以后，随着口岸的增辟，大部分口岸城市的外贸腹地范围缩小，尤其是济南至为明显。

第八章　山东省城市规模的城市职能效应分析

第一节　研究方法

一、引　言

城市职能是某城市在国家或区域中所起的作用、所承担的分工……城市职能概念的着眼点就是城市的基本活动部分（周一星，1995），城市基本部分在城市、城市体系成长中的作用就是城市职能的作用。前文的研究表明，城市职能具有丰富的时间、空间内涵，同一历史时期不同城市的职能具有共性，不同历史时期的城市主导职能会发生有规律的更迭。从城市职能的演化过程来看，城市职能日益复合是一个历史的趋势，目前绝大部分城市的城市职能是各种类型职能的复合体。城市职能与城市成长的关系因职能类型而异，这种关系随着时间的推移会发生明显的变化，进而影响到城市体系的动态演化过程。分析城市成长的城市职能效应对于解析城市体系的动态演化具有十分重要的理论意义和实践意义。

国内城市职能的研究多侧重于城市职能分类，但是城市职能分类并不是城市职能研究的终结，木内信藏（1979）指出，城市职能分类既是研究成果的总结，同时也是研究的起点、研究的基础和研究分析利用的工具，它不是万能的，永久不变的。目的明确，方法简洁，分类结果时间上、空间上可比则是实现城市职能分类后续研究的必备条件，也是讨不同类型城市职能与城市成长和城市体系演化关系的必备前提。

Bird（1973）最早提出用中心地理论、门户概念（gateway concept）、集聚-规模经济（agglomeration/scale economics）分析城市的产生和发展，Forstall and Jones（1970）建立了大都市区七种职能类型 Bird（1973）三种理论类型的对应关系，森川洋（1991）讨论了中心职能（central function）、中枢管理职能（management function）和制造业职能与城市体系结构变动的关系，发现中心地职能从业人员的增减在大城市和小城市之间有着明显的差异，并进一步强化了城市体系的等级性。

国内外有部分研究分别讨论了中心地职能、中枢管理职能、工业职能和门户职能（gateway function）与城市成长和城市体系演化之间的关系。比如中枢管理职能研究方面，土谷敏治（1988）、ABE Kazutoshi（2004）分析了城市成长、城市体系变动中的该职能规模效应，石丸哲史（2000）指出，中枢管理职能向高等级城市的集聚加剧高低城市等级的两极分化，北田晃司（1996，1997，2004）则拆分中枢管理职能为经济中枢管理职能和行政中枢管理职能，分析了殖民地时代朝鲜、韩国和中国台湾的城市体系演化，M. Fujita 与 T. Tabuchi（1997）强调，1985 年以来，日本东京—大阪双极型城市体系的崩溃、东京单极型城市体系的形成是中枢管理职能在中心城市的集聚结果。门户职能研究方面，有 Rimmer 的海港城市分布及其等级结构的变动过程研究 Rimmer

(1967)、Vance（1970）和寺谷亮司（2000）分别对新大陆、新开发地区的城市体系形成演化分析。工业职能方面，石丸哲史（1992）系统考察了日本工业和服务业专门化城市的成长，北川博史（1991）分析了日本高速增长期以来工业城市的兴衰过程。中心地职能方面，王茂军等（2004）讨论山东省中心职能体系演化过程。

第五章至第八章将城市的职能分解为中心地职能、中枢管理职能、工业职能和门户职能，分别详细讨论了不同历史时期这些城市职能类别的时空演变过程。但限于各章篇幅，均没有深入探讨各职能类别与城市规模分布变动定量关系的时间变动。本章试图就这一问题进行翔实的讨论，以期回答山东省城市体系时空演变中的城市规模扩展的内在机理。

在已有先行研究的基础上，作者将一个城市的城市职能分解为中心地职能、中枢管理职能、工业职能和门户职能。

二、研究模型

一个城市的经济活动根据活动的对象可以分为两部分，一部分为城市以外地区服务，一部分为城市自身服务，前者称为城市活动的基本活动部分，后者称为非基本活动部分。其中，城市职能是经济活动的基本部分，是促进城市发展的主导力量。

城市体系规模分布的变动实际上是各城市差异性增长造成的，而城市的差异性增长实际上是城市职能在空间上不同程度集聚的必然结果。这种集聚包括两个方面：其一，就是同一种城市职能在不同城市中的差别性集聚，其二，就是指不同种城市职能在同一城市的集聚。其中，前者称专门化经济（localization economy），后者称城市化经济（urbanization economy），二者的有机结合促进了城市的发展，并在城市化的推进过程中日益深化。随着城市化的推进，城市之间的相互关系越发紧密，一个城市的发展往往影响甚至改变了另外一个城市的发展。城市化不仅改变了某一城市中的产业结构，还影响了不同产业在不同规模级城市中的分布。

城市职能是城市经济活动的基本部分，与集聚经济中的专门化经济（localization economy）密不可分。目前，基于集聚经济视角的城市规模研究引起了学者的关注。Henderson（1988）发现专门化部门类似的城市人口规模大致相同，在此后的研究中，Henderson（1997）将美国城市分为 5～50 万和 50 万以上两个规模级，讨论了城市人口规模与城市化经济（urbanization economy）、专门化经济间的关系，发现城市化经济与城市规模等级性存在有明确的对应性。Duranton 和 Puga（2000）在综述集聚经济、专门化部门、城市多样性与城市人口规模关系时，提出了城市的成长与其在城市体系中的相对位置、专门化部门、城市多样性有关；城市人口规模与城市的多样性关系紧密，与专门化部门联系松散等五个事实。龟山（2000）基于经济基础模型的分析表明，与基本部门从业人员数相关系数大的部分日本城市人口规模出现了衰退倾向，与非基本行业部门从业人员数相关系数大的部分城市出现了成长的趋向，并进而发现专门化经济在日本城市成长和衰退过程中发挥了非常明显的作用（龟山，2001）。藤田（1996）强调，现代城市的成长必须从四个方面进行解释：第一，较气候条件、矿产资源等外生区位条件重要的集聚经济；第二，在城市体系中考察各城市的成长；第三，由于集聚经济的存在，城市存在自我发展的动力，历史的观点对于理解某时点城市体系空间结构不可缺少；第四，城市等级体系的强大惯性会凸现长期结构变化。

城市经济基础理论体现了集聚经济中专门化经济与城市成长的关系，且专门化经济与城市职能密不可分，因此，可以根据城市经济基础理论进行关心问题的讨论。

经济基础理论的基本原理表明，城市基本活动的成长促进了城市人口规模的扩大，城市基本活动、城市人口规模的扩张带来的派生需求进而促进了城市非基本部分的扩张。城市的成长过程就是基本部分、非基本部分、城市人口循环往复、不断集聚的过程，三者之间存在因果关系。

t 时点城市人口规模与城市就业人口之间存在有一定的乘数关系，即

$$P_t = \alpha_t \cdot E_t \qquad (8\text{-}1)$$

式中：P_t 为 t 时点城市人口规模；α_t 为 t 时点就业人口的带眷系数；E_t 为 t 时点城市从业人口规模。

城市就业人口 E_t 为城市非基本部分（NBE_t）与基本部分（BE_t）之和，即

$$E_t = BE_t + NBE_t \qquad (8\text{-}2)$$

也即

$$E_t = BE_t \left(1 + \frac{NBE_t}{BE_t}\right) \qquad (8\text{-}3)$$

其中，$1 + \dfrac{NBE_t}{BE_t}$ 为乘数，可设 $m_t = 1 + \dfrac{NBE_t}{BE_t}$，则式（8-3）等价于式（8-4），

$$E_t = m_t \cdot BE_t \qquad (8\text{-}4)$$

这样，综合考虑式（8-1）和式（8-4），就有

$$P_t = \alpha_t \cdot m_t \cdot BE_t \qquad (8\text{-}5)$$

设 $\beta_t = \alpha_t \cdot m_t$，则有

$$P_t = \beta_t \cdot BE_t \qquad (8\text{-}6)$$

β 反映了城市人口与城市基本活动部分之间的关系，其中，包括了带眷效应和基本活动部分对就业总人口的乘数效应两部分。据式（8-6），可以通过回归分析考察城市人口规模与城市基本活动部分之间的定量关系。

城市经济活动的基本部分包括不同的组成部分，不同的组分与城市人口间有不同的 β。作者试图探讨城市经济活动基本部分的内部组分即不同的城市职能与城市成长之间的关系，需要将式（8-6）中的 BE 进行分解，就有

$$P_t = \sum \beta_{t,i} \cdot BE_{t,i} \qquad (8\text{-}7)$$

式中：i 为城市职能类别，本书指中心地职能、工业职能、中枢管理职能和门户职能，t 为时点

对于 t 时点有式（8-7），对于 $t+T$ 时点，则有

$$P_{t+T} = \sum \beta_{t+T,i} \cdot BE_{t+T,i} \qquad (8\text{-}8)$$

如果要测度 $t+T$ 时点和 t 时点间城市的基本活动部分变动对城市规模变动的影响，则有

$$\Delta P = \sum \beta_i \cdot \Delta BE_i \tag{8-9}$$

三、基本部分测算

国外已有的基于集聚经济视角的相关研究，多分别计算城市各行业的区位商，将城市各行业划分为基本部门和非基本部门，然后以基本部门的从业人员数作为 BE 的标度值，探讨专门化经济和城市化经济对城市成长、城市体系演变的作用（Glaser et al.，1992；龟山，2000，2001，2003；Henderson et al.，1995；Henderson，1997；Fujita and Tabuchi，1997；石丸哲史，2000）。但是，城市职能是指城市经济活动中为城市以外区域服务的部分，并不等同于基本部门。因此，需要测度城市经济活动的基本部分。

测度城市基本活动部分的方法有普查法、参差法、区位商法、正常城市法、最小需要量法等方法（周一星，1995）。其中，区位商法简化了区分城市基本部分和非基本部分的复杂过程，适用于对若干个数量不多的城市进行对比研究，在实践中得到了较广泛的应用。

区位商测度基本部分的方法最早由 Mattilahe 和 Thompson 1955 年提出，计算公式如下：

$$B_i = e_i - \frac{E_i}{E_t} \cdot e_t \tag{8-10}$$

$$B = \sum_{i=1}^{n} B_i \tag{8-11}$$

式中：B_i 为 i 部门基本活动从业人员数，e_i 为城市中 i 部门的从业人员数，E_i 为全国或者省区 i 部门的从业人员数，E_t 为全国或者省区从业人员总数，e_t 为城市从业人员总数。B 为城市基本活动总从业人员数。

当 $B_i < 0$ 时，i 部门只为城市自身服务，当 $B_i > 0$ 时，B_i 就是部门 i 从事基本活动的从业人员数。

在利用区位商法计算基本部分时，应该注意三点：①式（8-11）中 B 系正值 B_i 的累计，并不是所有 B_i 绝对值的累计；②大类的基本部分并不等于各小类基本部分的累加；③行业分类的粗细直接影响到基本部分的精确程度。如果将产业分为服务业和制造业两大类，二者与城市规模之间并没有什么关系（龟山，2001）。但是，划分过细会直接影响到研究结论的城市间的可比性，缺乏推广价值。

适度的分类是利用区位商方法的前提，为了 t 时点和 $t+T$ 时点之间的有效对比，论文采用行业或者职业的中分类标准计算各职能的 BE。式（8-9）ΔBE_i 的计算采用同样的处理方式。

式（8-10）的缺点主要表现在两个方面：①假设国家或者省区内的所有城市都具有相同的生产率和消费结构，忽视了区域内中心城市和腹地内城市生产效率和消费结构的

异质性；②城市经济活动的基本部分测算以区域封闭为前提，假设国家或者省区没有外贸进出口。前者可以通过一定的方法进行修正，使其尽量符合实际情况，作者在第五章中进行了一定的探索。比较而言，后者则是区位商法计算基本部分的致命要害，它将城市的门户职能摒弃在外。事实上，在对外开放的大背景下，城市门户职能的强弱与城市、城市体系的成长有着更为密切的关系。

因此，中心地职能、中枢管理职能、制造业职能的测度采用区位商法确定其基本部分。门户职能受已有资料的制约，难以直接用门户职能的从业人员数标度职能规模，需要从外贸流、门户职能单位以及外贸腹地三个方面进行分析。虽然其中任何一个方面不能完全代替其他两个方面，但三者之间有着相当大的叠合性，可以利用累加模型构筑新的指标综合成一个新的指标，模型的计算方法如下：

$$C = \sum_{j=1}^{3} X_j \cdot W_j \qquad (8\text{-}12)$$

式中：C 是城市门户职能规模/强度标度值，X_j 是城市门户职能指标 j 的标准化数值，按照级差标准化处理。W_j 是第 j 项指标的权重值，满足

$$\sum_{j=1}^{3} W_j = 1 \qquad (8\text{-}13)$$

为简便计算，假设门户职能各指标的权重值相等。

四、研究对象、时点和数据

之所以要研究城市职能变动的城市规模响应，其最初的设想是回答近 200 年来制约、影响山东城市规模的主导职能是什么？各种职能在制约城市规模，影响城市规模的时空间变动中所发挥的作用是多少？

显然，受已有数据资料的制约，必须就研究对象、研究时点进行约定。在第三章的分析过程中，就已经发现了城市职能演变是日趋复合的过程。因此，以已经复合化的城市职能结构进行分析，从其中可以发现、复原各主导职能在其相应的历史阶段所发挥的作用。本节分析的时点为 1982 年和 2000 年，研究对象为 2000 年时的建制市。

1982 年城市人口规模数据选用作者在城市规模分布中的校正数据，2000 年选用第五次人口普查中的市人口数据。工业职能数据分别选用 1982 年和 2000 年两次人口普查中的分行业从业人员数据。中心地职能、管理职能数据选用上述两个年度的人口普查中的分职业从业人员数据。门户职能数据则来自中国城市统计年鉴（2001）、山东省外经贸统计年鉴。

其中，中心地职能、工业职能、管理职能的城市就业人口数据均需要处理，处理的方法作者在第五、六、七章中均有所介绍，本节不再赘述。

第二节　城市规模结构变动的城市职能效应

一、城市规模中各类职能规模的影响

1. 1982 年

采用 43 个城市样本，按照逐步回归分析建立城市人口规模与中心地职能规模、中枢管理职能规模和工业职能规模之间的定量关系。按照 F 概率为 0.50 的遴选标准，模型首先引入中心地职能变量，然后引入工业职能变量。中枢管理职能之所以没有被引入，这是因为该职能类型与城市人口规模不存在明显的相关关系，二者间的皮尔逊相关系数仅为 0.228，没有通过显著性检验。

表 8.1　1982 年城市人口规模与各职能规模回归方程的统计参数

解释变量	偏回归系数	标准偏回归系数	T 检验值	Sig
常数	36927.162		2.288	0.28
工业职能	0.879	0.726	12.704	0.000
中心地职能	97.423	0.369	6.453	0.000
N		43		
R		0.945		
R Square		0.894		
Adjusted R Square		0.888		
Durbin-Watson		1.955		
F 值		167.852		0.000

模型的 F 检验统计值为 167.852，在 0.000 水平上显著，DW 为 1.955，不存在明显的共线性，这说明模型是可信的。模型决定系数表示自变量能够解释的因变量的比例，校正样本决定系数 R^2 为 0.888，说明中心地职能和工业职能规模可以解释城市规模差异原因的 88.8%。

表 8.1 中的偏回归系数绝对值表示自变量对因变量的影响程度。可以看出，工业职能、中心地职能对城市人口规模产生了正向的影响，均通过了 0.000 显著性水平检验，即城市规模随着工业职能、中心地职能规模的增大而增大。就各变量的影响程度来看，无疑中心地职能最强，其次是工业职能，二者的弹性系数分别为 97.423、0.879。这说明 1982 年山东省城市人口规模的差异主要取决于其中心地职能规模，城市与腹地的关系非常密切，主要是腹地发展的必然产物。

标准偏回归系数的绝对值可以用来表示各自变量导致因变量变动的相对贡献大小，城市人口规模变动的中心地职能、工业职能的贡献份额可以通过标准偏回归系数的绝对值获得。从表 8.1 可以看出，城市人口规模中的中心地职能、工业职能的贡献率分别为 33.70%、66.30%（以三类城市职能能够解释的城市规模差异原因的 88.8% 为 100%）。这意味着，1982 年时，虽然城市人口规模在很大程度上取决于中心地职能，但就导致

城市人口规模变动的贡献份额而言，工业职能明显大于中心地职能。

2. 2000 年

利用与表 8.1 相同的职能类别、同样的逐步回归分析方法进行分析，结果如表 8.2 所示。按照 F 概率为 0.50 的遴选标准，模型首先引入中心地职能、工业职能，在引入中枢管理职能后，中心地职能被剔除。这是因为中心地职能与中枢管理职能的相关性较强，二者的皮尔逊相关系数为 0.799，其原因与论文选取的中枢管理职能标度指标中的数据质量密切相关。因为，在国家机关党群组织事业单位负责人、专业技术人员中包含了一定量的非决策人员。

表 8.2　2000 年城市人口规模与各职能规模回归方程的统计参数

解释变量	偏回归系数	标准偏回归系数	T 检验值	Sig
常数	227 482.491		3.781	0.001
工业职能	10.323	0.493	5.329	0.000
中枢管理职能	32.706	0.540	5.840	0.000
N		43		
R		0.827		
R^2		0.684		
Adjusted R Square		0.699		
Durbin-Watson		2.196		
F 值		43.368		0.000

表 8.2 模型的 F 检验统计值为 43.368，在 0.000 水平上显著，DW 为 2.196，不存在明显的共线性。但是模型的校正决定系数 R^2 仅为 0.699，这说明工业职能、中枢管理职能只能解释城市人口规模差异的 69.9%。与 1982 年相比，自变量对因变量的解释程度降低了 18.9 个百分点，这说明另外 30.1% 的城市人口规模差异需要其他职能进行解释，显然，影响城市人口规模的职能因素更为多元化了。无论如何，腹地在城市发展中的主导地位无可置疑地下降了，城市已经由主要是腹地发展的产物，逐步变为城市与其腹地外其他城市相互作用的产物。

就各变量对城市人口规模的影响程度来看，无疑，中枢管理职能最强，其次是工业职能，二者的弹性系数分别为 32.706、10.323，也就是说，中枢管理职能已经成为影响城市人口规模的重要决定因素。与 1982 年相比，中心地职能的重要性已经明显下降。

中枢管理职能、工业职能的标准偏回归系数绝对值分别为 0.540、0.493，意味着城市人口规模变动中的中枢管理职能、工业职能的贡献率分别为 52.27%、47.73%（以二职能能够解释的城市规模差异原因的 66.9% 为 100%），中枢管理职能的贡献率大于工业职能，但是二者相差不远。

二、城市规模变动中的各职能类型效应

上文中从静态角度分析了 1982 年和 2000 年中心地职能、工业职能和中枢管理职能

在城市规模差异中的影响程度以及各自的贡献率。本节试图通过式 8-9 进行逐步回归分析，分析近 20 年来城市各职能增长与城市规模增长之间的关系，表 8.3 为回归分析模型各统计参量。

表 8.3　城市人口增长率与各职能增长率间的回归分析结果

解释变量	偏回归系数	标准偏回归系数	T 值	Sig
常数	24 185.600		6.384	0.000
工业职能	−2.822	−0.633	−5.765	0.000
门户职能	7.700	0.265	2.410	0.021
N		43		
R		0.799		
R^2		0.639		
Adjusted R Square		0.621		
Durbin-Watson		2.131		
F 值		35.386		0.000

从回归分析结果可以看出：

（1）模型的 F 值为 35.386，在 0.000 水平上显著，说明模型是可信的，DW 为 2.131，模型不存在明显的共线性，可以用于下文的分析。

（2）模型的校正决定系数为 0.621，说明自变量可以用来说明因变量变动的 62.1%。

（3）按照 F 的概率 0.50 为遴选标准，模型引入了工业职能和门户职能两个变量，这表明工业职能规模和门户职能规模的变动是导致近 20 年来城市人口规模变动的最为重要的职能要素，而中心地职能、中枢管理职能的重要性则没有得到充分的体现。

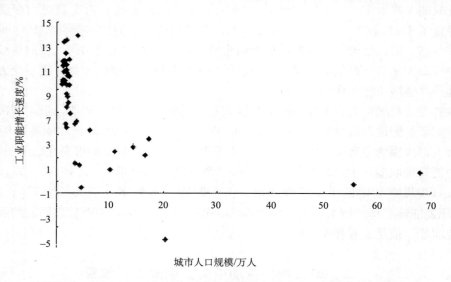

图 8.1　1982～2000 年城市工业职能增速与城市人口规模之间的关系

（4）从偏回归系数来看，工业职能自变量为负值，表明城市工业职能规模变动与人口规模变动为负向关系，即1982～2000年工业职能规模增长快的城市是人口规模增长较慢的城市，反之，则为城市人口增长较慢的城市。这是符合山东实际的。近20年来，工业职能的增长速度随人口规模增加而降低，高速增长的城市高度集中在10万人以下的低规模级城市中（图8.1）。而城市人口规模变动的两极化趋势明显，10万人以下的低规模级城市人口增长较慢，10万人以上的城市增长较快（表8.4）。之所以出现这种现象，是因为1982年以来山东工业职能发展的重点区域由鲁中山区转向胶东半岛，工业职能专门化的城市也发生了明显变更。

表8.4　1982～2000年城市人口规模增速的统计指标

	1万～10万人	10万人以上
样本	81	17
均值	4.2%	5.4%
最大值	12.4%	11.8%
最小值	−0.3%	2.2%
标准差	0.022	0.025

门户职能的偏回归系数为正值，表明门户职能增长与城市人口增长为正向关系，体现了对外开放对高位次城市人口增长的贡献，同时印证了施坚雅（1977）和Ades等（1995）的论点。施坚雅指出，"一个地区内可以说由地区对外贸易引起的城市人口增长不相称地自然增长到最高层城市的那种水平"，Ades等（1995）认为关税保护程度以及占GDP一定份额的贸易额，分别影响主要城市的规模，"相当于GDP一个标准差的贸易额增长，常与主要城市规模扩大13%有关"。

（5）从工业职能和门户职能的标准偏回归系数来看，二者分别为−0.633、0.265。从二者变动对城市人口规模变动的贡献大小来看，无疑工业职能是最大的。

本 章 小 结

作者基于经济基础理论分析了1982年、2000年中心地职能、工业职能、门户职能、中枢管理职能与城市人口规模之间的关系，以及各职能增长与城市人口增长之间的关系，有以下结论和思考：

（1）期间，城市人口规模差异的决定职能发生了明显变化。其中，中心地职能/工业职能、中枢管理职能/工业职能分别是1982年、2000年城市人口规模差异的最为重要的职能因素。1982年工业职能的贡献率大于中心地职能，2000年中枢管理职能的贡献率大于工业职能。期间，中心地职能的地位下降，中枢管理职能的地位抬升，工业职能一直具有举足轻重的地位。

（2）将结论（1）与山东城市职能的演化过程结合起来考虑，可以推演决定城市规模大小的主导城市职能的演替过程，即依次为农业时代的中心地职能、工业化前期的工业职能、工业化后期的中枢管理职能，门户职能则在门户封启过程中，通过加强或者削弱工业职能、中枢管理职能得以充分体现。

（3）期间，驱动城市人口规模扩张的职能结构发生了明显变化。其中，工业职能和门户职能的增减变化是导致 1982～2000 年城市人口规模变动的重要影响因素。随着资本密集型和技术密集型工业的发展，工业职能扩张已经不再是城市人口增长的重要驱动力。门户职能与城市规模变动的正向关系则在一定程度上印证了山东特殊的门户开放过程，体现了门户开放对城市人口增长的强而有力的驱动能力。

第九章　山东省城市体系空间结构的演化过程

　　节点和联系是城市体系的两个均不能忽视的要素。城市间联系，反映了区域间社会、经济关系以及结合状态，是测度区域间相互作用和联系强度的有效尺度，本质上来看，体现了地点间相互联系的空间体系的特点，是城市中心性的外在表征之一，城市体系演化过程研究不应该忽视联系的研究。结节地域研究是城市体系联系研究的重要方面，包括：①结节地域厘定方法的开发以及方法论的探讨；②结节地域形成的社会经济背景研究以及结节地域和均质地域间的相互关系研究；③基于多种流划定结节地域，进而分析区域空间结构；④结节地域的时间序列变动。本章的内容属于④，在这一章里，侧重于讨论城市体系结节地域的时序变动。

　　城市间联系是空间相互作用的外在表现形式。空间相互作用的标度有不同类型的流指标，适应于不同空间层次城市之间的分析。电信流（虞蔚，1988）、航空客流（郭文炯、白明英，1999；金凤君，2001；周一星、胡智勇，2002；）银行交易流（朴倧玄，1997）等受空间距离衰减的影响相对较小，适用于国家层次和国际层次城市体系中的城市联系结构的分析。通勤流、通学流、购物流等则适用于都市区体系。与国际、国家城市体系和都市区城市体系相比较，上述指标并不适用区域城市体系的分析，人口和物资的流动更能反映区域城市体系的本质特征（森川洋，1982）。比较而言，人口方面的相关研究相对较多，有森川洋（1990a，b，c）、小野和久（1997）、北田晃司（2000）等，后者有野尻亘（1993）等。

　　本章在分析清中叶以来城市间的联系结构时，采用物资流动指标和城市间客流指标。之所以选择这两种指标，是基于以下三个方面的考虑：①适用于同一空间层次的相应指标所刻画的城市间联系结构具有较强的同构性。②同一指标对不同历史时期的城市间联系的反映程度有很大差异。至少在清中叶、民国时期和计划经济时期，利用物资流动指标更能反映城市间联系的本质。因为这些时期，或者受生产力发展水平的制约，或者受限制人口自由流动的制度制约，城市之间人口流动的规模较小，人口流动能够较好的反映城市与农村的联系，而不能够有效的反映城市间的联系。③原始数据的可得性。由于本书分析的历史时段长达200余年，难以获得系统的、完全可比的城市间相互联系数据。因此，本书根据不同时段，选用相宜的数据进行分析，部分阶段选用客流数据，部分阶段采用物资流动数据。

第一节　民国以前的山东省商圈结构

一、分析指标的选取

　　民国之前，我国没有城市的建制，由县令统辖全县包括县城的事务。因此，获得城市间的物资联系 OD 数据实属不能。值得庆幸的是，各地乡土志或者地方志中，多记载有本县的货属及其部分货属流向。虽然，这些方志记载均以全县为对象，用以分析城市间的联系略显牵强，尤其当一县境内部分市镇的发展超过治所时，这种牵强更为明显。但历史文献分析表明，乾隆中叶山东多数县城在全县境中无论是人口规模、经济地位上均具有举足轻重的地位。

19 世纪中叶，山东省市场上物资流通额大约为 5500 万～6000 万两，其中，省内流通额大约在 2200 万～2500 万两之间（许檀，1998）。各地地方志中均详略不同的记载了主要货属及其流向。在缺乏现代化的交通运输条件下，山东各地"不说山地、丘陵道路坎坷，即使平原地区一遇雨天，道路也是一片泥泞，几乎无法通行。陆路运输主要靠马、牛车等，日行数十里，最快不过百里，运速慢，运量有限，运输成本很不划算。用驮畜把粮食运到 200 英里以外的地方所需要的费用等于在原产地生产这么多粮食的费用。如果把一笔相当于采煤的费用用来运煤，那么还不足以运到 25 英里以外的地方去"，道光《平度县志》卷 10 风俗志也记载了平度州的物资流动空间范围，"商多坐贾，贸迁不过数百里，南到胶州、即墨，东北掖县、黄县、西至昌、潍、济南，西北武定，贩易惟麦菽麻黍布绵牛驴羊豕之属"。因此，无论从运输效率还是从经济效益来看，大量物资贸易集中在集市贸易圈中，"百里外不贩樵，千里外不贩籴"，长途陆路贩运一般商品均不可能。各方志中记载的货属流向应该是各县（县城）的主要对外联系方向。

二、文献资料的整理

根据以上分析，作者参照《明清时期山东经济》、《近代山东城市变迁史》、《中国地方志经济资料汇编》和《中国省别志·第四卷·山东省》等著述，记录了部分货属的流向。虽然这些地方志等多刊行于清末时期，但记载内容多系刊行以前之事。而且开埠之前，山东社会经济变迁的节律十分缓慢，因此，即使各方志中涉及的年份很难一一对应，但也基本反映了乾隆中叶的概貌。

表 9.1 为研究使用的方志中所涉及的县份概要。

表 9.1　方志资料中涉及货属流向的清代中叶州县数

	治所	州县数	货属流向涉及州县	小计
济南府	历城	16	历城、邹平、淄川、临邑、齐东、齐河	6
东昌府	聊城	10	东昌、莘县、馆陶、堂邑、冠县、高唐	6
兖州府	滋阳	10	滋阳、邹县、峄县、寿张、宁阳、肥城、阳谷、汶上、曲阜	9
泰安府	泰安	7	东平、东阿、平阴、泗水、泰安、莱芜	6
武定府	惠民	10	蒲台、沾化、商河、乐陵、青城	5
曹州府	菏泽	11	朝城、菏泽	2
青州府	益都	11	诸城、博山、寿光、益都	4
莱州府	掖县	7	掖县、昌邑、潍县、即墨、高密、黄县、胶州	7
登州府	蓬莱	10	招远、栖霞	2
沂州府	兰山	7	蒙阴、莒州、兰山、郯城、沂水、费县	6
临清州	临清	4	临清、夏津	2
济宁州	济宁	4	济宁	1
合计		107		56

　　由于方志记载等因素的限制，表9.1虽然没有覆盖山东全省，但各州府均有记录对象，且总数已经过半，因此，并不妨碍得出相对科学的结论。表9.2为山东部分县份记载的部分主要货属的流向（表9.2）。

表9.2　清朝中期山东省内部分县份的货属流向

序号	文献记载内容
1	高唐州所产之粗布多销济南、沂州、潍县一带
2	蒲台县……既以自给，商贩转售南赴沂水，北往关东……
3	寿光县所产棉布乾隆年间即由本县商人销往南部沿海的诸城一带，光绪年间寿光梭布又有掖县巨贾在上口镇收买……
4	平阴、莱芜所产棉布除销售本境之外，多运往沂州府的蒙阴、沂水等处
5	莱州府潍县梭布多销售京师，周村客商岁约十万金
6	淄川恒盛机坊的原料丝大多是由周村购入
7	莱州府昌邑县盛产茧绸，本县所产山茧不足供应，需要从日照和寿光等县输入原料
8	宁阳县烧酒作坊32家，所产烧酒销行本县及济宁、滋阳、泰安等地，岁约60余万斤
9	诸城县高粱酒销售本县每年约90万斤，由涛雒、胶州水运上海、吴淞、刘河，每岁销行十万余斤
10	宁阳县豆油豆饼销售本境及济宁各20万斤
11	诸城县豆油由涛雒、石臼所、胶州等处水运上海、吴淞、刘河，每岁销行百三十万斤。花生油由涛雒、石臼所、胶州等处水运上海、吴淞、刘河，每岁销行十五、六万斤不等。豆饼陆运昌潍，水运上海、吴淞等处，每岁销行30万片（一片约20斤）。此外行销本境的豆油、豆饼每年达110万斤和42万斤之多
12	高密县每年出口豆油"十余万斤，或七八万斤，花生油半之"，"向由胶州出口"，1899年青岛开港以后，其中一部分改由青岛出口
13	新泰县花生油岁可收万斤，由陆路用手推车运至青口销售
14	青州府临朐县加工制作的烟丝，切如细发，各色繁多，主要销往寿光、利津诸县
15	潍县光绪时所产烟叶行销登莱二府各州县，岁约百万斤
16	潍县所产芦苇大量输出，寿光商人即每年来此购买，运回本县供织席之用
17	邹县盛产杞柳，多贩往沂州，编为簸箕等具
18	青城县之桑条输往邻近齐东县，供该县居民编制筐等器
19	莱州府潍县桑皮纸原料每岁由青城、招远等县买来，制造成纸，烟台、黄县、沂州客商多购之
20	临清每烧砖一窑约需柴八九万斤不等，办柴州县除东昌府所属各县外，还有东平、东阿、阳谷、寿张等共计十八州县，每年领价办柴运送各窑
21	临清最南端为南水关，俗名土桥，每逢三八日为丝绸市，馆陶、堂邑、冠县等地小农或者手工业者负绸以往，日集棉绸可达千余匹
22	临清粮食市场上的粮食来源大致有四，其一，南路而来，自台儿庄、济宁、汶上等处，每年不下数百万石，……其四，临清四乡及附近清河、馆陶、冠、莘、堂邑、朝城等县所产，多车载驴驮至塔湾、车营一带出售，为数亦在不少
23	高唐所用的山陕铁器不少系由临清转运而至
24	周村的铁货，博山、淄川的煤炭、瓷器在烟台开埠之前也都由莱阳转输
25	栖霞当商资本多借自黄县、福山，名曰胶当
26	鲁中南山区的泰安、莱芜、莒州、费县所产生丝多汇集于周村。淄川毕家庄恒盛机坊所需要生丝原料多购自周村，所产茧绸亦多售于周村的绸货店
27	长山县……，淄川县…生丝原料多从周村买来，在那里可以买到泰安、费县、莱芜、莒州、栖霞等地出产的柞蚕丝

序号	文献记载内容
28	周村宏记布店收购章丘、邹平、齐东一带所产的寨子布销往关东，紫花布、格子布等多销往博山和沂蒙山区
29	周村的粮栈业系由每旬两次粮食市发展而来，货源来自济南府之临邑、齐东、邹平、淄川，武定府之蒲台、沾化、商河、青城等县，各地粮贩运粮到镇……主要售与博山、莱芜等地商贩
30	周村水胶……销往长山、潍县、蒙阴等县……
31	周村樊百茂膏药店主要经营筋骨疼痛麻木膏，销行淄川、博山、沂水、莱芜及东三省
32	益都常民食不继，不能不广购外粮以资接济，水道如寿光之羊角沟，新城之索镇，向多海运大宗杂粮，陆道如潍县、安丘、诸城、沂水，莒州亦多庄户零卖杂粮，……通行无滞
33	益都生丝出地产者半，采自临朐者半。临朐所产之茧绸、绵绸、生绢等丝织品，炼染之功皆恃益都。益都、临朐柿饼与核桃同贩之胶州、即墨，海估载之以南
34	潍县以土产烟草配以香药诸料制为烟丝，光绪年间每岁销登州、胶州客商，岁约百余万斤
35	昌邑昔种烟草，今皆用潍烟。高密等县亦食潍烟
36	清平稻米来自济南府历城、章丘
37	平原县棉织品……主要销往周村、长山一带
38	宁阳邑西许家桥村左右，地宜菘，种者甚繁，济宁商人每岁购去制为冬菜
39	邹县所产白菜亦输往济宁，或南船载去，销数甚巨
40	肥城颜村之晚菘，虎门之赛川椒，均为输出品之大宗，每年冬春与花生、番薯一起，以牛车肩挑贩运于济南、东昌，岁进银万余两
41	嘉庆年间曲阜县有人开设炉房，铸造生铁工具，除销售本地外，还有车载犁铧赴泗境发卖，泗水县南关之允兴号铁铺即为其铁货的一个销售点
42	东省兖、沂所属兰山、郯城、峄县、胶州等处向系广产豆石之所，而峄县尤水运总汇
43	乐陵豆饼销行本境约 6000 金，陆运（直隶）宁津一带岁约 300 金
44	齐河油销售本境，豆饼兼陆运高唐、夏津等处，岁各约 40 万斤
45	宁阳油豆饼销售本境及济宁，各 20 万斤
46	光绪年间朝城县由外境输入的商品以棉花为大宗，主要来自临清，城乡集市每岁销行二万余斤
47	平阴县由临清、高唐输入棉花，织成布疋，往沂州出售
48	滋阳县的原料丝，有从邻境邹县输入者，亦有远购于中州者
49	滕县羊皮为济宁人收购去制为皮袄，产品也多返销附近州县
50	寿光商人每岁赴潍县购买芦苇，贩回本县以供织席之用
51	济南虽有一些前店后厂自产自销的手工业作坊，但总的来说制造业比较薄弱，市场上销售的商品，多是附近各县运来的。如茧绸多来自周村，土布多来自章丘、齐东等县，陶瓷来自博山，蓝靛颜料和粮食主要来自泰安等县，棉花多来自鲁西北各县等。济南的商人，也主要是从附近各县聚集来的……

资料来源：1. 高唐县乡土志，商务；2. 乾隆，蒲台县志，卷二，物产；3. 乾隆《诸城县志》卷四十一，列传；《寿光县乡土志》商务；4. 《平阴县乡土志》，物产；5. 《潍县乡土志》，商务；6. 罗仑，景苏《清代山东经营地主经济研究》，第 87 页，齐鲁书社，1984；7. 莱州府乡土志，卷下，物产；8. 宁阳县乡土志，商务；9. 诸城县乡土志，卷下，商务；10. 宁阳县乡土志，商务；11. 诸城县乡土志，卷下，商务；12. 高密县乡土志，商务；13. 新泰县乡土志，商务；14. 光绪临朐县志，卷八，物产；15. 潍县乡土志，商务；16. 潍县乡土志，物产；17. 邹县乡土志，物产；18. 齐东县乡土志，商务；19. 潍县乡土志，物产；20. 乾隆，临清直隶州志，卷九，临砖；21. 乾隆，临清直隶州志，卷九，临砖；22. 乾隆，临清州志，卷十一，市廛志；23. 嘉靖 高唐州志，卷三，地理志；24. 民国 莱阳县志，卷二，商业；25. 光绪《栖霞县志》卷一，民业；26. 罗仑，景苏《清代山东经营地主经济研究》，第 87 页，齐鲁书社，1984；27. 罗仑，景苏《清代山东经营地主经济研究》，第 87 页，齐鲁书社，1984；28. 罗仑，景苏《清代山东经营地主经济研究》，第 106 页，齐鲁书社，1984；29. 许檀，明清时期山东商品

经济的发展，1998，204；30. 许檀，明清时期山东商品经济的发展，1998，204；31. 官美蝶，清代山东周村镇，载历史档案，1990年第 4 期；32. 罗仑，景苏《清代山东经营地主经济研究》，第 46 页，齐鲁书社，1984；33. 咸丰 青州府志，卷二十三，物产；34. 潍县乡土志，物产；35. 莱州府乡土志，物产；高密县乡土志，物产；36. 嘉庆，清平县志，卷八，户书；37. 平原县乡土志，商务；38. 乾隆 宁阳县志，卷一，物产；宁阳县乡土志，物产；39. 邹县乡土志，商务；40. 肥城县乡土志，卷八，物产；卷九，商务；41. 孔府档案，转引自何龄修，《封建贵族大地主的典型——孔府研究》，394 页；42.《宫中档案乾隆朝奏折》第四册，江苏巡抚庄有恭十七年十二月二十日折；43. 乐陵县乡土志，商务；44. 齐河县乡土志，商务；45. 宁阳县乡土志，商务；46. 朝城县乡土志，商务；47. 平阴县乡土志，物产，商务；48. 光绪 滋阳县志，卷四，物产；49. 滕县乡土志，物产；50. 潍县乡土志，物产；51. 王守中，郭大松著，近代山东城市变迁史，2000，68~69。

三、乾隆中叶的城市间连接结构

从表 9.2 可以看出，方志记载中的各县货属，只表明流向，并无各流向相对规模大小，且不同货属流向并不完全相同。严格来讲，各城市之间的联系并不可比。上文指出，对于方志中的记载方向，可以视为某城市的最大对外流向，从这个意义上说，图 9.1 可以看作是通过城市之间的最大交流量利用直接联系方法绘制而成的。如图 9.1 所述，乾隆中叶，山东城市间相互联系的主要节点城市有 5 座，分别为临清、济宁、潍县、周村和胶州，共同组成了两个相互独立的体系，即周村—潍县—胶州体系和临清—济宁体系。

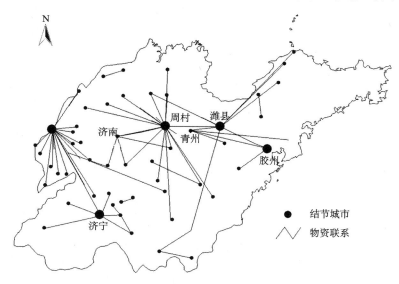

图 9.1　清朝中期山东城市间联系结构图

潍县、周村位于鲁中山区北麓，胶州位于胶东半岛和鲁中山区交界的胶莱地堑区，三者由东西陆路大道联系在一起。其中，周村组织物资流通的能力较潍县为强，胶州是重要的对外联系门户，联系范围"南至闽广，北达盛京"。

周村明朝中叶时不过一居民三百家的周村店，到清康熙初年成为名列长山县市集之首的周村集。半世纪过后，已为"商贾云集"、"天之货聚焉"的周村大镇。到嘉庆初，

"周村烟火鳞次，泉欠充物，居人名为旱码头……若汉口、佛山、景德、朱仙镇之属"。镇西兴隆街"服贾牵牛负贩而过者，日不啻千百计"，其物资集散范围广泛，主要是鲁中山区和鲁北地区。

潍县的区位十分重要，明万历年间王渐在《重修潍县城池记》给予了充分的肯定，"西通会城，西北通京师，东通平度，稍北通登莱，东南通胶墨诸州县。弹丸百里之区，五路交通，设东土卒有不虞，潍为之咽喉矣"，是山东内陆与沿海联系的枢纽，凡自登州和胶州海口贩运内地的货物，均经潍县转往山东西部和南部销售。据万历《莱州府志》卷3和乾隆《莱州府志》卷3记载，明万历年间，潍县税额为84.95两，占莱州府的42.27%，超过了胶州和掖县，胶州和掖县分别为21.5042两和22.2133两，分别占莱州府的10.82%和11.17%。潍县已经发展成为东莱首邑、鲁东重镇。乾隆年间潍县税额为508.385两，占莱州府的29.48%，虽不抵胶州（796.075两），但是府城掖县（128.754两）3倍多。此前，康熙十八年海禁开放后，胶州、即墨发展迅速，胶州税收额超过了潍县，居莱州府首位。1746年~1753年任潍县知县的郑板桥在一首竹支词中描述了潍县交通发达、商业繁荣的情景，即"两行官树一条堤，东自登莱达济西。若论五都兼百货，自然潍县佳青齐"。图9.1亦显示潍县的物资集散范围远至胶东半岛北部各城镇，并同周村间有着密切的联系。

胶州位于胶莱地堑南端，地形平坦，高度在50公尺以下，与内陆联系方便。古为通商要区，唐天佑年间，阿拉伯来中国通商，北界止于此。宋时设市舶司，改胶西县。比至北宋南渡，淮河以北尽为金有，当时严禁南北的陆路交通，货物外运，全由海道，此地为宋金互市之要地，南北贸易的交点，期间胶州大兴，为北宋五大对外贸易口岸之一，北方唯一的对外贸易口岸。元统一全国后，一因元世祖疏浚大运河，海运不受重视，二因山东土地过度开垦，山林尽伐，南胶河底和胶州港口多淤沙，运船不能驶近胶州城，胶州渐衰[①]，但"城东三里即海潮往来之地，南至灵山卫百余五十里俱可泊船"。康熙十八年海禁开放后，胶州顿为"商贾辐辏之所"（表9.3），雍正四年改订船税，胶州每年征银7540两，时为清初山东沿海18州县卫所船税786.81两的9.6倍。迨至清朝中叶，"夷货海估山委云集"，胶州城关已经十倍于州城。

表 9.3　　山东沿海南北贸易商船示例

	时间	出发地	原定目的地	载运货物
山东出口商船	乾隆五年	山东	福建	柿饼、核桃、紫草、粉干、青豆
	乾隆十四年	胶州	乍浦	青豆、白豆、绿豆、核桃、柿饼
	乾隆十四年	胶州	厦门	绿豆、粉干、紫草
	乾隆十四年	胶州	江南	豆、猪、豆油、紫草
	乾隆十四年	胶州	苏州	豆、盐、猪、紫草
	乾隆十四年	胶州	江南镇洋	豆一船、豆油22篓、紫草36包
	乾隆十四年	山东	福建	绿豆、核桃
	乾隆十四年	山东	福建	绿豆、粉干、紫草、药材
	乾隆十四年	山东	江南	白豆、毛猪

---

① 德占胶澳前，停泊运船之港距州城18里，海船则须在距港36里处停卸。

续表

	时间	出发地	原定目的地	载运货物
山东出口商船	乾隆二十五年	山东	宁波	红枣
	乾隆二十五年	山东	福建同安	黄豆500石，棉花100包、茧绸200匹、木耳75包、薏苡仁50包
	乾隆三十四年	胶州	江南镇洋	腌猪等货
	乾隆三十九年	福山	奉天	白布26匹、青布480匹、钱1270吊，拟买粮返回
	乾隆五十九年	登州	奉天	拟买粮返回
外省来船	乾隆十四年	厦门	山东	苏木、碗、糖
	乾隆十四年	刘河	胶州	？
	乾隆十四年	大庄河口	登州	黄豆
	乾隆十四年	锦州	胶州	元豆、瓜子
	乾隆三十四年	镇洋	胶州	南货
	乾隆五十年	江南	山东	纸货
	乾隆五十三年	刘庄口	山东	？
	乾隆五十六年	关东金州	福山	杂粮200余石、山茧、棉花、烟草
	乾隆四十二年	宁海县	山东	腌鱼
	乾隆二十五年	同安	山东	糖、茶、粗碗

资料来源：许檀，1998，136～137页。引用时有删节。

　　临清—济宁子体系以临清和济宁为节点城市，并通过鲁运河有机联系在一起，同江浙、安徽、河南、直隶等进行沟通。其中，临清的集散范围和集散规模要远远大于济宁。

　　两个子体系内部联系较为密切，彼此之间则相互独立。显然，在清朝中叶，山东省城市之间并没有整合成一个相对完整的系统。从物资集散的空间范围来看，周村—潍县—胶州的集散范围较大，临清—济宁子体系在省内的物资集散范围相对有限，但后者在物资集散量上占绝对优势。

表 9.4　咸丰九年（1859 年）山东福山等州县海口税收一览

府地	州县	港口名称①	征银数额/两	占各府比重/%	占总数比重/%
登州府	福山县	烟台	12123.5960	62.97	28.67
	蓬莱县	天桥口	1503.1080	7.81	3.56
	黄县	龙口、黄河营	2011.4858	10.45	4.76
	荣成县	石岛、俚岛	2004.2190	10.41	4.74
	文登县	威海、张家埠	904.2300	4.60	2.14
	海阳县	乳山	402.4400	2.09	0.95
	宁海州	戏山口	304.3100	1.58	0.72
	小计	—	19253.3880	100	45.54
莱州府	掖县	海庙、太平湾、虎头崖	3602.2300	19.57	8.52
	胶州	塔埠头	6071.4690	32.98	14.36
	即墨县	金家口、青岛	8736.5520	47.45	20.66
	小计		18410.2510	100	43.54
青州府	诸城县	陈家官庄	502.6900	100	1.19
	小计	—	502.6900	100	1.19
武定府	利津县	铁门关	2018.0400	49.91	4.77
	海丰县	埕子口	2025.3735	50.00	4.79
	小计	—	4043.4135	100	9.56

府	州县	港口名称^①	征银数额（两）	占各府比重（%）	占总数比重（%）
沂州府	日照县	龙旺、涛雒、夹仓	71.0280	100	0.17
	小计	—	71.0280	100	0.17
合计	—	—	42280.7705	—	100

注：①港口名称据同治四年阎敬铭奏折整理，转引自来源烟台港史 40 页。②清咸丰九年，文煜曾前往山东沿海协助郭嵩焘筹办厘局，这里整理的数字，即为当时文煜从各州县征收的税银，并非全年税收。这些税银，绝大部分是从各州县的海口征收的。

资料来源：交通部烟台港务局编，1986，近代山东沿海通商口岸贸易统计资料，北京：对外贸易教育出版社，附录二，附表1。

值得注意的是，济南其时虽贵为山东省府，但其市场地位却不甚高。其物资集散范围相当有限，均来自周边县份，在全省中的物资流通中并没有起到核心组织者的作用（图 9.1）。

康熙十八年海禁开放后，沿海贸易迅速发展起来。清代山东沿海 18 州县均设有海口，征收船税，海贸范围迅速扩大，南至闽台，北达东北奉天、吉林。对于沿海的各县而言，虽然县志资料中用了较大篇幅提及各港口与海外的物资交流（表 9.3）、各海口的税收（表 9.4），但是均没有提及出口物资的集散范围和进口物资的灌输范围。因此，很难分清楚各沿海城市与内陆城市之间、沿海城市间的联系结构。但可以断言，由于当时禁海政策的实施，海港城市间、海港城市同内陆城市间的联系还是相当薄弱。

四、1860～1904 年的山东商圈结构

1863 年英国取芝罘代登州辟为通商口岸，设东海关。烟台开埠前，虽有来自南方五口转来的洋货，但属于国内贸易，对鲁境影响尚不足称道。烟台开埠，标志着山东正式对外开放，是区域发展纳入了世界流通的起点。从此时起，山东城市体系的内向型动态演化的过程暂时中断，开始受到外力的强力影响，城市间结合内容相应发生了明显的变化，土货、洋货双向流通取代了过去的单一的土货贩运，成为城市间联系的主要内容（表 9.5）。在此背景下，口岸进出口贸易制约着和决定着城市间商品流通的规模、结构及城市间的结合形式。

表 9.5　民国时期部分州县的输入输出商品情况

	商品	禹城	恩县	高唐	馆陶	德州	冠县	肥城	章丘
输入	布匹	▲	▲	▲	▲	▲		▲	
	铁器	▲		▲	▲				▲
	糖	▲		▲					
	纸张	▲				▲			
	农器		▲						
	洋纱			▲					
	煤			▲		▲			
	丝绸				▲				

续表

商品	禹城	恩县	高唐	馆陶	德州	冠县	肥城	章丘
输入								
洋油					▲		▲	
脚踏车						▲		
钟表						▲		
药材						▲	▲	
棉花							▲	
输出								
胶枣								
羊皮						▲		
玫瑰								
牛								
牛皮		▲	▲			▲	▲	
布匹		▲	▲			▲		
陶器								▲
木棉			▲					
豆油			▲					
草帽					▲		▲	
鸦片							▲	

资料来源：张玉法，1988，593～594。

　　至 35 年后德租胶澳止，烟台始终为山东唯一对外贸易口岸。当时山东主要的交通运输途径为海运、小清河运输和烟潍商路运输。其中，海运方面，烟台户关管辖大小港口有 24 个，分布在福山、蓬莱、宁海、海阳、文登、荣成、掖县、昌邑、黄县、胶州、诸城、利津、海丰、沾化、日照等沿海 16 州县。海运以烟台为起点，向西可以通往登州、龙口、掖县、昌邑、利津、海丰、沾化的众多小海口，向东沿着山东半岛曲折的海岸线可以达到威海、石岛、青岛、日照各港口，与沿海各州府县相联系。小清河经章丘、齐东、高苑、博兴、广饶等县，至羊角沟入渤海，长约 240km（或约 260km）。1892 年在盛宣怀主持下，重新疏浚后，成为连同济南和渤海间的交通要道。烟潍商路长约 600 华里，途经烟台—福山—黄县—掖县—沙河镇—昌邑—潍县，向西与东西陆路大道相接，延伸至周村和济南，向北岔出支路同羊角沟、龙口相接。

　　烟台通过海运、小清河、烟潍商路与山东部分城市联系起来。19 世纪后半叶周村黄丝、鲁西皮货、鲁中花生以及河南、山西草辫、豆货经过中转，都要途径烟潍商路。每年烟台集散的数千万海关两的货物，三分之二通过这条商路转运。福山的水果、黄县、掖县的草帽辫（每年 4 万包）、潍县的猪鬃（每年 4000 担）、昌邑的茧绸（每年 35 万匹，价值 200 万银两）通过烟潍商路输往烟台，进口的棉纱、棉布、砂糖、煤油以及各种杂货也通过该商路运往黄县、掖县销售（东亚同文会，1917）。

　　周村是"山东北部来自国内外货物的最大集散中转地，集散中转的货物来自烟台（经小清河入海港口羊角沟）……由海路运到羊角沟的货物卸船后，再装一种平底船，溯小清河而上约二百华里到达索镇后，再用牲口运到周村（青岛市档案馆，1986）。"1897 年周村自烟台输入棉布 20 万匹，棉纱 20 400 包，除了当地消费外，大部分转销内地，销售范围包括蒲台、齐东、泰安、东平和宁阳，上述地区的土货同样需要先在周村集中，然后运往烟台。"周村为通省丝聚处"，"产地在遥远的地区，有蒙阴、沂水、泰安、沂州和滕县等处"，"每日皆有自省城送丝之回空车"，这些丝在周村集中、整理、打包后全部"由旱路运烟台"。而济南自 19 世纪 80 年代，每年从烟台输入价值 200 万银两的纺织品，并输出部分土货产品。

从上述记载可以看出，通过周村等城市的集散和中转，山东大部纳入到烟台的贸易圈之中。但济南以西的前运河贸易区，并没有纳入该贸易圈中。也就是说山东省依然没有形成统一的城市体系。

表 9.6　19 世纪中叶各种交通工具的运费 [单位：元/（t·英里）]

运输工具	运费（墨西哥洋）	运输工具	运费（墨西哥洋）	运输工具	运费（墨西哥洋）
舢板	2～4	手推车	12～15	驮马	10
独轮车	15～20	驮骡	8	脚夫	20～30
驮驴	15	帆船	3	骡驮	10
河船	4	大马车	5～8	铁路	5 以下

资料来源：关文斌，2002，54 页注释②。

19 世纪下半叶，烟台并不是山东洋货进口和土货出口的唯一通道，北有天津口岸、南有上海和镇江口岸。烟台偏居山东一隅，至内地路途难行，"一出烟台，便见丘陵起伏，层峦叠嶂，道路多为崎岖不平的羊肠小道，仅能走骡、马、驴等驮畜，山路险僻不能通骑。有人'亲见手车由莱阳装载花生等类贱货一路来烟，其强壮车夫在山口憩息，其过人之劳力疲惫不堪'"。烟台周围地区除了通往黄县的大道可以通行马车外，其他大部分地区"大道崎岖，货车往来不便，贩运载货物多用骡驮"。按照海关的计算，每吨百公里的陆路运输费用高达 2 磅 10 先令（约合 5.85 海关两），是水路运费的近 10 倍。如此浩大费用，自然不能与自运河北上之货竞争，也不能同来自天津的卫河之货竞争（表 9.6）。

1855 年运河铜瓦厢决口后，鲁运河陶城埠至聊城约 90 华里在 1898 年后全部淤积，船楫不通。聊城以北至临清约 110 华里，因有卫河南来水的补给，除部分河段外，仍可以通行帆船和小船。而南运河水量较大，仍然可以通航。临清以北至天津的卫运河亦可通航。

加之鲁西北地区地势平坦，距离天津要较烟台为近，皆系平原。因此，各城镇多从天津输出入的土货和洋货。德州……从故城、枣强、南宫等地收买粮食、棉花等输往天津，自天津输入的煤、煤油、洋布等洋货，销往平原、禹城、齐河、陵县、临邑、高唐、德平等县（庄维民，2000）。武城每年要把棉花产量的七成（包括运往济南的少部分）、花生的六成、西瓜的八成、棉布的三成运往天津销售，同时，每年从天津购入……棉布约数千匹、纸张数万领、红白糖数千斤①。"从天津到临清千里长的河道上布满了各种型号的本地船只，它们满载着外国货物和南方产品溯流而上，在临清，卫河和运河汇合，……正是这样，深远的河南省、山西省、陕西省也像山东内陆地区即济南府、东昌府一样得到货物供应②。"济南"在胶济铁路修筑以前，贸易为天津人所控制。各类商业组织和商店，都与天津贸易圈有着密切的联系（David，1978）"。以济宁为中

---

① 光绪武城县乡土志，1908 年，商务印书馆。
② Trade Reports, 1865, B. P. P., Vol. 7, 560.

心的鲁西南地区，与上海、镇江通商口岸联系密切，进口洋货，转销鲁西南、豫北、冀南，这些地区的土特产也由济宁汇集输往镇江和上海通商口岸。《光绪十八年镇江口华洋贸易情形略论》记载，由镇江运至济宁的棉纱为 317 000 担，转运至兖州有 3600 担、沂州 1000 余石担（彭泽益，1957）。19 世纪末，镇江由运河运往山东的洋货占镇江全部洋货输出额量的 20%[①]。

第二节　1904～2000 年城市体系的结节地域结构

与前两时段不同，由于期间拥有一定的统计资料，可以采用定量方法进行分析。受资料限制，选取 1930 年、1979 年和 2000 年三个时间截面进行分析。

一、资料来源及其处理

1. 民国时期数据来源及其处理

民国时期数据来自 20 世纪 30 年代出版的《中国实业志·山东卷》。该书是目前能够得到的最能反映全省各地事情的地方志类书籍。之所以采用本书数据，是基于两个方面的考虑，第一，书中记录了当时山东省 100 个县[②]的进出口主要商品的内容，均包括货名、数量、总值、来源（进口）和销路（出口）四项。山东省各县进出口主要商品，辑录了货名、数量、总值、来源（进口）和销路（出口）（表 9.7），为建立城市间物资交流的 OD 矩阵提供了最为原始的数据资料。第二，1933 年的世界经济危机，对高度依赖国外市场的山东经济发展造成了沉重打击，比如济南市场的交易额下降，益都、临朐年营业额超过 1000 万元的丝绸业 1933 年开始走向衰落[③]。《中国实业志·山东卷》虽 1934 年刊行，基本上为 1932 年的数据。采用这一数据，可以规避世界经济危机的影响，更好地反映客观事实。

表 9.7　《中国实业志·山东卷》载山东省进出口商品内容示例

进出口	项目	蒲台			曲阜			莒县		
洋货进口	货名	洋布	茶叶	面粉	棉纱	煤油	纸烟	煤油	布匹	红白糖
	数量	27 000 匹	1200 斤	2700 袋	1000 件	10 000 箱	100 箱	30 000 筒	3000 匹	3200 包
	总值(元)	26 000	18 000	71 000	360 000	90 000	10 000	100 200	45 000	76 800
	来源	周村	周村	济南	青岛济南	青岛济南	青岛济南	美俄	法俄日本	台湾
土货出口	货名	棉花	花生	杂粮	花生米	麦		花生米	花生油	牛皮
	数量	180 000 斤	1200 斤	97 000 石	5000 吨	3000 吨		6 000 000斤	1 400 000斤	3600 张
	总值(元)	18 000	120	495 000	400 000	220 000		240 000	170 000	16 000
	销路	周村	周村	周村	青岛济南	青岛济南		日本欧美	日本欧美	日本欧美

资料来源：何炳贤主编，中国实业志·山东卷，民国二十三年刊行。

---

①　光绪十八年镇江口华洋贸易总册，下卷，1893 年，镇江口，42。

②　该资料中没有辑录济南、青岛和威海和宁阳的进出口商品。

③　山东各县乡土志，卷二，济南，卷三，临朐、益都。

由于各县的商品类别不同，各种商品单位也不相同，通过商品量或者商品类型很难进行彼此之间的有效对比。值得庆幸的是该资料同时提供了各类商品的总价值。当然，各县的不同商品的总值与数量之间并没有很好的匹配对应关系，二者间或只有其中之一。对于只有商品数量，而并没有商品总值的县份 A，采取如下的方法进行处理：首先利用与 A 空间相邻县份 B 的同种商品 i 的数量、商品价值，计算 B 县商品 i 的单价，然后利用 B 县商品 i 的单价和 A 县商品 i 的数量，求算 A 县 i 商品的价值量。这种变通处理的前提是 A 县和 B 县的物价水平相差不大。当然，这样处理并非相当精确，但至少能够反映总体趋势。

虽然当时山东省绝大多数县份的进口洋货来源地和出口土货的集散地并不很多，但是，仍有相当部分县份的来源地和集散地并不唯一。针对这种情况，采用式（9-1）进行处理。

$$p_{jg} = \sum_i^n \frac{x_{ijg}}{k_{ijg}} \tag{9-1}$$

其中，k 为商品 i 的来源地或者集散地数量，n 商品种类，p_{jg} 为城市 g 和城市 j 间 i 商品的价值流。

即当某县某一商品有多种来源地时，分别求算这种商品总值的地均商品价值作为该县同各来源地的商品价值流量标度值。分县完成上述工作之后，分商品累加各城市之间的商品价值流量。

2. 1979 年数据来源及其处理

1952 年以前，百货、文化用品的供应实行大调拨制，供应区划按照行政区划划分。1952 年末，山东国营百货商业建站设店以后，为减少中间环节、避免迂回相向运输，供应区划遂改为按商品自然流转方向划分。1952 年，根据中央贸易部在全国 71 个城市建立百货二级站试点的决定，山东在济南、青岛、烟台、兖州、德州建立了 5 个百货二级站，此后陆续建立其他专业二级站，在重点县（市）设立三级批发机构省内产品由产地二级百货批发站直接供应各三级批发单位，不经过中间环节。到 1957 年山东全省建立百货、文化用品、针织品、纺织品、五金、交电、化工、糖业烟酒、石油二级站 27 个、三级批发机构 224 个，初步形成全省国营商业批发经营系统。1965 年国务院批转华北局财办《关于唐山地区按经济区域调整商业机构，合理组织商品流通试点工作的报告》后，先前的行政区划供应原则被打破，改为按商品自然流转方向供应，对全省的批发机构进行了全面调整，南部毗邻江苏的县跨区由徐州供应，西部毗邻河南的菏泽地区跨区由商丘供应。到 1966 年，全省工业品二级站调整为 40 个，其中百货 6 个，纺织品 4 个，五金 8 个，交电 3 个，化工 4 个，糖酒 5 个，石油 10 个。1972 年随着经济发展和交通条件的变化，供应区划进行了大幅度的调整，全省各地区均设置了二级站，大多数县（市）设有三级批发机构，到 1978 年全省共设置二级站 63 个，其中百货 13 个，纺织品 9 个，五金 4 个，交电 3 个，化工 4 个，五交化 9 个，糖酒 8 个，石油 13 个，三级批发 398 个。这个方案一直到 1984 年流通体制开始改革后才被打破。

实际上调整后的供销区划不能很好的用来分析城市之间的结合关系。一直应用到

1984 年的百货或者五交化供销区划，强调三级批发单位（县公司）只能从本区的二级站进货，不得跨区采购，二级站也不准跨区供应。这样，在某一二级站的供销区内，二级站所在城市和三级批发站所在城市之间的等级关系、从属关系十分明显，各县仅能从二级站所在城市获取服务，二级站之间的服务区域是完全割裂的，彼此之间没有任何服务关系。显然，这是克里斯泰勒所描述的典型城市联系结构。供销区划关注的是二级站和三级站之间的隶属关系，但对于有效分析二级站之间的关系则无能为力。实际上二级站之间并非相互割裂，在物资流通方面互有联系。

　　1979 年山东商业局下达了《山东省商业局系统大宗商品合理运输流向》的通知，其中，附录有 36 种大宗商品的流向计划，包括了百货、文化用品、针织品、纺织品、五金、交电、化工、糖业烟酒、石油等各类商品，可以利用这一材料弥补供销区划分析城市间关系的不足。表 9.8 为该数据资料示例。与表 9.2 相似，该资料仅有流向，并无流量规模，为定性数据。

　　在具体分析过程中，需要将定性数据定量化。虽然示例表并没有明确列出不同环节流量规模的差异，但是发站和流向范围之间流量规模的孰强孰弱还是非常清晰的。当然，同一环节内部各流向范围内部之间的规模差异很难做出判断。由于供销区划要求在某一二级站的范围内，其他二级站是不能进行商品销售，因此，从这个意义上讲，就可以利用城市之间的直接商品种类联系标度城市间的联系紧密程度，而不需考虑商品流通规模。如果 B 城市有一种商品从 A 城市获得，就可以说 A、B 城市间有一种商品联系，与此类推，如果城市 B 有 i 种商品从城市 A 获得，城市 C 有 $i+n$ 种商品从 A 城市获得，那么，就可以推知城市 A、C 的联系紧密程度要高于城市 A、B。基于此，就可以通过商品种类联系数值的大小来判断城市间的结合形式。表 9.9 为 1979 年山东省城市间 36 种大宗商品联系统计情况。

表 9.8　1979 年山东省商业局系统大宗铁丝、元钉商品合理运输流向示例

产地或者货源地	第一环节			第二环节			⋯
	发站	运输方式	流向范围	发站	运输方式	流向范围	⋯
济南	济南	公路铁路	济南、历城⋯ 禹城 周村 ⋯	禹城 周村 ⋯	公路 公路 ⋯	高唐 邹平 ⋯	⋯ ⋯ ⋯ ⋯
青岛	青岛	公路水路铁路	青岛、即墨⋯ 安子或薛家岛 胶县	安子	公路	胶南	⋯ ⋯ ⋯
⋯	⋯	⋯	⋯	⋯	⋯	⋯	⋯

表 9.9　1979 年山东省 36 种大宗商品流向联系统计表

统计量	标度值	统计量	标度值
平均值	3.48	最小值	1
标准差	3.44	最大值	18

3. 2000 年数据来源及其处理

1984 年以后，商业体制改革得以深化，各种商品的指令性调拨计划逐步取消，城市的商业活动日渐活跃，城市间的人流、物流规模越来越大。人流、物流的规模、主要联系方向已经不再听命于行政计划，而是城市间彼此相互竞争的结果，其发生是内生的、自然的，而不是外生的、人为的。

也恰是由于这一时期，城市间的联系是自由的，因此，很难获取与上述历史时期同样的城市间物资流动状况。鉴于此，采用各城市汽车站的省内汽车客车日发车频次作为标度这一时段城市间联系的指标。

二、分 析 对 象

清中叶时的各方志货属流向、《中国实业志·山东卷》的洋货进口和土货出口，1979 年的 36 种大宗商品流向，无一不是以县为单位提供的。但是，商品的流通是通过各级城镇进行的，从这一意义上讲，以县作为城镇的替代是可行的。为了简化工作量，以县为最低一级的物资集散地，县城以下不再考虑。

山东省的物资流通向来就不是封闭的、局限于山东省境内的，而是同省外有着密切的联系。民国时期，津浦铁路的通车后，山东的洋货进口、土货出口的门户并不唯一，其中，天津和上海也是重要门户之一。即使是计划经济时期，临沂、郯城、邹县、滕县、微山、菏泽、鄄城、定陶、曹县、成武、单县的南路货由江苏徐州二级站供应，东明由河南商丘二级站供应。德州二级站除了供应省内的德州市、陵县、宁津、庆云、乐陵、武城外，同时供应省外的吴桥、东光、南皮、交河、故城、景县、阜城、束鹿。另外，沿海港口城市也同省外城市有着密切的联系。

针对上述情况，确定了以下的基本原则：沿海城市同山东省外，乃至国外的商品联系其实反映的是其门户职能，体现的是广域空间关系；在分析过程中忽略这种情况。内陆部分县别的分析表明，山东北部和南部边境县份的第一洋货和土货的联系对象是天津和上海，第二位的联系对象主要为山东省内城市，但是第一位和第二位之间的商品价值量差别不大。因此，内陆城市中商品流向同省外其他城市产生联系的情况，同样忽略不计。

图 9.2 为民国时期山东省的行政区划图，共有 107 个县级行政单元。

如表 9.7 中的莒县所示，部分县份的洋货进口来源地或者出口土货集散地难以判断，或者数据不全，这样的县份有宁阳、菏泽、章丘、青城、滕县、郯城、昌乐、寿光、济宁、定陶、广饶、商河、巨野、鄄城、高苑、青城、蓬莱、费县 19 个县。这样，本书所分析的样本数 1932 年为 88，1979 年为 112，2000 年为 104。

三、分 析 方 法

城市体系结节地域结构的分析方法主要有直接首位联系法、图论方法、功能距离法、因子分析方法、直接聚类法。森川洋（1978）撰文系统总结和评述了这些方法各自

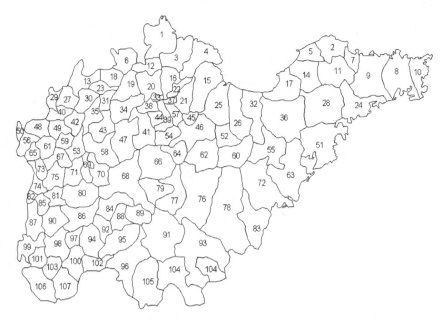

图 9.2　1939 年山东省行政区划图

资料来源：南満州鉄道株式会社調査部，1939，中国に於ける聚落（人口）分布の研究——山東省——

1. 无棣　2. 蓬莱　3. 沾化　4. 利津　5. 黄县　6. 乐陵　7. 福山　8. 文登　9. 牟平　10. 荣成
11. 栖霞　12. 阳信　13. 德县　14. 招远　15. 广饶　16. 滨县　17. 掖县　18. 德平　19. 商河
20. 惠民　21. 博兴　22. 蒲台　23. 陵县　24. 海阳　25. 寿光　26. 潍县　27. 恩县　28. 莱阳
29. 武城　30. 平原　31. 临邑　32. 昌邑　33. 青城　34. 济阳　35. 禹城　36. 平度　37. 高苑
38. 齐东　39. 长山　40. 夏津　41. 章丘　42. 高唐　43. 齐河　44. 邹平　45. 临淄　46. 益都
47. 历城　48. 临清　49. 清平　50. 邱县　51. 即墨　52. 昌乐　53. 茌平　54. 淄川　55. 高密
56. 馆陶　57. 桓台　58. 长清　59. 博平　60. 安丘　61. 堂邑　62. 临朐　63. 胶县　64. 博山
65. 冠县　66. 莱芜　67. 聊城　68. 泰安　69. 平阴　70. 肥城　71. 东阿　72. 诸城　73. 莘县
74. 朝城　75. 阳谷　76. 沂水　77. 蒙阴　78. 莒县　79. 新泰　80. 东平　81. 寿张　82. 观城
83. 日照　84. 宁阳　85. 范县　86. 汶上　87. 濮县　88. 曲阜　89. 泗水　90. 郓城　91. 费县
92. 滋阳　93. 临沂　94. 济宁　95. 邹县　96. 滕县　97. 嘉祥　98. 巨野　99. 菏泽　100. 金乡
101. 定陶　102. 鱼台　103. 成武　104. 郯城　105. 峄县　106. 曹县　107. 单县

的优缺点。

　　本书首先分别对各时点的原始数据进行标准差标准化处理，以消除量纲不同的影响，标准化的处理公式为

$$x_{ij}^* = \frac{x_{ij} - \overline{x}_j}{\sigma_j}(i = 1, 2, 3; j = 1, 2, \cdots, m) \tag{9-2}$$

式中，

$$\overline{x}_j = \frac{1}{n}\sum_{i=1}^{n} x_{ij} \tag{9-3}$$

$$\sigma_j = \sqrt{\frac{1}{n}\sum_{i=1}^{n}(x_{ij} - \overline{x}_j)^2} \tag{9-4}$$

以上文处理后的数据为原始数据，以行为出发城市，列为到达城市，建立各时点城市间联系 OD 矩阵，在此基础上进行 R 型因子分析。

之所以选用因子分析方法，是基于以下的四方面的考虑。第一，研究实践证明，这种方法在分析城市的结节地区结构方面非常有效（Berry，1966a；Goddard，1970；林上，1974）；第二，Masser and Scheurwater（1980）、森川洋（1978）对确定结节地域的计量方法的比较表明，各种方法确定的结节地域结构具有很强的相似性；第三，通过因子分析获得的因子表示一个结节地域，各结节地域在研究对象中的重要性，可以通过各因子的贡献率得以体现出来（藤目，1977），着眼于高贡献率结节地域的分析，更能够抓住空间结构的典型特点；第四，结节地区中城市之间的结合形式可以通过因子得分和因子载荷得以体现出来。R 型因子分析获得的因子载荷矩阵反映了出发城市的空间结构，因子得分反映的是到达城市的空间结构，某一公因子载荷量绝对值大的城市，则为主要的出发城市，因子得分大的城市，则为与出发城市有着密切联系的到达城市。

本书分析过程中，确定因子载荷量的绝对值在 0.30 以上为出发城市，绝对值得分在 2 以上为主要到达城市。然后，利用 Goddard（1970）的方法将到达城市和出发城市连接起来，在地图上绘出，以分析城市间的结合形式。

因子载荷量标度值定为 0.30，是基于以下考虑：因子载荷实际上是 OD 矩阵的行变量与因子得分的列变量之间的相关系数，在 −1～+1 之间。对于本书分析所选用的样本数而言，要具有 1% 的显著水平，必须要求因子载荷在 0.3 以上。因子得分的标度值定为 2，则取自 Berry（1966b）的研究。

表 9.10　不同年份的选用公因子的特征根、贡献率和累积贡献率

公因子	因子载荷量	贡献率/%	累积贡献率/%
1932 年			
1 济南公因子	39.10	46.01	46.01
2 青岛公因子	19.05	22.41	68.42
3 潍县公因子	3.90	4.59	73.01
4 济宁公因子	3.61	4.25	77.26
5 周村公因子	3.47	4.08	81.34
6 博山公因子	1.93	2.28	83.62
7 临清公因子	1.29	1.52	85.14
8 泰安公因子	1.23	1.45	86.59
1979 年			
1 济南公因子	32.07	28.63	28.63
2 青岛公因子	16.72	14.93	43.56
3 济宁公因子	16.34	14.59	58.15
4 烟台公因子	6.86	6.12	64.27
5 德州公因子	6.42	5.73	70.00
6 张店公因子	5.30	4.73	74.73
7 潍坊公因子	4.39	4.05	78.78
8 兖州公因子	3.41	3.04	81.82

公因子	因子载荷量	贡献率（%）	累积贡献率（%）
2000 年			
1 济南公因子	26.48	27.02	27.02
2 青岛公因子	12.40	12.65	39.67
3 济宁公因子	8.22	8.39	48.06
4 烟台公因子	6.22	6.34	54.4
5 临沂公因子	5.38	5.49	59.89
6 淄博公因子	4.57	4.67	64.56
7 潍坊公因子	4.23	4.32	68.88
8 德州公因子	2.78	3.74	72.62

按照特征根大于 1 的原则，分别对建立的 1932 年、1979 年和 2000 年 OD 矩阵进行 R 型因子分析。为便于解释，采用方差最大化正交旋转对原始变量矩阵进行变换。各年份的大于 1 的公因子均在 20 个左右，由于位序靠后的公因子贡献率极小，因此，选用前八个因子进行分析。表 9.10 为各相应年份的前 8 个公因子的特征根、贡献率和累积贡献率。可以看出，1932 年至 2000 年山东省的结节地域结构发生了明显变化。下文具体进行分析。其中，重点讨论 1932 年至 1979 年的变化。

四、1932 年山东省城市结节地域结构

1. 第一公因子

第一公因子的贡献率为 46.01%，是各公因子中最高的，意味着这一公因子揭示的城市间的结合形式在山东省中发挥着最为重要的作用。是年第一公因子的因子载荷量在 0.3 以上的城市有 34 个，占当年样本城市数的 37.64%。这些出发城市主要集中在鲁北平原、鲁西北平原、鲁中南山区一部和鲁西南平原的一部（图 9.3）从因子得分矩阵表（表略）可知，因子得分在 2 以上的城市为济南市。显然，第一公因子反映了济南与上述地区城市的联结关系，可命名为"济南圈"。值得关注的是济南和青岛之间的联系依然十分紧密。

与清中叶和 1860～1904 年相比，济南的影响范围发生了明显的变化，其贸易圈的归属也发生了变更。1860～1904 年期间，济南虽贵为省府，但仅为"三流的商业城市"，经济尚不及周村、潍县，物资集散范围多为附近州县，数目有限，并未跻身于当时的全省结节城市之列。"胶济通车、济南开埠，鲁西各县之营业遂渐移集济南[①]"，"鲁西北平原西部所产棉花，……至 1934 年只有约 30% 运去天津，其余都进入以济南－青岛为中心的贸易系统（吴知，1936）"。"津浦路成后，先前经由大运河、陆路汇集于德州的货物均改为经由铁路集散于济南（东亚同文会，1908）"。"……洋货进口欲运入我国中部者，先集于青岛而后集于济南，故济南为中部洋货散布之商埠（何炳贤，1934）"，集散范围"……北至德州、南抵徐州，东达博山、益都，西接黄河上游的河南、山西，包括济南以西 400 华里，以南 600 华里的广大地区"（杨天宏，2002）。

---

① 《胶济铁路经济调查报告分编·长山县》，文华印刷社，民国 23 年版，8 页。

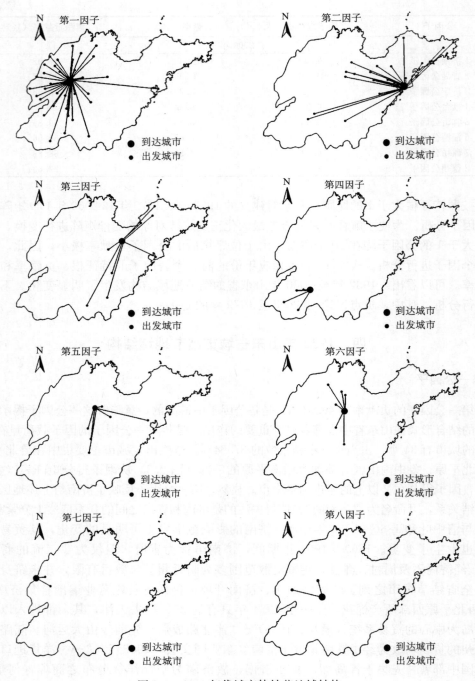

图 9.3　1930 年代城市体结节地域结构

　　从济南的贸易圈归属关系来看，"在胶济铁路修筑以前，济南的贸易为天津人所控制。各类商业组织和商店，都与天津贸易圈有着密切的联系，在德国人占领山东并修建了一个附带有铁路的港口之后，情况发生了更大变化。上海和芝罘的商人来到了青岛，青岛对济南产生了直接的有利影响。随着大运河的停运，天津商人对山东的控制权放松了，……德国把济南作为扩展贸易的前沿阵地（David，1978）"。仅就济南同上海、天津和青岛的贸易交易额来看，青岛最多，每年约一亿元，相当于天津、上海的之和[①]。显然，济南已经纳入了青岛的影响范围之内，成为其进口洋货、出口土货的集散中心。

　　上述转变，是许多重要因素综合作用的结果。青岛的开埠，胶济铁路1904年的通车，且与1912年与津浦铁路在济南交汇，1905年济南辟为自开商埠，辅之以汽车专用道的修建（图9.4）等，均起到了具有十分重要的作用。

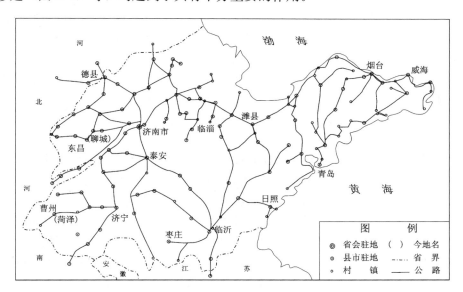

图 9.4　1937 年山东省汽车专用道建设图

资料来源：安作璋，1994

2. 第二公因子

　　第二公因子的贡献率为 22.41%。因子载荷量在 0.3 以上的城市有 20 座，主要集中在济南以东胶济铁路沿线、胶东半岛以及济宁和兖州。因子得分大于 2 的城市为青岛。可以命名为青岛圈。

　　从烟台、青岛的物资集散范围变动来分析 1932 年与 1862～1904 年的变化。1862～1904 年烟台的进出口贸易广及大约以烟台—济南为半径的范围内。而 1930 年时，虽然烟台依然作为一个目的地城市，但其 12 公因子，对于全省物资流通的影响已经下降。在后方腹地的集输运系统并不优良的条件下，烟台在前一历史时期之所以具有如此广域的物资集散范围，是因为烟台垄断山东的进出口贸易所致。但及至德租胶澳，情形发生了变化。德租胶澳初期，由于青岛港船不能进岸驳船运货，并且内地运输道路也不平

整，许多洋货进口和土货出口依然依赖烟台[①]，青岛依然属于烟台的贸易圈。但及至青岛港兴建、胶济铁路通车、青岛港实行自由贸易港后，鲁内地的贸易渐趋于青岛。19世纪后半期，草帽辫悉数集于沙河，运往烟台出口。但铁路开通后，沙河到青岛比烟台近170km，运费比烟台每包可省一元，结果，草辫大部分改由铁路运至青岛，20世纪初，草帽辫集散总量达13万担，运往青岛就有10万担以上。其他如花生、豆货、畜产品、煤炭等亦是如此。潍县、周村等集散市场均改以青岛为最主要的输出入对象。"胶济通车、济南开埠，鲁西各县之营业遂渐移集济南[②]"，"鲁西北平原西部所产棉花，……，至1934年只有约30%运去天津，其余都进入以济南—青岛为中心的贸易系统（吴知，1936）"。"津浦路成后，先前经由大运河、陆路汇集于德州的货物均改为经由铁路集散于济南，城中稍见自青岛经济南输入的洋货（東亞同文會，1908）"，德州"往昔的繁荣，全部距此不到1日路程的济南夺去（東亞同文會，1908）"。"小清河流域和山麓平原所产的棉花，或由小清河航运至济南，或由大车运至张店，然后由铁路运往青岛（吴知，1936）"，"山东以南之土货，以前均由河运来镇，现因运河一带关卡林立，大半改由火车运往胶州[③]"。显然在胶济铁路和津浦铁路的共同作用下，青岛贸易范围已经囊括了山东全省，并向苏北、皖北扩张。

同青岛蒸蒸日上相比较，芝罘黯淡下去。原因主要表现在以下几个方面：

第一，1904年山东铁路开通后，烟台在运费、时间上的劣势更为明显。运费可以参考表9.6。从时间上来看，小清河是烟台与山东内陆联系的最为主要的通道，自羊角沟至济南东北的黄台桥，无风上航7日，下航4日，顺风上航3日，下航两日，而济南—青岛间仅仅需要12个小时。即便如此，小清河也只能通行民船，不能通行轮船[④]。铁路优势之如此明显，因此，胶济路通而分其（烟台）一部东走青岛，津浦路通，又分其一部北走天津。

第二，1914年龙口被辟为自开商埠，夺先前与烟台密切的莱州府部分辖区、黄县及蓬莱西部地区；1902年威海卫被辟为自由贸易港，再加上烟台同其南部的海阳、乳山、栖霞、莱阳、莱西的公路尚未修建，故"从此，烟台商业范围逐渐缩小，芝罘仅作为山东北方的一个港口而存在[⑤]"，到1915年，烟台的商业腹地已经缩至胶东北端数县和沿海地区，至1937年时也没有发生多大的变化（表9.11）。

表9.11　"事变前"胶东半岛各城镇的主要贸易对象概况

城镇	贸易关系
福山	芝罘历来的地方行政归县署管辖，政治上亦同芝罘有着密切的联系，两市间的交通联系十分频繁。该县的土产如大豆、豆素面、薪炭、蔬菜、果实、家畜、鸡蛋、鱼类、盐等大部分供给芝罘，当地居民需要的棉线布、诸杂货等悉数仰给芝罘

① 光绪二十五年通商各关华洋贸易总册，下卷，1900年，胶州口，11。
② 《胶济铁路经济调查报告分编·长山县》，文华印刷社，民国二十三年版，8页。
③ 《宣统元年通商各关华洋贸易总册》，1910年，镇江口，第74页。
④ 1909年张相文游历山东，原打算自登州乘坐轮船溯小清河至济南，因小清河水浅而作罢。
⑤ 《芝罘领事馆辖内事情》，大正八年。

城镇	贸易关系
蓬莱	蓬莱西距芝罘陆路三十里，海路四十一海里，位于山东半岛最北端，……主要从芝罘输入洋货，轻量物品经陆路，重量物品经海路，主要有石炭、木材、杂谷、纸等
栖霞	栖霞为山东半岛中无海口之县，距芝罘西南二十五里。县内高山峻岭，……耕地缺乏，物产不丰，自古以来为薪炭产地，当地居民多运至芝罘、登州，归途买回谷物等日常用品。自古以来，商业系统全属于芝罘，到芝罘以外交易实属不能……
招远	当地土产主要有豆素面、柞蚕丝等，数量不多。输入洋货主要有杂谷、棉线布、食油以及杂货等，交易对象主要是黄县和龙口……
黄县	当地自古就是芝罘独占市场和其西部各县地方的中继市场，现今商业关系密切者当属芝罘第一，中国货的大部分和外国货的几乎全部均经陆路或者海路黄河营由芝罘输入，日本货和中国货的一部分也由龙口输入
掖县	掖县城系旧莱州府城治所，……控制着南部平度州的消费地，城内人家稠密，市况繁盛。……当地的贸易对象自不待言，以芝罘为主，龙口次之，青岛仅占总额的不到二成。……当地的杂货商具有每年春秋两次或者一次至芝罘购入商品、签订合同等的商业习惯
平度	县城处掖县城、胶县城大道之中部，县内南部多经胶州、蓝村与青岛交易，但主要是同龙口、芝罘等北部海岸市场交易。尽管芝罘和沙河相距较远，且其间交通运输极为不便，但在贸易关系上如前所述，近八成同芝罘交易
牟平	牟平县东距芝罘十里，西距威海卫二十六七里，……该地土产品主要有海盐、绢绸、黄丝、豆素面、花生等，绵布线、食油、石炭、绿豆等，诸多杂货全部由芝罘供给……
文登	县城的主要交易对象多归属于威海卫，一部与石岛发生联系。文登与其说是一商业地，不如说一农业地，市况无可述之处
荣成	地方上具有经济价值的为石岛，……其商圈包括荣成一县、邻接的海阳、文登等
海阳	海阳城面临黄海，……输出土货主要有盐、花生、花生油、麻、烟草等，输入洋货主要有棉线、棉布、食用油、杂货等，大部分来自芝罘
莱阳	当地的主要交易地以芝罘为主，约占全部交易量的七成，经即墨由胶济线输送次之。输出土货有豆油、花生油、花生米、牛皮、麻、鸡蛋、梨、沙参，输入洋货有棉线、纸类、砂糖、小麦粉、棉布、食用油。也就是说，莱阳是山东半岛中部仅次于黄县的富源地，略居芝罘、青岛之间，为二者影响范围的纷争点。从各种关系来看，芝罘稍胜一筹

注：表中的距离单位里与我国的里有所不同，不可混淆。

资料来源：航旦联合协会芝罘支部编，芝罘事情，昭和十四年版，184～199。

3. 第三公因子和第五公因子

第三公因子的贡献率为 0.59%，载荷量在 0.3 以上的城市有 7 个，主要分布在胶东半岛北端和鲁南地区。因子得分大于 2 的城市只有潍县一个城市。第五公因子的贡献率为 4.08%，因子载荷量在 0.3 以上的城市有 6 个，主要分布在胶济铁路沿线和鲁中山区，因子得分大于 2 的城市为周村。这两个公因子分别反映了潍县、周村同与其紧密联系城市的空间结合形式。

潍县与周村同为自开商埠，均为 1904 年同时开通的胶济铁路之重要车站，1916 年又同时遭遇了兵灾，但与前一时段相比，二者的发展轨迹并不相同。在清中叶，周村和潍县同为山东省重要的物资流通组织核心，前者地位更重于后者。但及至 1932 年，二者虽分别受济南和青岛的挤压作用，腹地范围均在缩小，在省内的物资流通的组织能力下降，但发展趋势并不相同。

周村逐步走向衰落，《胶济铁路经济调查报告汇编》称光绪三十年左右周村工商业驾于省垣之上，商贾之盛，超过济南。但至 30 年代，不仅丧失了驾乎省垣之上的辉煌，与济南、青岛不可同日而语，即使与东去不远的潍县相比，差距也相差日远。《中国经济全书》在论及胶济铁路开通后周村镇的商工业情况时，引用了光绪三十一年（1905 年）芝罘日本领事馆的报告，"查二十九年（1903 年）之末，山东铁道早自青岛开通至于周村，一时商业顿增，有蒸蒸日上之势。后一二年间，依然如旧"（经济学会，1910）。在分析以后一二年间依然如故原因时，认为"推及原故，盖以交通之便虽开，而诸般商业机关未备。凡输入品输出品，不能以最短之日月，仓卒奏效，由此以论，则一二年间之不能大发达者，亦之所必至也"（经济学会，1910）。当然，上述提及的原因固有其一端，但并非全部。1903 年时，胶济铁路仅仅通达周村，其时，它作为铁路之终点，为内陆土货输往青岛的物资集散地，外国洋货进入山东内陆的分发地，时为门户城市，具备较强的门户职能，商业自然会有蒸蒸日上。然 1904 年胶济铁路至于济南后，周村沦为过境，前内陆门户城市的地位自然丧失，这恐怕才是其一二年依然如旧的本质原因所在。

周村距离济南过近也是一个十分重要的原因。二者相距尚不足 100km，在交通运输工具主要为马车、驴车等的前现代化时代，城市间相互作用的空间阻尼相当大，空间衰减率很高，济南、周村之间的时间距离当以天计，彼此之间的影响并不是十分强烈，二者均可以独立发展。但在现代化的交通工具铁路引入之后，情况发生了明显的变化。从民国二十四年度胶济铁路列车时刻表来看，济南、周村间的时间距离已经缩短为两小时左右，运费亦十分低廉（表 9.12）。因"济南为省之主府，有统辖山东之权，其发达必不落后于他处。且津镇铁道（即津浦铁路）成，济南实当其冲，连接南北两洋，即有关于清国之全局，周村商务虽盛，安能与之相提并论乎（经济学会，1910）"，周村大商号纷纷转向济南，商务悉为济南所夺，较之以往，呈衰落之势。

另外，张（店）博（山）支线开通后，博山袭夺周村先前之鲁南各县市场也是一个不能忽视的重要原因。故迟至 20 世纪 30 年代，周村虽然仍"握有长山、邹平、章丘、青城、高苑、齐东等若干县之商业枢纽①"，不失为济南、潍县间的一大市场，但物资集散的空间已经大为缩减。

表 9.12　民国二十四年胶济铁路部分城市距离价目及行车时刻表

地区	上行			下行			距离青岛/km	自青岛三等票价/元
	52 次	22 次	2 次	51 次	21 次	1 次		
青岛	18：00	22：15	7：35	7：00	11：30	21：40	0	0
潍县	12：45	17：16	3：01	12：15	16：30	2：18	181	2.55
周村	9：23	13：59	0：01	15：43	19：51	5：13	302	4.15
济南	7：00	11：40	22：00	18：00	22：12	7：15	393	5.35

资料来源：北方快览，民国二十四年，第 52 页。

---

① 《胶济铁路经济调查报告分编·长山县》，文华印刷社，民国二十三年，21 页。

与周村相比，潍县则蒸蒸日上，其经济地位之重要，省内除济南、青岛、烟台外，其他各城镇工商各业，实无出其右者。20 世纪 30 年代初金城、盐业、大陆、中国四行调查时，潍县经济已名列全国第十七位[1]。

表 9.13　1936 年山东省汽车专路起止、里程

路线	起止地点	经过县份	里程/km
益临	益都—临沂	临朐、沂水	170
滋临	滋阳—临沂	曲阜、泗水、费县	158
济聊	济南—聊城	齐河、长清、茌平、博平	96
潍道	潍县—道旭	寿光、广饶、博兴、蒲台	124
禹聊	禹城—聊城	博平、清平、高唐	112
青烟	青岛—烟台	即墨、莱阳、栖霞、福山	302
青威	青岛—威海	海阳、牟平、文登	346
烟威	烟台—威海	牟平、文登	104
台潍	台儿庄—潍县	昌乐、安丘、高密、诸城、莒县、沂水、临沂、郯城、峄县	445

资料来源：庄维民（2000）。

潍县的发展路径之所以同周村有所不同，最主要的原因在于潍县为胶济铁路、烟潍汽车路和台潍汽车路的结合处（图 9.4）。铁路方面，潍县位于青岛、济南之间，距离二市分别为 183km、207km，位置适中，时间距离均约为 6 小时（表 9.12），青岛、济南的袭夺能力尚不能及；公路方面，台潍汽车道全长 445km（表 9.13），1935 年开通运行后，与胶济铁路、津浦铁路组成了山东路网三角，使鲁南前往胶东可不必借铁路绕道前往，而经潍县至之。另外还有烟潍公路与之相通[2]，大大提高了潍县在全省路网中的通达性。故潍县"自胶济通车，烟潍、台潍筑路，形势为之一变，沿胶济路可东抵青岛与海运相连。西至济南，与津浦联络。经烟潍路可抵掖县、龙口、烟台，与半岛各县相沟通。历台潍路而至安丘、莒县、沂水、临沂、台儿庄，与津浦之路及大运河连贯[3]"。20 年代前后，潍县每年输出花生 91 万担，约占青岛、烟台出口量的 70%，猪鬃 4000担，占青岛出口量的 80%[4]。20 世纪 30 年代前后，每年经铁路运入棉纱 2800～2900t，运出布匹 5000 余吨，烟叶 1.3 万～1.9 万 t，鸡蛋 1617t，成为山东省内除济南外的最大内陆集散市场。

4. 第四公因子和第七公因子

第四公因子的因子载荷量 0.3 以上的城市有 4 座，全部位于运河以西。因子得分大

---

① 山东省潍坊市潍城区史志编纂委员会编，潍城区志，济南：齐鲁出版社，1993，25。
② 山东近代公路交通网络体系建设始于 20 世纪 20 年代，潍县为其最突出之体现者。其中，烟潍公路全长334km，1920 年动工，1922 年通车，起自烟台，经蓬莱、黄县、招远、掖县、平度、昌邑至潍县，为山东省境内最长、质量最好的公路，是当时开通汽车运行的 5 条公路之一，运营车辆 35 辆，为全省 58 辆的 60.34%，民国九年九月改为汽车专用道。
③ 《胶济铁路经济调查报告分编·潍县》，文华印刷社，民国二十三年，24。
④ 庄维民.1987b.论山东沿海城市与内地商业的关系.中国经济史研究。

于2的城市为济宁。第七公因子的因子载荷量0.3以上的城市有2座，位于运河沿岸。因子得分大于2的城市为临清。

与清中叶时相比，京杭运河畅通时，济宁同临清结合紧密，从属于临清体系。及至1932年，临清已经完全丧失了其组织全省物资流通的核心作用，影响范围大为缩小，部分城市纳入了济南的贸易范围之内。虽然仍不失为鲁西北的商业重镇，但其地位已经不可与往日相提并论了，同省外天津的联系要较济南紧密。《临清县志》记载，"民国元年至民国二十三年前后，棉花为输出货之大宗，……每年出品四万包以上，每包百六十斤，由卫河运销天津者十之七，由陆路运济南及青岛者十之三。……小麦，……除本境民食外，其余均由卫河运销于天津。……绸缎，大宗由天津船运入境，间有赴江浙采购者。……杂货，大部由津运至，在济南贩运者十不及一。……铁货大部由天津运来，在济贩运者甚鲜……"[1]。

济宁发展要较临清为好。民国初期津浦铁路兖济支线通车[2]，20年代初单济（单县—济宁）、巨济（巨野—济宁）汽车路开通，且曹济（曹县—济宁）省道、济泰（济宁—泰安）省道、济滋（济宁—滋阳）、济金（济宁—金乡）、济汶（济宁—汶上）等县道相继兴建（图9.4），均可通行汽车、骡车和人力车，交通尚属便利。期间虽有张宗昌祸鲁、蒋介石、冯玉祥军事冲突，致济宁商贸趋于衰落，但至民国时期依然"为南运河沿岸枢要之地，是山东省西南部之商业中心，繁华程度在兖州府之上，……满足山东省西南部一带的需要供给为本市场之要务（东亚同文会，1908）"，当为鲁西南重镇，组织区域物资流通之核心[3]。不过省内隶属关系已经发生了明显改变，清中叶时，通过运河与临清相连。1932年虽然输入商品的大部分来自上海，经镇江转运而来，但通过津浦线兖济支线、历济（济南—济宁）公路经济南从青岛、芝罘输入货物亦为不少。

但是，济宁还是丧失了运河时期同其紧密联系的兖州府以东的城市，腹地形状由明清时期近似圆形区域演变至扇形区域。最为直接的原因是运河的衰落和津浦铁路的开通。兖州在津浦路开通以前，输入货物多来自济宁等沿运河城镇，开通后初期，日用品绝大部分由济南、天津输入。邹县先前输入方面，盐自王家冈盐场运至羊角沟，再经小清河下运河，至济宁安居，陆运入境；其他如绸缎及京川洋货多由镇江水运至济宁，再由商人从济宁购入，零售于各市镇。津浦路成，铁路纵贯邹县南北，流通商品改走铁

---

① 张自清修，张树梅、王贯笙纂，临清县志，经济志，商业，民国二十三年铅印本。

② 津浦铁路的修筑，以德人在山东享有沿路矿权为由，济南以下舍济宁而就曲阜、滋阳、邹县，即因其他多丘陵，富煤矿。济宁绅商以修路之目的在于发展商业，济宁为鲁西南商业中心，津浦路不经济宁，实是屈从德人目的，忽视中国经济利益，自1907年，济宁商人不断力争。后邮传部以修筑兖济支线为补救之方。

③ 民国十六年刊行《济宁县志》的43～46页的部分数字当可以说明当时济宁的集散地位。羊皮7万～8万张，为外地进口生皮，加工制成熟货后出售；黄狼尾，4万～5万个，由邹县、滕县山区运来转手运至天津、北京等地。茶叶50万斤，由安徽运来，经熏制后在本地销售；红枣，100余万斤，外地运入，本地销售兼转运省内各地；药材7万～8万斤，外地运入，本地销售兼售客贩；洋线110万斤，由上海运来，本地销售及转运各地；绸缎70万～80万元，外地输入，销售本地；烧酒50万斤，外地运入，本地销售；杂货200余万元，油1000余万斤，均系外地输入，本地销售；糖34万斤，纸张3000～4000担，均系外地输入，本地销售；洋油5000余箱，玻璃60万～70万担，棉纱5.5万包，均为外地输入，本地销售兼转售各地。

路。滕县早先贸易同样依赖运河，津浦路成以后，交通惟恃津浦路线，运河商运逐渐停顿。

5. 第六公因子和第八公因子

这两个公因子的贡献率较低，已经不足 2%。在 1932 年山东省的城市结合形式中的比重已经微乎其微。

前者的因子载荷在 0.3 以上的城市有 6 座，主要集中在鲁中山区和鲁北地区。因子得分大于 2 的城市为博山。博山设县于 1734 年，前身为颜神镇，扼青石关之要冲，自古为鲁中山区通往鲁北平原之门户。县境内煤、铁、铝、铅等矿产资源丰富。清时期，陶瓷、采煤、琉璃三大行业著称于世。因县无稼穑，饔飧所资，皆趋于临境，故四远之外，载粟以易器械，而镇之陶冶，亦得以其器械易粟，范围广及百里以外，但主要通过周村集散。德强租胶澳时，获取铁路沿线 30 里内的矿权，为攫取沿线矿产资源，胶济铁路修筑时，移线就煤，同时修筑了张博支线，该线 1904 年通车，博山为其终点。1920 年、1922 年又分别修筑了县城至八陡、西河至大昆仑的轻便铁路两条，1930 年前后，博益（博山—益都）、博莱（博山—莱芜）、博淄（博山—淄川）先后开通。昔日一山区县城，成为一区域性物资集散中心，"商品出入频繁，如料货玻璃、瓷器、布匹、杂粮、杂货进出贸易，日见发达，而尤以煤炭业为盛，东有益都、临朐、沂水诸路，南有蒙阴、莱芜、泗水、新泰诸路，西有章丘、桓台诸路（何炳贤，1934）"，鲁北地区主要是通过煤炭销售而施加影响。这时，博山已经不仅仅依赖于周村，而是同济南、潍县、周村、青岛等同时保持有紧密之联系，成为上述城市的布匹、煤油、绸缎销售鲁南地区的中转汇集之所。

后者的因子载荷在 0.3 以上的城市有两座，分布在津浦铁路以西，因子得分大于 2 的城市为泰安。泰安地处鲁中丘陵地区，"交通不便，商业活动受到很大的限制，工商业活动基本处于封闭状态，直至 19 世纪初并无明显改变（安作璋，1994）"。1911 年津浦铁路通车后，交通顿为改观，商业渐趋繁荣，由过去的经济自给自足的一寒村，变为当地一大市场，泰安、莱芜、济宁、汶上等县的麻类、花生以及牛皮、猪鬃等集中在泰城，经济南输往青岛、天津，洋布、洋货亦由青岛、天津经济南输入。

五、1979 年山东省城市结节地域结构

1973 年后，虽有青岛、烟台两个对外贸易口岸，但山东尚未开始对外开放，期间虽然对外贸易有了一定程度的增长，但总的来看，国门依然关闭，单纯的进出口已经不能主导山东省的物资流通结构。与 1932 年相比，期间物资流通的特点发生了明显改变。

第一，经过新中国成立以来 30 年富有中国特色的工业发展，城市所需要的生活用品、生产用品已经不再悉数依赖国外，分析原始资料中的 36 种大宗物资商品，全部为国内生产，物资流通为内向型的，而非外向型。青岛、烟台的对外贸易已经不会在很大程度上控制着省内的物资流通规模、流向及其结构。

　　第二，先前已经达到相对有序的城市间物资流通结构、城市间的结合型式已经趋于崩溃，无论形式上的还是内容上的，均处于新阶段的整合、重构之中。由于长期以来坚持将山东省建设成为相对完整、独立的国民经济体系的发展战略，流通商品绝大部分来自省内。这样，商品的主要批发流通中心就取决于城市自身的生产能力，换言之取决于城市工业职能的强弱。而前一历史时期，城市商品的供应并不取决于城市本身，主要来自于山东境内或者境外的通商口岸，商品流通中心地位的获取与城市本身生产能力强弱的相关程度并不密切，而与城市的区位条件密切相关，尤其是铁路的交通运输区位更为至关重要。

　　第三，这一历史时期，商品流动的体制环境发生了明显的改变。在前一历史时段，商品流通的流向是各城镇在综合权衡利弊的前提下自然选择的结果。商品流通结构以及城市间的结合形式是市场调节的表现。但新中国成立以后，尤其是第一个五年计划之后，商品流通受到强力的计划制约，市场的作用已经微乎其微。各种工业品、农副产品实行统购统销的购销体制，各职能部门分别制定了不同商品的流转计划，决定着商品的流向及规模，同时划定各百货以及其他专业二级站的供销范围，规定二级站、分公司、县公司的职能权限，对于部分物资的跨区调拨，亦明确到各基层供销社。那种不经计划与外地私自流通的现象，则会受到严厉批评①。《中共山东省委、山东省人民政府关于进一步搞活商品流通若干问题的暂行规定》（1980 年 8 月 14 日）公布后，浓郁的计划色彩才开始有所褪色。因此，1979 年的商品流通结构、城市间的结合型式是计划体制的产物，虽然职能部门在制定商品流通的流向时考虑了自然流向，但含有更多的强制性。

　　基于上述历史背景的考虑，利用与 1932 年相同的方法，分析 1979 年山东省的商品流通结构的变化，进行二者之间的比较，揭示其背后的机理。同样获取前 8 个公因子，这八个公因子的累积贡献率为 81.82%。图 9.5 为山东省 1979 年的城市结合形式图。

1. 第一公因子

　　是年该公因子的贡献率为 28.63%，因子载荷量在 0.3 以上的城市有 36 座，因子得分大于 2 的城市为济南。与 1930 年相比，前者减弱了 17.38 个百分点，后者增加了 2 座城市。这意味着虽然同济南紧密联系的城市增多，但其在组织全省商品流通方面的贡献率下降了。

　　比较图 9.3 和图 9.5 中的第一公因子，可以看出，同济南紧密相联系城市的范围一方面向淄博地区渗透扩张，一方面从青岛、鲁西南地区回缩。尤其是青岛已经不再是其主要联系的对象了。

---

　　① 具体内容可以参见《山东省人民委员会关于转发服务厅关于各地将一些主要物资到外地交换问题的报告的通知》(58) 鲁四乙字第 463 号。比如，石家庄一位同志要求省厅给办手续到临沂地区买猪肉，省厅不给办，反映出沂南县以 1.4 万斤猪油向河北省邢台县兑换物资于 1 月 23 日装车。临朐县在天津交流会上向湖南订立合同约定以 10 万斤柿饼换橘子（经省查询后，合同作废）。再如，东阿县以 1.8 万斤苹果向陕西、江苏省换木耳装车时被晏城车站查住，专局确定以调拨价处理，并通报全区。

表9.14　1972年山东省百货二级站供应区

站别	合计	南路百货各站供应区
济南站	32	济南市（包括历城县）、滨县、无棣、阳信、惠民、高青、垦利、广饶、邹平、东营、沾化、利津、商河、临邑、平原、禹城、济阳、齐河、夏津、聊城、茌平、东阿、临清、高唐、阳谷、莘县、冠县、章丘、长清以及省外的范县、临西
青岛站	21	青岛市（包括崂山县）、即墨、掖县、莱阳、莱西、海阳、乳山、文登、荣成、胶县、胶南、高密、诸城、五莲、平度、沂南、日照、莒县、莒南、沂水、临沭
淄博站	4	淄博市（张店、博山、临淄、淄川、周村）、博兴、桓台、沂源
枣庄站	1	枣庄市
潍坊站	8	潍坊市、潍县、昌邑、寿光、昌乐、益都、安丘、临朐
烟台站	9	烟台市、威海市、蓬莱、招远、黄县、栖霞、牟平、福山、长岛
德州站	14	德州市、陵县、宁津、庆云、乐陵、武城及省外的吴桥、东光、南皮、交河、故城、景县、阜城、束鹿
泰安站	8	泰安、莱芜、新汶、新泰、平阴、肥城、东平、宁阳
兖州站	14	济宁市、济宁县、嘉祥、金乡、鱼台、汶上、曲阜、兖州、泗水、郓城、巨野、梁山、蒙阴、平邑
徐州站	11	临沂、郯城、邹县、滕县、微山、菏泽、鄄城、定陶、曹县、成武、单县
商丘站	1	东明

		北路百货各站供应区
济南站	28	济南市（包括历城县）、滨县、无棣、惠民、阳信、邹平、高青、垦利、广饶、东营、沾化、利津、济阳、齐河、聊城、茌平、东阿、阳谷、莘县、冠县、高唐、章丘、长清、蒙阴、沂南、沂水、梁山以及省外的范县
青岛站	12	青岛市（包括崂山县）、即墨、胶县、胶南、高密、诸城、五莲、平度、日照、莒县、莒南、临沭
淄博站	4	淄博市（张店、博山、临淄、淄川、周村）、博兴、桓台、沂源
枣庄站	1	枣庄市
烟台站	16	烟台市、威海市、蓬莱、招远、黄县、栖霞、牟平、福山、长岛、掖县、莱阳、莱西、海阳、乳山、文登、荣成
潍坊站	8	潍坊市、潍县、昌邑、寿光、昌乐、益都、安丘、临朐
德州站	13	德州市、陵县、乐陵、武城、夏津、商河、临邑、平原、禹城、临清以及省外的临西、束鹿、故城
泰安站	8	泰安、莱芜、新汶、新泰、平阴、肥城、东平、宁阳
兖州站	25	济宁市、济宁县、嘉祥、金乡、鱼台、汶上、曲阜、泗水、邹县、兖州、滕县、微山、菏泽、鄄城、曹县、定陶、巨野、郓城、成武、单县、平邑、费县、临沂、苍山、郯城
沧州站	2	宁津、庆云
商丘站	1	东明

注：北路百货指山东省外北京、天津、河北、东北等省市的商品；南路百货指山东省外上海、江苏、安徽以南诸省市的商品。

前文提及，之所以发生这种现象，是因为其一，口岸贸易已经不能主导城市之间的物资流通，其二，商品流通三级批发、供销区划等政策的实施，则加强了二级站所在城市与其所供应范围内城市间的结合关系（表9.14～表9.16）。因此，通过进出口加强青

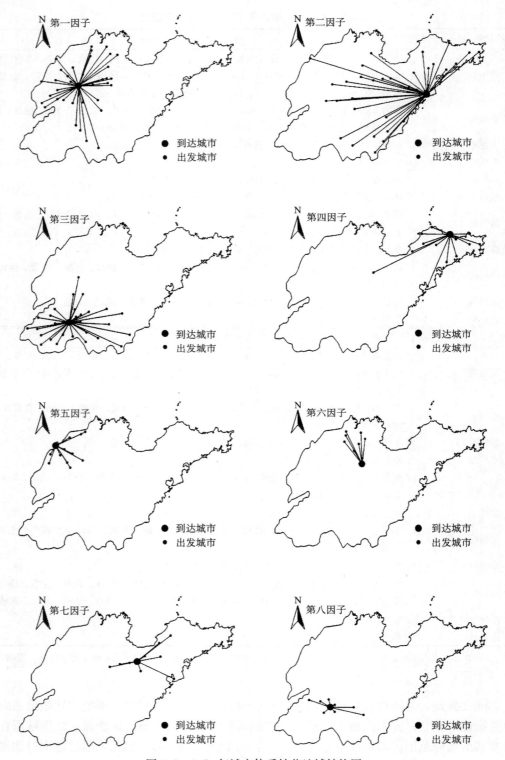

图 9.5 1979 年城市体系结节地域结构图

岛、济南、济宁之间的联系的力量已经小于各城市同自身供销区内联系的力量了。这就说明城市体系由整合向碎化方向发展，1932年近乎一体化的城市体系被打破了。

表 9.15　1971 年山东省五金交化二级站经济区划供应表

站别	合计	供应县市
济南二级站	23	历城、平原、夏津、齐河、禹城、临邑、商河、济阳、荏平、东阿、临清、高唐、广饶、垦利、惠民、阳信、无棣、邹平、高青、蒙阴、章丘；河南省的范县、台前
青岛二级站	21	青岛市、崂山、胶县、胶南、高密、诸城、平度、五莲、荣成、海阳、文登、乳山、即墨、莱阳、莱西、掖县、日照、莒县、莒南、沂水、临沭、郯城
淄博二级站	8	淄博市（张店、博山、临淄、淄川、周村）、沂源、桓台、博兴
枣庄二级站	1	枣庄市
潍坊二级站	8	潍坊市、潍县、昌邑、昌乐、寿光、临朐、益都、安丘
烟台二级站	9	烟台市、威海市、蓬莱、长岛、招远、黄县、福山、栖霞、牟平
德州二级站	7	德州市、庆云、宁津、陵县、乐陵、武城、河北省的故城
济宁二级站	17	济宁市、济宁县、兖州、曲阜、金乡、鱼台、嘉祥、泗水、邹县、滕县、汶上、微山、梁山、郓城、单县、巨野、成武
北镇二级站	3	滨县、沾化、利津
泰安二级站	8	泰安、莱芜、新泰、新汶、宁阳、肥城、东平、平阴
临沂二级站	5	临沂、平邑、苍山、费县、沂南
聊城二级站	4	聊城、冠县、莘县、阳谷
菏泽二级站	5	菏泽、鄄城、定陶、东明、曹县

表 9.16　1955 年、1965 年和 1971 年山东省五金交化二级站服务县份数

站别	1955 年	1965 年	1971 年	站别	1955 年	1965 年	1971 年
济南二级站	75	42	23	枣庄二级站			1
青岛二级站	58	27	21	济宁二级站			17
烟台二级站		9	9	北镇二级站			3
潍坊二级站		6	8	泰安二级站			8
德州二级站		22	7	临沂二级站			5
临沂二级站		4	8	聊城二级站			4
淄博二级站			8	菏泽二级站			5

2. 第二公因子

因子得分大于 2 的城市为青岛。其中，公因子的贡献率为 14.93%，因子载荷量在 0.3 以上的城市有 34 座，较之 1932 年，前者减少了 9.48 个百分点，后者增加了 14 座。虽然出现了与济南相同的变动趋向，但其减弱的幅度少于济南。且从图 9.5 来看，这 34 个城市遍及胶东半岛、胶济铁路、津浦铁路沿线、鲁南地区，较 1932 年地区范围更为广阔，且比济南要大得多。从图 9.5 可以看出，青岛同济南、烟台之间的联系较为紧密。前者与济南的特点相反，实际上证明了青岛较济南为强的工业职能强度和工业职能规模。

1932 年虽然青岛已经蚕食和袭夺了烟台的腹地，在一定程度上影响了烟台的发展。但当时烟台本身并没有完全纳入到青岛的势力范围之内，依旧保持了相对的独立性。但 1979 年时，情形发生了变化，不能够继续保持其独立性。其原因表现在以下几个方面。

第一，蓝烟铁路通车。蓝烟铁路由胶济铁路蓝村站起，向东北行至烟台市止，途径即墨、莱西、莱阳、海阳、栖霞、福山、牟平七个县市区，将青岛、烟台联系起来。蓝烟铁路始建于 1953 年，1956 年全线通车，缩短了青岛和烟台之间的经济距离和时间距离。

第二，1961 年烟台从全国 18 个对外贸易口岸中被剔除，不能够直接从海外获取所需要的生产用品和生活用品，而青岛时为山东唯一的对外贸易口岸，工业职能的规模、强度又优于烟台。

第三，商品流向计划因素。商品销售网络直接影响了城市间的联系结构。以五胶化商品销售网络为例，这些商品通过二级站批发和三级批发单位（县公司）进行。1955年前，五胶化经营机构少，青岛设分公司，济南设支公司，山东省内分东西两大供应区。其中，东部的昌潍、胶州、莱阳、文登等专区和莒县、莒南、沂水、临沭、郯城、沂南等共 58 个县、市、特区，由青岛供应；西部的淄博、惠民、德州、聊城、泰安、济宁、菏泽等专区和临沂、平邑、费县、苍山、蒙阴等县及徐州市，共 75 个县、市，由济南供应。1965 年国务院批转推广河北省唐山地区按经济区域组织商品流通经验后，省五胶化公司对全省经济区划做了适当调整。调整后各二级站的供应范围是：济南 42个县，青岛 27 个县，烟台 9 个县，潍坊 6 个县，德州 6 个县，济宁 22 个县，临沂 4个县。

1971 年随二级批发机构的增设变化，省五胶化公司再次对省内五胶化市场的经济区划又作了一次较大的调整。这一方案一直持续沿用至 1984 年。

当然，上述因素，不仅仅是烟台纳入青岛势力范围的主要原因，同时也是青岛向济南、鲁中鲁南扩张的重要原因。

3. 第三公因子

因子得分大于 2 的城市为济宁。公因子的贡献率为 6.34%，因子载荷量在 0.3 以上的城市个数为 29 个。与第一、二公因子的贡献率下降相比，该公因子的贡献率提高10 个百分点，且在强化西向影响力的同时，其影响范围向北、向东扩张，将枣庄、临沂在内的整个鲁西南和鲁东南地区纳入其势力范围。这些事实均表明济宁在山东省商品流动结构中地位的抬升。这一扩张的方向与 1930 年时收缩的方向是相同的。

而同时期内，济宁的对外交通条件不仅没有改善而且有所恶化。铁路方面，兖济铁路 1912 年建成通车，1944 年拆除，1958 年济宁专区呈请铁道部由地方政府修复兖济支线，由于采用以旧代新等措施，先通后备施工，线路质量差。1968 年只得由济南铁路局再次进行线路大修。从而影响了这条线路的利用效率，1958 年、1961 年、1978 年仅日行客车 2、4、3 对，货车 1、2、3 对，一定程度上削弱了济宁的对外交通条件。水运方面，京杭运河 60 年代苏鲁断航，沿湖各地部分农副产品运抵济宁、韩庄等港转铁路外运，工业产品和日用品则由铁路运来后销往湖区各县，70 年代始复航。

何以会发生与 1932 年相反的趋向呢？与表 9.15、表 9.16 相对照，只能说供销区划和商品流向计划等制度因素在其中发挥了十分重要的作用。1971 年时，按照供销区划规定，济宁二级站要为 17 个城市提供五金胶化服务。因为供销区划规定，各二级站的商品销售，按照商品自然流向确定供应区。供应区内的县公司只能从本区的二级站进货，不得跨区采购，二级站也不准跨区供应。

4. 第四公因子

因子得分大于 2 的城市为烟台，与 1932 年相比，这是一个新出现的公因子。因子贡献率为 6.12％。因子载荷量大于 0.3 的城市个数有 13 座，主要分布在胶东半岛。另外，烟台与青岛、潍坊之间存在有较为密切的联系。

之所以在 1979 年烟台成为一个新的公因子，原因有二。

第一，1952 年中央贸易部在全国 71 个城市试行建立百货二级站试点，烟台最早同济南、青岛、兖州、德州一起名列山东首先组建的 5 个百货二级站之列，1964 年百货烟台专区分公司改为二级采购供应站，兼营分公司业务，1972 年，全省调整百货二级站供应区划（表 9.14），烟台分别供应 9 个（北路货）、16 个县市（南路货）；1965 年山东省五胶化公司亦调整了全省经济区划，从先前的青岛供应区内调整出 9 县供烟台五胶化二级站供应，1971 年再次进行调整（表 9.15）。上述两个商品供应区划一直应用到 1984 年，期间虽有微调，但烟台的管辖范围变动不大。毫无疑问，供销区划在一定程度上奠定了烟台影响范围的基础。

第二，1932 年打破烟台 1904 年前几乎一统山东为其腹地的格局的原因之一是龙口、威海的先后对外开埠分流。而这一期间，烟台再次一统胶东半岛，并且比 1930 年的空间范围有所扩大。其中，有两个因素发挥了作用。第一个是龙口、威海没有列入全国 18 个对外开放口岸之列。1961 年烟台虽然同样被剔除出这一行列，但旋即于 1973 年又被列为对外贸易口岸，复设海关。第二个因素是烟台的城市工业职能强于威海和龙口。

5. 第五公因子

第五公因子同样是新出现的，因子得分大于 2 的城市为德州。因子载荷量在 0.3 以上的城市有 11 座，因子贡献率为 5.73％。

德州在津浦铁路通车以前，是鲁北、冀南的商业中心，市场影响范围东至陵县（70 华里），西抵枣强（110 华里）、南宫（180 华里）、武城（110 华里），北到景县（60 华里），南到黄河涯（30 华里），这些地区的农产品的输出和日用品的输入均靠德州维系（庄维民，2000）。津浦铁路通车后，先前通过运河、陆路在德州集散的货物开始移往济南，德州商业日趋衰退，影响范围日见萎缩，只有同周边的枣强、故城之间有一些棉花、谷物交易（東亞同文會，1908）。在 1932 年，德州已经不再是全省重要的物资集散地。到 1979 年时，德州的影响范围均已超过先前的西向武城，东向陵县，南向黄泥涯，向南、向东大范围扩张。这显然超过了德州城市的发展速度，其人口规模由 1956 年 5 万人增至 1982 年的 26 万。其中的原因，同样只能以供销区划来解释（表 9.14、表

9.15、表 9.16）。1952 年末，德州就是全省 5 个百货批发站之一，20 世纪 70 年代初，德州为 14 个县提供北路货服务，为 13 个县提供南路货服务，为 7 个县提供五金胶化服务。

6. 第六公因子

因子得分大于 2 的城市为张店。因子载荷量大于 3 的城市有 8 座，全部位于鲁北地区。因子贡献率为 4.73%。

1932 年时，张店仅有 3500 多人，为桓台县一属镇，1956 年时人口为 67 377 人，发展速度十分惊人。清中叶时张店消费品主要来自于周村；胶济铁路、张博支线通车后，张店的交通区位迅速改善，遂成为棉花、布匹、煤炭和蛋品的集散地，逐渐取代了距其不远的周村的地位。新中国成立后，主要有三个因素促使张店提供了区域服务能力。第一，张店定为淄博市的政府驻地；第二，1970 年张（店）东（营）铁路开通运营，导致其北向扩张势力范围。第三，淄博作为二级站，向淄博市等 8 个县市区提供物资批发服务。

7. 第七公因子

因子贡献率为 4.05%，因子得分大于 2 的城市是潍坊。因子载荷量大于 0.3 的城市有 9 座。同 1932 年相比，1979 年潍坊在山东商品流通中的地位下降了。前一时点，潍坊是山东省内除济南以外的最大内陆中心市场，在 8 个公因子之中除济南、青岛外，居第 3 位，后一时点则下降至第 7 位，影响范围也从胶东和鲁东南地区回缩。这同样可以从供销区划的限制出发寻找其原因（表 9.14、表 9.15）。1952 年，潍县建立了百货批发站，是山东省最早的五个百货批发站之一。1964 年潍坊分公司不再兼营二级站业务，改为纯管理结构，其原先负责的安丘、潍坊、潍县、昌邑等四县的供应业务，分别划归青岛、济南供应。无疑降低了潍坊市的区域服务功能。另外，1930～1956 年城市增长停滞和 1956～1979 年城市增长缓慢也是重要的原因。

8. 第八公因子

公因子的贡献率为 3.04%，因子得分大于 2 的城市为兖州，因子载荷大于零的城市有 8 座，主要分布在以兖州为中心的津浦铁路沿线地区。

这一个公因子为 1979 年新出现的。兖州在清中叶时，为兖州府城，城市职能以中心地职能为主。在津浦铁路通车之前，各种输入货物多数来自济宁等沿河城镇。津浦路开通初期，大宗洋货从济南和天津输入，后期从上海口岸输入，并且输入洋货和输出土货的集散范围开始包括济宁和滕县在内。1932 年时，在组织全省物资流通的作用尚不是很大。但至 1979 年，已经跻身于前八个因子之列。比较而言，1918 年、1956 年、1982 年时兖州城镇人口规模分别为 38 000 人、46 434 人和 55 919 人，城市成长速度其实并不快，影响范围如此之大，显然也是供销区划在起作用。1952 年兖州凭借其铁路优势，就被建设为全省 5 个百货批发站之一。到 1971 年，兖州为济宁在内的 14 县份提供南路货服务，为临沂在内的 25 个县提供北路货服务（表 9.14）。

六、2000 年山东省城市结节地域结构

1. 第一公因子

因子得分大于 2 的城市为济南。是年该公因子的贡献率为 27.02％，因子载荷量大于 0.3 的城市有 39 座，与 1979 年相比，前者减少了 1.61 个百分点，后者增加了 3 座城市。增加的城市主要集中在鲁东南地区，这意味着济南的影响向东南地区扩展。显然，京沪高速公路的开通运行起到了十分重要的作用。

2. 第二公因子

因子得分大于 2 的城市为青岛。是年该公因子的贡献率为 12.65％，因子载荷量大于 0.3 的城市有 26 座。与 1979 年相比，前者减少了 2.28 个百分点，后者减少了 8 座城市。减少的城市主要集中在鲁南和胶东半岛以西地区，在胶东半岛内部则紧密联系的城市数有所增加。这说明，先前计划经济的操纵作用逐渐在消弱，空间相互作用的客观规律在发挥作用，胶东半岛内部城市间的联系进一步加强，半岛一体化的趋势正在形成之中。

3. 第三公因子

因子得分大于 2 的城市为济宁。是年该公因子的贡献率为 8.39 ％，因子载荷量大于 0.3 的城市有 13 座，与 1979 年相比，分别减少了 6.2 个百分点、16 座城市。在 1979 年的 8 个因子中这是贡献率降低和减少城市最多的。其中，与济宁关系趋于松散的城市主要集中在鲁东南和济宁以北津浦铁路沿线。这显然与日益增长的临沂影响和强大的济南影响有关。期间，济宁城市人口由 1982 年的 211 232 人增加至 2000 年的 874 422 人，而临沂则由 131 355 人增至 1 097 802 人。毫无疑问，济宁的组织结节流的能力在趋于下降。

4. 第四公因子

因子得分大于 2 的城市为烟台。是年该公因子的贡献率为 6.34％，因子载荷量大于 0.3 的城市有 11 座，与 1979 年相比，前者增加了 0.22 个百分点，虽然增幅不大，但同济南、青岛、济宁等一律减少相比，毕竟是一个新的变化；后者则减少了 2 座城市。显然，烟台结节地区在全省中的地位抬升。这与烟台相对中心性的提高以及烟台被交通部规划为全省三大主公路交通枢纽之一有着较为密切的关系。

5. 第五公因子

因子得分大于 2 的城市为临沂。是年该公因子的贡献率为 5.49％，因子载荷量大于 0.3 的城市有 10 座。这是一个新增加的公因子，是近些年来临沂快速发展的客观反映。其结节地域空间主要为其行政地区范围。从图 9.6 可以看出，临沂同青岛、日照两个港口城市间联系较为紧密。

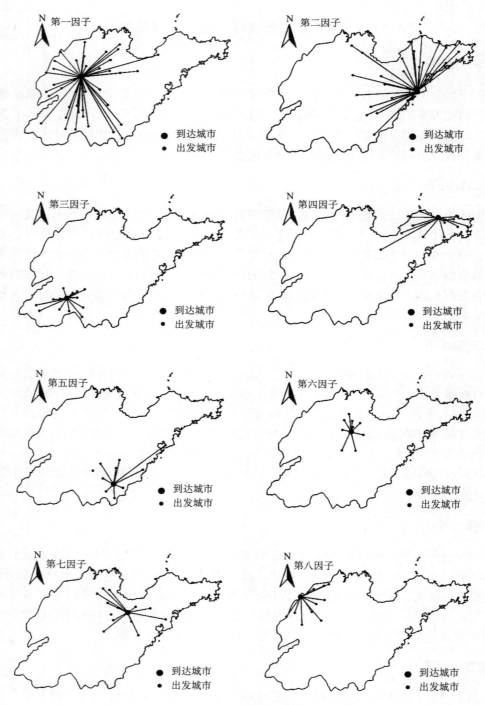

图 9.6　2000 年城市体系结节地域结构图

6. 第六公因子

因子得分大于 2 的城市为淄博。是年该公因子的贡献率为 4.67%，因子载荷量大于 0.3 的城市有 9 座。较之 1979 年，前者下降了 0.06 个百分点，后者增加了 1 座城市，变动幅度较小。当然，与 1979 年相比，城市的主要联系方向也有所变化，前者主要是鲁北地区，后者则南向鲁中山区发展。之所以如此，一方面，东营、滨州城市的成长袭夺了鲁北地区腹地，另一方面，博莱高速公路的建设促进了淄博影响的南向扩张。

7. 第七公因子

因子得分大于 2 的城市为潍坊。是年该公因子的贡献率为 4.32%，因子载荷量大于 0.3 的城市有 13 座，较之 1979 年分别增加了 0.27 个百分点、4 座城市。并且腹地的影响范围从胶东地区回缩，而向鲁北地区扩张，与东营、滨州等地的联系较为紧密。其原因有二。第一，烟台影响力的迅速扩张压缩了潍坊区域服务能力，第二，东营和滨州区域服务能力相对弱小，广大区域服务需求较强，而东（营）青（州）高速公路、益羊铁路的建设为潍坊北向扩张区域影响创造了条件。

8. 第八公因子

因子得分大于 2 的城市为德州。因子贡献率为 3.74%，因子载荷大于 0.3 的城市有 10 座。较之 1979 年，由第五公因子下降至第八公因子，因子贡献率下降了 1.99 个百分点，但紧密联系的城市数目并没有明显变化。

本 章 小 结

本章的特色主要表现在两个方面，第一是用了较大的篇幅对使用的多源数据进行了充分的讨论，尤其是定性数据定量化方面，工作细腻。第二是在分析明清时期、民国初期以及 1932 年的城市体系结节地域结构时，充分挖掘、灵活运用了历史文献资料，增强了研究的深度和可读性。

明清以来，山东城市体系的结节地域空间结构演化，经历了碎化—整合—碎化的过程。

（1）明清时期，形成了周村—潍县—胶州子体系和临清—济宁子体系，前者集散空间大于后者，但集散量小于后者。两子体系基本上相互独立，没有形成一体化的城市联系网络。

（2）1862～1904 年，烟台开埠，土货出口和洋货进口在较大程度上决定了城市间的联系结构，形成了烟台—周村子体系，取代了明清时期的周村—潍县—胶州子体系，且集散范围扩张，集中在大约以烟台—济南为半径的范围内。期间，河运衰微，临清—济宁子体系衰退，其中，鲁西南城市同上海口岸、镇江口岸联系紧密，鲁西北城市同天津口岸联系紧密，全省城市联系网络的一体化依然没有形成。

（3）青岛开埠及至 1932 年前后，胶济铁路、津浦铁路相继开通，汽车专用道建设，公路运输得以运用，在口岸贸易的带动下，全省逐渐了形成了以青岛－济南为核心的一体化的城市联系网络。期间，交通运输区位而非生产能力决定了城市在联系网络中的地位高低。

（4）新中国成立后至1982年，为计划经济时期，门户封闭。期间，进出口贸易已经不再是将城市联系在一起的纽带，供销区划、大宗商品流转计划等制度因素强化了近距离城市之间的联系，弱化了长距离城市间的联系。工业职能的强弱往往影响了城市在联系网络中地位。恰是上述原因的存在，导致了部分城市结节地域范围缩小、部分新结节地域出现，先前一体化的城市体系得以碎化。

（5）改革开放以来，虽然城市的门户职能增强，但由于历史的惯性，影响城市联系的要素更为多样化，进出口贸易同样已经不能再次主导城市间的联系。交通运输网络的完善是导致部分结节地域地位上升，或者下降的原因之一。另外，烟台、临沂等城市的快速增长，形成了新的结节地域，进一步强化了城市体系的碎化程度。

第十章　研究结论与展望

本研究在第三章至第十章用了较大的篇幅，系统、全面地考察了山东省城市体系演化、城市职能变迁，以及中心地职能、工业职能、中枢管理职能、门户职能演变的时空间过程，初步建立了城市体系发展与城市职能变动之间的关系。在这一章里，对第三章至第十章的得出的主要结论进行初步总结，提炼出山东省城市体系演化过程中最为明显的特征，并以这些特征为立足点，建立富有中国特色的沿海城市体系动态演化模型。在此基础上与国外已有的模型进行初步对比分析。

第一节　山东省城市体系的时空演化过程总结

在第三章至第十章，采取解剖麻雀式的分解方法，从城市规模变动、城市职能、城市体系结构等多个方面详细分析了山东省城市体系的动态演化过程，有一些新发现。为避免与前文重复，以乾隆中期以来，海疆门户的封启过程划分时间段，列举出各章最为关键的结论（表10.1），从表10.1各部分之间相互联系中可以挖掘出山东省城市体系动态演化过程的最基本特点。

第一，自烟台开埠后，随着门户封启，山东省的第一大城市在内陆中心城市济南和海港门户青岛间发生了有规律的周期性变化。城市发展的区域重点也由内陆移向沿海，沿海移向内陆，再由内陆移向沿海。期间，高位次城市的相对作用由强转弱，再由弱变强。

第二，城市职能的演化是一个逐步复合化的过程，期间，工业职能、中枢管理职能逐渐成为城市职能的重要组成部分。

第三，乾隆中期以来，在门户由开放转为封闭，再由封闭转为开放时，中心地职能体系的第一大城市由青岛改为济南，再由济南改为青岛。同期，中心地职能体系也由青岛单中心体系转换为青岛、济南双中心体系，再转换为青岛单中心体系。

第四，清末以来，随着门户封启以及特殊工业化政策的实施，工业发展重点区域由半岛地区转向鲁中南山区，再由鲁中南山区转向半岛地区。

第五，经济中枢管理的重要性随着中枢管理职能等级的升高而升高。1982年至2000年，虽然中枢管理职能相对中心性的最大城市没有发生改变，但中枢管理职能快速增长型的城市主要集中在半岛地区。

第六，1862年烟台开埠以来，口岸城市的门户职能强度经历了增强、减弱、增强的不对称"U"形变动。在激烈竞争过程中，青岛取代了烟台成为最大的门户城市。

第七，在门户封启的周期性变化过程中，物资进出口发挥的城市联系纽带作用由盛转衰，再由衰转盛，加上特殊的物资流通政策影响，城市体系的空间结构经历了碎化－整合－碎化的过程。

通过以上特点，可以发现，周期性过程就是山东省城市体系演化的最基本特点，既表现为城市发展区域重点转换的周期性，也表现为城市体系碎化、整合的周期性等方面。这种周期性的特点，与中国周期性的门户开放政策密切相关。而特殊的物资流通政策强化了这种门户周期性开放的空间响应。

第二节　山东省城市体系演化过程的模型化

第一节从城市发展、城市职能、城市体系空间结构等多个方面，归纳总结了近 200 年来山东省城市体系演变过程的最基本特点——周期性过程。下文以山东省为个案，建立沿海地区城市体系演化过程模型。

一、城市体系演化模型的构筑

按照门户开放与否，沿海城市体系的演化过程可以分为四个阶段，即门户封闭时期，门户开放时期和门户再封闭时期和门户再开放时期，在这种门户的封启周期性变化过程中，城市体系的规模结构、空间格局、体系结构、城市主导职能发生了明显变化。图 10.1 是根据表 10.1 总结出的演化模型，模型分为四个阶段。

阶段一：农业社会的海疆门户封闭阶段

陆上运输不发达，运河是当时的主导物资流通渠道，城市发展的区域重点是主要通航河流沿岸地区。期间，绝大多数城市的主导职能是中心地职能，且受农业社会生产力低下的制约，城市规模不大。部分河港城市拥有广域门户职能，发展成为高位次城市。由于海疆门户不启，海港间虽有些贸易往来，但联系较为薄弱，更不用说与国外的贸易联系了，海港城市的门户职能潜力得不到足够的发挥。再加上港口后方集输运系统的强力制约，各海港城市与内陆联系较为松散，后向腹地相对有限，海港城市之间、海港城市与内陆城市之间的竞争较为薄弱，城市体系的一体性较弱。

阶段二：殖民时期海疆门户开放阶段

殖民者叩关，海疆门户被迫开启，沿海地区纳入国际经济大循环，城镇体系内向演化暂时中断，外部营力开始强力影响其发展。土货出口、洋货进口主导了沿海地区物资流通，强化了海港城市之间、内陆城市之间、海港城市和内陆城市之间的联系，城市彼此之间的竞争加剧，城市体系的一体性增强。期间，沿海地区城市成长迅速，内陆地区则由于远离国际市场，再加上先前通航河流的断航，城镇发展相对滞缓，城市发展的区域重点开始由内陆地区向沿海地区转移。

为了进一步运输殖民地的农产品、矿产资源，倾销洋货，区域内修建了连接海港城市、内陆中心城市的铁路，铁路沿线成为区域最主要的发展轴线。期间铁路沿线生成了许多不同等级的物资集散地，在彼此之间的激烈竞争过程中，这些物资集散地的发展速度超过了轴线以外的城市（包括先前开放但没有铁路相通的口岸城市）。有铁路相通的海港城市逐渐袭夺了无铁路相通海港城市的腹地，海港城市间也出现差异性增长。其中，拥有铁路终端站的海港城市、内陆中心城市，门户职能规模不断扩大，逐步发展为

表 10.1　山东省城市体系的演化过程表

海疆门户封启		封闭时期	开放时期			封闭时期	开放时期
		乾隆中叶	清末	1936年	1956年	1982年	2000年
城市发展	第一大城市	临清	济南	青岛	青岛	济南	青岛
	重点发展区域	鲁西鲁北地区	由鲁西鲁北地区向半岛地区转移，再转向鲁西鲁北			鲁中南地区	半岛地区
	高位次城市作用	强	弱	强		弱	强
主要城市职能		中心职能、门户职能	中心职能、门户职能	中心职能、门户职能、工业职能	中心职能、门户职能、工业职能	中心职能、门户职能、中枢管理职能	中心职能、门户职能、工业职能、中枢管理职能
中心地职能体系	第一大城市	—	—	青岛	济南	济南	青岛
	体系特征	—	—	青岛单中心体系	青岛、济南双中心体系	济南	青岛单中心体系
工业职能体系	重点发展地区	—	由半岛地区向鲁西北地区转移			鲁中南地区	半岛地区
	快速增长城市分布	—	—	—	—	半岛地区	半岛地区
中枢管理职能体系	第一大城市	—	—	—	—	济南	济南
	快速增长城市分布	—	—	—	—	半岛地区	青岛
门户职能体系	第一大城市	临清	烟台	青岛	青岛	青岛	青岛
	职能强度	增强	增强		减弱	减弱	增强
城市体系空间结构	体系结构	周村—潍县—胶州体系、临清—济宁体系	烟台—周村体系、鲁西南体系、鲁西北体系	青岛—济南体系	青岛—济南体系	青岛—济南体系	青岛—济南体系
	整合程度	碎化	碎化		整合	碎化	碎化

拥有广域腹地的门户城市，成长为第一大、第二大城市。另外，期间，高位次城市在城市体系中的重要性得到提高，同时，部分城市的职能日趋复合，一方面中心地职能得到强化，另一方面，高位次城市的制造业职能得到了一定程度的发展。

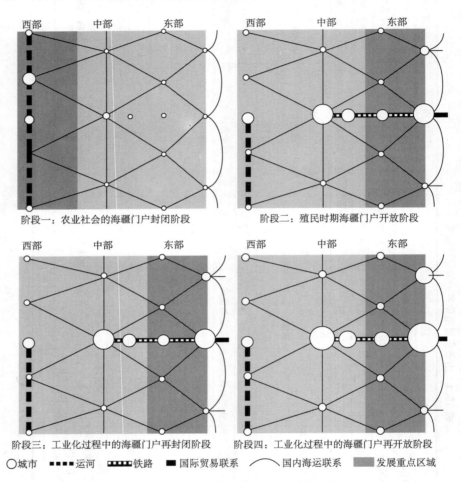

图 10.1　山东省城市体系动态演化过程模型

阶段三：工业化过程中的海疆门户再封闭阶段

出于对国家安全的考虑，海疆门户再次封闭，进出口贸易已经不再主导区域的物资流通，外部营力对城市体系演化的影响下降，城市体系转为内向演化，先前一体化的城市体系开始碎化、重构。在这一过程中，海港城市的门户职能削弱，收到了比内陆城市大得多的消极影响。由此，城市发展的区域重点由沿海地区向内陆回转，内陆中心城市取代海港门户城市成长为第一大城市。

阶段四：工业化过程中的海疆门户再开放阶段

这一时期，海疆重启，在工业化和全球化背景下，城市的门户职能同其他职能交织在一起发挥作用。期间，沿海地区工业发展速度超过内陆地区，城市发展的区域重点向沿海地区转移。海港门户城市的门户职能回弹，工业职能、经济中枢管理职能、中心地职能的集聚规模也超过内陆中心城市，成长为第一大城市。高位次城市在城市体系中的作用也有进一步的抬升。期间，随着铁路网、高速公路网的建设，区域城市之间、城市与海外城市之间的联系日渐紧密，一个网络化的城市体系逐步形成。

二、与国外已有模型的比较

第一章绪论简单介绍了国外已有的沿海地区城市体系的动态演化模型。表 10.2 是作者建立的模型与国外已有模型的比较。

与国外已有模型相比，作者提出的模型有以下四个特点。

第一，城市体系演化过程的多阶段性

Taaffe-Morrill-Gould 模型、Vance 模型、Bird 模型以及寺谷亮司模型分析的时段集中在门户开放以后的殖民地时段，作者提出的模型反映的历史时段更长，包括了门户开放前的农业社会的内向演化阶段、殖民地阶段外向发展阶段以及此后的工业化阶段。其中，殖民地阶段仅仅是其中的一部分。

第二，城市体系的生成过程的复杂性

Taaffe-Morrill-Gould 模型、Vance 模型、Bird 模型认为沿海区域城市体系的发展是外生的，域外经济创造了区域的城市体系，决定了城市体系生成的空间推移路径，影响城市体系的空间网络结构。即先是门户城市的生成、发展，职能逐步复合，形成高级中心地，此后随着高级中心地的市场逐步细分，形成了更多的低级中心地。这一过程是典型的传统过程（traditional change）——稠密化过程。作者提出的模型则认为沿海地区城市体系的生成、发展过程更为复杂。海疆开放以前，在漫长的内生演化过程中，首先表现为近代化过程（modern change）——竞合淘汰过程。即先形成大量低级中心地，随后低级中心地市场逐步聚合形成少数高级中心地。海疆开启以后，域外经济开始作用于已经形成的城市体系，与域外经济联系较为便捷的地区，或者是新城市的形成或者已有城市的快速发展，而同域外经济核心区联系不便的内陆城市发展相对较慢，先前内生型的城市体系逐步得以改造。此后，海疆周期性封启，外部营力和内部营力的相对作用也随之发生强弱变化。这就是说，外力并不是创造了沿海地区的城市体系，而是对以往城市体系的重构、再造。

第三，城市发展区域重点转换的双向性

在更长的历史时段中，在外力和内力的共同作用下，城市发展的区域重点发生了有趣的变化，表现为沿海地区和内陆地区之间的周期性空间转换，即海疆由封闭转为开启，城市发展重点区域由内陆向沿海转移，海疆由开启转为封闭，城市发展重点由沿海向内陆转移。而在 Vance 模型、Bird 模型以及寺谷亮司模型中，区域城市体系发展的空间格局变换是单向的，仅仅由沿海地区向内陆地区逐步推进。之所以如此，是因为国外地区缺乏中国周期性门户开放和特殊的物资流通政策的制度环境。

第四，内陆中心城市、海港门户城市优势互换的周期性

Taaffe-Morrill-Gould 模型、Vance 模型、Bird 模型强调海港门户城市相对于内陆

中心城市的优势恒定，前者是必然的第一大城市。寺谷亮司模型认为海港门户城市、内陆中心城市的优势互换经历了三个阶段，即海港门户城市占优势阶段、二者抗衡阶段、内陆中心城市占优势阶段。作者提出的模型，既不同意海港城市优势恒定的观点，也不同意内陆中心城市优势逐渐增强并超过海港门户城市的单向转换观点，而是认为在海疆周期性封启过程中，内陆中心城市和海港门户城市的优势存在有周期性转换。中心地职能、工业职能、门户职能、中枢管理职能的共同作用是导致这种变换的决定因素。这种周期性转换是中国特殊政策、制度环境下的必然产物。

表 10.2　作者的模型与国外已有模型的对比

	Rimmer 模型	Taffe 模型	Vance 模型	Bird 模型	寺谷亮司模型	本书模型
历史时段		殖民地时段				殖民地时段仅为其中一部分
海疆门户封启状态	开放					周期性封启
城市发展空间过程	—	沿海向内陆单向推进				沿海、内陆双向周期性变换
城市体系生成过程	—	稠密化过程			—	近代化过程和稠密化过程共同作用
内陆中心城市与海港门户城市竞争	海港门户城市优势恒定				内陆中心城市优势逐渐增强并超过海港门户城市	海港门户城市与内陆中心城市优势周期性互换
城市主导职能演化过程	门户职能	—	门户职能	由门户职能向中心地职能、门户职能复合体方向发展	门户职能、中枢管理职能	由门户职能向门户职能、中心地职能、制造业职能、中枢管理职能复合体的方向发展

三、需要进一步研究的课题

1. 周期性模型的印证研究

本研究以山东省为对象，采用历史分析方法、系统分析方法、比较分析方法，在综合集成的基础上，从城市规模等级、城市职能、城市联系等多视角、立体化的剖析了近200 年的城市体系动态演化过程，发现城镇发展的空间格局、内陆中心城市和沿海中心门户城市优势间存在有双向互动变化。发现特殊的政策、制度环境是导致这种结果的必然原因。并在此基础上，初步归纳出沿海地区城市体系动态演化的概念性模型（图10.1）。

本研究采用了历史的观点，在研究对象特殊的地理环境背景下，通过历史的脉络来理解城市体系的动态演化，虽然避开了宽泛的抽象理论分析，更加关注了城市体系动态演化的丰富过程和内涵。但是，这一研究视角，显然过度关注了历史的细节，弱化了城市体系动态演化的更一般内在机制解析。从而使本书的研究存在一个较大的逻辑风险，即每个地区的城市体系都是独一无二的，都是富有个性的，均有特殊的地理历史背景和特殊的制度安排。因此，本研究提出的中国沿海地区城市体系演化过程存在周期性、周期性是中国周期性的门户开放政策必然结果的观点，有待于其他个案的再印证。

也就是说，图 10.1 作为以一省为个案的区域空间尺度归纳、总结，是否具有推广价值，是否反映了中国沿海地区城市体系演化的基本内在规律，仅仅依靠一省的一次实验，显然不能够解决这些问题。今后，应该选取与山东省空间尺度相近、历史背景相近的中国沿海省份，按照大致相同的时间段划分，采用相同的时空分析方法，解析城市体系的时空演化过程，以及动力机制，验证图 10.1 的理论推广价值。

2. 区域城市体系的双中心空间结构研究

双中心格局是中国部分省份城市体系的典型特点，并已经引起了部分学者的高度关注。从研究来看，城市体系空间结构的形成，在很大程度上受特殊区位、特殊历史背景的影响。因此，从历史的、过程的角度分析双中心空间结构是一项有待于深入讨论的议题。基于上述理念，双中心研究中要关注以下几个问题。

第一，国内已有的双中心是否是同一空间尺度的双中心？能否将不同空间尺度下的双中心等同？不同同空间尺度下双中心空间结构的形成动力机制是否相同？

第二，双中心是区域城市体系演化的一种基本空间结构类型？还是特殊背景下的产物？如果是一种空间结构的话，双中心是否会固化？其存续是不是不需要讨论时间概念？另外，双中心结构是国内的模式还是国际的模式？如果是国内模式的话，从国际来看是否是特例？如果是国际特例，那么，如何来理解双中心作为一种基本空间结构？

作者在山东的个案研究中领悟到，城市体系研究不仅仅要强调空间的概念，也要强调时间的概念？空间的概念脱离不开时间的概念。随着时间的推移，城市的产生和发展可能是继起的，城市化的区域重点可能会发生漂移。这种继起、这种漂移受到政策的强力影响，如果是区域政策是相对稳定的，城镇化的重点区位是非灵活性的，某城市成长的外部环境是相对稳定的，那么，区域内某中心城市的成长是必然的。如果政策是灵活的，城镇化的区域重点是变动的，增长机会眷顾的城市会是不确定的。这是否会影响到双中心城市体系空间结构的讨论？

参 考 文 献

安作璋. 1994. 山东通史现代卷（上、下）. 济南：山东人民出版社

陈田. 1987. 我国城市经济影响区域系统的初步研究. 地理学报，42（4）：308～318

陈伟，张文忠. 2004. 崛起中的半岛制造业基地——山东与东北亚地区的经济合作与发展. 济南：山东人民出版社

陈彦光. 1995. 城市体系随机集聚的分形研究. 科技通报，11（2）：98～101

戴鞍钢. 1998. 港口·城市·腹地——上海与长江流域经济关系的历史考察：1843～1913. 上海：复旦大学出版社

戴均良. 2000. 中国市制. 北京：中国地图出版社

邓文胜，关泽群，王常佐. 2003. 武汉市域城市体系规划空间结构分析. 城市发展研究，10（6）：46～52

董蓬勃，姜安源，孔令彦. 2003. 我国 20 世纪 90 年代城市体系研究综述. 地域研究与开发，22（4）：20～23

傅崇兰. 1985. 中国运河城市发展史. 成都：四川人民出版社

龚骏. 1933. 中国都市工业化程度之统计分析. 上海：商务印书馆

顾朝林. 1991. 中国城市经济区划分的初步研究. 地理学报，46（2）：129～141

顾朝林. 1992. 中国城市体系——历史、现状、展望. 北京：商务印书馆

顾朝林，胡秀红. 1998. 中国城市体系现状特征. 经济地理，18（1）：21～26

顾朝林，徐海贤. 1999. 改革开放二十年来中国城市地理学研究进展. 地理科学，19（4）：320～331

关文斌. 2002. 清末民初天津与华北的城市化：一个网络系统分析. 见：天津社会科学院历史研究所，天津市城市
    科学研究会. 城市史研究. 天津：天津社会科学院出版社

郭文炯，白明英. 1999. 中国城市航空运输职能等级及航空联系特征的实证研究. 人文地理，14（1）：27～31

侯扬方. 2001. 中国人口史（第六卷. 1910～1953 年）. 上海：复旦大学出版社

胡序威. 1993. 中国沿海城市的区域分析. 见：杨汝万. 中国城市与区域发展：展望 21 世纪. 香港：香港中文大学
    亚太研究所

胡兆量. 1992. 城市规模发展规律. 见：崔功豪. 中国城镇发展研究. 北京：中国建筑工业出版社

金凤君. 2001. 我国航空客流网络发展及其地区系统研究. 地理研究，20（1）：31～39

经济学会. 1910. 中国经济全书. 上海：商务印书馆

克里斯泰勒. 1933. 德国南部中心地原理. 常正文，王兴中等译. 北京：商务印书馆

凌怡莹，徐建华. 2003. 长江三角洲地区城市职能分类研究. 规划师，22（2）：77～79，83

刘海岩. 2002. 近代华北交通的演变与区域城市重构. 城市史研究，21：24～48

刘继生，陈彦光. 1995. 东北地区城市体系空间结构的分形研究. 地理科学，15（2）：136～143

刘继生，陈彦光. 1999a. 东北地区城市规模分布的分形特征. 人文地理，14（3）：1～6

刘继生，陈彦光. 1999b. 城市体系空间结构的分形维数及其测算方法. 地理研究，18（2）：171～178

刘继生，陈彦光. 2000a. 长春地区城市体系时空关联的异速生长分析：1949～1988. 人文地理，15（3）：43～56

刘继生，陈彦光. 2000b. 东北地区城市体系分形结构的地理空间图式——对东北地区城市体系空间结构分形的再探
    讨. 人文地理，15（6）：9～16

刘继生，陈彦光. 2003. 河南省城市体系空间结构的多分形特征及其与水系分布的关系探讨. 地理科学，23（6）：
    713～720

陆安. 2001. 青岛近现代史. 青岛：青岛出版社

罗澍伟. 1993a. 近代天津城市史. 北京：中国社会科学出版社

罗澍伟. 1993b. 从传统走向现代——北方最大商业和工业城市天津的崛起过程. 城市史研究，9：24～53

彭泽益. 1957. 中国近代手工业史资料（第二卷）. 北京：三联书店

皮明麻. 1993. 近代武汉城市史. 北京：中国社会科学出版社

青岛市档案馆 . 1986. 帝国主义与胶海关 . 北京：档案出版社

沈道齐，崔功豪 . 1990. 中国城市地理学近期进展 . 地理学报，45（2）：163～171

沈国良 . 1982. 济南开埠以来人口问题初探（1904～1948）. 见：山东地方史志编纂委员会 . 山东史志资料（第 1
　　辑）. 济南：山东人民出版社

沈汝生 . 1936. 中国都市之分布 . 地理学报，4（1）：915～935

施坚雅 . 1977. 中华帝国晚期的城市 . 王旭译 . 北京：中华书局

宋连威 . 1998. 青岛城市的形成 . 青岛：青岛出版社

孙明洁 . 2000. 世纪之交的中国城市等级规模体系 . 城市规划汇刊，1：39～42

孙盘寿，杨廷秀 . 1985. 西南三省城市的职能分类 . 地理研究，3（3）：17～28

孙盘寿 . 1984. 我国城市人口规模的变化 . 地理学报，39（4）：345～358

孙希华 . 2002. 山东省社会经济空间结构的重心转移分析 . 山东师范大学学报，（增刊）：112～119

谈明洪，吕昌河 . 2003. 以建成区面积表征的中国城市规模分布 . 地理学报，58（2）：285～293

田文祝，周一星 . 1991. 中国城市体系的工业职能结构 . 地理研究，10（1）：12～23

王力，1991. 论城市体系研究——回顾与展望 . 人文地理，6（1）：35～43

王茂军，张学霞，齐元静 . 2005. 近 50 年来山东省城市体系的演化过程：基于城市中心性的分析 . 地理研究，
　　24（3）：432～442

王守中，郭大松 . 2000. 近代山东城市变迁史 . 济南：山东教育出版社

王心源，范湘涛，郭华东 . 2001. 自然地理因素对城市体系空间结构影响的样式分析 . 地理科学进展，20（1）：
　　67～72

王心源，范湘涛，邵芸等 . 2001. 基于雷达卫星图像的黄淮海平原城市体系空间结构研究，地理科学，21（1）：
　　57～63

王言荣，刘洁 . 2001. 中国城市科教职能等级划分及空间分布研究 . 地理科学，21（2）：183～187

隗瀛涛 . 1998. 中国近代不同类型城市综合研究 . 成都：四川大学出版社

隗瀛涛 . 1991. 近代重庆城市史 . 成都：四川大学出版社

吴蔼宸 . 1930. 华北国际五大问题·威海卫 . 见：王守中，郭大松 . 近代山东城市变迁史 . 济南：山东教育出版社，
　　624～625

吴知 . 1936. 山东省棉花之生产与运销 . 见：黄宗智 . 华北的小农经济与社会变迁 . 北京：中华书局

仵宗卿，戴学珍，杨吾扬 . 2000. 帕雷托公式重构及其与城市体系演化 . 人文地理，15（1）：15～19

许檀 . 1998. 明清时期山东商品经济的发展 . 北京：中国社会科学出版社

许学强，胡华颖，张军 . 1983. 我国城市分布及其演变的几个特征 . 经济地理，3：205～212

许学强，叶嘉安 . 1986. 我国城市化的省际差异 . 地理学报，41（1）：8～22

许学强，周素红 . 2003. 20 世纪 80 年代以来我国城市地理学研究的回顾与展望 . 经济地理，23（4）：433～440

许学强，周一星，宁越敏 . 2001. 城市地理学 . 北京：高等教育出版社

许学强，朱剑如 . 1988. 现代城市地理学 . 北京：中国建筑工业出版社

薛东前，姚士谋 . 2000. 我国城市系统的形成和演化机制 . 人文地理，15（1）：35～38

薛凤旋 . 2003. 中国城市与城市发展理论的历史回顾 . 地理学报，57（6）：723～730

严重敏，宁越敏 . 1981. 我国城市人口发展变化特点初探 . 见：人口研究论文集 . 上海：华东师范大学出版社，
　　20～38

阎小培，林漳平 . 2004. 20 世纪 90 年代中国城市发展空间差异分析 . 地理学报，59（3）：437～455

阎小培，欧阳南江，许学强 . 1994. 迈向二十一世纪的中国城市发展与城市地理学 . 经济地理，14（4）：1～6

阎小培，王玲 . 1996. 改革开放以来我国城市空间分布发展变化研究 . 人文地理，11（3）：19～23

阎小培 . 1994. 近年来我国城市地理学主要研究领域的新进展 . 地理学报，49（6）：533～542

杨天宏 . 2002. 口岸开放与社会变革——近代中国自开商埠研究 . 北京：中华书局

虞蔚 . 1988. 我国重要城市间信息作用的系统分析 . 地理学报，43（2）：141～149

张京祥 . 2000. 城镇群体空间组合 . 南京：东南大学出版社

张利民，周俊旗，许檀等.2003.近代环渤海地区经济与社会研究.天津：天津社会科学院出版社

张樑任.1935.中国邮政.上海：上海书店

张文奎，刘继生，王力.1990.论中国城市职能分类.人文地理，3：1～8

张相文.1919.齐鲁旅行记.东方杂志.见：张玉法.中国现代化的区域研究——山东省（1860～1916）.台湾：中
　　央研究院近代史研究所编印

张仲礼.1990.近代上海城市研究.上海：上海人民出版社

赵萍，冯学智.2003.基于遥感与GIS技术的城市体系空间特征的分形分析——以绍兴市为例.地理科学，23（6）：
　　721～727

周锡瑞.2002.华北城市的近代化——对近年来国外研究的思考.见：天津社会科学院历史研究所，天津市城市科
　　学研究会.城市史研究.天津：天津社会科学院出版社

周一星，布雷德肖R.1988，中国城市（包括辖县）的工业职能分类——理论、方法和结果.地理学报，43（4）：
　　287～297

周一星，曹广忠.1998.中国城市人口可比增长速度的空间差异（1949～1995）.经济地理，18（1）：27～34

周一星，胡智勇.2002.从航空运输看中国城市体系的空间网络结构.地理研究，21（3）：276～286

周一星，孙则昕.1997.再论中国城市的职能分类.地理研究，16（1）：61～64

周一星，杨齐.1986.我国城市等级体系变动的回顾及其省区地域类型.地理学报，41（2）：97～109

周一星，于海波.2004a.中国城市人口规模结构的重构（Ⅰ）.城市规划，28（4）：49～55

周一星，于海波，2004b.中国城市人口规模结构的重构（Ⅱ）.城市规划，28（6）：33～42

周一星，张莉，武悦.2001.城市中心性与我国城市中心性的等级体系.地域研究与开发，20（4）：1～5

周一星，张莉.2003.改革开放条件下的中国城市经济区.地理学报，58（2）：271～284

周一星.1984.城市发展战略要有阶段论观点.地理学报，39（4）：359～369

周一星.1995.城市地理学.北京：商务印书馆

庄维民.1987.近代山东的市场经济.齐鲁学刊，（6）：120～121

庄维民.2000.近代山东市场经济的变迁.北京：中华书局

庄维民.2002.两种空间：近代华北地区城市系统空间结构的变迁.见：天津社会科学院历史研究所，天津市城市
　　科学研究会.城市史研究.天津：天津社会科学院出版社

土谷敏治.1988.企業組織の管理職能立地の変化.见：北村嘉行、寺阪昭信、富田和暁，情報化社会の地区構造.
　　東京：大明堂，264～281

山口岳志.1970.因子分析による都市の研究.地理学評論，43：630～635

山口岳志.1985.世界の都市システメ.東京：古今書院

山口恵一郎.1951.北海道市町の機能類型.地理調査時報，21：18～21

山田誠.1978.北海道の都市発達.见：高野史南，山本正三，正井泰夫.日本生活風土Ⅱ東日本，東京：朝倉
　　書店

山根拓.1987.広島県における郵便局の立地展開.人文地理，39（1）：1～24

山崎健.1984.広島県における金融機関店鋪の地区的展開——県内本店銀行を中心として.史学研究，164：
　　41～61

山崎健.1986.明治以降の九州地方におれる都市システムの展開——都市順位規模関係による分析.佐賀大学教
　　育学部研究論文集，33（2）：43～54

小野和久.1997.市外バス流動からみた現代韓国の都市群システム.経済地理学年報，43（2）：115～125

木内信蔵.1979.都市地理学原理.東京：古今書院

日野正輝.1996.都市発展と支店立地——都市の拠点性.東京：古今書院

中村正三.1943.済南に於ける糧棧.见：庄维民.2000.近代山东市场经济的变迁，北京：中华书局

石丸哲史.1992.工業およびサービス業に特化した都市についての一考察.人文地理，44：284～298

石丸哲史.2000.サービス経済化と都市.東京：大明堂

北川建次.2004.現代都市地理学，東京：古今書院

北川博史．1991．工業業人口からみた都市の類型化——おもに高度成長期以降の工業都市の変容について——．地理科学，6（2）：75～92
北田晃司．1996．植民地時代の朝鮮の主要都市における中枢管理機能の立地と都市の類型．地理学評論，69（8）：651～669
北田晃司．1997．1960年代以降の韓国の主要都市における中枢管理機能の立地とその推移．地理科学，52（3）：177～194
北田晃司．1999．植民地時代の朝鮮における鉄道網の発達と都市システムの変遷．北海道地理，73：23～37
北田晃司．2000．都市間旅客流動からみた韓国都市システムの空間構造．地学雑誌，109（1）：106～119
北田晃司．2004．植民地時代の台湾における都市システムの変容——朝鮮との比較を通して．人文地理，56（3）：1～20
田辺健一．1982．日本の都市システム——地理学的研究．东京：古今書院，484
寺谷亮司．2002．都市の形成と階層分化——新開地北海道・アフリカの都市システム．东京：古今書院
吉本剛典．1993．わが国都市システムの構造的変化に関するシミュレーション分析．地理科学，48（3）：158～168
吉津直樹．1978．明治期関東地方における銀行の立地過程——とくに中心地体系との関連において——．人文地理，30（5）：406～428
朴倧玄．1995．航空旅客の流動から見た国際的都市システム．経済地理学年報，41（2）：135～144
朴倧玄．1997．韓国の銀行の取引行動から見た韓日間の国際的都市システム．地理学評論，70A：661～645
西川治．1952．地理学における動態的動研究．人文地理，4：142～153
西原純．1991．企業の事業所の展開からみたわが国の都市群システム．地理学評論，64（1）：79～114
成田孝三．1974．事務系従業者の大都市集中．见：大阪市立大学経済研究所．経済発展と都市化．东京：日本評論社，53～92
朱京植．1994．京釜先鐵道建設に伴う韓半島空間組織の変化．大韓地理学会誌，29（3）：297～317
杜国慶．2003．中国における都市化の地区格差とその要因．歴史と地理，568：59～70
村山祐司．1994．都市群システム研究の成果と課題．人文地理，46（4）：396～417
杉浦芳夫．1978．福島県における電灯会社の普及過程——利潤指向的な多核的イノベーションの空間的拡散事例——．人文地理，30（54）：307～327
亀山嘉大．2000．基盤産業と都市の成長・衰退——時系列分析による地方4都市の事例から．経済地理学年報，46：176～191
亀山嘉大．2001．地区特化，都市の多様性と都市の成長・衰退．経済地理学年報，47：178～195
亀山嘉大．2003．従業者規模別の産業分布、産業の多様性と都市の階層性商業の構造変化の検定を中心に——．経済地理学年報，49：313～330
阿部和俊．1981．近代日本における銀行支店網の展開．経済地理学年報27（2）：97～115
阿部和俊．1991．日本の都市体系研究．京都：地人書房
阿部和俊．1993．日本の都市の階層性について．人文地理，45（5）：534～545
阿部和俊．1996．先進国の都市体系研究．京都：地人書房
阿部和俊．2001．発展途上国の都市体系研究．京都：地人書房
林上．1974．地区間自動車交通流からみた名古屋大都市圏の機能地区構造．地理学評論，47（5）：287～300
松原宏．1998．アジアの都市システム．九州：九州大学出版会
河野敬一．1990．明治以後の長野盆地における中心地システムの変容．地理学評論，63A：1～28
柏村一郎．1979．都市．见：日本地誌第2巻．东京：二宮書店，182～188
洪淳完．1983．韩国における近代都市の成立．驹泽地理，19：13～25
神原哲郎．1995．長崎県における郵便局の立地展開と郵便輸送網の変化．人文地理，47，189～206
桥本雄一．1992．三浦半岛における中心地システムの変容．地理学評論A，65（9）：665～668
高阪宏行．1978．都市規模分布の動態的分析——新潟県を事例として．地理学評論，51（3）：223～234
高橋伸夫，管野峰明，村山祐司等．1997．新しい都市地理学．东京：東洋書林

高橋重雄. 1992. アメリカ合衆国における都市地理学研究の動向. 地学雑誌, 101 (4)：269～282

家藤英生. 1977. わが国主要都市における事務系従業者の集積について. 経済地理年報, 23 (2)：45～57

野尻亘. 1993. 全国陸上輸送体系における貨物流動パターン. 経済地理学年報, 39 (2)：136～154

野沢秀樹. 1978. 都市と港湾. 人文地理, 30 (5)：429～446

森川洋, 大古友男. 1996. 都市次元分析からわが国都市システム——1980～90 年間の比較考察——. 広島大学文
　　学部紀要, 56：117～146

森川洋. 1967. 大分県における中心地階層の変移. 東北地理, 19 (3)：114～124

森川洋. 1978. 結節地区. 機能地区の分析手法——中国地方を例として——. 人文地理, 30 (1)：17～38

森川洋. 1979. 都市システムと中心地システム. 見：田辺健一編：日本における都市システム研究総合研究 (A),
　　研究成果報告書, 8～20

森川洋. 1980. 中心地論 (I). 東京：大明堂

森川洋. 1985. 東西両ドイツの都市システム. 見：山口岳志. 世界の都市システム, 東京：古今書院, 90～129

森川洋. 1987. わが国における中心地研究の動向と問題点. 地理学評論, 60 (11)：739～756

森川洋. 1990a. 都市化と都市システム. 東京：大明堂

森川洋. 1990b. わが国の地区的都市システム. 人文地理, 42 (2)：97～117

森川洋. 1990c. 広域市町村圏と地区的都市システムの関係. 地理学評論, 356～377

森川洋. 1991. わが国における都市化の現状と都市システムの構造変化. 地理学評論, 64 (8)：525～548

森川洋. 1996. わが国主要都市における企業活動と都市システム——1981～1991 年の事業所統計の分析から. 地
　　理科学, 51～2；81～90

森川洋. 1997. 幕末期から第 2 次大戦に至るわが国都市システムの発展過程. 地学雑誌, 106 (1)：10～30

森川洋. 1998. 日本の都市化と都市システム. 東京：大明堂

藤目節夫. 1977. 香川中央部都市圏における交通流の諸特性ならびに都市構成との関係に関する研究. 地理学評
　　論, 50：700～721

藤田昌久, 久武昌人. 1996. 日本と東アジアにおける地区経済システムの変容：新しい空間経済の視点からの分
　　析. 通産研究レビユー, 13 号

ABE Kazutoshi. 2004. Major Cities and the Urban System of Japan from the Standpoint of Large Private Firms' Head
　　and Branch Offices. Annals of Japan Association for Economic Geographers, 50 (2)：139～161

ABE Kazutoshi. 2000. The Japanese urban system from the standpoint of large private firms' head offices and branch
　　offices. Geographical Review of Japan , 73：62～84

Ades A F, Glacser E L. 1995, Trade and circuser：explaining urban giants. The Quarterly Journal of Economics ,
　　CX：195～227

Amin A, Thrift N J. 1994. Holding down the global. Oxford：Oxford University Press

Batten D F. 1995. Network cities：creative urban agglomerations for the 21st century. Urban Studies , 32 (2)：313～
　　327

Berry B J L. 1966a. Essays on Commodity Flows and the Spatial Structure of Indian Economy. Univ. of Chicago.
　　Dept. of Geogr. , Research Paper , No. 111, 334

Berry B J L. 1966b. Interdependency of flows and spatial structure：a general field theory formulation . Research Pa-
　　per, Department of Geography, University of Chicago, 111, 189～256

Berry B J L, Horton F E. 1970. Gegographic Perspectives on Urban Systems. Prentice-Hall, 564

Berry B J L, Garrison W L. 1958. Recent Developments of Central Place Theory. Papers and Proceedings, IV, 107～
　　120

Bird J. 1973. Of central place , cities and seaports. Geography, 58：105～18

Bird J. 1977. Centrality and Cities. London：Routledge & Kegan Paul

Bourne L S, Simmons J W. 1978. Systems of Cities：Readings on Struchture, Growth, and Policy. Oxford：Oxford
　　Univ. Press, 565

Bourne L S. 1975. Urban Systems: Strategies for Regulation. Clarendon Press, 264

Bourne L S, Sinclair R, Dziewonski K. 1984. Urbanization and Wettlement System: International Perpectives. Oxford: Oxford Univ. Press, 475

Burghardt A F. 1971. A hypothesis about gateway cities. Annals of the Association of American Geographers, 61: 269~285

Burghardt A F. 1979. The origin of the road and city network of Roman Pannonia. J. Histor. Geogr. , 5: 1~20

Bronwing C E. 1972. Toward a geography of quarternary activity : central administration offices and auxiliaries as central place functions. In: Adams W P, Helleiner F M. International Geography, vol. 1, Univ. of Toronto Press, 534~536

Chen X. 1991. China's city hierarchy. Urban policy and spatial development in the 1990s. Urban Studies, 28: 346~367

Christopher R. 1991. The Urban System and Networks of Corporate Control. JAI Press, 189

Church R L, Bell T L. 1988. An analysis of ancient Tgyptian settlement patterns using location-allocation covering models. Ann. Assoc. Amer. Geogr. , 78: 701~714

David D Buck. 1978. Urban Change in China: Politics and Development in Tsinan , Shantung, 1890~1949. the University of Wisconsin Press, 1978

Dicken P. 1992. Global shift: the internationalization of economic activity , 2nd eds. New York: The Guilford Press

Duranton, G, Puga D. 2000. Diversity and specializaiton in cities: why, where and when does it matter? Urban Studies, 37: 535~555

Eaton J, Eckstein Z. 1997. Cities and growth : theory and evidence from France and Japan . Regional Science and Urban Economics, 27: 443~474

Forstall R L, Jones V. 1970. Selected demographic, economic, and governmental aspects of the contemporary metropolis. In: Miles S R Metropolitan Problems. Toronto: Methuen, 5~69

Fujita M, Tabuchi T. 1997. Regional Growth in Postwar Japan. Regional Science and Urban Economics, 27

Glaser E L, Kallal H D. 1992. Growth in cities. Journal of Political Economy, 100

Glickman N J. 1979. The Growth and Management of Japanese Urban System. New York: Academic Press, 370

Goddard J B. 1970. Functional regions within city centers : a study by factor analysis of taxi flows in central London. Transact. Inst. Brit. Geogr. , 49: 161~181

Godlund S. 1956. The Function and Grouth of Bus Traffic within the Sphere of Urban Influence. Land Studies on Geogr. Ser. B, Human Geography, 18

Guérin-Pace F. 1995, Rank-size distribution and the process of urban growth. Urban Studies, 32: 551~562

Hall. 2002. 长江范例. 王士兰, 王之光译. 城市规划, 26 (12): 6~12

Hansen N M. 1977. System Approaches to Human Settlements. Reg. Sci. Ass. , 38: 17~31

Henderson J V, Kuncoro A, Turner M. 1995, Industrial Development in Cities. Journal of Political Economy, 103

Henderson J V. 1988. Urban Development: Theory, Fact and Illusion. Oxford: Oxford University Press

Henderson J V. 1997. Medium size cities . Regional Science and Urban Economics , 27: 583~612

Hopkins T, Wallerstein L. 1986. Commdity chains in the world-economy prior to 1800. Review, 10: 157~170

Hoyle B S. 1972. The port Function in the Urban Development of Tropical Africa. In: La croissance urbaine en Afrique Noire et Madagascar, C. N. R. S. , 705~718

Johnston R J. 1982. The American Urban Sytem. London: Longman

Johnston R J. 1966. Central place and the settlement pattern. AAAG, 56: 541~549

Kirn T J. 1987. Growth and change in the service sector of the U. S. A spatial perspective . Annals of the Association fo American Geographers, 77: 353~372

Knox P L, Taylor P J, 1995. World Cities in a World-System. Cambridge Univ. Press, 335

Krugman. P. 1996. Confronting the myself of urban Hierarchy. Journal of Fapanese and International Economies. 10

(4)：399～418

Madden C L. 1956. Some indicators of stability in the growth of cities in the United States. Economic Development and Cultural Change, 4：236～452

Masser I, Scheurwater J. 1980. Regional strcture of commodity flows in Japan ：an application of dynamic geographical field theory . Science Reports of Institute of Geogscience , University of Tsukuba, Section A, 7：29～42

Meyer D R. 1986. The world system of cities：relations between international financial metropolises and South Amercan cities. Social Forces , 64：3, 553～581

Monkkonen E H. 1988. America becomes urban：The development of U. S. cities & towns 1780～1980. Berkeley：University of California Press, 332

Morre C L. 1975. A new look at the minimum requirements approach to regional economic analysis. Economic Geography. 51：350～356

Moulacrt F, Arie Shachar. 1995. Introduction . Urban Studies, 32 (2)：205～212

Murayama Y. ed. 2000. Japanese Urban System. Dordrecht：Kluwer Academic Publishers

Murphey R. 1964, The city in the swamp：aspects of the site and early growth of Calcutta. Geographical Journal, 130：241～56

ÓhUallachain B, Reid N. 1991. The location and growth of business and professional serveices in American metropolitan areas, 1976～1986. Ann. Assoc. Amer. Geora. , 81：254～270

Osada S. 1997. The development of the Japanese urban system , 1970～1990. Chicago：Chicago University Press

Porter M. 1990. The competitive advantages of nations . New York：Free Press

Preston R E. 1971. The stucture of central place systems . Econ. Geogr. , 47：135～136

Pred A. 1975. On the spatial structure of organizations and the complexity of metropolitan interdependence Papers. Reg. Sci. Ass. , 115～142

Murphey R. 1974. The treaty ports and China's modernization. mark elvin and william skinner. The Chinese City between Two Worlds. Stanford University Press, 17～71, 60～61

Rimmer P J. 1967. The Search for Spatial Regularities in the Development of Australian Seaports, 1861～1961/2, Geografiska Annaler , 49B：42～54

Rimmer P J. 1995. Moving goods , people and information：putting the ASEAN mega-urban regions in content. In：McGee T G and Robinson I M. The Mega-urban Regions inof Southeast Asia . Vancouver UBC Press

Rose A J. 1966. Metropolitan primacy as the normal state. Pacific Viewpoint , 7：1～27

Rosen K T, Resnick M. 1980. The size distribution of cities ：an examination of the Pareto law and primacy, Journal of Urban Economics 8：165～186

Sassen S. 1991. The global city：New York, London, Tokyo. Princeton；Princeton University Press

Shachar A. 1994. Randstad-Holland：a world city? Urban Studies, 31：381～399

Sheppard E. 1982. City size distribution and spatial economic change. International Regional Science Review, 7：127～151

Skinner G K. 1964. Marketing and social structure in rural China, PartI, I. Journal of Asian Studies, 24 (1)：3～43

Skinner. G K. 1965. Marketing and social structure in rural China, Part Ⅱ . Journal of Asian Studies, 24 (2)：195～228

Smith D A, Michael T. 1995. Conceptualizing and mapping the structure of world syster's city system. Urban Studies, 32 (2)：287～302

Smith D A, Timberlake M. 1995. Conceptualising and mapping the structure of the world's city system. Urban Studies, 32：287～302

Taaffe E F, Morrill R L, Gould P R. 1963. Transport expansion in underdeveloped countries：a comparative analysis. The Geographical Review, 53：503～529

Thrift N. 1994. Globalisation, regulation, urbanization, the case of the Netherlands. Urban Studies, 31：365～380

Tietz B. 1965. Zum standort des einzelhandels raumforsch. Raumordn，23S：1～18

Timberlake M. ed. 1985. Urbanization in the World-Economy. New York：Academic Press，387

Vance J F. 1970. The Merchant's Word：the Geography of Wholesaling. Prentice Hall

Wheaton W C，Shishado H. 1981. Urban concentration. Agglomeration economies and the level of economic development. Economic Development and Cultural Change，30：17～30

Wheeler J O，Brown C L. 1985. The metropolitan corporate hierarchy in the U. S. South （1960～1980）. Econ. Geogr. ，61：66～78

Winters C. 1981. The urban system in medieval Mail. J. History. Geogr. ，60：172～177

Xu X Q，et al. 1995. The changing urban system of China：new developments since 1978. Urban Geography，16 （6）：493～504

Yao S M，Liu T. 1995. The evolution of urban spatial structure in the Open Area of Southeastern China. Urban Geography，16 （7）：561～576

Yeh Anthony Car-on，Xu X Q. 1989. City system development in China 1953～1986. Working Pater. No. 41. Center of Urban Studies and Urban Planning，University of Hong Kong

Yeh Anthony Car-on. 1995. Urbanization trend in China-Coastal River and interior cities in China's development. In：Yeh Anthony Car-on and Chai-Kuong Mark. Chinese Cities and China's Development：a Preview of the Future Role of Hong Kong. Hong Kong：Centre of Urban Planning and Enviromnent Management，University of Hong Kong.

Zelinsky W. 1991. The teinning of the world sister cities in geographic and historical perspective. Ann. Assoc. Amer. Geora. ，81：1～31